光源氏物語　學藝史

右書左琴の思想

上原作和
Uehara Sakukazu

翰林書房

光源氏物語　學藝史　右書左琴の思想◎目次

第三部　記憶の中の光源氏

第四部　物語作家誕生

光源氏物語　學藝史

光源氏物語〈學藝史〉の構想「右書左琴」の『源氏の物語』

はじめに

本書は、わたくしが、前著『光源氏物語の思想史的変貌』（一九九四年）以後、この十年間に発表した主要な論文をテーマごとに再編成した第二論文集である。

本書の目指すところは、前著からの展開である、物語内容の最も重要な組成をなす、《琴》と《楽》の物語としての『源氏物語』論と、狭義の《本文》、及び広義の《テクスト》の生成過程を以て統合し、『光源氏物語學藝史』と題して、「右書左琴」の思想を基本軸、車の両輪としつつ編纂した書物であると言えよう。

本書の目論見は、以上のような視座から、『光源氏の物語』の組成とその方法について、文献実証主義の文学理念のもと、出典論、作家論、歴史社会学などの諸成果を参看しつつ、わたくしなりの方法で、『光源氏の物語』の成り立ちと仕組みとを究明しようと企図したものである。

わたくしのこの十年間、すなわち、一九九〇年代後半から二十一世紀初頭に掛けての物語研究は、《本文》と

《音楽》の物語の研究であったと言ってよい。しかしながら、両者をともに本書にまとめることに抵抗がなかったわけではない。つまり、従来の本文批判の研究は、人文科学の指標となる分野ではあるが、文藝的な要素に欠け、無味乾燥な事実の羅列とその考証に終始する論攷が多かったのに対し、《音楽》関係の論文は、物語テクストそのものを縦横に分析することが可能な内容であり、その内的連関を本書でどのように連結させるのか、という問題点が解決できないでいたからである。二〇〇〇年秋当時のわたくしの呻吟は、学燈社の「国文学　特集・王朝文学争点ノート」に寄せた、研究ファイル、「夢と人生」なるエッセイにもその軌跡を確認することができる。

＊

「夢と人生　物語学の森の謌から」

かつて、三島由紀夫が、恩師・松尾聡校注にかかる、旧版の日本古典文学大系『浜松中納言物語』の刊行に寄せて、「夢と人生」なるエッセイを書いたのは、昭和三九年（一九六四年）、三島三九歳の時のことであった。没後三十年の今年発刊される『決定版三島由紀夫全集』（新潮社）のパンフレットを眺めながら、彼がこのエッセイを書いた年齢におよそ近づきつつある私も、三島流の夭折の美学に照らせば、残された人生の時間に、何を書き残すべきかを考えねばならないはずなのだが、申すまでもなく、私自身の人生は、〝研究的生活〟そのものが緒についたばかりであり、日常の些事万般に追われて、荘周の夢の如き夢想世界に彷徨っているのが実際である。しかも現在の私は、以下に記す通り、日本文学のみならず、文化・思想・言語へと関心が拡散して行く傾向があるので、そのいくつかを要略しておくことにする。

◆詩へ——文献学史のこと

この三月、渡邊静子先生（現・大東文化大学名誉教授）の指導のもと、注釈作業を継続してきた、飛鳥井雅有の全日記作品の注釈が完結した（『大東文化大学紀要　人文科学編』二七号／一九九〇年〜三八号／二〇〇〇年）。とりわけ、最初に手がけた『嵯峨の通ひ路』には、雅有（二九歳）が、嵯峨の小倉山荘に赴いて、藤原為家（七二歳）と阿仏尼から源氏学や古典の秘伝を授かる濃密な「学び」の生活が綴られている（「幻の伝本をもとめて─伝阿仏尼等筆『源氏物語』の周辺」「物語研究会会報」二八号／一九九七年）。なかでも、「幻の伝本」阿仏尼本探索の過程で生まれた、本文校訂の問題は、『源氏物語』諸本研究の中間報告として、「伝〈青表紙本『源氏物語』〉伝本の本文批判とその方法論的課題─帚木巻における現行校訂本文の処置若干を例として」（「中古文学」五五号／一九九五年五月）なる論文となった。たった一巻のみ現存する、伝阿仏尼等筆本の本文についての私の調査結果と、濱橋顕一氏の「伝阿仏尼筆帚木の本文について」『論叢源氏物語1─本文の様相』（新典社、一九九九年六月）や、同書に収載される、渋谷栄一氏「定家本『源氏物語』本文の生成過程について─明融臨模本『帚木』を中心として」において示された釈文は、いくつかの点において私と決定的な見解の相違が生じている。例えば、ミセケチ、補入等、目前にある本文の様態をどのように再建するかという作業に関しても、私も含めて各人まちまちの釈文が提出されており、この作業は決して主観を排除できず、釈文はあくまで解釈本文であって、客観性を保証されない、という事実を痛感せざるを得ないのである。くわえて、加藤昌嘉氏「本文の世界と物語の世界」『源氏物語研究集成／第十三巻』（風間書房、二〇〇〇年五月）においては、私の「〈青表紙本」原本〉＝古伝系別本第一類＝青表紙本系別本」という分類や、私の学説の先蹤たる室伏信助氏の説を「諸本〝二分類説〟（加藤氏の命名による）」は、阿部秋生説の「誤読でなければ歪曲である」とする批判も提出された。用意周到にして真摯な姿勢の加藤氏の批判について、当然反論の用意もあるが、今は私の主張の主眼のみ記すと、「青表紙本系統」という冊子の形態による本文系統の命名は、現在の研究状況に照らしてグルーピングにも無理があるということに尽きており、現在の本文批判の水準からして、その方法論的前提が曖昧なまま推移してきたことへの異議申立てなのである。例えば、私が「帚木」巻で三例示したのみの「青表紙本」系諸本、「河内本」、「別本」各本文の様態の一覧を再度確認するだけで、結論（＝諸本の優先順位）は、誰にも「①伝阿仏尼筆本」「②伝明融等筆本」と判断されるはずなのであって、文字通り「青表紙」である「大島本」は、この三本中では、最も痛んだ本文を保有しているに過ぎない。また、他の「青表紙」諸本と「別本」の差異は、この様態から分類も出来まい。したがって、かかる考証の過程から導いた私の「系統論」には現在でも絶対の自信を持っている。要は、問題の立脚点が、かかる諸本の様態の捉え方の相違に発していることであれば、互いの立場を再確認することで、新たなる生産的な争点も見えてくるはずである。

こうした争点を抱え込む中で、私の関心は「伝明融等筆本」や「大島本」の成立にまつわる飛鳥井源氏学（仮称）成立史と言う享受史的志向と、俊成にまで遡源される「青表紙本」への関心から、源光行の『水原鈔』、源光行・親行の『原中最秘鈔』、源保行『紫明鈔』へと継承発展されて行く、河内学派の学問生成史に遡源する志向とがある。

〈文献学史〉関連文献

◯「絶望の言説―『竹取翁物語』の物語る世界と物語世界」「解釈と鑑賞」（一九九七年一月号）
◯「権威としての〈本文〉―物語本文史の中の『伊勢物語』」『想像する平安文学　第一巻／平安文学というイデオロギー』（勉誠出版、一九九九年五月）本書所収。
◯「三谷・狭衣学の文献学史的定位の問題」「日本文学」（二〇〇〇年九月号）

◆◆琴へ――琴曲『広陵散』の物語内容など

かつて、私の、青春の形見の書とも言うべき、二十代の若書きの文章を集めた、『光源氏物語の思想史的変貌――〈琴〉のゆくへ』（有精堂、一九九四年）を幸運にも上梓出来てからはや六年、次には七絃琴＝の実演などを収めたDVDなどのメディアミックスを念頭に、三十代の節目に形に残るものを、と心に期してはいる。拙著刊行以後も、古琴への関心は持続して決して倦むことがなかったのだが、夢はいつかはかなうもの、昨年暮、作曲家某氏より、人を介して、北京故宮博物院珍蔵にかかる唐琴「九霄環佩」と同じ銘を持つ、あやしげなる古琴一張が架蔵に帰した（「中国音楽勉強会会報」二七号、一九九九年一二月参照）。以来、作曲家某氏との約束もあって、中国民族音楽研究所の余明先生に師事し、唐代からその存在が確認される「減字譜」を解読しつつ、典麗絶妙なる琴の奏法と悪戦苦闘する日々が始まったのである。まったく音楽素人だった私は、『史記』列伝57に逸話が残る、司馬相如が卓文君に求愛した時の『鳳求凰』をレパートリーにできたばかりだが、「五絃譜」のみが残る『王昭君』を余明先生に釈譜していただいており（直接には林謙三氏『正倉院楽器の研究』風間書房、一九九四年、第五章より）、光源氏が須磨で憂愁の情念を奏でたこの曲を復原できそうである。また、明石の浜辺で奏でられた「かうれうという手」は、最新の研究成果を盛り込んだはずの、藤井貞和氏『源氏物語論』（岩波書店、二〇〇〇年）にまで〝未詳の孫引き〞が踏襲されているが、この『広陵散』は、『神奇秘譜』（朱権・編、一四二五年）に、四十五章の標題からなる楽曲が伝えられ、私がやと思われる大曲であることが判明している。この琴曲については、『河海抄』が典拠とした『晋書』「嵆康伝」に、『琴操』の「聶政、韓王を刺せる曲」で考証したように、聶政が父の仇討ちのために琴の修行に励んだ悲憤もかく嵆康の刑死以後この曲が廃絶したとされ、諸注釈書も踏襲するが、実は『神奇秘譜』の編者朱権が、この曲の序に記しているように、「隋亡而入于唐、唐亡而民間有年、至宋高宗建炎間入于御府」とあるのが精確な伝流史で、隋の宮廷楽曲であったものが、唐の滅亡で民間に流伝し、宋の勃興とともに宮廷音楽に復していたというのが事実のようである（本書三三五頁参照）。とすれば、この琴曲が都を追われた光源氏に奏でられたことの意味は、やはり「叛逆の志」だったのかもしれないと言うことになるのだろう。

また、「若菜」下巻の女楽で女三宮によって奏でられた『胡笳の調べ』は、葦笛を琴曲に移したその音色が『大胡笳』『小胡笳』など、既に復原されていて、ＣＤで誰しも聴く事は可能である。しかし、琴曲『王昭君＝胡笳明君』は、私が拙著で考証した『楽府詩集』の他は、三谷陽子氏の『東アジア琴箏の研究』（全音楽譜出版社、一九八〇年）に若干の言及があるばかりで、不明な点もあるが、さらなる中国古琴学関係の文献の精査によって、琴曲そのものの復原のみならず、その全容解明も間近だと私は思っている。

〈音楽〉関連文献

○「懐風の琴―『知音』の故事と歌語『松風』の生成」「懐風藻研究 7」（日中比較文学研究会、二〇〇一年一月）

◆◆◆酒へ―「物語学の森」の裔から

私の研究生活を綴った、ホームページ「物語学の森」を開設して、二年余の年月が経過した。私は自身の仕事について、「文献学・文献情報学／（マルチメディアによる物語研究、王朝女性作家群像、物語史、文化学としての平安王朝）」と書いている。これが私の全文業の志向性である。しかしながら、この電子空間も、あるいは、酒と囲碁と琴に陶然と時を過ごした、嵆康たち竹林の七賢や、荘周の夢の如き、夢想世界を徘徊しているにすぎないのかもしれない。

三十代半ばの光源氏が、『胡蝶の舞』を眺めながら、陶然と晩春のひとときを過ごす、「胡蝶」の巻論になんともいえぬ愛着を感じている昨今の私である。

〈「物語学の森」〉関連文献
○編集部「学校で役立つホームページ検索入門」『新教育情報誌パソティア』（学習研究社、二〇〇〇年一〇月）
○「恍惚の光源氏―『胡蝶の舞』の陶酔と覚醒」『想像する平安文学　第七巻／系図を読む／地図を読む』（勉誠出版、二〇〇一年五月）本書所収。

本書の方法と立場

このように、研究の方向性が拡散するかのようなわたくしの混沌とした状況下において、相次いで、入魂の大著を評する機会を得て、わたくしの蒙が啓かれたように思われる。ひとつは藤井貞和『平安物語叙述論』（東京大学出版会、二〇〇〇年）(1)であり、もう一冊は兵藤裕己『物語・オーラリティ・共同体　新語り物序説』(2)（ひつじ書房、二〇〇一年）であった。

藤井氏は七十年代以降、九十年代半ばまでの物語研究を席巻した、物語研究会によるテクスト論の非古代性、もしくは解釈の近代主義を批判し、物語世界の実態に即しつつ、「その有り様を語るように書く、もしくは語る」と言う、脱テクスト論以後の物語学の方向性を提示していた。本書が、あえて作者論を加えたのも、物語世界の実態に即しつつ、物語生成の磁場を考えようとする立場に共鳴したことによるものである。

また、兵藤氏の著書は、『源氏物語』のテクスト生成が、《本文》の《書かれた》あとは、ひたすら《よまれること》によって、享受されたのだとする、すぐれて刺激的でスリリングな《仮説》を提示し、あわせて、《文字化》された《音声》に関して、新たな視点を提示していたように思われる。これらを紐解くうちに、本書のテーマ設定は、『うつほ物語』の「右書左琴」の思想を根幹として編成すればよいのではないか、と考えるに到り、以後、「目次」を立てつつ、論文の並びを考え、新たな論文を書き加えたりして徐々に本書は体を成してきたのである。

そこで、本書は、全体を四部構成に分かち、第一部には本書の「右書左琴」を体現するような、総論的な内容を有する二本を並べた。この論には、音楽受容史、日本漢籍受容史等から学んだ論考を収めたのである。

第二部では、現在、戦国時代と言っても良い、『源氏物語』の文献学的研究と本文研究の現状を総覧した。《本文》と《草子》の実態的な様態を推定する論考や、豪華本『源氏物語』の原姿を《水茎》の語から推定する試みを提示し、さらにわたくしの『源氏物語』諸本論の中間報告とも言える論文に、補論的に『伊勢物語』本文史と『源氏物語』本文の接触を考察した論考、『うつほ物語』『源氏物語』それぞれの本文批判についての論考を収めた。

第三部では、《記憶》を鍵語として、既発表の論文を『源氏物語』の展開に照らしつつ時系列的に配列した。

わたくしが編集する『人物で読む源氏物語／夕顔』に寄稿した《記憶》に生成される「夕顔」の論を冒頭に据え、ついで『光源氏物語の思想史的変貌《琴》のゆくへ』(有精堂、一九九四年一二月)から、その核心部分「《琴》のゆくへ」の一本を再録した。琴曲「広陵散」の物語内容と光源氏の須磨流離の意味を考えた若書きの論文であるが、未だに学界の俎上にも上せられないことから敢えて再録したのである。以下、《記憶》の中の歌語《斧の柄朽つ》の原拠となった「爛柯」の物語史を辿った論文、さらにその続編として、「胡蝶」の巻の神仙表現から「胡蝶の舞」

そのものの《記憶》に、光源氏の人生が諷喩されているのだという主題論を展開した論を添えた。「琴の譜の系と回路」は、前著以降の『うつほ物語』論と『源氏物語』論とを合体させつつ、「楽譜」という書物メディアを通して、書かれざる物語が《記憶》の中に前景化されてくる『源氏物語』の方法について論じたものである。また、「涙の記憶」は、紫の上の《衣》の物語にまで、彼女の実人生が投影されている物語の《記憶》の機構を明らかにした。結びには、浮舟物語の思想について、入水後、《記憶》を喪失した浮舟が、《記憶》が快復しつつある中で、仏教思想に帰依してゆく様相を、当時の女人出家の実態に照らして読み解く作業を補綴して、一章を構成したのである。

第四部は、前述したように、古代世界の実態に照らして、動態としての物語世界の磁場をあきらかにせんとする立場から、紫式部の伝記考証に取り組み、「本名・藤原香子説」の復権を提唱したものである。

このようにして、本書は、一貫して文献実証主義に立脚しつつ、礎稿をすべて再編成することを前提として新たに加筆、改稿したものである。とりわけ、第四部はもちろん、第一部においては『紫式部日記』や『御堂関白記』『小右記』などを史料として援用しつつ、当時の実態世界に出来うる限り近接すべく解明につとめた。結果として、琴楽史の既成の素描を大きく書き換え、さらに〈書志学〉の常識と、国文学の世界の、冊子形態については大きな懸隔があることなどが判明したものと思われる。この成果は国文学界の通説刷新にもいささかなりとも参与できるのではないかと考えている。

＊

こうして、十年を閲して再び自著を問うにあたり、現在の研究状況をわたくしなりに俯瞰してみると、かつて、全盛を誇ったテクスト論は、言説分析という、《物語の語られ方》へと細分化・先鋭化して行く方向性と、フェミニズム思想やカルチュラルスタディーズと言った《どのような世界から物語が生み出され、物語は何を語っているのか》と言った方向性とに展開されたと言って良く、大きな転機にあるように思われる。ともに方法論先行型の方法の典型であると言って良いように思うが、とりわけ後者は、その枠組みの更新や世界解釈の斬新さについては目を見張るところもあるが、本文に書かれた物語内容の把握については、旧来型の話型論に同じく、方法論的には単純・単調・単線的なものに陥りがちであり、自己の構想する物語世界に、テクストをパッチーワークするかのような危うさを感じないわけには行かないのである。そこにこそ、古代性の軽視と、無自覚なテクストへの信頼という欠点が顕在化しているように看取されるからである。このような、研究状況に関する批判は、テクスト派の旗艦とも言うべき、東原伸明氏も同様な見解を抱いていることを、氏の新著を通して知ることが出来た(3)。この新著の書評に関して、わたくしは、以下のように書いている。

本書は著者の第二論文集である。くしくも、オリンピックの年に出版が重なったことから、「あとがき」で、次回の公刊を四年後と予告している。氏は、現在の物語研究において、方法論派の旗艦とも言うべき存在であり、氏も示唆するように、ほぼ十年ごとにパラダイムシフトを繰り返す文学理論・方法論を援用しつつ展開される、このスタイルの研究者のモデルケースを提示したことになるだろう。

本書については、ルイス・クックによる巻頭のエピグラフが、氏の目論見を端的に言い表している。いわば氏は撃つべき射程を物語仕立てで対象化したのである。ルイス氏曰く、

理論はもう十年以上にわたって死につつあった。理論は力を失いかけていて終わりが見えている。

もう十年以上にわたって新しい文学理論は出ていない、すなわち、文学において理論は死んだ、というルイス氏のテ

イゼに対して、氏はテクスト論から言説論への展開を開示しつつ、『源氏物語』を通しての実践を語り尽くそうとすることで、それへの反駁を試みているのである。

八〇年代のテクスト論、さらに「誰がどのように語っているか」を標榜して九〇年代の言説論をリードしたのが、三谷邦明であることは言を俟つまい。それを挾撃するかたちで新たな物語研究の裾野を開拓したのが、「心的遠近法」の高橋亨と、「言語態分析」の藤井貞和であることに異論はないだろう。すわなち、物語研究会の創設メンバーが原動力となった分野なのである。これらは、三谷邦明の『物語文学の言説』、『源氏物語の言説』、高橋亨『源氏物語の対位法』『物語と絵の遠近法』、藤井貞和の『物語文学成立史』『平安物語叙述論』『源氏物語論』三部作と相次いで公刊され、ひとつの達成を見たことになるだろう。こうした物語研究の核心である「語り」論の視座を、批判的に継承しつつ、再構築を目指す新世代の雄が本書の著者ということになるのである。氏は、前著『物語文学史の論理』と本書によって、『源氏物語』をはじめとする物語文学が、どのように、かつ、何を語っているのか、を改めて問うことで、今日的な研究の視座の、理論的構築と物語学の確立とを目指しているというわけである。…略…

〝物語史〟を謳った前書に対し、本書においては『源氏物語』全体に筆は及び、物語の始発、桐壺の巻の言説分析から、浮舟の最後の和歌に至るまで、多様な実践例が展開され、適宜参照される先行論文も熟読・精読されて新たな息吹を得ており、それらが有機的かつ、緊密な系をなすプロセスは華麗かつ、壮観である。個々の論文の完成度は極めて高く、初学の、向学心に燃える向きは、本書を紐解くことで、この気むずかし屋のマエストロの門を叩くことを勧めたい。

ところで、三章、六章は、氏の研究母体とも言うべき物語研究会が、言説分析以前の、ポスト構造主義に依拠した面もある、テクスト論時代の面影を宿しており、話型・引用・喩など、熟練、かつ巧みな手捌きを懐かしく読んだ。氏は、学界デビューの頃、明石物語を折口民俗学的アプローチに依りながら、独自のテクスト構築モデルを志向していたように記憶している。実際、氏の初期の論文はこうした方法で異彩を放っていたからである。かくして、最近書かれた明石物語論である六章は、当時、力任せの剛速球投手であった著者が、洗練された技巧派へと転身を遂げたかのような、爽やかな読後感を覚えたことを書き添えておきたい。

また、世代論的な見地からの愚見をひとつ書き添えておくとすれば、前記「語り」論の先達に関する論文の参照はもちろん当然のこととしても、その基本線として、三谷言説分析への傾斜が大きすぎることはやはり無視するわけにはゆくまい。この姿勢は、本書の基軸となるところであるにせよ、藤井言語態への違和感を書き連ねる筆致に比較して、三谷言説分析に対して、「批判」すれども「否定」はしない旨の基本的態度は、氏自身が、フェミニズム批評や、カルチュラルスタディーズを、「論の客体化を装」いつつも、「まさに論者の主体的かつ一義的な読みを介することで現象したもの」（十頁）と批判したことに照らして、それを自家撞着と取られても致し方なのではあるまいか。むしろ、東原氏ほどの力量と学問への執念があるのなら、「語り」論、第一世代を凌ぐ、〝第四極の方法論〟を模索・構築していただきたいと思うのはわたくしだけではないように思われる。

しかしながら、本書を通して、先に引用したルイスクックの箴言は、決してアイロニカルなものではなく、真摯に文学と理論とを不断に追求する研究者の、同志への叱咤激励と読むべきものであったということが、自ずと了解される結構となっている。この一文の初出掲載誌編集担当であった著者にしてみれば、ルイス氏の寄稿によって本書の構想が成ったのではないかと思われるほど、周到な論理構成である。ルイス氏に関する答は、もちろん冒頭「はじめに」で丁寧に解説されているにしても、この一文を梃子に、「生きた理論」（十頁）の模索に費やされた膨大な時間を思う時、文学を理論的に語るための不断の営為は、諸本を渉猟するのに値する膨大な労力であることを思い知らされるのである。

これが、わたくしの研究の最前線に関する俯瞰であると言って良い。このように「理論は死んだ」とする理論派もいれば、なお、理論構築に精力を傾注する先達もいると言うことなのである。かくして、最後に書き記したように、わたくしの関心は、「文学を理論的に語るための不断の営為は、諸本を渉猟するのに値する膨大な労力」に価するという点にある。一方で理論の錬磨に傾注する先達があるとすれば、わたくしの方法は、一見、旧態依然とした方法論ではあるけれども、文献学の現在を批判しつつ、さらなる更新を目指して進んで行きたいと考えているのである。これこそ、わたくしが様々な研究に学んで得た最善の方法論なのだから。

*

最後に、本書の生命線である《本文》についても述べておく。本書は、原則として、伝藤原定家筆本と伝明融等筆本の存する巻はこれを用い、それ以外の巻は大島本によりつつわたくしに校訂する方針を以て、これを敷衍することとした。また校訂に伴う本文解釈についてもこれと同様の方針を採っている。すなわち、これは研究者が自説を展開する際に生ずる最低限の説明責任であると信ずるからである。また、同時代史料も徹底的に洗い出し、検討を加えたつもりであるが、むしろ、誤読や誤用も少なくないものと思われる。一読後のご教示を切にお願いしたい。

注

(1)「書評・藤井貞和著『平安物語叙述論』のために」「古代文学研究　第二次」10号特別号(古代文学研究会、二〇〇一年一〇月)

(2)「書評・兵藤裕己著『物語・オーラリティ・共同体—新語物り序説』」(「日本文学」日本文学協会、二〇〇二年九月)

(3)「書評・東原伸明著『源氏物語の語り・言説・テクスト』」(「日本文学」日本文学協会、二〇〇五年三月)

第一部
序論

琴は胡笳の調べ
光源氏の秘琴伝授・承前

1　序章

かつて、わたくしは、「若菜」下巻の女楽において女三宮が奏でた「胡笳の調べ」について、「光源氏の秘琴伝授「若菜」下巻の女楽をめぐって」なる一文を草したことがあった。前著『光源氏物語の思想史的変貌《琴》のゆくへ』に収録し、また『日本文学研究論文集成　源氏物語2』にも収録されているので、比較的参看されることも多い論文であろうと思われる。(1) しかしながら、その後、みずから七絃琴を手にして、実際に奏法や琴学史、および現存琴曲を学んでみると、いくつか修正を要すべき課題があることが判明したので、抜本的な改稿の必要性を感じるようになった。そもそも前稿は、『うつほ物語』の琴の秘曲「胡笳」の考証「琴曲「胡笳」と王昭君説話の複次的統合の方法について「『うつほ物語』比較文学論断章」なる論から出発したものであった。(2) 物語文学においては、『うつほ物語』と『源氏物語』のみに見える、「胡笳」がいかなる物語内容の楽曲、もしくは意味を有する「調子」であるのかということについては、現在でも大筋で見解の変更はない。

しかしながら、後代の偽作であろうとして、一切考証をせずに処理した、蔡琰（＝文姫）の悲劇を奏でた「胡笳十八拍」が唐代には存在し、現在でも「大胡笳」「小胡笳」として伝承されていること、および『吏部王記』に、「蔡琰」の伝承が書き残されていることも判明し、数百あったとされる「王昭君（王明君とも）」の代表的琴曲である「昭君怨」が『神奇秘譜』（一四二五年）には「龍朔操　旧名昭君怨」なる曲に改作されたものが残り、さらに『澄鑒堂琴譜』を初出とする『蕉庵琴譜』の「龍翔操　旧名昭君怨」もある。しかも、後者は、この楽曲の譜に照らして、「あまたの手のなかに心とどめてかならず弾きたまふべき五六の潑剌を、いとおもしろくすまして弾きたまふ」とある、「五六の潑剌」の運指法が、その三段目に見えるという事実も判明した。

そこで、このような急展開を見せる研究の進捗に伴って、明らかになりつつある『源氏物語』の琴楽の実態や奏法、さらには楽曲の物語内容と、奏でられる場面の内的連関について、再度詳細に検討し、その意味するところを考えておきたいと思うのである。

2　こかのしらべ

きんはこかのしらへあまたの手のなかに心とゝめてかならすひき給へき五六のはち《ら（河内本）》をいとおもしろくすまして
ひき給さらにかたほならすいとよくすみてきこゆ春秋よろつものにかよへるしらへにてかよはしわたしつゝ心
しらひをしへきこえ給さまたかへすいとうつくしくおもたゝしく思ひきこえ給

（「若菜」下巻　一一六〇⑥～⑨頁）[3]

近年刊行された注釈書のうち、（新編日本古典文学全集『源氏物語』五）は当該箇所を五箇と認定し、頭注には二説を併記する方法を採り、（新日本古典文学大系『源氏物語』三）のみ「胡笳」と認定し、表記に漢字《胡笳》を当てている（三四六頁）。『新大系』は校訂の根拠に原田芳起説を掲げ、

胡笳の調子、の意か。「五箇の調べ」とも。「笳は、胡人、蘆葉を巻きてこれを吹き、以て楽を作る。故に胡笳といふ。播（わか）れて琴曲となる。蔡琰」（白氏六帖事類集、河海抄所引）。蔡琰（後漢の人）の奏した胡笳の声が琴に写されたという。うつほ物語に「胡笳の調べ」「胡笳の声」「胡笳の手」（原田芳起説）などの例がある。（三四七頁）

とある。これらの根拠は『原中最秘鈔』下 に、

こかのしらへとは胡笳の調べ。実俊三品息五辻の拾遺品公世被勘進仙洞……又被書載 事少〃可勘申候先秘事はかり随見出申候云々。孝行説云、琴に五千調あり。搔手片垂　水宇瓶　蒼海波　鴈鳴調。伶人光氏説、搔手より鴈鳴のしらべに至まて孝行説前。（三〇一頁）[4]

と見える二説の前者を根拠としたものである。『原中最秘抄』に次いで『紫明抄』が後者を、また『河海抄』は両者の解を載せている。さらに『花鳥余情』『岷江入楚』は『うつほ物語』春日詣に見える「こかの声」を抄出するに至り、これらは北村季吟『湖月抄』に吸収されていると言ってよい[5]。近代に至っても、山田孝雄『源氏物語之音楽』が『河海抄』を紹介して、以後も新見と思しきものは拙著当該章を除いて他はなかった[6]。今回、発表後十年を閲して、これらの諸問題も、総て克服できると思われる成案を得たので、以下、論証してゆくこととしたい。

＊

さて、今日この《胡笳》の用例の本邦最古の文献と思われる『うつほ物語』では、すでに〈日本古典文学大系『宇津保物語』一〉が、これを「胡笳」と認定したのを後発の諸注も承認し、音楽伝承譚に関する論考が提出されている状況から比べて見ると『源氏物語』の諸注は、『新編全集』に至るまで、まったく立ち遅れている感が否めなかったのであった。例えば『うつほ物語』研究史では野口元大がこの物語の《こか》と『源氏物語』の《こかのしらへ》とを同一のものと認定した上で、

「五六のはち」が古来問題とされている。河内本では多く「五六のはら」であるが、これはおそらく「五六の拍」ではないかと思われる。うつほ物語によってみれば胡笳の曲で重要視される手どころは、二の拍であったようであるが、その二の拍は、速成教育の女三宮では心もとないので、源氏は特に効果を挙げやすい「五六の拍」を選定したのではなかったろうか。（四六六〜七頁）

と指摘してもいた。[7] しかしながら、これを踏まえた女楽に関する論考は管見の及ぶところ、卑見の追認と部分的修正案の提示を除き、これを真向から検討を加えた論文を知らない。ただし、野口氏を含む『うつほ物語』諸注もまた、この《胡笳》を蔡琰（＝文姫）の「胡笳十八拍」としたことなど、『源氏物語』諸注は、若干の修正を必要とすることは言うまでもないのである。

そもそも、《胡笳》の起源は北宋・郭茂倩・編『楽府詩集』巻五九「琴曲歌辞」[8]に、

《後漢書》曰、「蔡琰、字文姫、邕之女也。博学有才弁、又妙於音律、適河東衛仲道。夫亡無子、帰寧于家。興平中、天下喪乱、文姫没於南匈奴。在胡中十二年、生二子。曹操痛邕無嗣、乃遣使者以金璧贖之、而重嫁陳

留董祀。後感傷乱離、追懐悲憤、作詩二章。」《蔡琰別伝》曰、「漢末大乱、琰為胡騎所獲、在右賢王部伍中。春月登胡殿、感笳之音、作詩言志、曰、『胡笳動兮辺馬鳴、孤雁帰兮声嚶嚶。』」唐劉商《胡笳曲序》曰：「蔡文姫善琴、能為《離鸞別鶴之操》。胡虜犯中原、為胡人所掠、入番為王后、王甚重之。武帝与邕有旧、敕大将軍贖以帰漢。胡人思慕文姫、乃捲蘆葉吹笳、奏哀怨之音。後董生以琴写胡笳声為十八拍、今之《胡笳弄》是也。」《琴集》曰、「大胡笳十八拍、小胡笳十九拍、並蔡琰作。」按蔡翼《琴曲》有大小胡笳十八拍。沈遼集、世名流家声小胡笳、又有契声一拍、共十九拍、謂之祝家声。祝氏不詳何代人、李良輔《広陵止息譜序》曰、「契者、明会合之至理、殷勤之余也。」李肇《国史補》曰、「唐有董庭蘭、善沈声、祝声、蓋大小胡笳云。」

と見えている、唐・劉商の「胡笳曲序」の「胡人思慕文姫、乃捲蘆葉吹笳　奏哀怨之音、後董生以琴寫胡笳聲、爲二十八拍、今之胡笳是也。」を論拠として生成された「仮説」である。と言うのも、この《胡笳十八拍》の成立に関しては異説もあって、すでに一九六〇年前後、郭沫若を旗頭とする真作説、劉木杰を始めとする偽作説を中心に中国学会内での論争にまで発展したという研究史があった。これは入矢義高の諸説を網羅した報告があり、これによれば、最終的にその偽作説を唱える側の実証主義的姿勢が優勢のうちに終息したものと認定されているものである。(9) その主要な真作説批判としては、

○この作品が唐以前の文献には見えず、『楽府詩集』を初出とすること。

○その風格体裁が東漢の詩格に合わぬこと。

○地理・歴史叙述が、史実とあわぬこと。

などが挙げられていた。したがって、わたくしもまた「胡笳十八拍」が晩唐・劉商の偽作であるとの措定に依拠して、前著当該章を草したのであった。

しかしながら、醍醐天皇の皇子たる重明親王の『吏部王記』延長二年十二月廿一日条の「中宮内裏奉仕御賀」に、

宴酣左大臣(藤原忠平)率一毎大夫自中宮(穏子)御方執楽器、於又廂当御座跪大臣第一執北邊大臣(源順)清和御時書ク元清和七宮(×合)也。聞承和御時蔡琰《サイタン》也。献箏「春鶯囀」譜付木枝、次、八條中納言(藤原保忠)執琵琶、次、琴、箏、和琴、式部卿親王(敦実親王)問之、大臣奏曰、后宮奉給貞大臣譜、以次称ス名ヲ、了弾彼和琴云々。了王公賜禄。

と見えており、北邊大臣（源順）が、承和御時における、《書の名手たる蔡琰《さいえん》》として比定されていたことが見えている。もちろん、この蔡琰伝は、碩学と知られた父・蔡邕《さいよう》とを混同した誤伝ではあるものの、「胡笳十八拍」にちなむ蔡琰周辺の逸話が流布していた可能性はあり得よう。(10) この蔡琰もまた、後漢の時代に、異国、胡に嫁いで子をなし、最期は非業の死を遂げた女性の物語であって、《胡笳》と言えば物悲しさを、胡と言えば塞外の地をすぐに連想させるものであること、石崇『王明君詞』のそれも同様なのであった。したがって、王昭君伝承の琴曲と「胡笳十八拍」の原作とが本邦には渡来して演奏されていた可能性をも踏まえて、前著の欠を補いつつ、この楽章の主題と物語の主題の連関に就いて再考しなければならないのである。

しかしながら、結果的に《胡笳》に関して信用し得る文献は、『楽府詩集』巻二九「相和歌辞」「吟歎曲」中の石崇『王明君詞』の解題に見える、謝希逸の『琴論』の「胡笳明君三十六拍」を機軸にすべきこと言うまでもあるまい。なぜなら、この琴曲こそ、『うつほ物語』「内侍のかみ」巻の王昭君伝承にまつわる琴曲であることが確かなこ

とだからである。それは相撲の節終了後の賀宴、帝の執拗な要請により、藤原仲忠が苦肉の策として秘曲の被伝授者たる俊蔭女を唆し、弾琴の場を設けた、その演奏の最中の、帝の秘琴の曲の譜を辿りつつ語る一連のくだりを指すのである。

かかるほどに、めでたく遊ばしかかりて、その声いとしめやかに弾き給ふ。上、手どもを取り出でて御覧じつつ、「この手には、など言ふありけり」、また、「など弾くべき手なり」などのたまふ。このたまふごと、しをすさの声に遊ばす様、同じ位返して掻き変へ給ふ様の琴の音、面白きことことわりなり。同じく掻い弾き給ふ様の手遣ひなむ、愛しくめでたかりける。「このめくたちを、昔、唐土の帝の戦に負け給ひぬべかりける時、北の方、譜のごと尽くして、めづらしき手をさへ尽くして遊ばす。一並は、胡笳の声、譜のごと遊ばして、胡の国の人ありて、その戦を静めたりける時、天皇、喜びの極まりなきによりて、『七の后の中に、願ひ申さむを』と仰せられて、七人の后を絵に描かせ給ひて、胡の国の人に選ばせ給ひける中に、すぐれたるかたちありける、その内に、天皇思すこと盛りなりければ、その身の愛を頼みて、『こくばくの国母・夫人の中に、我一人こそは、すぐれたる徳あれ。さりとも、我を武士に賜ばむやは』の頼みに、かたち描き並ぶる絵師に、六人の国母は千両の黄金を贈る、すぐれたる国母は、おのが徳のあるを頼みて贈らざりければ、劣れる六人は、いとよく描き落として、すぐれたる一人をば、いよいよ描きまして、かの胡の国の武士に見するに、『この一人の国母を』と申す時に、『天子は、言変へず』と言ふものなれば、え否びず、この一人の国母を賜ふ時に、国母、胡の国へ渡るとて嘆くこと、胡笳の音を聞き悲しびて、乗れる馬の嘆くなむ、胡の婦が出で立ちなりける。それを聞くに、獣の声にあらじかし。それを遊ばしつる御手、二つなし。あらはともおもほえたつれ」と

「琴を抱く王昭君」山本琴谷（1811–1873）
稽古有文館蔵　撮影・原豊二

のたまふほどに、八の拍に遊ばし至る。それ、かのなむやうのいへの族なりけり。

（「内侍のかみ」四二八⑤〜九⑤頁）(11)

「かたち描き並ぶる絵師」に「六人の国母は千両の黄金を贈」り、「すぐれたる国母（＝王昭君）は、おのが徳のあるを頼みて贈ら」なかったところ、絵師が「劣れる六人は、いとよく描き落とし」「一人をば、いよいよ描きまし」たので、胡の武士はこの「すぐれたる国母（＝王昭君）」を和平のために自分の妻として指名したというのである。『西京雑記』、『世説新語』の話柄とも後宮の数字などが異なるものの、これは本邦に渡来していた王昭君伝承をもとにした琴曲であることは疑う余地もあるまい。つまり、「胡笳の音」の原拠たる琴曲としては、「胡笳十八拍」のそれよりも蓋然性が高いことが明らかだからである。したがって、この琴曲は『楽府詩集』『文選』にも採録されている、石崇《せきすう》『王明君詞』をモチーフとして編曲された楽曲の一バリアントであることが判明したのである。というのも、『楽府詩集』の編者・郭茂倩《かくもせん》の手になる石崇『王明君詞』の解題に拠れば『琴論』にこれを含め、地方より採録された音律の異なる七種の曲調の名が記され、『琴集』には「明君」とする琴曲だけで、当時三百余弄（弄＝引＝曲）が存在したと記されている。さらにこの解題には「胡笳明君別五弄」も見えていて、石崇『王明君詞』がさらに主題ごとに五種の曲

「辞漢・跨鞍・望郷・奔雲・入林」に派生していたことも知られている。この一弄に「跨鞍」とあるのは、石崇『王明君詞』の歌辞本文に、「僕御涙流離たり、轅馬も悲しみ且つ鳴《いなな》けり」あたりをモチーフにしたものであろうと思われるのである。

謝希逸『琴論』曰、「平調《明君》三十六拍、胡笳《明君》三十六拍、清調《明君》十三拍、間絃《明君》九拍、蜀調《明君》十二拍、呉調《明君》十四拍、杜瓊《明君》二十一拍、凡有七曲。」
『琴集』曰、「胡笳《明君》四弄、有上舞、下舞、上間絃、下間絃。《明君》三百余弄、其善者四焉。又胡笳《明君別》五弄、辞漢、跨鞍、望郷、奔雲、入林是也。」按琴曲有《昭君怨》、亦与此同。

さてここで、三上満がわたくしの考証について、「典拠の面に重きがあり、音楽面には綿密でない所もあって、『胡笳』の比定に関しても十分詰められたものにはなっていない」と大筋での典拠説は認めつつも、楽理としての厳密さにかけるとした批判を想起しておかなければなるまい。(12) この論文は、《胡笳の調べ》と《胡笳明君》とを同一視して扱った拙著の問題点としてあり、厳密には、調子と曲とは本来は別物であると認識しなければならないというのがひとつの骨子である。言い換えれば、『うつほ物語』の「内侍のかみ」巻の当該例と『源氏物語』「若菜」下巻のそれは、前者が、演奏クライマックスの組曲であり、後者は、まず、琴《きん》の独奏開始時の序曲であるということから、《胡笳》という楽曲の持つ異郷性のモチーフは共通するものの、両者は同じ譜の曲ではないと言う作業仮説に立って、厳密に再検討する必要性が生じてくるわけである。(13)

そもそも、かつて古代中国には、《〜調》と呼ばれる旋法または調性が六十あったと言う。それを我が国の雅楽では、十二調に再編し、さらに今日では六調のみが行われているのである。例えば、《平調》《黄食調》《壱越調》などがそれであり、これは西洋音楽の序曲（＝オーバーチュア）に相当するものであって、今日の雅楽演奏会においても、『平調音取』のあとに、琴曲が演奏されるというプログラムを想定すればよいのである。三上氏の指摘は、前著の時点で、わたくしの古代音楽の原理原則を踏まえるべき視点に欠けていることを、鋭く指摘されたものであった。しかし、前掲のように、『琴論』だけでも七種類の《王明君》関係の旋法もしくは調性の序曲が存在し、琴曲もまた、胡笳《明君》四弄、胡笳《明君別》五弄なる《昭君怨》の存在が確認できるのであれば、これらの物語内容からして、『うつほ物語』の「内侍のかみ」巻の場合、「胡笳《明君別》五弄＝辞漢、跨鞍、望郷、奔雲、入林」、すなわち、琴の組曲《昭君怨》を比定してもよいということになるだろう。

とすれば、『源氏物語』の場合、蔡琰（＝文姫）の「胡笳十八拍」をどのように扱えばよいのか、と言う問題に関しては、まだ判断に猶予の余地が残ると言うことになる。

ところが、我が国にのみ現存する、六朝時代、丘明（四九三〜五九〇）の伝譜によるという世界最古の琴譜「碣石調幽蘭」譜の尾題（琴曲目録）[14]に（本書三三五頁図版参照）、

碣石調幽蘭第五　此弄宜緩消息彈之。
楚調。千金調。胡笳調。感神調。
楚明光。鳳歸林。白雪。易水。幽蘭。遊春。漾水。幽居。坐愁。秋思。長清。短清。長側。短側。上舞。下上舞。上間絃。下間絃。登隴。望秦。竹吟風。哀松路。悲漢月。辭漢。跨鞍。望鄉。奔雲。入林。華舜十遊。史明五弄。董揩五弄。鳳翅五路。流波。雙流。三峽流泉。石上流泉。蛾眉。悲風拂隴頭。風入松。遊絃。楚客

吟秋風。東武太山。招賢。反顧。閑居楽。鳳遊園。蜀側。古側。龍吟。千金清。屈原歎。烏夜啼。瑟調。廣陵止息。楚妃歎。

と、隋末から唐初頃に存在した、四つの琴調や五十余の琴曲が記されており、このうちの「胡笳調」こそが、『源氏物語』「若菜」下巻の《こかのしらべ》そのものであったという蓋然性が認められよう。この調と曲の配列からしても、《こかのしらべ》は、古楽の序曲（＝オーバーチュア）としてのそれであることが推定できるし、さらに「長側。短側。上舞。下上舞。」「辭漢。跨鞍。望鄉。奔雲。入林」と見えるのは、それぞれ、前者が「胡笳明君四弄」、後者が「昭君怨」を主題とする「胡笳明君別五弄」と呼ばれるものであり、『楽府詩集』収載の琴楽関係文献と数百年の時差を数えても見事照応する。

加えて、『神奇秘譜』（一四二五年）の下巻、「霞外神品、黄鍾調（即無射）」の部に、「龍翔操　旧名昭君怨」と「胡笳十八拍」の別伝たる「大胡笳」「小胡笳」が属しているから、「胡笳調」は、蔡琰「胡笳十八拍」も、「胡笳明君」も共に黄鐘調の別名であり、調絃は「緊五漫一各一山」すなわち、一絃と五絃を同音で調絃することであったと認定することができる。とすれば、この「胡笳調」は、異国性、辺境の地で果てた女性を悼んだ「哀怨之音（唐・劉商）」と言う主題に於いて共通し、悲しく奏でられた葦笛の曲をイメージする《しらべ》なのであったと言うことが明らかになったのである。加えて、先の『幽蘭』譜の琴曲目録に「胡笳十八拍」は見えず、「胡笳明君」のみが見えていること、また、物語史からの連関性等からして、女楽の「胡笳の調べ」は黄鐘調で、「胡笳明君」の楽曲のオーバーチュア（＝序曲）を奏でたものと言うことになろう。

3　楽論と流謫と《胡笳の調べ》

さて、「若菜」下巻の女楽の主題へと戻ろう。そもそも、「女楽」の楽とはいったいいかなるものであったのか。この条についてはすでに石田穣二に精緻な注解があるが、氏も述べるように、こと音楽に関しては、

まだ誰もこの物語の音楽の問題にまともに取り組む人はいない。しかし、文学の問題として、誰かが取り組まねばならぬ問題である。（二二六頁）(15)

と述べられている。わたくしはこの問題を、より明確に跡づけたいと思うのである。

さて、拙著当該章でも、この女楽のテクストが《胡笳》のみならず、『うつほ物語』を範としていることは、すでに諸注に指摘があったことを確認した。例えば、この女楽のさなか、源氏が夕霧に楽論を述べるくだりでは、

……この国に弾き伝ふるはじめつかたまで、深くこの事を心得たる人は、多くの年を知らぬ国に過ごし、身をなきになして、この琴をまねびとらむまどひてだに、し得るは難くなむありける。げに、はた、明らかに、空の月星を動かし、時ならぬ霜雪を降らせ、雲雷を騒がせたる例上がりたる世にはありけり。かく限りなきものにて、そのままに習ひとる人のあり難く、世の末なればにや、いづこのそのかみの片はしにかはあらむ。されど、かの鬼神の耳とどめ、かたぶきそめにけるものなればにや、なほ、なまなまにまねびて、思ひかなわぬたぐひありける後、これを弾く人よからず、とかいふ難をつけて、うるさきままに、今はをさをさ伝ふる人なしとか。いと口惜しきことにこそあれ。琴の音を離れては、何ごとをか物をととのへ知るしるべとはせむ。

げに、よろずのこと、衰ふるさまはやすくなりゆく世の中に、独り出て離れて、心をたてて、唐土高麗とこの世にまどひ歩き、親子を離れむことは、世の中にひがめる者になりぬべし。などか、なのめにて、なほこの道を通はし知るばかりの端をば、知りおかざらむ。調べひとつに手を弾き尽くさんことだに、はかりもなきことなり。

（「若菜」下巻　一一五八②～九②頁）

とあるように、俊蔭漂流譚を踏まえて、《琴》の徳が奇瑞をも巻き起こす超越的な楽器であることを強調しつつ、なおも「などか、なのめにて、なほこの道を通はし知るばかりの端をば知りおかざらむ」と《琴》の伝授の意図を述べている。これは《琴》の家の音楽繁栄譚としての俊蔭一族の系譜を理念的に継承した言説であるが、女楽の中心にあった女三宮の弾琴は予想外の上達ぶりであり、光源氏は夕霧、紫の上に同意を求めるほど満足を示しているが故に「ましてこののちといひては、伝はるべき末もなき、いとあはれになむ」と述べるこの叙述には、女三宮への不信とはいえ、そこには齟齬の感が拭えないとも言えるものであった。

諸注は「この琴は、まことに跡のままに尋ねとりたる昔の人は、天地をなびかし、鬼神の心をやはらげ……」とある言説を、『古今集』仮名序とその典拠たる『詩経』大序へとテクストコードを遡源させているが、これが音楽論である以上、厳密には不当としなければならない。本来、詩論が楽論に包接されることは、栗原圭介の研究に詳しいが、[16] 実際の音楽論の典拠としては、中国古代楽論『礼記』の「礼楽楽僨天地之情、達神明之徳」に遡源されるべきものであろう。なぜなら、『花鳥余情』に「楽書云、《琴》動天地、感鬼神」ともあるように、楽政一致を志向する論の本旨は、《琴》が「天地」の性能に基づき、かつ「鬼神＝神明」＝神がみにも等しい功徳をなすべきものでなければならないとあるからである。むしろこれが紀貫之によって詩論として『古今集』「仮名序」に転用されたにすぎないのであるから、本来施注の引用は『礼記』に依るべきなのであろう。

　また、光源氏の音楽論の思想的基盤となった典拠としては、『文選』「琴賦」が最もテクストの内実に適合するものであろうと思われる。とりわけ、《琴》の楽器の最優位にあることと、被伝授者の不在を嘆く叙述の一致は、特に後半部の「なほこの道を通はし知るばかりの端をば、知りおかざらむ。調べひとつに手を弾き尽くさんことだに、はかりもなきことなり」とあるのが、「乱曰、…琴徳不可測兮。体清心遠、貌難極兮。良質美手、遇今世兮。紛綸翕響、冠衆藝兮。識音者希、孰能珍兮。能盡雅琴唯至人兮（衆芸の冠たる琴の良質美手の音を知ること、今の世にはまれである）」という言説によったものということになるであろう。とすれば、光源氏の音楽論は、長編物語の先蹤たる『うつほ物語』の俊蔭一族の秘琴と秘曲《胡笳》の伝授の系譜を踏まえた言説を必要としたことも理解できるはずである。

＊

　光源氏の言説「《琴》の道」を「知りおかざらむ」とは、さらに高い理念としての徳の伝授を指しているものと考えられる。『礼記』にも「審楽以知政（楽記）」とあり、楽の統たる《琴》を学ぶことによって政を知る王者の理念を説いていることになる。

　つまり、光源氏の秘琴伝授は、本来、「衆芸の冠たる琴」の楽統継承を願ってのものでなければならないはずであるのに、その内実は、朱雀院の、光源氏への篤い信託に答えんとして企図した女楽の、そのメインパートを女三宮に託したにすぎなかったのである。王家統流《わかんどおり》にのみ相承されるべき音楽は、このような中国古代楽論を理念として、その実践はなされねばならなかった。それゆえ、女三宮に会得せしめた「胡笳の調べ」の弾琴は、女三宮が満足すべき手を備えていることが必要絶対条件だったのである。

来るべき院の算賀への準備は整った。しかし、女三宮はその音楽論を理解し実践し得る内実を備えていたのであろうか。当初より女三宮が理念の王たる光源氏の礼楽思想を継承する〝君子〟足り得なければ、この秘琴伝授の意味は、光源氏自身の、兄朱雀院に対する「報本反始」のみに留まっていたものとしなければならない。そこに光源氏の絶望と女三宮の悲劇が内在していたのではなかったろうか。

*

しかし、とりもなおさず、女三宮が、「《かくことごとしき琴はまだえ弾きたまはずや》とあやふくて、例の手馴らしたまへるを調べ」られた《琴《きん》》であるにもかかわらず、《胡笳の調べ》を無難に弾き得たのは意義深いことなのであって、その音合わせの段階で、笛の名手・夕霧にすら、「《琴》は、なほ、若き方なれど、習ひたまふさかりなれば、たどたどしからず、いとよく、物に響きあひて、優になりにける御琴の音かな」と映り、彼は拍子を取りながら唱歌し、光源氏もまた扇をうち鳴らしながら唱ったのである。これは女三宮の手に二人が不安を感ずることなく、むしろ『礼記』に「感於物而動、故形於声（楽記）」とあるごとく、率直にその音色を楽しんだことを示しているわけで、女三宮が光源氏自ら教えた手を十分マスターしていたのに満足した故の行為と解してよい。さらに光源氏は紫の上にまで、女三宮の上達ぶりを認知させもしているのであった。

したがって、これら相互に矛盾するかにも読み得る叙述は、両義的な意味を担い、光源氏の兄朱雀院への誠意を示すかたわらで、光源氏の悲願たる永続的な自らの血統による皇統譜が冷泉帝退位以後断絶する無念を、女三宮に楽の統たる《琴》を伝授することによって、理念の王としての観念的系譜が光源氏退場後の御世にも延伸してゆくことを可能ならしめるものとして、見做しておくほかはあるまい。[17]

ただ、物語史的に付言すれば、「宿木」巻に、**「故六条院の御手づから書きたまひて、入道の宮に奉らせたまひし**

琴《きん》の譜二巻、五葉の枝につけたるを、大臣取りたまひて奏したまふ」とあって、物語には語られなかった故六条院＝光源氏の「琴の譜」の存在が記されている。光源氏が女三宮のために楽譜を書いていたものがあって、光源氏の宿願は、一応、女三宮→薫というかたちで、楽統の延伸を見たことになっているのであった(18)。

*

ところで、『うつほ物語』の俊蔭一族の秘琴と秘曲《胡笳》の伝授とを継承することを銘記する光源氏の言説は、かつて、『うつほ物語』のそれもまた「胡笳の調べ」の伝授史であったと規定されるとき、冒頭の女三宮の弾琴のテクストもまた、同じ琴曲による楽統継承譚が成立したことを意味しよう。とすれば、なぜ、本来「事の忌みある」物語であるはずの、「胡笳の調べ」でなければならないのかと言う課題もまた浮上してくるのである。したがって、『うつほ物語』の楽統継承譚、とりわけ「内侍のかみ」巻の構造的な王昭君伝承の取り込みに准らうかとも思われる『源氏物語』の秘琴伝授の構造を解明することは、楽の音が女三宮物語そのものの《換喩《ミトニミー》》として綴られている物語であることが、明らかになるものと思われる。

*

そこで、わたくしは手懸りを、まず『源氏物語』の音楽論のプレテクストと思しき「琴賦」に求めることとしよう。するとここには、琴の名曲として以下、

若次其曲引《ひケバ》レ所宣《よろシキ》、廣陵止息、東武…下《ニ》レ逮《およべバ》謡俗、蔡氏五曲、王昭、楚妃、千里、別鶴。　（八四六頁）

と「広陵散」を上位に、次いで「王昭君」などの琴曲も挙げられている。すなわち、「古雅なる曲の間をつなぎ中

間に交えるものとしてみるべきところのあるもの」としての位置付けではある。しかし、『楽府詩集』所引の『古今楽録』に、「晋、宋以来、明君止絃隷少許為上舞而巳。」とあり、すでに中国でも秘伝の部類に入っていたこの曲は、わが国においては秘伝中の秘伝と称してもよいものであったらしい。本邦最古の楽書『教訓抄』巻六「無舞曲楽物語　六八」に採録される古楽「王昭君」には、請来された時点で舞曲ではなくなっており、

本朝ニ絶畢、而南宮《貞保親王》従尺八吹伝御坐云々。又云我朝醍醐天皇作改御坐云々。延喜廿年(九二〇)御作之後、絃家有之。[19]
管家絶畢。中院呂《右大臣源雅定(一一七五薨)》之時、遷管　云々。（一一八頁）

と見え、延喜の御手にて再興せしめられた楽曲が絃家（弾絃相伝の家）に存在したと言う記録として残されているのであった。この記録には明石の音楽伝承譚を想起させるものでもあろう。すなわち、明石入道が光源氏に、琵琶についてではあるけれども、

「……なにがし、延喜の御手より弾き伝えたること三代になりなん侍りぬるを……ものの切にいぶせきをりをりは、掻き鳴らし侍りしを、あやしうまねぶ者の侍るこそ、自然にかの前大王の御手に通ひて侍れ」
（「明石」巻　四五四頁）

と語るのを始め、この物語の音楽相伝がほぼ王家統流に限定されること、かつ、この物語における文化創造主の象徴としての延喜帝（醍醐）の事蹟が、こと、「王昭君」の楽曲の再建にも文献学上の裏づけを得られたのであれば、

かつて山田孝雄が、

かくて考ふれば、これはこの物語はその世界をば現代とせずして、その琴の盛んに行はれたる時代に求めたるが為なるべく、かく考へずば、この矛盾は解釋しうべからざらむ。（一〇七頁）

と規定した、この物語の時代設定の方法とも合致する貴重なテクストであるとも言えるのである。

つぎに、王昭君伝承が抱え込むもう一つのモチーフ「流謫」についてもふれねばならない。この楽統継承が『うつほ物語』以来、伝統的に貴種流離の《話型》を包摂することはすでに述べた。かつ、伝承と音楽とはこの物語においても、切り離して考えるべきものではない。そこで、この物語の《琴のこと》の叙述を通覧し、《胡笳》との関連性をさらに考えてみることとする。すると、この物語における《琴》の叙述を検証する時、当該の「若菜」下巻に照応すると思しき琴曲弾奏が「須磨」の巻にある。流謫の日々を過ごす光源氏は、以下のように描かれているのであった。

冬になりて、雪降り荒れたるころ、空のけしきもことにながめたまひて、琴を弾きすさびて良清に謌うたはせ、大輔横笛吹きて遊びたまふ。心とどめて、あはれなる手など弾きたまへるに、こと物の声どもはやめて、涙を拭ひあへり。昔胡の国に遣はしけむ女を思しやりて、ましていかなりけん、この世にわが思ひきこゆる人などをさやうに放ちやりたらむことなど思すも、あらむ事のやうにゆゆしうて、源氏「霜の後の夢」と誦じたまふ。

（「須磨」巻　四二八⑦～⑬頁）

この「胡の国に遣はしけむ女」はのちの韻の朗唱から王昭君のことであると判明するが、その弾琴の状況設定よりして、ここもまた序曲としての《胡笳の調べ》というより、琴曲「胡笳明君」の可能性が高いというべきであろう。「霜の後の夢」は『和漢朗詠集』所引の大江朝綱の「王昭君詩」であるが、こうした状況で朗詠される「胡笳歌」には類型的な貴種流離譚の要素があったらしい。(20)

例えば、唐の岑参が「胡笳歌、送顔真卿使赴河朧」と題して、(21)

君不聞胡笳聲最悲　紫髯緑眼胡人吹　吹之一曲猶未了　愁殺楼蘭征戍児
涼秋八月簫関道　北風吹断天山草　崑崙山南月欲斜　胡人向月吹胡笳
胡笳怨兮将送君　秦山遥望朧山雲　邊城夜夜多愁夢　向月胡笳誰喜聞

と詠んでいる。この場合の《胡笳》は本来の木管の三孔の笛を念頭にしてのものではあるが、この曲想が辺境に向かう人を送る悲しみであることは記憶しておいていいだろう。

4　禁忌の主題の変奏

王明君詞並序五言　　　　石季倫

王明君者、本是王昭君。以觸文帝諱改焉。匈奴盛、請婚於漢。元帝以後宮良家子昭君配焉。昔公主嫁烏孫、令琵琶馬上作楽、以慰其道路之思。其送明君、亦必爾也。其造新曲、多哀怨之聲、故敍之紙云爾。

我本漢家子　将適單于庭　辭訣未及終　前驅已抗旌　僕御涕流離　轅馬悲且鳴
哀鬱傷五内　泣涙霑珠纓　行行日已遠　遂造匈奴城　延我於穹盧　加我閼氏名
殊類非所安　雖貴非所榮　父子見陵辱　對之慙且驚　殺身良不易　默默以苟生
苟生亦何聊　積思常憤盈　願假飛鴻翼　乘之以遐征　飛鴻不我顧　佇立以屏營
昔為匣中玉　今為糞上英　朝華不足歡　甘下與秋草并上 伝語後世人　遠嫁難為情

（『文選』巻第二七・詩戊・楽府上　一二九〇～二頁）[22]

これは夙に、『万葉集』巻七・譬喩歌「寄玉」三五に、

しらたまを　てにはまかずに　はこにのみ　おけりしひとぞ　たまなげかする

一三二五　白玉乎　手者不纏尓　**匣耳　置有之人曽　玉令詠流**

と言う享受の始発をみる『王明君詞』であるが、『源氏物語』では前掲の「須磨」巻に前半部の歌辞を踏まえた表現が見えるほかは、テクストに露頭する文言はみえない。ただし、王昭君の故事を踏まえたものは、「絵合」の巻に、

〈源氏〉「あながちに隠して心やすくも御覧ぜさせず、悩ましくきこゆる、いとめざましや。古体の御絵どものはべる、まゐらせむ」と奏したまひて、殿に古きも新しきも絵ども入りたる御厨子ども開かせたまひて、女君もろともに、今めかしきはそれそれと選りととのへさせたまふ。《長恨歌・王昭君などやうなる絵は　おも

しろくあはれなれど、事の忌あるはこたみは奉らじ》と選りとどめたまふ。

（「絵合」巻　五六二⑫〜三③）

さらに「宿木」の巻に、

〈中の君〉「あはれなる御願ひに、また、うたて御手洗川に近き心地する人形こそ、思ひやりいとほしくはべれ。《黄金求むる絵師もこそ》など、うしろめたくぞはべるや」

（「宿木」巻　一七五四⑥〜⑦）

これは「事の忌ある」物語絵として、楊貴妃と並ぶ悲劇の女性としての哀話が流布していたことを示している。(23) 原拠は『西京雑記』巻二所収の説話テクスト、もしくは、『世説新語』賢媛篇等の漢籍によったとも、『長恨歌絵巻』と同様、散逸した『王昭君絵巻』のそれによったかとも考えられるが、一方で、「須磨」巻にも朗詠された大江朝綱「王昭君」四韻の結び「昭君若贈黄金賂　定是終身奉帝王」もまた、作者の念頭にあったのかもしれず、多様な享受の相を想定しておく必要があるだろう。

いずれにせよ、作者は、悲劇の運命に散った女性のこの故事に精通していたことは間違いなく、こうした故事伝承摂取の方法は、『うつほ物語』のそれに比して極めて洗練されていると言えよう。例えば、『うつほ物語』の王昭君伝承の引用方法はこの伝承に若干の脚色を加えつつ、話型の型取りは原典のそれを踏襲するにとどまり、プレテクストとした説話の登場人物に、物語の登場人物を擬定すると言った類のものであって、あくまで叙述テクストの表層的な隠画として用いられていたものであった。しかし、「桐壺」巻と『長恨歌』の例を挙げるまでもなく、『源氏物語』のそれは、人物造型や、物語内容の設定に至るまで、自在な改変・統合を物語展開の軸としているのがこ

の物語の方法と言うべきものであったわけである。(24)

*

さて「若菜」下巻である。女楽は最後の優雅の時であり、光源氏の人生を総括する美の象徴でもあった。女三宮の弾琴はその中心で奏でられ、彼女は二月の青柳に喩えられる。序曲「胡笳の調べ」はよく澄みわたり、春秋よろずのものに調和する調子であった。あまたの女君の中でもひけをとらぬ「心しらひ」を身につけた女三宮を光源氏は誇りにすら思うのであった。

琴《きん》は《胡笳《こか》の調べ》、あまたの手のなかに心とどめてかならず弾きたまふべき五六の溌剌《はら》をいとおもしろくすましてひきたまふ。さらにかたほならず、いとよくすみてきこゆ。春秋よろづのものにかよへるしらべにてかよはしわたしつつ、心しらひ教へきこえたまふ。いとうつくしくおもただしく思ひきこえたまふ。

(「若菜」下巻　一一六〇⑥～⑨頁)

問題は、《胡笳の調べ》の「あまたの手のなかに心とどめてかならすひき給へき五六の溌剌」の問題である。本文は青表紙諸本が「はち」、河内本諸本が「はら」だが、ことここに限っては河内本が古態本文を保存していることが判明する。すなわち、『撥刺』という右手指法で、二絃（六絃は解放絃で、七絃の徽、六の四から五の六まで左手親指を揺すり（スライドさせ）つつ）を、同時に二本の指で手前に弾き、さらに間髪置かず外に弾き出し一声のように弾く奏法であって、この動きを「遊魚擺尾勢」と評して魚が水のなかで撥ねる様子を形容したものであった。すなわち魚の尾の撥ねるように奏するということなのである。これを「心とどめてかならすひきたまふへき」ものとしてあるべきところ、女三宮は「いとおもしろくすまして」弾いたというのである。[25] ここにいたって、先に留保しておいた「胡笳の調べ」の内実が、物語コードから追認され、さらに実際の奏法が「胡笳明君」のそれのメインパートであることから、王昭君の琴曲であったことが判明するのである。

＊

かくして女楽の直後、紫の上は発病し重態に陥る。そして女三宮と柏木の密通へと展開する。冷泉帝退位によって光源氏の血脈による皇統譜は断絶したものの、藤壺との禁忌は女三宮の弾琴を《換喩》として再び光源氏の記憶を呼び覚ますことになる。こうした「若菜」巻の一連の構図化を、周到に準備しつつあったこの物語の伏線をわたくしは「王昭君」をプレテクストとして読めはしないかと考えるのである。すると、この物語全体を覆っていた禁

王昭君関係図

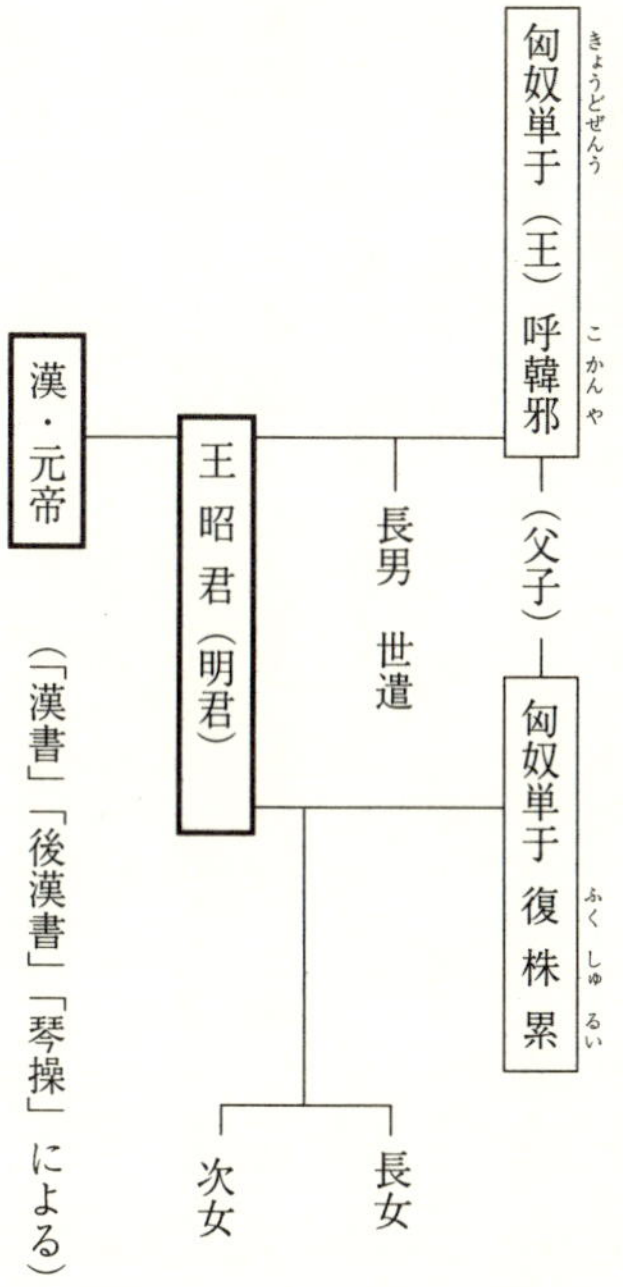

桐壺・光源氏関係図

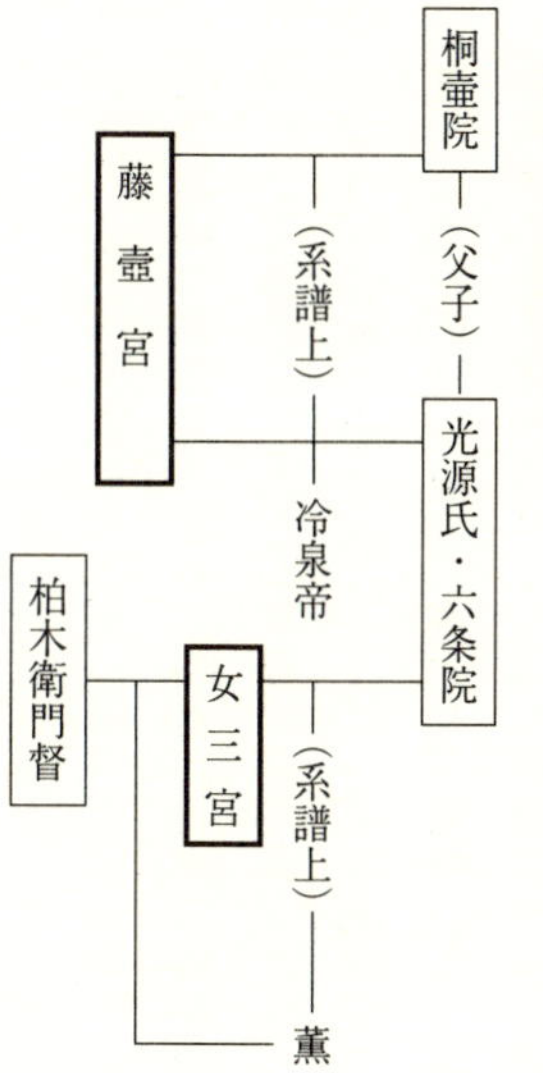

忌の構図は一層鮮明なものとして浮かび上がってくるからである。

すでに『文選』の「王明君詞」李善注所引の「漢書」を検するまでもなく、胡の国の社会制度として、昭君は、匈奴の因習によって父没後には実子に嫁がねばならなかった。「琴賦」本文に李善も註として引く『琴操』には、実子・世違に対して「汝為漢也、為胡也」と尋ねるも、子は「欲為胡耳」と答えたため、昭君は服毒自殺を遂げたとする、衝撃的な主題を有するものもあって、「王明君詞」の韻「父子見陵辱」に照応する。このように様々に派生するこの故事ではあるが、奈良朝の文人達は不運の旅立ちと異郷の死に多く筆を割いていた。『源氏物語』のそれも、表向き『うつほ物語』と同じく、異国に嫁ぐ女の悲嘆に重きを置いているかにも見える。すなわち、須磨での不遇の時代に掻き鳴らした琴の音を六条院に集う女君のもとに再演すると言う、王にとって諷喩性の強い楽曲を以て演ずるというモチーフである。これが光源氏の意思であり、かの須磨での弾琴に「胡笳の調べ」を奏しつつ、「霜の後の夢」と誦んじた心性の述懐を企図したもの、とも想定し得るだろう。とは言うものの、この詞の主題はむしろ「王明君詞」にも見えるとおり、「父子見陵辱　對之慙且驚　殺身良不易　默默以苟生」と詠まれているインセストタブーであり、漢の地では禁忌とされる重婚への拒否反応から生成された伝承なのである。とすれば、この物語を領導する禁忌の主題と、この詞の主題の交響は、見逃せないモチーフであると言えよう。また、この話柄は『後漢書』蔡琰伝に、「興平中、天下喪乱、文姫没於南匈奴。…曹操痛邕無嗣、乃遣使者以金璧贖之、而重嫁陳留董祀」とあるように、曹操が蔡琰の父蔡邕に嗣子のないことを痛んで、胡の国から蔡琰の遺児二人を「金璧」を以て「贖」い、陳留の董祀のもとに、古代中国ではタブーとされる「重嫁（＝再婚）」をさせた話にも共通する婚姻慣習の違和感であって、朱雀院父娘達の物語のフィルターを介すと、これらは微妙に話柄が重なってくることもあり、この場合、《胡笳の調べ》はそのモチーフとして、蔡琰の物語の西域風の悲劇性もまた排除されることはない

のである。(26)

つまり、これは一つの《可能態の物語》として提示するのだが、華やかな賀宴のその一方で潜在化しつつあった柏木物語への導火線は、女楽の女三宮の弾琴する曲の主題として、《胡笳の調べ》が弾奏されていた、と考えられよう。すでに頭をもたげつつあった禁忌の物語の再演出法は、継母とは言え、父桐壺帝の女御＝藤壺と光源氏の密通に、母子相姦の話型を取り込んだ第一部の方法により暗欝な位相を加えて、その当事者自身に秘琴《胡笳の調べ》と言う禁忌の絃律を奏でさせると言う、大胆な対位法《ポリフォーン》を試みている、という《可能態》の構造《テクスト》を指摘できるのである。

＊

ただ、この物語内容は、夕霧の紫の上思慕を介在させつつ、「若菜」巻自身に顕著な、回想の自己語りと停滞した時間のたゆたいの論理の中で補完的に創造されたもの、と見做している。また、藤井貞和の言うように、文化人類学的観点からすれば、藤壺事件もタブーの関係ではないとする見解もある。(27)しかしながら、蔡琰伝も王昭君伝もまた、胡の国では慣習でも、漢の国では決して許されることのない重婚の禁忌であることは疑えない。さらに、かつて阿部秋生が、藤壺の、光源氏への心根を辿った結果、従来の相思相愛の仲であったとする通説を否定し、嫌悪感をさえ伴う感情が存在したことを指摘したことも、(28)この物語の禁忌の主題に、蔡琰伝や王昭君伝承や胡笳の調べのインセストタブーの物語をプレテクストとする《話型》の型取りを抱え込む余地を示すものであろう。むしろ、この仮説を認定することによって、藤壺と言う女の物語はより深刻な運命の物語を構築しているのではなかろうか。

したがって、光源氏の秘琴伝授、それは、言い換えれば、禁忌の伝授でもあったことになる。巡る因果の物語は新たな構想を抱え込む。物語はプレテクストたる蔡琰伝や王昭君伝承の《話型》の束縛から解き放たれ、人物の設定を組み替え、引用のポイントはさらに女三宮から柏木へと転換されつつ、新たな物語として再生され、『王明君詞』の後半部、すなわち、無念のうちに屍となり朽ち果てる「柏木」巻の閉塞的状況へとなだれこんで、さらに暗い闇の間に進んでいったものと、わたくしは考えているのである。

かつて、小嶋菜温子は、先の光源氏の琴論の言辞に、物語の主題構想を分析して、

…「伝へ」の論理に身を委ねることにより、血の主題がよびおこされる。[29]（七五頁）

と述べたが、如様な物語の規定は、王昭君伝承の介在を認定することによって、より鮮明な把握を可能ならしめるであろう。

それゆえに、「鈴虫」巻での光源氏は、故人追想に《琴》を弾琴しつつ、袖を濡らしたのである。自らの伝授は自らの楽統継承を成し得たのではなく、禁忌の血を相伝したのに過ぎなかったのだと悟り、かつ、秘伝の曲、「胡笳の調べ」は自らの貴種流離を回想せしめる音楽としてでなく、ゆゆしき罪と宿世を喩える悲しい絃律であったことを思い合わせ得たからなのであったと言うことになろう。

5 結語

従来、「若菜」の女楽は文化の総覧者たる光源氏自身の文明の精華であり、最後の優雅を現出するとされてきた。しかし、絵巻の如く繰り広げられるこの宴に、物語を領導する禁忌の《話型》を包摂する蔡琰伝や王昭君伝承が、秘琴伝授に潜在化されていることは誰も指摘するものがなかった。光源氏の女三宮への秘琴伝授は、理念の王としての楽統の継承でもあり、実際に女三宮には荷が重すぎたともいえよう。しかし、一方で、朱雀院の要請を受けて

〈家のかため〉の論理に縛られた形ではあるが、往時絶えて久しい琴曲は、延喜の帝が再建した史実を踏まえた故事にちなむものであり、このような和漢の史実を背景にした秘琴伝授であるとすれば、これは従来の準拠説の枠外を逸脱するものではない。むしろ山田孝雄の結論と軌を一にするものでもあり、王朝文化の華がここに極まる感がある。

またこのように、『源氏物語』の女楽に書き込まれた楽曲の由来もまた、テクストの意味生成に参与していることが判明したことで、この女楽の意味についても、その音楽の物語内容が、《ゆゆしき罪と宿世を喩える悲しい絃律》であったという事実もまた、記憶しておかなければならないであろう。つまり、これは、作品外テクストである《胡笳の調べ》と言う音楽の物語内容が、読者、聴衆に想起されることで、物語そのものの悲劇性はより際立つことになるからである。

加えて、この《胡笳の調べ》が『うつほ物語』に《琴のこと》の秘曲として見える「胡笳の声」として見え、それが物語史を継承しつつも、その歌辞やモチーフによって、いくつかに引用のポイントをずらしつつ物語の主題として生成される方法は、『うつほ物語』の方法を遥かに凌駕するものであり、それが叙述の内部に潜在化して、テクストの表層にはごく僅かしか露頭していない点、また漢詩文の物語世界と音楽の交響による『源氏物語』の主題構築の方法、さらに物語世界創造の方法は、よりテクストの広がりを視野に入れた想像力を必要とするものであり、『源氏物語』に描き込まれた音楽伝承、物語内容の検討は、一層開拓の余地を残す分野であろうと思われる。

注

（1）初出は「光源氏の秘琴伝授　「若菜」巻の女楽をめぐって」「日本文学」一九九一年四月、のちに補訂して『光源氏物語の思想史的変貌　《琴》のゆくへ』（有精堂、一九九四年）に収録。さらに、植田恭代編『日本文学研究論文集成　源氏物語2』（若草書房、一九九九年）には後者の補訂版により収載された。

（2）初出は「琴曲『胡笳』と王昭君説話の複次的統合の方法について　『うつほ物語』比較文学論断章」『北京外国語学院・大東文化大学交流協定十周年記念論文集』（大東文化大学、一九九〇年）、のちに、『光源氏物語の思想史的変貌』所収。

（3）「若菜」下巻本文は『東海大学蔵桃園文庫影印叢書　源氏物語（明融本）Ⅱ』（東海大学出版会、一九九〇年）、その他の巻は『大島本源氏物語』（角川書店、一九九六年）により『源氏物語大成校異篇』（中央公論社、一九五三～六年）の頁行数を付した。

（4）本文は注(3)、『大成』（資料篇）による。ただし異体字はこれを訂す。また本文に、「琴に五千調あり」とあるのは「五ケ調」の本文転化もしくは誤植である。

（5）『紫明抄』「琴有五ケ調搔手　片垂……」（一二三頁）。
『河海抄』「琴五ケ調　搔手…一説胡笳歟白氏六帖第十八曰笳者胡人巻芦葉吹之以作楽也胡曰笳播為琴曲」（四八六～四八七頁）。

本文は玉上琢弥編『紫明抄・河海抄』（角川書店、一九六八年）による。

『松永本花鳥余情』五〇「うつほ第三かすが祭みやこ風といふことをこかのこゐにしらへてこくのめてたといふてをおり返しあそはす」（二四八頁）。

『岷江入楚』「必五ケ条のしらへ也　河琴五ケ調　搔手…一説胡笳歟…花うつほ第三かすか祭…弄五ケ也…以下略」（五〇八頁）

本文は桜楓社『源氏物語古注釈集成　花鳥余情松永本』（桜楓社、一九七八年）、『十三／岷江入楚　三』（桜楓社、一九八三年）による。
『湖月抄』は「細流抄・河海抄・花鳥余情」及び師説を引く。
本文は有川武彦校訂『増註源氏物語湖月抄』（弘文堂、一九二八年）による。
（6）山田孝雄『源氏物語之音楽』（宝文館、一九三四年）による。
（7）河野多麻『宇津保物語一』（日本古典文学大系、岩波書店、一九五九年）補注一六二参照。
原田芳起『角川文庫　宇津保物語』（角川書店、一九六九年）上・補注一二・中・補注八八「胡笳の曲をめぐる解釈の問題」「宇津保物語研究会会報二」一九六九年一一月。野口元大『校注古典叢書うつほ物語』（明治書院、一九六九、一九七八年）①七七頁・②一二三頁。野口元大『うつほ物語の研究』（笠間書院、一九七六年）四六二～四六七頁参照。
（8）本文は中津濱涉『楽府詩集の研究』（汲古書院、一九七〇年）による。
（9）入矢義高「紹介『胡笳十八拍論争』」（吉川幸次郎・小川環樹編集「中國文学報」十三冊、一九六〇年一〇月）参照。また、許光毅『琴史初編』（人民音楽出版社、一九八二年）、に蔡琰『悲憤詩』を《胡笳の調べ》としたものがあって、これが後、唐代に《胡笳明君別》、宋代に《胡笳十八拍》などの曲へと発展したものであるという見解を示している。
（10）本文は『龍門文庫善本叢刊別編二　花鳥余情』（勉誠社、一九八六年）の逸文による。「若菜」上巻の当該条施註の付箋には「蔡琰ハ唐ノ女ノ手書の名也」とある。また『史料大成　吏部王記』（臨川書店、一九八〇年）の使用本文は粗悪な『花鳥余情』本文によったもので注意を要する。
また『日本国見在書目録』には、蔡琰の父の蔡邕編にかかる『琴操』が見えている。
（11）本文は『うつほ物語全』（おうふう、一九九五年）により、適宜改める。
（12）三上満「宇津保物語の思惟　音楽の力」『講座平安文学論究　第十二輯』（風間書房、一九九七年）参照。
（13）ただし、三上論文が、「内侍のかみ」巻の曲を「胡笳調」としたのは修正が必要で、「胡笳調」を調べたのちに

「胡笳明君」を演奏したと考えられる（本書所収、「『源氏物語』の本文批判　河内本本文の音楽描写をめぐって」第三章、及び、本論文注(25)参照)。「胡笳調」は「葦笛」の音を基調として、葦笛による「哀怨の音」をイメージし得るものであった。したがって、『うつほ物語』の「胡笳の声」「胡笳の音」ともに《胡笳の音の調べ》と考えられる。また、三上論文に「胡笳明君二十六拍」とするものの、注(8)影印によれば、やはり「三十六拍」とある。

(14)　本文は、東洋琴学研究所の電子テキストを使用した。

(15)　石田穣二『源氏物語論集』（桜楓社、一九七一年）「若菜女楽注解稿一・二」、「六条院の女楽」音楽の項『講座源氏物語の世界　六』（有斐閣、一九八一年）

(16)　栗原圭介『中國古代楽論の研究』（大東文化大学東洋研究所、一九七八年）参照。

(17)　藤本勝義「冷泉帝退位と光源氏　若菜下巻の構造をめぐって」『源氏物語の想像力―史実と虚構』（笠間書院、一九九四年）参照。

(18)　本書「琴の譜の系と回路」参照。

(19)　本文は『古代中世藝術論集』（日本思想大系、岩波書店、一九七三年）所収による。

(20)　前掲3参照。ほか数え切れないが、今井源衛『改訂版　源氏物語の研究』（未来社、一九八一年）「時代設定の方法」『今井源衛著作集／第一巻』（笠間書院、二〇〇三年）所収の反論、清水好子『源氏物語論』（塙書房、一九六六年）など。

(21)　本文は『全唐詩』巻　百九十九　岑参二（中華書局、一九六〇年）二〇五三頁。

(22)　また、同韻の『文選』の引用は『文選李善注』（中国基本文學叢書・上海古籍出版社、一九八六年）巻一八・賦壬・八三五～八四九頁　以下効之。

(23)　高橋亨「源氏物語の《琴》の音」（「季刊 iichiko」二三号、一九九二年四月）や、拙著の「書評」（「日本文学」日本文学協会、一九九五年九月）に、試楽とは言え、こうした晴れの場で弾かれることそのものに対する疑義が指摘されているが、これは古代中国の宮廷音楽が、諷喩性を重視したことを想定すればよいのではなかろうか。齋藤奈美「「長恨歌、王昭君などやうなる絵は」―絵合巻の引用と秋好中宮」(「中古文学」六九号、二〇〇二年五月)には卑説を追認した上での展開を見せている。また、漢の国から見た、元帝と胡の王(呼韓邪単于《こかんやぜんう》)との重婚に甘んじた王昭君像と、「胡の国」で望郷の思いを抱きつつも、胡の王の婚姻慣習から、(呼韓邪単《こかんやぜん》于《う》)と、その王子(別腹・復株累単于)との二度の結婚に殉じた王昭君像のイメージは全く正反対の評価があって、「朝日新聞/be on Saturday」二〇〇五年七月二三日版に拠れば、内モンゴル自治区フフホト市には、呼韓邪単干《こかんやぜんう》と王昭君との仲睦まじい像が建っており、大同市の匈奴研究者・力高才氏のコメントに「後宮に残っていたら白髪になるまで飼い殺し。匈奴の王に嫁いだ方が幸せだったかも」と記している。同紙には、湖北省興山県宝坪村に住む王昭君の子孫・王作章さん(72)一家の写真を掲載している。村の人口の五〇〇/六〇〇が王氏で、三男が村長とのことである。

(24)　宗雪修三「桐壺巻と『長恨歌』生成するテクストとしての『源氏物語』」『源氏物語歌織物』(世界思想社、二〇〇二年)に周到な分析がある。

(25)　「五六の潑剌」は「龍翔操　旧名昭君怨」(蕉庵琴譜〈一六八六〉)の第三楽章冒頭のパート。「揺し按ずる暇も心あわたたしければ『源氏物語』作家の琴楽環境」(平成十七年度中古文学会秋季大会・大阪府立大学)での口頭発表。および本書所収「『源氏物語』の本文批判　河内本の本文の音楽描写をめぐって」参照。諸注「青表紙本は『五六のはち』とあるが、河内本の中に『五六のはら』とするものがあり、これが正しいであろう。『はらは潑刺《ハツラツ》とかく。七徽の七部あたりにて六の絃を按《さ》へて、五六を右手人中名の三指にて内へ一声に弾ずるを撥《ハツ》とい云ふ。外へ弾ずるを刺《ラツ》と云。つめていへば発刺《ハラ》なり』(『玉堂雑記』)」(一八四頁『古典集成』一九八〇年)、「『はち』は誤りか。河内本『五六のはら』。『はら』は『潑刺(はつらつ)がつまったもので、五絃、六絃を三指でもって内へ弾じ、外

王昭君像と青墓(フフホト市)(写真・朝日新聞社)

へ弾じて一声の如くする奏法だという（山田孝雄説）。（三四七頁『新大系』一九九五年）、「これも古注釈以来諸説あるが不審。近時では、五絃・六絃を搔爪（撥）で手前に搔くこととする説が有力」（二〇一頁『新編全集』一九九六年）、とある。『新編全集』の解のように、琴に撥は決して用いない。したがって前二者の注釈が、〃正解に近い〃ことになる。許光毅『怎祥弾古琴』（人民音楽出版社、一九九四年）及び、本書二三七頁参照。

(26) また、前著旧稿で「五六の拍」本文を採用し、石崇の「王明君詞」の章句三〇節との照合を考えた説は撤回する。

(26) したがって、前著旧稿において、「胡笳十八拍」そのものが『源氏物語』女楽に奏でられていた曲ではないという見解に関しては変更ないものの、「胡笳調」には、「王昭君」の楽曲に加えて、「胡笳十八拍」のモチーフをも包含したメロディーであったという可能性を否定しないということになる。

(27) 藤井貞和『定本源氏物語の始源と現在』（砂子屋書房、一九九〇年）の「タブーと結婚」参照。

(28) 阿部秋生「藤壷の宮と光源氏」『人物で読む源氏物語／藤壺の宮』（勉誠出版、二〇〇五年、初出・「文学」一九八九年八・九月）所収参照。

(29) 小嶋菜温子「六条院と女楽　光源氏主題の消長をめぐって」『源氏物語批評』（有精堂、一九九五年）参照。

身心の倶に静好なるを得むと欲せば　『聴幽蘭』

楽天の《琴》から夕霧の《蘭》へ

1　序

かつてわたくしが、『源氏物語』に関する拙い文藻を一書に纏めようとした時、ひとつのモチーフとなるべきものとして、光源氏の須磨流離譚を貫く文人精神が、唐代の代表的詩人白居易（字・楽天【七七二～八六四】）のそれに通うものであることを論の基幹としたことがあった[1]。

よろづの事とも、したためさせ給ふ。親しうつかうまつり、世になびかぬ限りの人々、殿の事とり行ふべきかみしも定め置かせ給ふ。御供にしたひきこゆる限りは、また選りいで給へり。かの山里の御住処の具は、えさらずとり使ひ給ふべきものども、**ことさらよそひもなく、ことそぎて、さるべき書ども、『文集《ぶんしゅう》』など入りたる箱、さては《琴《きん》》一つぞ持たせ給ふ。**所狭き御調度、はなやかなる御よそひなど、さらに具し給はず、あ

やしの山賤めきて、もてなし給ふ。（「須磨」巻　四〇五⑫～六④頁）[2]

言うまでもなく、白楽天の江州司馬左遷時代、「草堂記」（『文集』巻四三―一四七二、元和一二年（八一七）江州・作）[3]の、

堂中に木搨、四素、屛二、漆琴一張、儒・道・仏書、各三両巻を設けたり。

の一節を和文化したものであることは、誰にも明らかであろう。「ことそぎた」わび住まいに、儒道仏書と『白氏文集』、琴《きん》一張を携えて蟄居しようと言うのである。このように『白氏文集』を血肉化した光源氏の思想は、紫式部にどのように醸成されたのであろうか。本稿のもくろみの一つはこれである。

また、わたくしが、このようなことを考えていたちょうどその頃、ほぼ時を同じくして、吉田聡美が唐詩に見える琴の表現の類型性を指摘し、中純子は白楽天の音楽と文人社会をテーマに、その詩の内実と文人社会との関係を明らかにしつつあったようである。また、近年では丹羽博之の音楽関連の詩作についての丹念な調査があり、研究状況は進捗しつつあると言えよう。[4]かくして、『白居易研究講座』全七巻、『白居易研究年報』既刊三冊の上梓に及び、このような研究の機運はいやがおうにも高まりつつあると言えるのである。本章は、このような研究史の進展の中で、わたくしが白楽天の音楽にちなんで、我が国と唐代の文人の心性を比較文学的に考えてみたいと考えるのである。

さて、『白氏文集』の、あまたある《琴》にちなむ韻のいくつかを挙げてみよう。

好聴琴（巻二三―二三六九）　長慶四年（八二四）洛陽・作

本性好絲桐　塵機聞即空　本性絲桐を好み　塵機聞かば即ち空なり
一声来耳裏　万事離心中　一声耳裏に来たれば　万事心中より離る
清暢堪銷疾　恬和好養蒙　清暢にして銷疾に堪ゆ　恬和にして養蒙に好し
尤宜聴三楽　安慰白頭翁　尤も宜く三楽を聴くべし　安んぞ白頭の翁を慰めむ

聴幽蘭（巻二六―二六九二）　大和六年（八三二）洛陽・作

琴中古曲是幽蘭　為我慇懃更弄看　琴中の古曲是れ幽蘭なり
　我が為に慇懃として更に弄して看る
欲得身心倶静好　自弾不及聴人弾　身心の倶に静好なるを得んと欲せば
　自ら弾くは人の弾くを聴くに及ばず

北窓三友（巻二九―二九八五）　大和八年（八三四）洛陽・作

今日北窓下　自問何所為　今日北窓の下　自ら問ふ何為する所ぞ
欣然得三友　三友者為誰　欣然として三友を得たり　三友は誰と為さむ
琴罷輒挙酒　酒罷輒吟詩　琴罷みて輒ち酒を挙げ　酒を罷めて輒ち詩を吟ぜむ
三友逓相引　循環無已時　三友逓ひに相ひ引き　循環して已に時無し
一弾愜中心　一詠暢四支　一弾中心に愜ひ　一詠四支を暢ぶ

猶恐中有間　以酔彌縫之　猶中に間有らむことを恐れ　酔ひを以て之を彌縫す
豈独吾拙好　古人多若斯　豈に独り吾拙にして好むならむ　古人も多く斯のごとし
嗜詩有淵明　嗜琴有啓期　詩を嗜む淵明有り　琴を嗜む啓期有り
嗜酒有伯倫　三人皆我師　酒を嗜む伯倫有り　三人皆我師なり
或乏櫓石儲　或穿帯索衣　或は櫓石の儲に乏しく　或は帯索の衣を穿つ
絃歌復觴詠　楽道知所帰　絃歌して復觴詠し　道を楽しみて帰る所を知らむ
三師去已遠　高風不可追　三師去ること已に遠く　高風追ふべからず
三友游甚熟　無日不相随　三友の游甚だ熟し　日無く相ひ随はざるはなし
左擲白玉巵　右払黄金徽　左に白玉の巵を擲ち　右に黄金の徽を払ふ
興酣不畳紙　走筆操狂詞　興酣にして紙を畳まず　筆を走らせて狂詞を操る
誰能持此詞　為我謝親知　誰か能く此詞を持ちて　我が為に親知を謝する
縦未以為是　豈以我為非　縦ひ未だ以て是を為さざるも　豈に我を以て非と為さんや

これらの韻から読みとれる詩精神は、孤独な寂寥を慰撫するための《琴《きん》》であり、詩を陶淵明に、琴を栄啓期に、酒を伯倫に学ぶと言う詩琴酒の世界であり、先蹤としては竹林の七賢等に象徴されるような文人精神の発露であった。この精神世界の《琴《きん》》は、もっぱら饗宴の場で演奏される《琴《きん》》ではなく、むしろ、ひとり《琴《きん》》を爪弾き、思索に耽る光源氏のそれに比定しうるものと言えよう。そして、こうした心象風景は、紫式部が彼女の日記に記した心象を想起させるものでもあったのである。

例えば、『紫式部日記』の「消息体評論編」の一節、

風のすずしき夕暮、聞きよからぬひとり箏《こと》をかきならしては、《『なげきくははる』と、聞き知る人やあらむとゆゆしく》などおぼえ侍ること、烏滸《をこ》にもあはれにも侍りけれ。さるは、あやしう黒み煤けたる曹子に、箏《きう》のこと・和琴しらべながら、心にいれて「雨ふる日、琴柱《ことぢ》たふせ」などもいひ侍らぬままに、塵つもりて厨子と柱とのはざまに首さしいれつつ、琵琶も左右にたてて侍り。おほきなる厨子一双《ひとよろひ》に隙もなく積みて侍るものの、一つには古歌・物語の、えもいはず虫の巣になりにたる、むつかしくはひ散れば、あけて見る人も侍らず。片つかたに書ども、わざと置きかねさねし人も侍らずなりにし後、手ふるる人もことになし。それらを、つれづれせめてあまりぬるとき、一つ二つひき出でて見侍るを、女房あつまりて、

「御前はかくおはすれば、御さいはひはすくなきなり」

「なでふ女か真名書《まなぶみ》はよむ。昔は経よむをだに、人は制しき」

としりうごち云ふ聞き侍るにも、「物忌みける人の行末、いのちながかめるよしども、見えぬためしなり」と、いはまほしく侍れど、思ひくまなきやうなり、事はたさもあり。

（六七　風のすずしき夕暮　一〇八⑬～一一〇③頁）(5)

「ひとり箏」を爪弾く紫式部の心象は、夫宣孝を喪った寂寥の中にある。その「ゆゆしきひとり箏」を弾く彼女の自己認識は、あたかも総てを喪いはじめていたあの光源氏の、「鈴虫」巻のそれとどこかで通底しているのでは

ないかと思われる。「ひとり箏」を手すさびにする彼女にはその楽の音を通して心の琴線を触れ合わせるような人はもういない、と言う自己告白にも似た心情がつづられているのである。

また、彼女の室内には、箏《そう》のこと・和琴・琵琶といった絃楽器も並んでおり、永らく合奏したことすらなく、手も触れていなかったために、それらにうっすら埃すら溜まっていると言う描写に連なる。そんな心境下にある彼女が、かつての夫達、時文・宣孝遺愛の漢籍を取り出して読み、巻子本を繙くのを、(6)周囲の人々は、そんなことは女のすべきことではない、と「しりうごち」したのであった。彼女はそうした社会通念をおかしく思うだけで、特に反発したりもせず、「事、はた、さもあり」と自身のそうした心の有様を否定的に認識しているのである。

2　菅原道真と白楽天の音楽観

さて、我が国の白詩受容を辿るとすれば、まず、菅原道真のそれに学ばねばならぬことは言うまでもあるまい。ただし、道真は白楽天の文学には理解を示しつつも、琴と酒には理解を示していないようである。たしかに、白楽天も音楽には理解を示しつつも、自身の琴操の実力は一切認めていないのである。たとえば、白詩の「廃琴」に見えるように、白楽天は唐詩の音楽描写に類型的な詩型を用い、古琴の音色を「古声淡無味」とか「遺音尚冷冷」と言った表現によって、「古声」の希少な音色の価値観は認めつつも、むしろ自身は「今日の情に称う」ものとしての「羌笛秦箏」に興味を示している。つまり、クラシカルなものより、モダンな音楽に惹かれるというのである。(7)

廃琴（巻一―九）　　　元和元～十年（八〇六～一五）長安・作

絲桐合為琴　中有太古声　　絲と桐を合して琴と為し　中に太古の声有り
古声淡無味　不称今日情　　古声淡にして味はひ無く　今日の情は称はず
玉徽光彩滅　朱絃塵土生　　玉徽の光彩滅して　朱絃に塵土生じたり
廃棄来已久　遺音尚冷冷　　廃棄せられてこのかた已に久きも　遺音尚冷冷たり
不辞為君弾　縦弾人不聴　　辞せず君が為に弾ずるを　縦ひ弾ずるも人聴かず
何物使之然　羌笛與秦箏　　何物かこれをして然らしめたる　羌笛と秦箏とを

そして、この「廃琴」に学んで典拠としたと思われる道真の「停習弾琴」には「専心不利徒尋譜　用手多迷数問師」とあって、学究に必須なものとしての詩琴酒の存在を認め、余暇を見て数年余にわたって琴も習うだけ習って見たものの、結局、琴を自分のものとして操ることを諦め、投げ出してしまっている。曰く「知音皆道空消日」と。自分が「知音」と信ずる友は、わたくしの琴に費やす時間を無駄だと言う。したがって、菅家の家風たる詩作を便法とすることこそ、自分自身に与えられた學藝の道であると言うのである。これを伺うにつけ、紫式部と比べて、道真の音楽への才能も情熱もまた、極めて希薄だと言わねばならない。

三八　停習弾琴。（七言律詩）『菅家文草』巻一(8)

偏信琴書学者資　三餘窓下七條琴　　偏へに信ず琴書を学者の資たりと　三餘の窓下七條琴
専心不利徒尋譜　用手多迷数問師　　専心するも利あらず徒に譜を尋ぬ

手を用いるも迷ふこと多し　しばしば師に問ふ

断渓都無秋水韻　寒烏未有夜啼悲

知音皆道空消日　豈若家風便詠詩

断渓　都《ことごと》く秋水の韻無く

寒烏未だ夜啼の悲有らず

知音皆道ふ　空しく日を消すのみなりと

豈に家風の詩を詠ずる　便あるに若かめや

くわえて、この詩の特徴として、青年の日の道真が、韜晦とともに自己卑下的なユーモアを忘れていないという事実も見逃せないところであろう。これは白楽天が「聴幽蘭」の中で「身心の倶に静好なるを得んと欲せば、自ら弾くは人の弾くを聴くに及ばず」に通じ、名曲として知られる琴曲はみずから弄するよりも、名手の弾琴を聴くことのほうが「心身」の「静好」を得ることが出来るという自己韜晦に通じるものがある。前章に見たように、紫式部の心象風景が、極めて憂愁の雰囲気の中で、自らの局の楽器の埃にまみれたさまを綴っているのに対し、ここに綴られている楽天家の本家たる楽天や、道真の琴の手は、極めて実直に自己の音楽的才能の欠如を自覚したものであり、道真の場合、隋唐の文人にも通ずる才能を持ちながら、琴境についてはその限界を早くに悟ったので學藝に専心するという、青春の日の諦念を綴る一齣でもあって、このあたりに作家の自己表白の方法的差異を見ることが出来る。

では、このような楽天や道真の表現と紫式部の自己表象の差異を踏まえつつ、『源氏物語』を通して、平安中期の女性の漢学・琴学受容の実態とその表現方法を検証することとしよう。

3　光源氏の《文人形成》論と女性物語作家圏の《文人》観

「乙女」巻は教育論を知ることの出来る巻としてよく知られるのだが、光源氏は、嫡男・夕霧の祖母・大宮と教育の在り方を論ずる中で、このように述べている。

「はかなき親に、かしこき子のまさる例は、いとかたきことになむはべれば、まして次々伝はりつつ、隔たりゆかむほどのゆく先、いとうしろめたなきによりなむ、思ひたまへおきてはべる」

（「乙女」巻　六六八⑧～⑩頁）

つまり、いくら親が賢く名声の高い人間であっても、子が親を凌ぐこととは極めて稀である上に、父祖累代名門の家の子弟の目を覆うような状況も他家の例としてあるから、我が子には蔭位の制のような特権は行使せず、敢えて大学寮に入れ、省試を受けさせることにしたというのである。それは、光源氏が「かくてはぐくみはべらば、せまりたる大学の衆とて、笑ひあなづる人もよもはべらじと思うたまふる」と考えていたからなのである。というのも、本来、子弟の教育について、光源氏は「なほ、才をもととしてこそ、大和魂の世に用ゐらるるかたも強うはべらめ」と念じていたことも、この発言の真意としてあったのである。

藤原克己が精査したように、ここでの「大和魂」は「原理原則にとらわれずに柔軟に現実に対処する能力」の意であると言う(9)。我が国の「省試」は、古代中国の「科挙」に学び、中国の古典をどれほど血肉化しているかが、試験のポイントとなったもので、口頭試問での古典の暗唱に始まり、「題」による作文も課せられた、かなり厳しいものであったことはよく知られている。(10) 光源氏が我が子に熱望した学問における人格の陶冶は、源氏の子弟として安穏と成長するよりは、こうした試練を課すことによって、我が子を逞しく育てようとの意図があったのであろう。また『源氏物語』に見える「省試」については、大曽根章介の綿密な考証があるものの、たとえば乙女巻に見える「放島試」が、どの時代のそれを準拠としたのかは明らかにはしがたいようで、むしろ、『河海抄』は『うつほ物語』の藤原季英のテクストに見える、神泉苑の「放島試」(「吹上」下巻)を紹介して、それを先蹤としていることを指摘するに留まっているのが現状であるようだ。(11)

さて、その試験の熾烈さについては、この「乙女」巻に、夕霧が大学寮入学の後、二条東院で学問に励み、四、五か月のうちにあの膨大な『史記』を読み終えたという記事からも窺えるようである。

つと籠りゐたまひて、いぶせきままに、殿を、つらくもおはしますかな、かく苦しからでも、高き位にのぼり、世に用ゐらるる人はなくやはある、と思ひきこえたまへど、おほかたの人柄まめやかに、**あだめきたるところなくおはすれば、いとよく念じて、いかでさるべき書どもとく読みはてて、まじらひもし、世にもいでたらむ、と思ひて、ただ四五月のうちに、『史記』など言ふ書、読みはてたまひてけり。**

(「乙女」巻　六七二⑬〜六七三④頁)

このように、夕霧の学問への姿勢が、きわめて真摯であったことは、『史記』の読破の記事からも疑えない事実である。これは『うつほ物語』の藤原季英が「蛍雪の功」の故事(『晋書』車胤伝)にちなんで、「眼の抜け、臓の尽きむを期に定めて、大学の窓に、光朗らかなる朝は眼も交はさずまぼる、光を閉ぢつる夕べは叢の蛍を集め、冬は雪を集えて、部屋に集まりたること、年重なりぬ」（「祭の使」巻）と記されることも想起されるであろう。(12) このように、『うつほ物語』や『源氏物語』には、他にも『史記』や史書に関連する話柄は散見されるので、物語作者にとっても、『史記』を始めとする史書・典籍、いわゆる三史五経そのものが、学問の身近な古典となっていたことは確かなことであると見てよいだろう。というより、むしろ、平安朝の男性宮人に関する、漢学学習の実態は、歴史学・日本漢文学からのアプローチによって、具体的な学習方法、試験の形態から、官僚組織の組成に至るまで、ほぼ明らかになってきたのに対し、女性の漢籍学習および琴学学習については、いまだ不分明な分野でしかないと言うことができる。

ところが、『枕草子』「書《ふみ》は」（『集成』一九七段）の段に、(13)

書《ふみ》は、『文集《ぶんしゆう》』、『文選《もんぜん》』新賦。『史記』五帝本紀。願文。表。博士の申文。

と見えるように、当時の平安貴族女性にも『文集《ぶんしゆう》』、『文選《もんぜん》』、さらに『史記』のような古代中国の古典が精読されていたことが知られるのである。とりわけ「願文、表。博士の申文。」はともに有識者を父に持つこの才媛にとって、古典の章句を散りばめた美文を読むこともまた、男性の資質を測定するのに重要な要素となっていたことがわかるのである。にもかかわらず、この時代の女性にとって、漢籍の学習の意義はいまだ判然としないのである。ともかく、一般的な漢学受容に際しては、男性の学習に学んで、まず、『千字文』や『蒙求』『李嶠百二十詠』などの幼学書でまず学び、ついで原典へと入っていったものと見なしてよい。(14) しかしながら、紫式部も記しているように、そもそも当時の女性は真名文を学ぶことですら、「お前はかくおはすれば御幸はすくなきなり。なでう女か真名文は読む。昔は経読むをだに人は制しき」と「後う言」されたほど忌避されたことでもあったようだ。

くわえて、紫式部は清少納言の漢学の素養について、「真名書き散らして侍るほども、よく見ればまだいと足らぬこと多かり」と記してもいて、彼女の素養の水準の高さを認めつつも、自らとの実力の違い、格の違いを表明していると言うこともよく知られている。そこで、当時の女性の漢籍学習と作家圏の典拠漢籍の流通について、同時代の言説『紫式部日記』を通して明らかにしておく必要があるだろう。

4　『紫式部日記』の楽府進講

内裏の上の、『源氏の物語』人によませ給ひつつ聞こしめしけるに、「この人は日本紀をこそよみたるべけれ。まことに才あるべし」とのたまはせけるを、ふと推しはかりに、「いみじう才がる」と殿上人にいひちらして、「日本紀の局」とぞつけたりける。いとおかしくぞ侍る。このふる里の女のまへにてだにつつみ侍るものを、さる所にて、才さかし出し侍らむよ。

この式部丞といふ人の、童にて書よみ侍りし時、聞きならひつつ、かの人は遅うよみとり、わするる所をも、あやしきまでぞさとく侍りしかば、書に心入れたる親は、

「口惜しう。男児にて持たらぬこそ、幸なかりけれ」

とぞ、常に嘆かれ侍りし。

それを、「男だに、才がりぬる人はいかにぞや。はなやかならずのみ侍るめるよ」と、やうやう人の云ふも

聞きとめてのち、「一」といふ文字をだに、書きわたし侍らず。いと手拙にあさましく侍り。よみし「書」などいひけむ物、目にもとどめずなりて侍りしに、いよいよ、かかること聞き侍りしかば、「いかにも人につたへ聞きて憎むらむ」と恥づかしさに、御屏風の上に書きたる言をだに読まぬ顔をし侍りしを、宮の、御前にて『文集』の所所よませ給ひなどして、さるさまの知ろしめさまほしげにおぼいたりしかば、いとしのびて、人のさぶらはぬもののひまひまに、一昨年の夏ごろより、『楽府』といふ書二巻をぞ、しどけながら、教えたてきこえさせて侍る。隠し侍り、宮もしのびさせ給ひしかど、殿も主上も気色を知らせ給ひて、御書どもをめでたう書かせ給ひてぞ、殿は奉らせ給ふ。まことにかう読ませ給ひなどすること、はた彼の物云ひの内侍は、得聞かざるべし。知りたらば、いかにそしり侍らむものと、すべて世の中、言わざしげく、憂きものに侍りけり。

（七一　左衛門の内侍といふ人侍り　一一四⑥〜一一六④頁）

これは紫式部が、『日本紀の局』と呼ばれるようになったくだりと、幼少の頃、家君たる父・為時が家の子に漢学を伝授していたところ、弟・惟規よりも同席していた姉の紫式部の方が優れた学力を示したと言う、やや韜晦的な回想、さらにこれから転じて、紫式部が出仕の後、中宮彰子に楽府の進講する栄に浴したくだりに至る著名な場面である。彼女が『源氏物語』を通して『白氏文集』に通暁していることは承知の事実であったようで、特に『源氏物語』は『白氏文集』中の「長恨歌」と諷諭詩を多く引用しているし、なかんづく諷諭詩の中でも、特に、新楽府と「秦中吟」の詩を愛好していたことが知られているのである(15)。この傾向は平安朝男性文人が「雑律詩」を重んじていた傾向とも異なるものであって、紫式部が独自の知見と嗜好性を持っていたことが、『源氏物語』の『白氏文集』の引用実態から知られるのであった。また、この『紫式部日記』にも、「新楽府」中の徐福伝承を風刺した

「海漫々」の一節が朗詠されたことも記されており、土御門邸における諸行事をこなしつつ、男性社会に浸透している白詩文化圏の素養を確実に蓄え、むしろ男性文人よりも独特の深い理解と造詣を持っていたと認定してよい。かくして、紫式部は、藤原道長を始めとする御堂関白家の辣腕の家人たちに対し、物語を書きつづることによってひそやかにその素養の深さをアピールし、一条天皇の御前で自作の『源氏物語』を披露する機会に恵まれたのであった。また、その中宮彰子に楽府を進講することとなり、「しどけながら」と韜晦的な言説を付け加えながら、むしろそこで一条天皇の寵愛を一身に集めるための秘策として、極めて高度な文学的素養を授けていたものであろうと思われる。また、高田信敬が指摘するように、当時の時代的嗜好性として、一条朝には「新楽府」に詠われている古代中国の史伝・故実への関心の高まりや、政治的装飾とは言いながら、白楽天の鋭い批判精神に満ちた天皇教戒としての「諷諭詩」尊重の時流に乗って、「新楽府」学習が必然化したとする説も逸せられない[16]。このように、楽府進講は、白詩の歴史観による君子の子弟教育の一手段であるとともに、海彼の「楽府」において行われている《楽》と《藝》の世界、すなわち、中国文人社会の《楽》の世界の進講でもあったことになるのである[17]。

このようにして醸成され、構築された紫式部という女性作家の中国文人社会の《楽》と《藝》の世界が、『源氏物語』にどのように投影しているのか、次節でわたくしなりにひとつの仮説を提示してみたいと思うのである。

5　琴曲「幽蘭」の物語から夕霧＝玉鬘の「藤袴」物語へ

『源氏物語』における《文人精神》なるもの

さて、従来、古注にも指摘の見られなかった、「藤袴」巻に見える「蘭」について、白楽天の詩および文人世界と、紫式部の物語作家圏内の接触の可能性を提示してみたい。すなわち、白詩の「七言絶句」のひとつに、

聴幽蘭　（巻二六―二六九二）

琴中古曲是幽蘭　為我慇懃更弄看　欲得身心倶静好　自弾不及聴人弾

と見え、我が国にも隋代の琴譜の遺る琴曲『碣石調幽蘭』を聴いた感慨を詠んだ詩が、この物語のモチーフとなっているのではないかということなのである。

この琴曲は孔子が各国を遊説したものの、己を受け入れてくれる宰相もなく、絶望の淵に嘆いていたところ、途中渓谷に力強く咲いていた「幽蘭」の花を見つけ、その心情を琴曲にしたとされている逸話のある曲で、白楽天も「我が為に慇懃して弄して看」ようとし、「心身の静好を得んと欲」したものの、結局は、自らこの曲を弾琴するよりも、名手の演奏を聴く感銘には及ばないという感慨を詠んだものである。この白楽天のユーモアは、先に記した「廃琴」や、道真の「停習弾琴」にも通じるものがあり、むしろ、自身の非力さ、無力感を詠むと言った独自性が、夕霧の悲恋と諦念に通じるコードがあるのではないかと思われる。

〈夕霧〉《かかるついでに》とや思ひ寄りけむ、蘭の花のいとおもしろきを持たまへりけるを、御簾のつまよりさし入れて、

「**これも御覧ずべきゆゑはありけり**」

とて、とみにも許さで持たまへれば、うつたへに思ひ寄らで取りたまふ御袖を、引き動かしたり。

「同じ野の露にやつるる　藤袴　あはれはかけよ　かことばかりも

道の果てなる」とかや、いと心づきなくうたてなりぬれど、見知らぬさまに、やをら引き入りて、

〈玉鬘〉「尋ぬるに　はるけき野辺の　露ならば　薄紫や　かことならまし

かやうにて聞こゆるより、深きゆゑはいかが」

とのたまへば、すこしうち笑ひて、

〈夕霧〉「浅きも深きも、思し分く方ははべりなむと思ひたまふる。まめやかには、いとかたじけなき筋を思ひ知りながら、えしづめはべらぬ心のうちを、いかでかしろしめさるべき。なかなか思し疎まむがわびしさに、《いみじく籠めはべるを、今はた同じ》と、思ひたまへわびてなむ。……なかなか、かの君は思ひさまして、つひに御あたり離るまじき頼みに思ひ慰めたる気色など見はべるも、いとうらやましくねたきに、あはれとだに思しおけよ」

（「藤袴」巻　九二〇⑥〜九二一⑦頁）

玉鬘は、「蘭の花」を「同じ野の露にやつるる藤袴」と変換して異母姉への恋情を訴えた夕霧に対し、「尋ぬるにはるけき野辺の露ならば薄紫やかことならまし」と「藤袴」を「薄紫」に転じつつ、「かことならまし」と切り返している。『完訳』『新編全集』には「反実仮想の構文で、実際には二人は無関係で「かごと」は「露」ほども当らぬ、と切り返した」とあるが、鬱屈した夕霧の玉鬘への想いは軽くいなされ、彼はあっさり振られたのである。

従来、『源氏物語』研究史において、古代中国を代表する「蘭＝和名・藤袴」が巻名となっていることの意義については、卑見の及ぶ限り、納得を行く解を得られずにいたのだが、この琴曲「幽蘭」を介して、この巻の重要人物・夕霧の異母姉・玉鬘への恋情を考えて見ると、「蘭の花」が高尚性・高潔性を湛えつつも、鬱屈した心情を表現するのにふさわしい、文の折り枝として浮上してくる仕掛けが秘められているように思われるのである。

従来の研究史として『完訳　日本の古典』『新編全集』は「「藤袴」は、「藤衣」（喪服）の意をひびかすとともに、ゆかりの色（藤―薄紫）の意を表し、縁者同士の交誼をと訴えた」ものと施注し、「和名・藤袴」の花の意味する深層として、玉鬘に《紫のゆかり》に繋がる自分にも「あはれはかけよ」と訴えた物語とされてきた。

　さて、この琴曲「幽蘭」については、隋代書写の琴譜が京都神光院に遺っているものの、我が国においては、当時の演奏記録はおろか、平安朝以降、弾琴の記述が見えなくなることもあって、明から亡命した禅僧・東皐心越が徳川光圀の庇護により水戸で琴学が復活し、漢学の大家・荻生徂来の考証にかかるまで、我が国の文献には登場しない琴曲である。しかし、我が国でも古代の七絃琴の演奏が確認できる平安中期まで確実に伝承されてきた曲であろうことは、なによりこの琴譜の存在がそれを証明してくれよう。また、我が国で最も愛好された詩人、白楽天が「聴幽蘭」として詠み、かつまた、白楽天が『文集』に詠み込んだ琴曲が、ことごとく日本に将来された名曲ばかりであり、しかもそれが『碣石調幽蘭』巻末に記載される琴曲目録と一致するとなれば、この曲と『源氏物語』の《楽》の世界はこの一点において結びつけることが充分可能なのである。[18]

　そもそも、日本では「蘭」の和名を「藤袴」とし、そこに隠された熱情を喩的に表象していたもののようである。すなわち、姉ではありながら、血のつながっていない玉鬘に対する夕霧の心情は、彼の鬱屈した恋情以外の何物でもなかったのであるが、それを喩的に表象するのが「藤袴」であり、かつまたこれは、『碣石調幽蘭』の〈幽蘭〉のモチーフに重なる、もどかしい《悲憤》そのものなのであった。先に検証したように、夕霧は、とりわけ漢籍に秀でた文章生であり、その秀才があえて「蘭」を選んだ理由を重く見たいと考えるのである。

　また、近年、西耕生が、「芝蘭の契り＝男女の親密な交わり」の用例を精査されて、「文章生経歴者であり、『まめ人』と称せられる夕霧の言動としても相応しいものであった」とし、飯沼清子は「訪れの道すがら折りとられたであろう藤袴も、秋の景物から一転して人の心を表明するしるしとなったのである」と述べて、この説を追認している。[19] したがって、「聴幽蘭」詩のみを引用のコードとして指摘するだけでは、蓋然性の弱いところはあるものの、『碣石調幽蘭』はもっとも著名な琴曲のひとつであり、古く日本に伝承されて、隋代の琴譜が我が国にのみ遺っていること、くわえて、曲のモチーフである、孔子の《悲憤》と、夕霧のやるせない《恋情》、「蘭」にちなむ屈原の故事など、「蘭＝藤袴」そのものに共通する歴史的コンテクストがあることなどを勘案すると、この曲が、白詩の「聴幽蘭」詩を介して物語作家圏にもたらされ、そのモチーフとなっているものとわたくしは考えたいのである。

したがって、この巻名ともなった「藤袴」もまた、古代中国・隋唐代の《楽》の故事として最も著名な琴曲「幽蘭」と物語テクストとの相互連関からして、これを典拠と認めることも可能となるであろう。このような、「藤袴＝幽蘭」に秘められた悲憤と高潔さについて、伏見靖は「孔子も屈原も〈幽蘭〉が衆草の中にあって尚、高貴な香を放ち、ひとり毅然として立ってゐる姿を自己と重ね合はせたのである」としつつ、以下のように述べている。[20]

このやうな古代の神聖植物としての〈幽蘭〉を、孔子もまた見たと思はれる。孔子が『幽蘭』曲を作曲した（とされてゐる）經緯が『琴操』にある。

「孔子歴聘諸侯、諸侯莫能任、自衞反魯、過隱谷之中、見〈薌〉蘭獨茂、喟然嘆曰、夫蘭當爲王者香、今乃獨茂、與衆草爲伍、譬猶賢者不逢時、與鄙夫爲倫也、乃止車、援琴鼓之」

孔子は諸国を歴訪して諸侯に謁えたが、官につくことができなかった。衞國から魯國へ帰る途中、幽谷にひとり蘭の茂るを見て嘆じて言ふ、「蘭はまさに王者の香である。雑草の中にあつてひとり茂る、譬えるなら、愚者の中にあつて賢者に逢へないやうなものだ」と。そこで孔子は車を止め、琴を援きこれを弾じた。

屈原『楚辭』「離騷」に、この孔子の歎きと同じものがある。「余以蘭爲可恃兮、羌無實而容長、委厥美以從俗兮、苟得列乎衆芳」蘭は國土の香にして尋常の芳草とは同じからず、余はかくの如き忠信の人と共に君の心を格《たゞ》して美政を爲さんと、ひそかに同心の助と恃み居たりしに、あゝ、其實なくして外觀の美ありしのみなり。彼等は自ら其の國香を棄てゝ時世の風に從ふを以て、身を榮へ位を保つの良圖と爲し、以て君子の列に在らんと欲するは厚顏の至といふべし。これを苟くもするのみ。（橋本盾・譯『岩波文庫』）」とあるのがそれである。また、「幽蘭」には、身を清めて禊ぎする意もあるが、いずれにしてもこうした高潔さと悲憤とを表象していることは確かであろう。

こうした見解を踏まえて「幽蘭」の物語として、もう一度「藤袴」巻の夕霧像を再考してみると、文の添え書きの引歌「道の果てなる＝「東路の道の果てなる常陸帯のかごとばかりもあひみてしがな」（『古今六帖』巻五）には、典籍に精通した紫式部ならではの発想として、琴曲の「幽蘭」の物語「過隱谷之中、見薌蘭獨茂」（『琴操』）の「過隱谷之中」も低音に響きつつ、この曲の背後にある古代中国の孔子や屈原と言った歴史的な人物の人生史をコードに「まめ人」夕霧の色好みが造型されていると考えられはしないだろうか。「まめ人」と称されるエリート官僚でありながら、異母姉への恋に苦悩する、貴公子の文人精神とこの琴曲の物語コードは、「幽蘭」の蕭条たる絃の音に微妙に重なり合いつつ、《楽》と《書》のコードによって変奏されているものとわたくしは考えたいのである。

また白楽天の「聴幽蘭」に、「身心の倶に静好なるを得んと欲せば　自ら弾くは人の弾くを聴くに及ばず」とあるのも参照に値しよう。そもそも、「幽蘭」曲は、白楽天にとって、「身心の倶に静好なるを得」んとした曲ではあつたが、しかし楽天の手には余り、「自ら弾く」のは「人の弾くを聴くに如か」ないものであった。夕霧の恋もまた、彼自身が玉鬘に訴えているように「えしづめはべらぬ心のうちを、いかでかしろしめさるべき」ものであったから、鬱屈とした彼の心身の「静好」を得ようとしたものであったことがわかる。しかしながら、「紫のゆかりに繋がる貴公子の恋も、目の前にいる美しい玉鬘を決して口説き落とすことは出来ず、落ち着くところ他者の手に委ねるほかない、悲恋そのものであったことに重なって来るのである。これは君子左琴を最高の徳とされた文人世界において、白楽天と道真とが、それぞれ若くして「廃琴」「停習弾琴」を著し、琴《きん》に対するコンプレックスを表明した挫折感に通底する構造性を有する。もちろん、琴《きん》が父・光源氏の携える宝器であること、言うまでもなく、父子の枠を越えた光源氏と玉鬘のゆらぎの関係を、琴《きん》を持てぬ夕霧が逆照射する構造となっている。とすれば、琴曲「聴幽蘭」によって、物語作家が、夕霧の文の折り枝に高潔な花でありながら鬱屈した心情をも喩的に表象する「藤袴」を構想したものであったのかどうかを、直接の典拠として認定することに躊躇せざるを得ない面もあろうが、「藤袴＝蘭」にまつわる故事を換喩（＝metonimy）とすればよいのであって、隋唐代の文人世界の《楽》の世界は、物語の背後にある漢籍の典拠に精通していた作家圏の基層に浸透していたことも確かなのであり、その相互連関性を完全に否定することは出来ないのではないかと思われる。

6　紫式部と白楽天の文人的生活とその精神世界

さて、このような白詩と紫式部の文人精神に通底する論理は、以下の『紫式部日記』の消息体評論編にも認めることが出来るように思われる。

けしらぬ人を、思ひ聞こえさすとても、かかるべいことやは侍る。されど、つれづれに心を御覧ぜよ。また、おぼさむことの、いとかう益なし言おほからずとも、書かせ給へ。見たまへむ。夢にても散り侍らば、いといみじからむ。「また」「また」もおほくぞ侍る。

このころ、反故もみな破り焼きうしなひ、ひひなどの屋づくりに、この春侍りにしのち、「紙にはわざと書かじ」と思ひ侍るこそ、いとやつれたる。ことわろきかたには侍らず。ことさらによ。

御覧じては疾うたまはらむ。え読み侍らぬ所所、文字おとしぞ侍らむ。それはなにかは、御覧じも漏らさせ給へかし。

かく、世の人ごとのうへを、思ひ思ひ、はてにとぢめ侍れば、身を思ひすてぬ心の、さも深う侍るべきかな。なにせむとにか侍らむ。

（七三　御文に之書きつづけ侍らぬこと　一一七⑨〜一一八⑧）

冒頭に述べたように、わたくしは、白楽天の詩文と人生に、紫式部がじしんの実人生を重ね合わせながら文事を綴っていたのではないかと考えている。これは藤原克己にも指摘があり、むしろ、平安朝から鎌倉時代の文人の白詩受容の傾向と重なるところがあるようだが[21]、先の紫式部の感慨もまた、白詩にそれに通底する言説そのものであると言えよう。また、白楽天が自身の死後、自身の分身たる著作『文集』を、当時最も管理の行き届いていると認められた仏寺への寄贈を思い至った経緯に、これらの記述が重なりもするからである。中純子によれば、当時の詩人達の中央の蔵書能力に対する信頼感が揺らぎ、仏寺であればこれを大切に保存してくれるであろうと考えたため、白楽天のように、仏寺に蔵書を収めようとする考え方が発生したのであると言う[22]。

紫式部の「けしらぬ人を、思ひ聞こえさすとても、かかるべいことやは侍る。されど、つれづれに心を御覧ぜよ。

また、おぼさむことの、いとかう益なし言おほからずとも、書かせ給へ。たまへむ。夢にても散り侍らば、いといみじからむ。「また」「また」もおほくぞ侍る」と、この消息文の返却の督促を執拗に書き記すのは、娘・賢子に託した言葉として「夢にても散り侍らば、いといみじからむ」と書かれていることを重くとるべきなのであろう。すなわち、紫式部自身がこの消息文に書き残した彼女の人物批評や感慨が、世間巷間に表層的に捉えられて恥を晒す前に、自身で焼き捨てるから返却せよと書き付けているものの、「かく、世の人ごとのうへを、思ひ思ひ、はてにとぢめ侍れば」とやはり世評を気にしつつ、「身を思ひすてぬ心の、さも深う侍るべきかな」と仏道に専心しようと思いながらも、実は自身の文藝の行く末を思わずにはいられない、全く矛盾した業の深い自身の執着心を吐露していると言うべきであろう。

このように、紫式部の言説と人生史を丹念に辿ると、白楽天の書き残していた実人生の感慨や心情に重なるところがかなりあることに気付かされるのである。

具体的に辿っておくと、家は貧しかったが勉学にはげみ、科挙及第ののちに任官して八〇六年・盩厔《(周至)》県（＝畿県、陝西省）の尉となり、このとき『長恨歌』を作って詩人としての名声を得たことは、紫式部が『源氏物語』を書いたことにより、藤原道長の恩顧を得たのに通じている。

次いで楽天は中央政界入りして翰林学士となり、左拾遺に昇進し、当時の天子憲宗に気に入られて、しばしば意見書を呈上、さらに昇進を重ねて太子左賛善大夫に至ったが、八一五年の上奏文が原因で江州（江西省）の司馬に左遷され、この失意のうちに作られたのが『琵琶行』である。その後、忠州（四川省）の刺史を経て中央に復帰し、八二一年には中書舎人となっているが、これは光源氏の須磨下向と召還の論理に通じ、音楽相伝の家・明石一族の邂逅と『琵琶行』の逸話もここで通底することに気付かされよう。

白居易は生前から社会の上層下層を問わず多数の読者をもった詩人であって、彼の名声は朝鮮、さらに日本にまで伝えられていたことが知られ、本人もまたそれを大いなる誇りとしていたと言う。冒頭に記した「北窓三友（巻二九—二九八五）」には、そんな白楽天の詩琴酒の世界に遊ぶ文人的生活に対する心情が率直に綴られている。なかでも、「興酣にして紙を畳まず、筆を走らせて狂詞を操る」として文藻を綴るのは、白楽天の、自身の文人趣味的生活に対する矜持と充足感とを、楽天流の韜晦で記した言説であると言うことが出来る。

白楽天の詩文と人生に深く傾倒した紫式部も、いよいよ老境に入り、仏道にも専心できない心情を「身を思ひすてぬ心の、さも深う侍るべきかな。なにせむとにか侍らむ」と韜晦的に記している。ここに、『源氏物語』作者の醒めた文学観・人生観と、白楽天のそれとの共感と差異とが看て取れよう。先にも引用したが、「風のすずしき夕暮、聞きよからぬひとり箏《こと》をかきならしては、《『なげきくははる』と、聞き知る人やあらむとゆゆしく》などおぼえ侍ること、烏滸《をこ》にもあはれにも侍りけれ」と記した紫式部の心象風景には、《楽》のある文士趣味的な生活の中の虚無感という意味で、白楽天のそれに通底した人生観に立脚しつつも、それに価値観を認めようとしていない虚無感があることに気付かされるのである。

すなわち、いかなる漢学や《楽》もまた、自己の人生の晩年には「このころ、反故もみな破り焼きうしなひ」、「『紙にはわざと書かじ』と思ひ侍る」とあるように、夫・時文や宣孝の遺した遺愛の漢籍やあまたの消息文、ひいては渾身の筆を費やした自身の物語ですら、実人生にとっては普遍の価値を認められず、もちろん琴や琵琶には埃がたまっているような状態である。しかし、わずかに書きつけたこの娘宛の消息文にこそ、自身の死後を託した本当のメッセージがあるように思われる。(23)

我が国では、やがて本居宣長らによって言挙げされることになる、紫式部が夕霧に託した処世の言「大和魂（＝

原理原則にとらわれずに柔軟に現実に対処する能力)」そのものの力源は、このような白楽天の文人精神に学びつつも、その醒め切った人生観のうちに醸成された言説であることが知られるのであった。

注

(1) 上原作和『光源氏物語の思想史的変貌《琴》のゆくへ』(有精堂、一九九四年)は、私論を仮設する際、六朝士大夫の儒仏道三教混淆の文人精神の日本的受容に関し、増尾伸一郎『万葉歌人と中国思想』(吉川弘文館、一九九七年)所収の「君が手馴れの琴」を始めとする所論に触発され、導かれつつ成った論であったことを明記しておきたい。

(2) 本文は『大島本源氏物語』(角川書店、一九九六年)の影印により、わたくしに校訂した。所在頁行数は池田亀鑑編『源氏物語大成』(中央公論社、一九五三〜一九五六年)による。

(3) 本文は、平岡武夫・今井清編『白氏文集歌詩索引』(同朋舎、一九八九年)の那波本に依った。本来なら平安朝伝来の確認される旧鈔本本文を尊重すべきところだが、平岡武夫・今井清校訂『白氏文集』(京都大学人文科学研究所、一九七一〜三年)、太田次男・小林芳規『神田本白氏文集の研究』(勉誠社、一九八二年)、川瀬一馬監修『金沢文庫本白氏文集』(大東急記念文庫、一九八三年)、には該当詩歌が現存しない。また、下定雅弘『白氏文集を読む』(勉誠社、一九九六年)の作品年表、神鷹徳治・主幹『『白氏文集』諸本作品検索表【稿】』(帝塚山学院大学中国文化論叢特刊、一九九六年)を適宜参照した。

(4) 吉田聡美「全唐詩における音楽描写　琴」「筑波中国文化論叢　4」、(筑波大学中国文学研究室、一九八四年)、中純子「中国の『楽』と文人社会　白居易の琴をめぐって」「天理大学学報/一七五」(天理大学、一九九四年二月)、同氏「音の伝承　唐代における楽譜と楽人」「中国文学報　六二」(京都大学中国語中国文学研究室、二〇〇一年四月)、また、丹羽博之「白楽天と音楽(其一)白楽天の音楽好き」「大手前女子大学紀要　三三」(大手前女子大学、一九九九年）も有益な成果である。
（5）本文は萩谷朴編『校注紫式部日記』（新典社、一九八五年）による。
（6）上原作和「ある紫式部伝　本名・藤原香子説再評価のために」南波浩編『紫式部の方法　紫式部日記・源氏物語・紫式部集』（笠間書院、二〇〇二年）本書所収参照。
（7）前掲、吉田聡美「全唐詩における音楽描写　琴」、中純子「中国の『楽』と文人社会　白居易の琴をめぐって」参照。
（8）本文は川口久雄校注『日本古典文学大系　菅家文草・菅家後集』（岩波書店、一九六六年）による。
（9）藤原克己『菅原道真と平安朝漢文学』（東京大学出版会、二〇〇一年）の「序　前近代の日本と中国」、同氏「幼な恋と学問」『光る君の物語・源氏物語講座　第三巻』（勉誠社、一九九二年）参照。
（10）制度史に関しては、桃裕行『上代学制の研究　改訂版』（吉川弘文館、一九八三年）、久木幸男『日本古代学校の研究』（玉川大学出版部・一九九〇年）参照。
（11）大曽根章介「『放島試』考　官韻について」『大曽根章介漢文学論集　第一巻』（汲古書院、一九九八年）参照。
（12）江戸英雄「『うつほ物語』における物語の《領域》　藤原季英の造型をめぐって」『物語研究　第一号』（物語研究会、二〇〇一年三月）、研究史の先蹤としては、石母田正「宇津保物語についての覚書　貴族社会の叙事詩としての」「藤英のこと」『石母田正著作集　第十一巻』（岩波書店、一九九〇年、前者の初出は一九四三年）に始まるものであった。
（13）本文は萩谷朴校注『新潮日本古典集成　枕草子　下巻』（新潮社、一九七七年）による。また、列挙された典籍の考証は、同氏『枕草子解環　四巻』（同朋舎、一九八三年）参照。
（14）幼学書による漢学学習の方法については、太田晶二郎「勧学院の雀は　なぜ蒙求を囀ったか」『太田晶二郎著作集　第一巻』（吉川弘文館、一九九〇年、初出一九七二年）参照。清紫二女を始めとする平安女性の幼学書の学習および漢籍受容に関しては、大曽根章介『大曽根章介漢文学論集　第三巻』（汲古書院、一九九九年）参照。

(15) 研究史としては、水野平次／藤井貞和補注解説『白楽天と日本文学』（大学堂書店、一九八二年補注版）がはやく、丸山キヨ子『源氏物語と白氏文集』（東京女子大学研究叢書、一九六四年）と中西進『源氏物語と白楽天』（岩波書店、一九九七年）が体系的な研究の基本文献である。また阿部秋生「楽府といふ二巻」（『国語と国文学』一九八九年三月）も当時の白詩受容の詳細な分析として逸することが出来ない。さらに、当時の歴史的政治的背景に立脚した享受相を多角的に掘り下げるのが、藤原克己「日本文学史における『源氏物語』と『白氏文集』」『菅原道真と平安朝漢文学』（東京大学出版会、二〇〇一年）であり、同氏「中国文学と源氏物語」『新・源氏物語必携』（學燈社・一九九七年）も有益である。

(16) 高田信敬「楽府進講　紫式部日記注釈」『源氏物語の探究　第四輯』（風間書房、一九七九年）参照。また、これを中宮彰子の胎教と見るのが、萩谷朴『紫式部日記全注釈　上下』（角川書店、一九七一、三年）である。

(17) 前掲、中純子「中国の『楽』と文人社会　白居易の琴をめぐって」参照。

(18) 前掲、中純子「音の伝承　唐代における楽譜と楽人」にも「碣石調幽蘭」の琴譜について言及がある。また、稗田浩雄「荻生狙来の『碣石調幽蘭』研究略述」（東洋琴学研究所、二〇〇二年）は江戸時代のこの譜の考証として必読の文献である。

以下、この琴譜の巻末に記載されていた琴曲の一覧である。道真の詠んだ「三峡流泉」「烏夜啼」、『源氏物語』に見える「広陵」（明石巻）「胡笳調」（若菜下巻）なども見える。本書三三五頁参照。

「碣石調幽蘭第五　此弄宜緩消息彈之。

楚調。千金調。胡笳調。感神調。楚明光。鳳歸林。白雪。易水。幽蘭。遊春。淥水。幽居。坐愁。秋思。長淸。短淸。長側。短側。上舞。下上舞。上間絃。下間絃。登隴。望秦。竹吟風。哀松路。悲漢月。辭漢。跨鞍。望鄉。奔雲。入林。華舜十遊。史明五弄。董揩五弄。鳳翅五路。流波。雙流。三峽流泉。石上流泉。蛾眉。悲風拂隴頭。風入松。遊絃。楚客吟秋風。東武太山。招賢。反顧。閑居樂。鳳遊園。蜀側。古側。龍吟。千金淸。屈原歎。烏夜啼。瑟調。廣陵止息。楚妃歎。」傍線を付した曲は白詩に詠まれたもの。

琴譜と物語史の関連を論じた拙稿「琴の譜の系と回路　物語言説を浮遊する音」津田博幸編『源氏物語の生成古代文学会叢書Ⅲ』（武蔵野書院、二〇〇四年）本書所収も参照願いたい。

(19)　西耕生「『御覧ずべきゆゑある蘭』―夕霧のこころざし」「いずみ通信　二八」（和泉書院、二〇〇一年五月）、飯沼清子「志の花―『蘭』の表現史」「風俗史学　二一」（日本風俗学会誌、二〇〇二年一〇月）参照。

(20)　伏見靖「『碣石調幽蘭』の〔幽蘭〕の名義について」（「幽琴窟琴學陋室」二〇〇一年）「琴の曲には、標題がそのまま内容を具体的に表す曲が多い。抽象的標題がつけられた曲は少なく、文學的標題がそのまま音樂として具象化されてゐる」と述べている。また、「幽蘭」と「猗蘭操」とは今日では別の曲であるが、蔡邕・編の『琴操』成立の後漢時代には、「幽蘭」が「猗蘭操」の別名であったことがわかる。

『琴操』「猗蘭操」

猗蘭操者、孔子所作也。孔子歴聘諸侯、諸侯莫能任。自衛反魯、過隠谷之中、見薌蘭獨茂、喟然嘆曰。夫蘭當爲王者香、今乃獨茂、與衆草爲伍、譬猶賢者不逢時、與鄙夫爲倫也。乃止車、援琴鼓之云。習習谷風、以陰以雨、之子于歸、遠送于野、何彼蒼天、不得其所、逍遥九州、無所定處、時人闇蔽、不知賢者、年紀逝邁、一身將老。自傷不逢時　托辭於薌蘭云。」本文は吉聯抗・輯『中國古代音樂文献叢刊　琴操（兩種）』（人民音楽出版社・一九九〇年）による。

またこの本文は『楽府詩集』巻五八・琴曲歌辞

「猗蘭操　魯孔子

一曰「幽蘭操」者、『古今樂録』曰、孔子自衛反魯見香蘭而作此歌。『琴操』曰、孔子歴聘諸侯、諸侯莫能任。自衛反魯、隠谷之中、見香蘭獨茂、喟然嘆曰。蘭當爲王者香、今乃獨茂、與衆草爲伍、乃止車、援琴鼓之。自傷不逢時托辭於香蘭云。『琴集』曰、幽蘭操、孔子所作也。」

習習谷風、以陰以雨、之子于歸、遠送于野、何彼蒼天、不得其所、逍遥九州、無所定處、時人闇蔽、不知賢者、年紀逝邁、一身將老」本文は中津濱涉『楽府詩集の研究』（汲古書院、一九七〇年）による。

くわえて『太平御覧』巻五七八・樂部一六・琴中、等に同文が見える。

また、「孔子」伝承と言えば、「胡蝶」巻に《恋の山には孔子の倒《くじ》れまねびつべき気色に愁へたるも、さる方にをかし。七八九頁》と『源氏物語』には孔子も一例のみ登場するが、源為憲の『世俗諺文』によれば、当時流伝する『礼記』『荘子』『列子』に見える孔子説話は三説とも典拠としてはそぐわないとする。『源氏物語』の場合には、聖賢・孔子ですら恋の路だけは不可解なものと言う意味で用いられており、やはり「幽蘭」の故事の韻「不知賢者、年紀逝邁、一身将老」あたりの賢者を玉鬘の懸想人達に見立てているように思われ、とすれば当該「藤袴」巻と連動して玉鬘に対する貴公子達の恋情の生成に参与しているように思われる。この問題については後日を期したい。

(21) 中純子「中唐の集賢院　中唐詩人にとっての宮中蔵書」「東方学　九六」（東方学会、一九九八年七月）参照。

(22) 藤原克己「日本文学史における『源氏物語』と『白氏文集』」『菅原道真と平安朝漢文学』（東京大学出版会、二〇〇一年）は、賢木巻以下、須磨下向の物語と江州司馬左遷時代の詩の引用関係から、紫式部が白楽天の実人生と文学に学んで物語を構想したことを指摘する。

(23) 萩谷朴『紫式部日記全注釈　上下』（角川書店、一九七一、三年）、上原作和『光源氏物語の思想史的変貌《琴》のゆくへ』（有精堂、一九九四年）参照。

第二部　『源氏の物語』原姿

ありきそめにし『源氏の物語』　紫式部の机辺

1　序章

風の涼しき夕暮、聞きよからぬひとり琴をかき鳴らしては、《『なげきくははる』と聞きしる人やあらむ》と、ゆゆしくなどおぼえ侍るこそ、をこにもあはれにも侍りけれ。さるは、あやしう黒みすすけたる曹司に、箏の琴・和琴しらべながら、心に入れて「雨降る日、琴柱倒せ」などもいひ侍らぬままに、塵つもりて、よせ立てたりし厨子と、柱のはざまに、首さし入れつつ琵琶も左右にたて侍り。大きなる厨子一よろひに、ひまもなく積みて侍るもの、ひとつにはふる歌・物語のえもいはず虫の巣になりにたる、むつかしくはひちれば、あけて見る人も侍らず。片つかたに、書ども、わざと置き重ねし人も侍らずなりにし後、手ふるる人もことになし。それらをつれづれせめてあまりぬるとき、一つ二つひきいでて見侍るを、女房あつまりて、「おまへはかくおはすれど、御さいはひはすくなきなり。なでふ女が真名文は読む。むかしは経よむをだに人は制しき」と、しりうごちいふを聞き侍るにも、「物忌みける人の、行くするゐいのち長かるめるよしども見えぬためしなり」と、いはまほしく侍れど、思ひくまなきやうなり。ことはたさもあり。

（「六七　風の涼しき夕暮」一〇八⑬〜一一〇③頁）(1)

『紫式部日記』に見える、ある日の『源氏物語』作者の心象風景である。「書ども、わざと置き重ねし」夫・藤原宣孝は結婚後僅か数年で流行病に倒れ、以後、「手ふるる人」もない書物を脇にして、「ひとり箏」を掻き鳴らしてみたものの、人は「わび人の住むべき宿」とこの音を聞くのだろうか、と物思いにふける自己の姿を描き出したものである。(2)育った環境からして、海彼の文人貴族に習った右書左琴の嗜みを常日頃忘れていなかった彼女ですら、夫に先立たれて以後の放心の日々がいかに絶望的な境地にあったのかを物語る、心の翳りを感じさせる文章である。

こうした精神状態にはあるものの、以上の本文から、『源氏物語』成立前後の、彼女の執筆環境の実態を窺い知ることが出来るだろう。すなわち、A　紫式部は、箏の琴・和琴を自身の部屋に置いてあり、実際に爪弾くこともあったこと。B　亡き夫遺愛の書物（＝漢籍）を継承し、折を見て紐解いていたこと。(3)C　友人たちから、女が真名文を読むことはタブーで、「むかしは経よむをだに人は制し」たと「後言」されたこと。などである。

これらの情報は、以前から顧みられたことは多多あったにせよ、一方では、かつての実証主義的研究者による論考が、なべて『源氏物語』周辺論に留まり、物語そのものには言及しないと言う悪弊を生み、またテクスト派からは断片的に必要な情報のみが切断されつつ利用されたために、今では『源氏物語』作家・紫式部の主だった業績を探す事に難渋するほどの停滞を見せていると言うのが現状である。(4)

したがって、女性の漢籍受容史、宗教受容史など、未解明の課題は山積されていること言を俟たない。そこで、私なりに、最新の書誌学の研究成果を取り込みつつ、「紫式部の机辺」と副題して、その「知」の環境を「右書左琴」の紫式部的享受の実態として捉え直し、「右書」の問題に絞って考えて見たのである。

2　メディア・ルネッサンス――《書物史》ヌーベルバーグの旗手・紫式部

入らせ給ふべきことも近うなりぬれど、人々はうちつぎつつ心のどかならぬに、御前には、御冊子つくりいとなませ給ふとて、明けたてば、まづむかひさぶらひて、色々の紙選りととのへて、物語の本どもそへつつ、所々にふみ書きくばる。かつは、綴ぢ集めしたたむるを役にて明かし暮らす。「何の子持ちか冷きにかかるわざはせさせ給ふ」と聞こえ給ふものから、よき薄様ども、筆・墨など持てまゐり給ひつつ、御硯をさへ持てまゐり給へれば、とらせ給へるを、惜しみののしりて、もののくまにむかひさぶらひて、かかるわざしいづとさいなむなれど、書くべき墨・筆など賜はせたり。

（「三八　入らせたまふべきことも　寛弘五年〔一〇〇八〕十一月」六五⑦～六六③頁）

これは、彰子後宮で、『源氏物語』の豪華本製作のために式部の清書定稿を何人かが書写し、自身はそれらを綴じ集めている記事である。これらを子細に検討すると、『源氏物語』には草稿本の他に自筆の清書本、さらに献上用の豪華本があったことが分かる。池田亀鑑は当該の記事から、とくに「一、普通浄書本、二、豪華浄書本」と二セットに加えて、自家所持用の清書本、彰子本、妍子の所持となった草稿本の、計三種類五セットの伝本があったことを認めている。[5] 紫式部はこの本の製作のために「綴じあつめしたた」めることが仕事であったが、だとすれば、これらの豪華本は本文を素直に読む限り、《綴葉装＝大和綴》の本であったことになる。

さて、この《綴葉装》に関しては、森縣の論考「冊子東伝説の検討」による〈書志学〉の最新の研究成果、すなわち、古代中国や西洋の製本術にもこうした遺例が現存せず、わずかに唐代末から宋代始めと認められる敦煌文書に、我が国の遺例とは形態の異なる書物が残るのみという状況に鑑み、「綴葉装」を、東洋の書物史における日本的革命と認めた論考を逸する事は出来ない。(6)

ちなみに、最もポピュラーと思しき《綴葉装》に関する通説は、井上宗雄の、

《綴葉装は　注：上原》日本独自の装丁と考えられてきたが、現在、敦煌出土の『梁朝伝大士頌金剛経』『仏説地蔵菩薩経』『観音経』(いずれも宋初か)は糸綴じの冊子本で、その装丁の源流は唐末から宋初にかけての中国と考えられ、これが日本の列帖装《綴葉を指す　注：上原》に影響を与えたとする見方が強くなってきている。(7)

(「列帖装」『日本古典書誌学辞典』)

とするものであった。これを、森氏は文献史、文明史、交易史に照らして、井上氏の「東伝説」を退け、我が国の平安中期にこれが起こったという、従来説を復権させたのであった。とすれば、我が国のこの『紫式部日記』の記事は、《綴葉装》の最古の語用例ということになるはずであるから、書物と語彙史の文献史的諸条件を勘案しても、紫式部が巻子本全盛のこの時代に、冊子本の、しかも《粘葉装＝胡蝶装》でもない、今日流通する《列帖装＝綴葉装》という書物形態の改良に関して、直接関与し、本の革命の先駆をなす存在であったことになるわけである。これはまた、当該の記述を曖昧に《草子》もしくは《冊子》と認定してきた研究史に照らして、極めて重要な証言と言うことにもなるはずである。もっとも、野村精一は、この『紫式部日記』の記述を検討して、平安時代の書物の多くは《巻子本》であったことを念頭に、この日記に見える「綴じあつめしたためたる」行為が《冊子本》製作の

それではなく、豪華な《巻子本》製作のために、いったん「仮綴」としていた可能性を示唆していた。(8)また萩谷朴は、夙に当該の記事から「ある程度の枚数を一帖一帖に仮綴して、書写を依頼し、その後、数帖を合わせて表紙を付し、冊子本として仕上げたものと解しておく」として、《冊子本》であることは認めつつ、その装丁方法を復原していたことも逸せられない。(9)したがって、これらを勘案すると、『源氏の物語』が書かれた一条朝当時の書物の「証本」は、《巻子本》装丁が絶対的な伝統であったにもかかわらず、あらたな書物形態として『源氏の物語』の豪華本たる、《移行期の「綴葉装」》が選び取られた可能性があると言うことになる。なにしろ、野村氏が言うように、この時代に「さうし」を製作したことが明確に確認出来るのは、当該資料のみであるのだから、いずれも推論に留まる。しかし、森氏は、「巻子時代は、…素材の違いはあっても、巻子形態以外の書物は存在しな」かったとし、また《綴葉装》が「蝴蝶装より遥かに遅れた平安時代後期になって突然出現し、突然流行を始め…（綴葉装の現存最古は十二世紀）」とする。また《綴葉装》は「明代以降の東洋を席巻した装丁」であったとしているので、森説を絶対とすれば、野村氏の学説が最も当を得た見解と言うことになるわけである。しかし、『うつほ物語』『枕草子』、『源氏物語』、古記録等に見える「さうし」「草子」「策子」「葉子」「冊子」「造紙」「作紙」などの表記例はあまたあるにもかかわらず、残念ながら森氏もそれには一切言及していない。そこで、各用例に関して、その書物形態に関する二者択一式の解釈を施すと、《冊子本》《巻子本》ともにいずれも循環論に陥る危険性の高いものばかりで、やはりこれは決定打を見ないとすべきなのであろう。むしろ、これだけ文献上に「さうし」の例があれば、『紫式部日記』の当該記事を積極的に《移行期の「綴葉装」》と解釈する萩谷説の方が、むしろ蓋然性は高い見解とすべきなのである。となれば、「さうし」に関して、「《巻子本》に対する《綴じ本》」（「角川古語大辞典」角川書店、一九八七年、『新編日本国語大辞典』小学館、二〇〇一年などによる）と限定的に定義することじたい、極めて危険な情報であって、「そうし」を「《巻子本》・《冊子本＝綴葉装＝粘葉装》《折本、これも冊子の概念に含める注：上原》のすべてを言う総称」であるとすべきであろう。文字通り《冊子》が「綴じ本」たり得るのは、『源氏物語』以降、遺例の現存する十二世紀までの間である。とすれば、国文学界に提出された「さうし」に関する論考は、すべて幾許かの修正を要することになるだろう。

3　草子は必ずしも冊子にあらず、ジャンルの謂である。

さて、ここで、最近、中島和歌子や神野藤昭夫が「物語史の中の草子」について、総合的に精査した報告にも触れなければならない。両氏の報告は、中島氏が『枕草子』に関して、神野藤氏が『無名草子』に関する「草子」のありようについてである。中島氏が分析したのは、『枕草子』を中心とした「草子」の用例に、「公的な書物としての巻子本」に対する、「歌集・物語・日記・批評」の《装丁＝モノ》としての《冊子》の認定が可能なこと、さらに《公的な巻子本》に対する、《歌集・物語・日記・批評＝草子＝フィクション》という、ひとつの「ジャンル」形態としての認定も可能なこと、と要約できようか。また神野藤氏の分析は、《物語》が「作」るものであるのに対し、《草子》は「書き」「集め」られるものであり、「歌を書くものとしての《草子》」と言う性格に、『無名』の《草子》の場合は、物語に接近して行くと言う位相があるとして、「物語史の中の《草子》」の意義を見出している。(10)この定義は、本稿の問題とする形態の認定・定義というより、ジャンルとしての《草子》の定義に重点があり、私の興味からすれば、論点は大きく異なるものである。しかしながら、中島氏が『枕草子』の《草子》の用例を「綴じ本というモノに置き換えられる」としたのは前掲の論述からして留保としなければなるまい。すなわち、まず

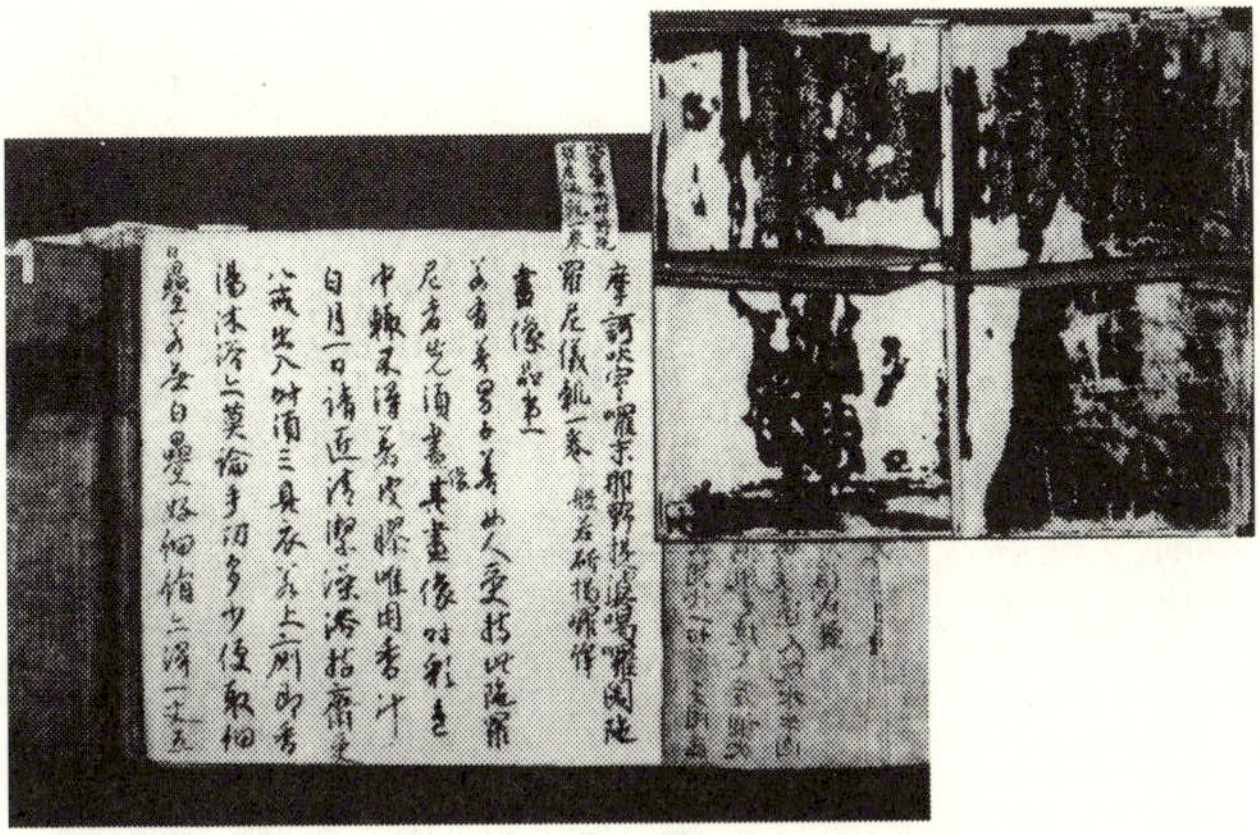

三十帖冊子　『三十帖策子』とも。806年、弘法大師・空海が渡唐中に認めた教典の覚書。仁和寺蔵・国宝指定。（写真・京都国立博物館）

田中親美「西本願寺本三十六人集」模本　1112年、白河法王六十賀の調度品たる粘葉装冊子本。原本は左から、順集・重之集・躬恒集。中央から赤人集・伊勢集。貫之集。表紙の羅の剥落まで再現されている。（写真・小林庸治／淡交社編集部）

《巻子本》全盛のこの時代にあって、「綴じ本」は極めて稀少であって、例えば、『枕草子』の「古今のさうし」に「夾算」を差し挟んだことも（「清涼殿の丑寅の隅の」の段）、『うつほ物語』の「蔵開」中巻に見える俊蔭母の歌集の「唐の色紙を中よりおし折りて、大のさうしに造りて、厚さ三寸ばかりにて（おうふう本・五四八①頁）」とあるのも、これを諸註のように、遺例を『三十帖策子』しか確認し得ない《粘葉装》と認めるよりも、本文解釈からこれを《折本、もしくは巻子本と折本の中間形態の書物》と認定すれば良いものもあり、他の用例は、例えば《巻子本》であっても、「箱の筥」にこれを載せて運ぶことは可能であるし、さらに「楼の上」下巻に「唐土の集の中に、こさうしに、所々、絵描き給ひて、歌詠みて、三巻ありしを、一巻を朱雀院に奉らむ（九四一⑬頁）」とあるように「こさうし」を「巻」と数えている例もあるので、先に記したように、「先に綴じ本ありき」の先入観による、循環論的解釈には修正が必要であろうと思われる。実際に、『三十帖策子』以後、平安時代中期でも古鈔本に「綴じ本」が一切現存せず、《粘葉装》ですら伝藤原行成筆『粘葉本和漢朗詠集』や、時代が下る伝藤原定信等筆『西本願寺本三十六人集』しか存しないこと、くわえて、語用例も前掲『紫式部日記』『御堂関白記』などに限られる以上、解釈には慎重な姿勢が必要とされよう。

4　書物史としての『源氏の物語』

そこで、『源氏物語』前後の書物史を私なりに辿り返しておくこととしよう。我が国の書物史は、言うまでもなく、太古の昔から、海彼、すなわち、古代中国の文化にすべて依存していたと言っても過言ではなかった。書物史に関しても、森氏が別稿「書籍の構造から見た冊子の発生と折本の位相について」で説くように、巻子本から冊子本への移行は、仏典を大量生産するために開発された、「版木による印刷術」が、隋末から唐初に起こったことを起源とし（神田喜一郎説）、版木には、巻紙ではなく、それに対応するように短く切り込んだ紙で刷らねばならないという物理的要因から、我が国でも「粘葉装」の《冊子》の将来を見たとする見解をまず確認する必要があろう。(11)くわえて氏は、従来、巻子を折り畳んだ《折本》が、さらに派生して《冊子本》が発生したと言う従来説を否定し、《冊子》時代の、《初期蝴蝶装（＝胡蝶装＝粘葉装　注：上原）》期の途中で《折本》が工夫（＝開発　注：上原）されたとするのである。この森見解もまた、文献史、書物史から見たもので、文学文献や古記録への言及はないので、これを我が国平安朝古典文学の遺例の解釈に還元すると、先の『枕草子』や『うつほ物語』本文の理解も容易となるはずである。

もう一例、「つくりたる」書物（＝さうし）の一形態が、『紫式部日記』の中に見出される。

よべの御おくり物、今朝ぞこまかに御覧ずる。御櫛の筥のうちの具ども、いひつくし見やらむかたもなし。手筥一よろひ、かたつかたには白き色紙、つくりたる《御さうしども》、『古今』・『後撰集』・『拾遺抄』。その部どもは五帖につくりつつ、侍従の中納言と延幹と、おのおの《さうし》ひとつに、四巻をあてつつ、書かせ給へり。表紙は羅、紐おなじ唐の組、かけごの上に入れたり。下には能宣・元輔やうの、いにしへいまの歌よみどもの家々の集書きたり。延幹と近澄の君と書きたるはさるものにて、これはただけ近うもてつかはせ給ふべき、見しらぬものどもにしなさせ給へる、いまめかしうさまことなり。

（「四四　夜べの御贈物」六五⑥～六六⑧頁）

この《さうし》製作を、萩谷朴は、我が国最古の《冊子》形態の遺例である空海筆の『三十帖策子』を《巻子本》から《冊子本》への転換・移行期の形態として位置付けるとともに、「表紙は羅、紐おなじ唐の組」で製作された《御さうしども》、すなわち、「『古今』・『後撰集』・『拾遺抄』」を「表紙も本と同じ大きさになり、紐は短く切ってむすぶだけの形」とし、「表紙や紐をぐるっと本を包み巻いている形」の『三十帖策子』と、「紐がとれてそぎ竹だけとなり、冊子本として独立した形」で、平安朝における豪華粘葉装冊子本の代表例たる『西本願寺本三十六人集』の、《中間形態の書物》と認めたのであった。つまり、計十五帖・六十巻の「恐らく粘葉装の表紙に紐をつけた」形態の本であったとする復原推定である。その『三十帖策子』とは形態的に「表紙は濃紫絹地の原表紙で粘葉装の本紙を包んで前で重ね合わせ、縹地の綺の帯紐で結ぶようにした、いわゆる帙表紙」で「表紙の端には発装（棒状のもの）が付けられ、冊子本の古い形態を伝える」ものであるという。[12]したがって、この本文解釈学を信ずる限り、『紫式部日記』に見られる彰子後宮の文芸サロンは、数世紀に渡って維持されてきた巻子本全盛という東洋の書物形態を革新した、極めて前衛的なメディア発信基地であったと言うことになるだろう。

かくして、《巻子本》一辺倒だった奈良朝を経て、平安時代初期から中期にかけて、《胡蝶装＝粘葉装》《綴葉装＝列帖装》《折本》と言う、新たな書物の形態が相次いで開発されると言う、平安朝版ヌーベルバーグが実現したのである。もちろん、マクルーハンの『グーテンベルグの銀河系』に言う、西洋印刷術が出版流通のメディア革命をもたらしたことに匹敵する、メディア・ルネッサンスなのであった。[13]

また同時代資料として逸せられないのが、藤原道長の書物愛好である。

例えば、『御堂関白記』の寛弘元年（一〇〇四）十月三日条には、

三日・癸未。……乗方朝臣『集註文選』並『元白集』持来、感悦極無、是有聞書等也。

と見えるし、同じく寛弘七年（一〇一〇）八月廿九日条には、

廿九日・乙亥。雨下。従相撲召合晴日少也。事愁甚多、依触穢無指御祈。作棚厨子二雙。立傍、置文書、『三史』・『八代史』・『文選』・『文集』・『御覧』・道々書・『日本紀具書』等、『令・律・式等具』、並二千餘巻。

とも見えている。とりわけ注目すべきは、長和二年（一〇一三）九月十四日条に、

十四日癸卯。・入唐寂昭弟子念救入京後初来、志 摺本『文集』並『天台山圖』等。

と見える、摺本の『白氏文集』である。これは、入唐僧・念救によって将来され、道長に贈呈されたものである。つまり、白楽天のその『文集』が、版木印刷された《冊子》の稀覯本であったことを意味する。これは版木の冊子本が、仏典のみならず、稀に詩文集にもあったことを意味し、時の最高権力者に献上されるほどの稀少価値であったことになるだろう。また、寛仁二年（一〇一七）十月廿二日条には、道長が、東宮（敦良親王）と大后（彰子）に、三蹟（道風・佐理・行成）の手になる歌集を献納している。[14]

次献御送物、左大将取本御筥、入道風二巻、佐理書『唱和集』…中宮権大夫取御笛筥、…入笙笛・高麗笛等。

…次大后御送物筝御琴、侍従大納言書『古今和歌』二帖。

藤原克己も推定するように、佐理の書からなる『唱和集』は、行成の『権記』にも見える、劉元白のそれであろうと思われ、これも承和以降の白詩の隆盛と、それが権力と分かち難く結びついている様相を如実に示すものである。[15] また、「行成書『古今和歌』二帖」と見えるように、「帖」は冊子を束ねるカバーの役割をするものであるから、《冊子形態》の『古今』十巻を一セットにした、計二帖であると推定できる。[16] このように、道長とその周辺の書物文化は、当代最高の評価を得ていた文藝が、当代を代表する三蹟の手になる名品ばかりで揃えられており、権力と最新の藝術文化が、密接に連関していることを如実に示している。しかも、この典籍と三蹟の組合せと言う事実は、道長周辺でも『源氏物語』が最も高い評価を得たからこそ、書物文化の革新の中で豪華本が製作された事実を相互に補強する論拠となるだろう。

かくして、日本の書物史は、以後、院政期の『隆能源氏物語絵巻』「東屋・二」の画中の「物語絵」に見られるように、かなり大型の《冊子本》も普及したようである。ただし、画中画として、肥大化されて描かれた物語絵の形態を分析する限り、これは大型着色紙による《折本》たる《冊子》の可能性も高い。

さらに、時代は下ると、現存する鎌倉中期以降に書写された『源氏物語』諸伝本はすべて《冊子本》として現存する。また、藤本孝一が明らかにしたように、《青表紙本『源氏物語』》成立当時の俊成・定家の時代にあっては、《公家用の冊子本・六半本》の形態が『源氏物語』冊子形態の主流であったものの、定家時代を境にして、武家に好まれた《大型冊子本・四半本》に移行して行く過程が看取されると言う。[17] また紀貫之自筆本の『土佐日記』は当然《巻子本》であったものの、それが藤原定家・為家父子に相次いでに書写される段階で、特に為家が手許の《冊子本》を一丁捲り飛ばしたため、見開き白紙の箇所が存在する。このことから、為家本は事前に《冊子本》として「綴じ」られた本に書写したものであると判ぜられると言う事実も記憶から逸せられない。[18] 加えて、平安中期の『類聚歌合』の証本は、紙と紙の継ぎ目の上に字が被っている事から、事前に形態を整えられた《継ぎ紙》に清書されたものであった。[19]

したがって、平安中期と言えども、『源氏の物語』豪華本の製作事情は、「色々の紙選りととのへて、物語の本どもそへつつ、所々にふみ書きくば」り「綴じしたた」めたように、後から製本するようなことはむしろ稀で、やや時代が下る、現存の歌合証本の製作過程のように、製本された《巻子本》に清書するのとは手順も異なることが分かるであろう。ましてや、鎌倉時代においては、書物の基本形態も異なる上に、古典が古典たり得る権威性を獲得し始めたがために、ある書本を忠実に臨模し、模本たる《冊子本》を製作することが目的となっており、過程や方法、さらには書写の目的までもが大きく変化していたのである。

5　『源氏の物語』の物語絵——「絵合」巻の力源

とは言うものの、『紫式部日記』や『御堂関白記』には、『源氏物語』に見える書物製作と、いくつかの点で方法的な共時性を確認することも出来よう。例えば、絵や書の名手の選抜をとりわけ重視している点がある。これは『源氏物語』「絵合」「梅枝」巻に共通し、また道長が、東宮と大后に献上した『古今』などの勅撰集や歌集が三蹟の手であったことなど、明かな連関性を見出されることも特筆されよう。

「絵合」巻の物語絵の制作はこのようにある。

かう絵ども集めらると聞きたまひて、権中納言いと心をつくして、軸、表紙、ひもの飾り、いよいよ調へたまふ。…物語絵はこまやかに、なつかしさまさるめるを、梅壷の御方は、いにしへの物語、名高くゆゑある限り、弘徽殿は、そのころ世にめづらしく、をかしき限りを選り描かせたまへれば、うち見る目のいまめかしきはなやかさは、いとこよなくまされり。上の女房なども、よしある限り、これはかれはなど定めあへるを、このころのことにすめり。

（「絵合」巻　五六三⑬～五六四⑨頁）[20]

梅壺の御方の、「いにしへの物語、名高くゆゑある」『竹取の翁』の物語絵で、「絵は巨勢の相覧、手は紀貫之書けり。紙屋紙に唐の綺をばいして、赤紫の表紙、紫檀の軸、世の常のよそひなり」とあって、天徳内裏歌合を模して、「赤紫」「紫檀」の色を基調とした「世の常のよそひ」を演出するための《巻子本》であり、本文と絵も延喜聖代最高の文人たる「絵は巨勢の相覧、手は紀貫之」を起用しているのに対し、弘徽殿の女御方は、「そのころ世にめづらしく、をかしき限り」の『うつほの俊蔭』であり、「白き色紙、青き表紙、黄なる玉の軸」とした、古筆の名品を彷彿とさせるような豪華な《巻子本》であった。また「絵は常則、手は道風」とあるように、村上朝に活躍した三蹟の小野道風を起用し、「いまめかしうをかしげに、目もかかやく」までであったと言うのである。ここには当代一流の政治家が、文化の粋においても超一流の技を競い合うと言う、延喜・天暦聖代の君臣和楽の政治ドラマと、フィクションとしての「絵合」の物語が共振する構造を前景化させている。[21]しかも、それを象徴する「技」が、「物語絵」の制作能力としての政治力や、その《絵》の伝授に皇統再編の意図を包み隠しているように、この巻の『源氏』文化の《知》の構造は、その政治ドラマの側面が捨象され、延喜・天暦聖代の、極めて文化的な《技業》の問題としてのみ志向されていたとすべきであろう。

したがって「絵合」巻は、「梅枝」巻とともに、『源氏の物語』が営々と築き上げて来た、登場人物とその来歴を、絵や手跡に託して相互補完的・有機的に連関させつつ、光源氏をめぐる人々の人脈を再編すると言う物語の論理が、《巻子本》と言う書物に託され、物語を支えている巻々であるとも言えよう。(22)

6　女手・草子・巻物——王朝文化の粋としての「梅枝」巻

さて、「絵合」巻が「物語絵」の「技」を競い合う物語であるとすれば、「梅枝」巻は、香と水茎の「技」を競い合わせつつ最高の文化を極める物語であると言えよう。そこで、光源氏が《かな》について論じ、女君たちの筆跡を賛したくだりから検証しよう。

「よろづのこと、昔には劣りざまに浅くなりゆく世の末なれど、《かな》のみなむ、今の世はいときはなくなりたる。ふるきあとは、定まれるやうにはあれど、広き心ゆたかならず、ひと筋に通ひてなむありける。…真字のすすみたるほどに、《かな》はしどけなき文字こそまじるめれ」とて、まだ書かぬ草子ども作り加へて、表紙、紐などいみじうせさせたまふ。

（「梅枝」巻　九八三⑫〜九八四⑭頁）

光源氏の言う「よろづのこと、昔には劣りざまに浅くなりゆく世の末」には、末法的終末観が背景にあること言うまでもないが、これは「若菜」下巻の「琴論」にも通底する論理でもある。すなわち、前代を賛美し、現世の文化を浅薄なものとして批判すると言う論理構造である。しかしながら、こと《かな》に関しては、現代こそが最高の水準になっており、とりわけ、六条御息所の筆跡の優美さは、他に及ぶものがないと言うくだりの一節である。もちろん、《書物》は、《巻子本》としての《草子》であって、それに「表紙と紐」に「軸」もまた整えられていたのであろう。くわえて、光源氏の「書きたまへる草子ども」もまた、蛍兵部卿宮が「取うでたまひて、かたみに御覧」じたところ、その手は「見どころ限りな」いものであったと言う。また、光源氏が、夕霧、柏木などに葦手、歌絵を書くように求める消息を送り、光源氏自身も草仮名などを書写するくだりもある。

　墨、筆、ならびなく選りいでて、例のところどころに、ただならぬ御消息あれば、人々かたきことにおぼして、返さひ申したまふもあれば、まめやかに聞こえたまふ。高麗の紙の薄様だちたるが、せめてなまめかしきを、「このもの好みする若き人々試みむ」とて、宰相の中将、式部卿の宮の兵衛の督、内の大殿の頭の中将などに、「葦手、歌絵を、思ひ思ひに書け」とのたまへば、みな心々にいどむべかめり。例の、寝殿に離れおはしまして書きたまふ。花盛り過ぎて、あさ緑なる空うららかなるに、ふるきことどもなど思ひすましたまひて、御心のゆく限り、草のもただのも、女手も、いみじう書きつくしたまふ。御前に人しげからず。女房二三人ばかり、墨などすらせたまひて、ゆゑあるふるき集の歌など、いかにぞやなど選りいでたまふに、口惜しからぬ限りさぶらふ。御簾上げ渡して、脇息の上に草子うちおき、端近くうち乱れて、筆のしり加へて、思ひめぐらしたまへるさま、飽く世なくめでたし。白き赤きなど、掲焉なる《ひら》は、筆とりなほし、用意したまへるさまさへ、見知らむ人は、げにめでぬべき御ありさまなり。

（「梅枝」巻　九八五②〜九八六①頁）

この場面は、『紫式部日記』の『源氏物語』豪華本製作の再現を想起させもしよう。すなわち、紫式部が采配して、「色々の紙選りととのへて、物語の本どもそへつつ、所々にふみ書きくば」った、その「所々」が、物語では「このもの好みする若き人々」と置き換えられ、また「墨、筆、ならびなく選りいで」たものだからである。具体的には、「宰相の中将（夕霧）、式部卿の宮の兵衛の督、内の大殿の頭の中将（柏木）」が、その依頼先であった。そして、光源氏が、「葦手、歌絵を、思ひ思ひに書け」と命じ、それを年若い彼らは名誉なこととして「みな心々にいど」んだのであった。

また、この場面で注意すべきは、光源氏が「脇息の上に草子うちおき、端近くうち乱れて、筆のしり加へて、思ひめぐらしたまへる」風情で居ることである。「脇息の上」に置かれた「草子」とは、冊子形態であるほうが、安定性があって望ましいが、上来検証してきたように、《冊子本》はむしろ珍品であったし、光源氏はそれを「掲焉なる《ひら＝枚》は、筆とりなほし、用意」するとあるように、一枚ごとに推敲を施してもいるのである。とすれば、これを製本済みの《冊子》であると認定する考えは絶対に除かなければならない。むしろ、ここでは流麗な文字の書かれた「白き赤き」継ぎ紙を、《草子》と称したと考えねばならないのである。

時を同じくして、蛍兵部卿宮は、所蔵していた『古万葉集』や『古今和歌集』を光源氏に贈っている。もちろん、『万葉』（「古」は『新撰万葉集』を念頭にした当時の呼称。『枕草子』にも見える）、『古今』はすでに聖典と言うべきものであった。これに平安の三筆とも謳われる、漢風賛美（＝国風暗黒）時代の最高の文人たる嵯峨天皇を『万葉集』の書き手に配し、かつ、『源氏』文化の創造主にして『古今集』の勅撰を命じた、その延喜の帝じしんの手になる欽書本を配すと言う趣向は、空想を巡らせ得る限りの最高の文物であった。とすればこの事実は、光源氏がこうした書物を掌中で操りつつ、名実ともに権力者たる地位にあることを如実に示すテクストであると言えよう。[23] しかもそれは、当代の文物をみずから蒐集するのみならず、平安の三蹟を以って東宮や大后に書物を献上した、道長の姿が彷彿とされるではないか。

今日は、また、手のことどものたまひ暮らし、さまざまの継紙の本ども選りいでさせたまへるついでに、御子の侍従して、宮にさぶらふ本ども取りにつかはす。嵯峨の帝の、『古万葉集』を選び書かせたまへる四巻、延喜の帝の、『古今和歌集』を、唐の浅縹の紙を継ぎて、同じ色の濃き紋の綺の表紙、同じき玉の軸、だんの唐組のひもなどなまめかしうて、巻ごとに御手の筋を変へつつ、いみじう書きつくさせたまへる、…侍従に、唐の本などのいとわざとがましき、沈の箱に入れて、いみじき高麗笛添へてたてまつれたまふ。

（「梅枝」巻　九八八①〜⑪頁）

特に、蛍兵部卿宮から光源氏に献上される品々が、「さまざまの継紙の本ども」であることに注意したい。繰り返すように、『源氏物語』は、当代の「あらまほしき」文化の象徴を描くフィクション＝物語なのであって、実際、紫式部の工房では「綴じ本」まで作られてはいたものの、物語上ではあくまで伝統技芸を墨守した豪華な「さまざまの継紙の本＝《巻子本》」であらねばならなかった。さらに、これを「沈の箱に入れて、いみじき高麗笛」を添えた趣向もまた、道長や紫式部の日記かと見紛うほどの酷似を見せている。しかもそれは、光源氏が、明石の姫君入内に際しての書物贈与の趣向とも呼応するのである。

またこのころは、ただ《かな》の定めをしたまひて、世の中に手書くとおぼえたる、上中下の人々にも、さるべきものどもおぼしはからひて、尋ねつつ書かせたまふ。この御箱には、たちくだれるをばまぜたまはず、わざと人のほど、品分かせたまひつつ、《草子巻物》、みな書かせたてまつりたまふ。

（「梅枝」巻　九八八⑪〜九八九①頁）

道長が三蹟の手跡を捜し求めたように、光源氏が「世の中に手書くとおぼえたる、上中下の人々」の中の「さるべきものども」を精選し、「尋ねつつ書かせ」た書物は「草子巻物」であった。ここに見える「草子巻物（＝主要諸本異同ナシ）」は、従来説による書物形態からすれば、《草子（＝十二例。玉鬘、初音各二例、梅枝八例）》と《巻物（＝孤立例）》とに分ける考えも成り立ち得る。しかし、上来検証してきたように、《草子》が《冊子》形態のみならず、《巻子本》形態をも包含する書物の総称であったとする私の見解からすれば、この《草子巻物》も、「《かな》を中心に書かれた書物」を言う概念であって、《冊子》と言う形態を弁別するために使われているわけではない。しかしながら、作家の周辺では、前代的な《巻子本》一辺倒の《書物》形態を脱して、多面的な《書物》の位相をジャンルによって使い分け始めていたわけで、ここに同時代的なメディアの呼称変化を垣間見ることもできよう。

7　結　語――ありきそめにし『源氏の物語』

このように、彰子後宮を「ありきそめにし」『源氏の物語』は、我が国が独自に開発した書物形態を以って、宮廷文化の面目を一新したのであった。それは、紫式部の机辺が、当時の文化の粋の凝縮されているような恵まれた環境下にあったからこそ、延喜・天暦の聖代を彷彿とさせる架空の文化の構築が可能であったと言うことができる。こうした高い文化水準のもと、日本の、平安朝版ヌーベルバーグの渦中に遭遇した紫式部と言う女性の「知」が、道長と言う当代唯一の権力者の操る《書物》メディアによって伝播し、そして十全たる開花を見たのが、後世の『源氏』文化の発端であったわけである。

注

（1）本文は黒川本による。また、萩谷朴『校注紫式部日記』（新典社、一九八五年）の所在頁行数を示す。
（2）この『嘆きくはは る』の本文は『古今和歌集』雑下の良峯宗貞の詠の引歌表現で、状況設定までも踏襲している。上原作和「懐風の琴――「知音」の故事と歌語「松風」の生成」「懐風藻研究　七」（日中比較文学研究会、二〇〇一年一月）参照。
（3）「ある紫式部伝――本名・藤原香子説再評価のために」南波浩編『紫式部の方法―源氏物語・紫式部日記・紫式部集』（笠間書院、二〇〇二年）本書所収において、藤原宣孝とは再婚で、最初の夫が紀時文であることを『権記』長徳三年八月一九日の記事から考証している。当該条は、「後家香子」に故紀時文の財産の委譲が認定されたものと考えられるから、これらの書物・文物に、時文・宣孝、両者の遺品が混在しているものと考えられる。
（4）研究史は助川幸逸郎「記号の自立と政治の不在化」「物語研究会会報　三〇号」（物語研究会、一九九九年）、「一九七〇年代のヘーゲリアン達――言説史としての『源氏物語』研究」『源氏研究　五号』（翰林書房、二〇〇〇年）、「精神分析を援用して、現代日本でいうべきこと」『テクストの性愛術』（森話社、二〇〇〇年所収）に重要な指摘が見られる。また、三田村雅子「『源氏物語』豪華本の製作　『本』の重さ『紙』の軽さ」「世界思想九八春」世界思想社、一九九八年）は、掌編ながら、こうした不毛な状況を革新する試みである。正編の豪華本製作後、《索漠たる思い》から、紙反故に『紫式部日記』が書かれたものとしてその機微を辿り、その後の《したたかな居直りにも似たもの》を獲得した作家が、《不逞な挑戦の気迫》によって、宇治十帖が書かれたとするものである。
（5）池田亀鑑『源氏物語大成　研究篇』（中央公論社、一九五六年）五～八頁。
（6）森　縣「冊子東伝説の検討」「汲古　三八」（汲古書院、二〇〇〇年一二月）参照。
（7）井上宗雄編『日本古典書誌学辞典』（岩波書店、一九九九年）当該項目参照。

（8）　野村精一「日記文学の成立――書誌の文明史的考察」上村悦子編『日記文学の新研究』（笠間書院、一九九五年所収）、同氏「書誌の文明史的考察――源氏物語古注釈の世界」『源氏物語古注釈の世界――写本から版本へ』（実践女子大学文芸資料研究所研究叢書Ｉ／汲古書院、一九九四年所収）参照。

（9）　萩谷朴『紫式部日記全注釈　上下』（角川書店、一九七一、七三年）上巻四九五頁。

（10）　中島和歌子「物語史の中の《草子》――《草子》としての『枕草子』」神野藤昭夫「物語史の中の《草子》――《草子》はどう捉えられてきたか」「古代文学研究第二次／第十号特別号／特集・『物語史の中の《草子》』」（古代文学研究会、二〇〇一年一〇月）の所論参照。

（11）　森　縣「書物の構造から見た冊子の発生と折本の成立の位相について」「書陵部紀要　四二」（宮内庁書陵部、一九九〇年）参照。また、古代中国の印刷術に関しては、神田喜一郎「中国における印刷術の起源について」『神田喜一郎全集II』（同朋舎、一九八三年）参照。

（12）　萩谷朴前掲注(9)下巻三四～四五頁、「『権記』と『紫式部日記』とに見える行成揮毫の『後撰集』は同一本ではない」「日本文学研究　二八」（大東文化大学日本文学会、一九八九年二月）参照。また「三十帖冊子」の解説は『日本の国宝　六巻／近畿――京都』（朝日新聞社、一九九九年）「仁和寺」一一四～六頁。

（13）　マーシャル・マクルーハン『グーテンベルグの銀河系――活字的人間の形成』（高儀進：訳、竹内書店、邦訳一九六八年）、『メディア論』（森常治訳：みすず書房、邦訳一九八七年）参照。

（14）　飯沼清子「平安時代中期における作文の実態――小野宮実資の批判を緒として」（「國學院雑誌」、一九八七年六月）・「藤原道長の書籍蒐集」（「風俗　九五」日本風俗史学会、一九八八年十月）、くわえて岡部明日香「藤原道長の漢籍輸入と寛弘期日本文学への影響」『奈良・平安期の日中文化交流――ブックロードの視点から』（農山漁村文化協会、二〇〇一年）参照。なお、『御堂関白記』本文は（大日本古記録『御堂関白記　三巻』岩波書店、一九五二年）により、読解のために最低限の校訂を施した。

（15）　藤原克己『菅原道真と平安朝漢文学』（東京大学出版会、二〇〇一年）II章　一六八頁参照。

(16) 山中裕編『御堂関白記全註釈 寛仁二年下』(高科書店、一九九二年)には「古今和歌二帖」を「どういう仕立になっていたかはよくわからない」とする。六一頁。
(17) 藤本孝一「巻子本から冊子本へ」「日本歴史」(日本歴史学会/吉川弘文館、一九九五年三月)「写本の大きさと定家本源氏物語――公家用と武家様」「むらさき 三三輯」(紫式部学会 武蔵野書院、一九九六年一二月)参照。また、上原作和「《青表紙本『源氏物語』》原論――青表紙本系伝本の本文批判とその方法論的課題」『論叢 源氏物語4――本文と表現』(新典社、二〇〇二年所収)本書所収にも若干言及してある。
(18) 萩谷朴「『土佐日記』の定家模写部分より推定し得る貫之自筆原本の書写形態」(「書道研究」書道新聞社、一九八八年一一月)は、巻子本から冊子本へと展開する書物形態に関する貴重な証言である。
(19) 萩谷朴「歌合の古筆証本にはなぜ巻子本が多いか」『古筆と国文学――古筆学叢林1』(古筆学研究所/八木書店、一九八七年)参照。
(20) 本文は『大島本源氏物語』(角川書店、一九九六年)の影印により、読解のために最低限の校訂を施してある。また前掲注(5)池田亀鑑『源氏物語大成校異篇』の所在頁行数を示した。
(21) 最近の研究成果としては栗山元子「『源氏物語』絵合巻の表現方法」『源氏物語と王朝世界』(早稲田大学大学院中古文学研究会 武蔵野書院、一九九九年)、太田敦子「絵を描く梅壺女御――『絵合』巻における冷泉朝の位相」『源氏物語絵巻とその周辺』(新典社、二〇〇一年)が示唆に富む好論である。
(22) 阿部好臣「『書物』=物語との相克――源氏物語を巡って」「語文 一〇四・一〇五」(日本大学国文学会、一九九九年六月、一二月)・『『源氏物語』曼荼羅――その書の世界 梅檀社研究会講演録9』(梅檀社、二〇〇一年)参照。
(23) 河添房江「梅枝巻の光源氏」『源氏物語表現史――喩と王権の位相』(翰林書房、一九九八年)参照。

付記 我が国の書物形態の変遷について、神鷹徳治教授の御示教に与りました。記して御礼申し上げます。

「水茎に流れ添」ひたる《涙》の物語

本文書記表現史の中の『源氏の物語』

1　序章

『源氏物語』には、うつくしい連綿のかな文字の喩であるところの「水茎」が、《涙》を導く序詞的な「水茎に流れ添ひたる」という熟語として生成され、約三例の用例が認められる。人の世の不条理に流される「涙の跡」と、その悲しみを書き流した「筆の跡」とを視覚的に表象しつつ、王朝文化の粋を極めた古筆美を、物語表現として巧みに援用しているのである。

本来、我が国は独自の文字を持たず、古代中国・韓半島から輸入した「漢字」を、和風に醇化させることによって、固有の表現を獲得するに至った。その最古の例が、山田寺跡や観音寺跡から出土した瓦や木簡の「難波津歌」の断片であり、「五七五七七」の定型と歌の字音表記が大化年間まで遡ることまで実証されている。とすれば、『古今集』「仮名序」に仁徳帝代、王仁の作と伝えられてきたこの「難波津歌」が、一字一音表記の「万葉仮名」に遡源されるものであろうと言う推測も成り立ち、戦後「万葉学」最大の争点とされてきた「人麻呂歌集」略体・非略体表記の謎も氷解しつつある。

さて、その後、字音表記に「行草体」で書美的な手が加えられて、「讃岐国司解文＝藤原有年申文」や伝小野道風筆の『秋萩帖』が「変体仮名」を書き崩した「草仮名＝草の手」で書かれ、王朝文学の視覚的書美表現としてその定着を見たのが、およそ九世紀前後。こうした文字表記の転換点を経て、「草の手」を二字三字と連綿で書き継ぐ技法が醇化されて「かな＝女手」が生成されたのは、紀貫之自筆『土佐日記』があり、十世紀中葉の『うつほ物語』「国譲」上巻に当時の価値評価を求めることが出来る。

しかしながら、『源氏物語』の「水茎」表現の方法は、和歌史にその沿革を求めてみても、それが上記のような視覚的要素まで付加されたのは、まさに紫式部の発明と言ってよく、紫の上や浮舟の手習など、女性の学藝を事細かに書き記していることから、この物語の独自の方法的達成と密接に連動していると見ることも出来よう。王朝女性のかな文字受容史、歌語生成史の観点から、この物語固有の表象性が、その総体的志向性として、最も『源氏物語』的な「もののあはれ」たる歌語「水茎」の生成に深く関わっていることをつぶさに検証しておきたい。

2 「かな」文字生成の起源とその精華

まず、我が国文化史上、最も重要な「発明」である「かな」の起源についてわたくしなりに整理しておくこととする。独自の文字表記を持たなかった我が国は、古代中国から漢字を輸入した。それに改良を重ねて、和語のシンタックスを漢字の文字表記によって書き表していた。そしてその謎を解くのが、「人麻呂歌集」略体・非略体表記にあるとされてきたため、その論争こそは戦後「万葉学」最大の争点とされたきたのであった。

その代表的論攷は、稲岡耕二『人麻呂の表現世界―古体歌から新体歌へ』(1)であろう。すなわち、略体＝古体（天武朝初期〜天武朝中期）、非略体＝（天武朝中期〜持統朝前期）という認定から、歌の文字化は、訓字を和語のシンタックスに羅列する略体的な表記の形ではじまったというものである。これに対し、渡瀬昌忠は、膨大かつ詳細な論攷を次々と表わし、稲岡説による、その成立過程に異議を唱えたのであった。(2)例えば、略体表記にも見える「は」や「を」の助辞の読み添えからして、これを原始的であるとか、古体であると認定することには無理があるとしたものなどがある。これに対し、工藤力男は「仮名書きした七世紀の木簡が一枚出土したら決着する」と述べていたのであった。(3)そうした閉塞感を打破したのが、山田寺跡から出土した「奈仁波」というヘラ書きの瓦と徳島・観音寺から出土した木簡であった。ともに『古今和歌集』「仮名序」に見える難波津歌の断片で、「五七五七七」の定型と歌の字音表記が大化年間まで遡ることが実証されたのである。(4)

こうした「論より証拠」の見本のような事例を前にして、西条勉は、我が国独自の書記表現史の起源については、資料の限定されている「人麻呂歌集」約三百首のみにそれを求めることはせずに、この歌集の表記の謎に関しては、人麻呂の活躍した、天武朝の文字表記の有り様としてこれを捉え直すことにより、宣命書きなどの近時代、同時代文献等のアプローチを以て、「略体」「非略体」表記併存という、特異な現象の相対化を試みることを提唱している。(5)

したがって、「万葉仮名」と呼ばれる借字による一字一音表記は、文献上、大化年間にまで遡るものであることが確定した。さらに書記表記史もまた、長い和風醇化の歳月を経た奈良朝を経て平安時代初期に至ると、「草仮名」がさらに発展して「かな」という我が国書記表現の画期的な変化がもたらされたということになる。つまり、「万葉仮名」の一字一音の借字の書体を書き崩すことによって、優美かつ柔和な芸術的な線を描くことを発明し、さらにそれを普及させることにも成功したのが、我が国平安文化最大の功績であったとも言えよう。そしてこの段階にいたって、和様が生成され、書美的な位相の起源があると言ってよいだろう。

また、高橋亨は、このような我が国のかな文字生成の機縁について、「仮名」を詩的言語と認めた上で、音読される「文字」の視覚性についても言及し、「かなをめぐる表記史の問題は、文芸諸ジャンルの生成や展開と不可分であり、いわば、書史を射程に入れたところから、漢字とかなの相互関係を踏まえた詩学と文芸史（表現史）を目指して再検討を進めていかなければならない」とその展望を述べていることに注目したい(6)。

*

そこで、書史と平安朝文学を考えるための前提として、中田祝夫の分類に従って、平安時代の《書体》の分類について確認しておこう(7)。

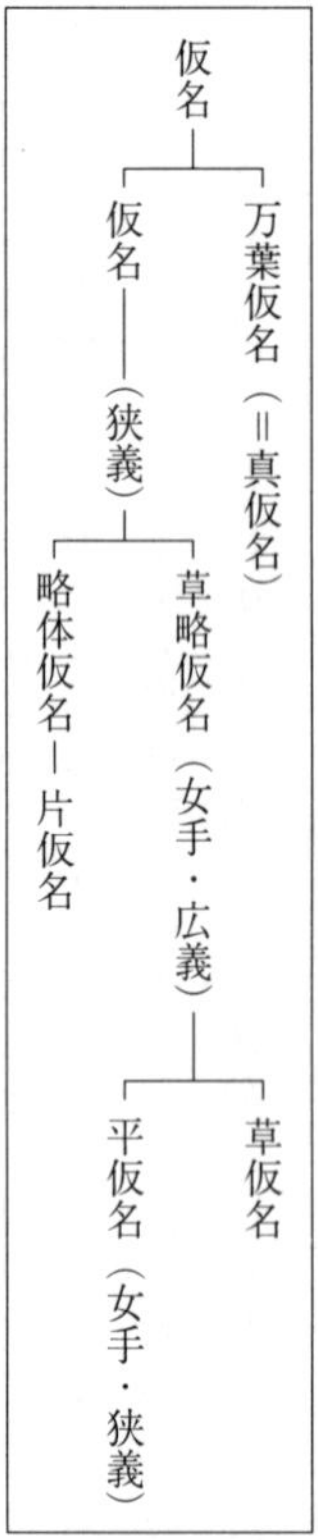

中田氏は「草仮名の代表は、伝小野道風筆「秋萩帖」であろう。万葉仮名を行草風に書きならわしているが、個々の文字はまだ中国人が見てもその原文字が判別できる程度である。平仮名は女手ともいう。これは行草体を書き崩し、連綿と二、三文字、もしくは数字を続けて書く。書き崩した個々の文字には、中国人が見ても読めないものが生じている。平仮名（女手）の古い資料には、紀貫之「土左日記」がある」と規定している。

また、小松英雄『日本語書記史原論』の「草仮名」「仮名」の定義を参照すれば、
◇草仮名　個々の文字ではなく、テクストあるいはそのなかの特定部分に使用されている表音文字全体としてみた場合の名称。必ずしも個々の文字が草書体とは限らず、楷書体に近い字体が交えられていても、連綿の有無を指標として借字として区別される。
◇仮名　日本語を散文として表記するために、連綿や墨継ぎなどによって語句の境界を明示できるように発達した表音文字の体系。仮名は仮名文に使用されている。
としている。(8) これらをもとに本文書記表現史をわたくしなりに辿り直して見ようと思うのである。

＊

さて、文献上で、我が国独自の書史である「草仮名」や「仮名」が縦横無尽に書き尽くされている文藝の世界、それは『うつほ物語』の「蔵開」巻や「国譲」の巻巻であった。
「蔵開」中巻に、仲忠が、蔵にあった俊蔭母の集を紐解く場面に以下のように見える。(9)

亥の時ばかりよりは、これはしばしとどめさせ給ひて、小唐櫃開けさせて御覧ずれば、唐の色紙を、中より押し折りて、大の冊子に作りて、厚さ三寸ばかりにて、一つには、例の女の手、二行に一歌書き、一つには、草、行同じごと、一つには、片仮名、一つは、葦手。まづ、例の手を読ませ給ふ。歌・手、限りなし。四所さし向かひて、人に聞かせで聞こし召す。今宵は、后の宮参上り給へり。たはのこれうのゐかひたち、いと多かり。

（「蔵開」巻　五四七⑰〜八⑫）

かつてわたくしも考えて見たことがあるが、「唐の色紙を、中より押し折りて、大の冊子に作りて、厚さ三寸ばかりにて」は、平安朝の遺品が遺っていない憾みはあるが、これは「折本もしくは移行期の中間形態の書物」であったろうと考えている。(10)これには、「女の手、草、片仮名、葦手。」でそれぞれ歌が書かれており、高橋亨は、「ちなみに『うつほ物語』で「女の手」と「草」が一首の歌を二行で書くのは、十一世紀後半と見られる資料と多く一致し、十世紀の伝小野道風筆「秋萩帖」第一紙は四行、「下絵万葉集」は三行書きであるが、資料不足でなんとも言えない。十世紀の伝小野道風筆「秋萩帖」第一紙は四行、……（五一頁）」と現存古筆文献に照らすと、この書きぶりが十世紀の古筆の書きぶりよりも、十一世紀後半の書写様態に近いことを示唆している。(11)それを内裏で講師として仲忠が音読したのであるが、俊蔭の母が遣唐使として航海に出たまま帰ってこない悲しみを綴った物なのであろうか、「聞こし召し知りたる限りは、上も春宮も泣き給ふ」と見えている。書体はそれぞれの歌に対して「かぎりな」い趣向を凝らしながら、その和歌は「子を思う母の愛」が綴られていたものであろうと思われる。ここには和歌本文が記されていないために、物語内容が不明で、音読されながらその視覚的イメージが喚起されるような叙述にはなっていないという憾みが残るのである。

ついで、我が国の書史を語る際に、かならず引用される「国譲」上巻を考えておこう。

かかるほどに、紫の色紙に書きて、桜の花につけたる文、宮より。御使、蔵人。開けて見給へば、「『ただ今のほどは、いかが』となむ。かくては、えあるまじかりけり。何せむ、まかでさせて。ねたうこそ。
吹く風に　花はのどかに　見ゆれども　静心なき　わが身何ぞも
『先々、いかでありけむ』とこそ」とあり。おとど、「この御手こそ、久しく見ね」とて見て、「いとよくなりにけり」とてさし入れ給へば、女御の君、「かしこけれど、この御手こそ、右の大将の御手におぼえ給へれ」。

藤壺の、「ただ、その書きて奉られたる本をこそは、男手も女手も習ひ給ふめれ。『それ、昔のぞ』とて、今の召すめれど、まだ奉られざめりしかば、『それ驚かせ』などぞのたまはせし」。女御の君の、「『御文書かむとてなり』と聞きしは、さにやあらむ」。おとど、「よろづのこと、人にはまさらむとなれる人にこそ」とて、宮の御使に饗し、物被け給ふ。御返り、「今のほどは、旅にて。『静かなるに』となむ」とて、

「花よりも　静かならぬは　君やさは風も　吹きあへぬ　心なるらむ

と思う給ふるこそ」とて奉り給ふ。　（「国譲」上巻　六三五④〜⑰頁）

「その書きて奉られたる本をこそは、男手も女手も習ひ給ふめれ」とあるのは、書における右大将・仲忠の両性差《ダブルバインド》を駆使することへの賛嘆であり、逆に言えば、男手、女手ともに使いこなせる人間が希少であったことを示している。楽祖・俊蔭以来の、琴の家の自負は、のちに學藝の家へと展開されたのである。これは、当時の理想的な文人貴族のあり方であった右書左琴の思想を体現していることになるだろう。

ついで、東宮に仲忠が手本を送る場面を検討してみよう。

かかるほどに、「右大将殿より」とて、手本四巻、色々の色紙に書きて、花の枝につけて、孫王の君のもとに、御文してあり。「『みづから持て参るべきを、仰せ言侍りし宮の御手本持て参るとてなむ。これは、「若宮の御料に」とのたまはせしかば、習はせ給ひつべくも侍らねど、召し侍りしかばなむ、急ぎ参らする』と聞こえさせ給へ。さて、御私には、何の本か御要ある。ここには、世の例になむ」とて奉れ給へり。御前に持て参りたり。見給へば、黄ばみたる色紙に書きて、山吹につけたるは、真にて、春の詩。青き色紙に書きて、松に

つけたるは、草にて、夏の詩。赤き色紙に書きて、卯の花につけたるは、仮名。初めには、男にてもあらず、女にてもあらずめつちぞ。その次に、男手、放ち書きに書きて、同じ文字を、さまざまに変へて書けり。

わがかきて　春に伝ふる　水茎も　すみかはりてや　見えむとすらむ

女手にて、

まだ知らぬ　紅葉と惑ふ　うとふうし　千鳥の跡も　とまらざりけり

さし継ぎに、

飛ぶ鳥に　跡あるものと　知らすれば　雲路は深く　ふみ通ひけむ

次に、**片仮名、**

イニシヘモ　今行ク先モ　道々ニ　思フ心アリ　忘ルナヨ君

葦手、

底清く　澄むとも見えで　行く水の　袖にも目にも　絶えずもあるかな

と、いと大きに書きて、一巻にしたり。

（「国譲」上巻　六五四⑫〜五⑮頁）

ここに見える「仮名」はこれが現存文献中最古の用例である。すでに芸術としての書き分けが成されていることに注意したい。「男手、放ち書きに書きて、同じ文字を、さまざまに変へて書」いた「はなち書き」とは、すでに古筆の名品にみられる書美的な遊びの要素であり、一字一字を連綿にせずに、楷、行、草の独立した単字で書かれていたものであろう。また、「さし継ぎ」は「墨継ぎ」の妙を巧みに表現したものであろうと思われる。また、和歌の物語内容は、東宮礼賛に終始する内容でありながら、隠喩的に若宮の母たる藤壺への思いが託されていることにも注目しておきたい。

3　和歌史の中の「水茎」

さて、和歌史における「水茎」については、ツベタナ・クリステワ『涙の詩学　王朝文化の詩的言語』に詳しい検討がある。[12] 例えば、『万葉集』における「水茎」五例中四例が「水茎の岡」とあり、当時は「岡」の枕詞として機能していたと考えられるという。それが八代集や『とはずがたり』の解析を経て、

「涙の跡の水茎」の跡をさらに追求し続けると、それぞれの時代の詩的発想の特徴が見えてくるのだが、それは《袖の涙》と《水茎の跡》の結合が詩的言語の流れそのものを反映しているからである。言い換えれば、《袖の涙》が「書」のメタファーである《水茎の跡》を書き徴すことによって、詩的言語のメタ・メタファーとして働いているからである。（四一四頁）

と述べている。『源氏物語』前後の散文には、「袖の涙」そのものとの関連は窺えないが、《涙》と「水茎」の組成の問題にはやく着目した論攷として逸することは出来まい。

そもそも、「文」が「水茎」の隠喩であることの認知は、『古今和歌六帖』の時代までに一応の完成を見ていたようである。[13]

三三七九　かひなしと　思ひな消ちそ　**水茎の　跡ぞ千歳の　形見ともなる**

（『古今和歌六帖』五「ふみ」読み人しらず）

しかし、ともあれ、『新編国歌大観』で一四九例検索される歌語「水茎」が、詩的言語として、完成されるのはどうやら、『うつほ物語』を経て『源氏物語』にその達成をみることが出来るという見通しが成り立つであろう。

4　物語史の中の水茎

『うつほ物語』には、いまだ筆跡と涙の関連というより、「寄物陳思」的な発想に寄っていると思われる。あて宮求婚譚に破れた実忠は我が身を「涙の河にながされる水茎」にたとえている。これが最も早い《涙》と「水茎」の組成である。

源宰相〈実忠〉、伏し沈みて、「死ぬ。死ぬ」と、天の下に惜しまれつつ、籠り臥して、思ひ嘆きて、かく聞こえたり。「数ならぬ身を思ひ給へ知らぬやうなるがかしこきに、『聞こえさせじ』と、返す返す思う給ふれど、いたづらになりぬるばかりも、おぼつかなくてやみぬるがいみじければ。いでや、

涙だに　川となる身の　年を経て　かく水茎や　いづち行くらむ

（「祭の使」巻　二三八⑩～⑮頁）

他の作品に歌語「水茎」の点綴は、『栄花物語』を待たねばならない。[14] しかも、以下の二例は『源氏物語』の引

用であろう。左衛門督の北の方（具平親王女、隆姫）が内の大殿の女御（公季女、義子）に詠みかけた、先の帝、一条院剃髪の際の長歌に付された短歌とその返しの長歌に付された短歌に、「水茎」が見えるのである。次節で詳細に説くこととするが、『栄花物語』の状況設定からして、一条院≠光源氏となぞらえることによって、この歌語「水茎」の意味するところは明らかとなろう。すなわち、『源氏物語』の「幻」巻を受けての享受と認められるからである。

左衛門督の北の方、内大臣の女御に、
数ならぬ　道芝とのみ　嘆きつつ　はかなく露の　起き伏しに　あけくれ竹の生い行かん　…ひとり残さずうちはぶき　衣のすそに　はくぐめど　みの程知らず　頼むめるかな
七八　**水茎の**　思ふ心を　何事も　えも書きあえぬ　**涙なりけり**。
内大臣殿の御返し、
七九　**水茎の**　跡を見るにも　いとどしく　流るるものは　**涙なりけり**（「いわかげ」巻　四八五①～四八九③頁）

5　『源氏物語』の中の「水茎」

ついで、『源氏物語』の「水茎」は、「梅枝」「夕霧」（本文異同あり）「幻」各巻に一例ずつ、計三例見えている。まず、梅枝巻、源氏は仮名について論じ、六条の御息所の筆跡を称賛、藤壺、朧月夜、紫の上の手にも批評は及んだ場面を検証しよう(15)。

「よろづのこと、昔には劣りざまに、浅くなりゆく世の末なれど、仮名のみなむ、今の世はいときはなくなりたる。旧きあとは、定まれるやうにはあれど、広き心ゆたかならず、ひと筋に通ひてなむありける。妙にをかしきことは、と寄りてこそ書きいづる人々ありけれど、女手を心に入れてならひし盛りに、こともなき手本多くつどへたりしなかに、中宮の母〈六条〉御息所の、心にも入れず走り書いたまへりしひと行ばかり、わざとならぬを得て、きはことにおぼえしはや。さて、あるまじき御名もたてきこえしぞかし。悔しきことに思ひしみたまへりしかど、さしもあらざりけり。宮にかく後見つかうまつることを、心深うおはせしかば、亡き御影にも見なほしたまふらむ。宮の御手は、こまかにをかしげなれど、かどやおくれたらむ」と、うちささめきて聞こえたまふ。

「故入道の〈藤壺〉宮の御手は、いとけしき深うなまめきたる筋はありしかど、弱きところありて、匂ひぞ少なかりし。院の尚侍こそ今の世の上手におはすれど、あまりそぼれて癖ぞそひためる。さはありとも、かの君と、前斎院と、ここにとこそは書きたまはめ」と、許しきこえたまへば、「この数にはまばゆくや」と聞こえたまへば、「いたうな過ぐしたまひそ。にこやかなるかたのなつかしさは、ことなるものを。真字のすすみたるほどに、仮名はしどけなき文字こそまじるめれ」とて、まだ書かぬ草子ども作り加へて、表紙、ひもなどいみじうせさせたまふ「兵部卿の宮、左衛門の督などにものせむ。みづからひと具は書くべし。けしきばみいますがりとも、え書きならべじや」と、われぼめをしたまふ。

（「梅枝」巻　九八三⑫〜九八五②頁）

「この数（書に巧みな女人達）にはまばゆくや」は紫の上の発話である。それに対し、光源氏が上の謙遜をたしなめつつ、「いたうな過ぐしたまひそ。にこやかなるかたのなつかしさは、ことなるものを。真字のすすみたるほどに、仮名はしどけなき文字こそまじるめれ」と紫の上の書風を「にこやかなるかたのなつかしさは、ことなるもの」と評しつつ、それに対して男ですら「真字のすすみたるほとせに（上達具合に比べて）、仮名はしどけなき文字（よたよたした、たよりない文字）こそまじる」ものなのだから、と彼女の書を称揚しているのである。

おなじく、梅枝巻で、夕霧、柏木などに葦手、歌絵を書くように求める消息があり、源氏も草仮名などを自ら書写する場面である。

墨、筆、ならびなく選りいでて、例のところどころに、ただならぬ御消息あれば、人々かたきことにおぼして、返さひ申したまふもあれば、まめやかに聞こえたまふ。高麗の紙の薄様だちたるが、せめてなまめかしきを、「このもの好みする若き人々試みむ」とて、宰相の中将、式部卿の宮の兵衛の督、内の大殿の頭の中将などに、「葦手、歌絵を、思ひ思ひに書け」とのたまへば、みな心々にいどむべかめり。

例の、寝殿に離れおはしまして書きたまふ。花盛り過ぎて、あさ緑なる空うららかなるに、旧きことどもなど思ひすましたまひて、御心のゆく限り、草のもただのも、女手も、いみじう書きつくしたまふ。御前に人しげからず。女房二三人ばかり、墨などすらせたまひて、ゆゑある旧き集の歌など、いかにぞやなど選りいでたまふに、口惜しからぬ限りさぶらふ。御簾あげわたして、脇息の上に草子うちおき、端近くうち乱れて、筆のしり加へて、思ひめぐらしたまへるさま、飽く世なくめでたし。白き赤きなど、掲焉なる枚は、筆とりなほし、用意したまへるさまさへ、見知らむ人は、げにめでぬべき御ありさまなり。（「梅枝」巻　九八五②〜六①頁）

冒頭の「墨、筆、ならびなく選りいでて、例のところどころに、ただならぬ御消息あれば、…まめやかに聞こえたまふ。高麗の紙の薄様だちたるが、せめてなまめかしきを」は、『紫式部日記』の『源氏の物語』豪華本製作に際し、藤原道長が「筆や墨」に「薄様」の料紙を提供し、おのおの名筆と呼ばれる人々に浄書を依頼するくだりを想起することが出来よう。(16) わたくしは、この場面を読むたびに、『日記』に記された『源氏の物語』豪華浄書本の《本文》の様態も、このような装飾的で豪華絢爛たるものではなかったかと推測するのである。

さて、『新編全集』は「草のもただのも、女手も」の解釈について、「草　草仮名。万葉仮名を草体に崩した書風。ただのも　普通の仮名、すなわち平仮名。『女手も』」も平仮名とすると、『ただの』とどう違うのかが不明。『ただのも』すなわち『女手も』と言いなおしたと解する説もある。『岷江入楚』には、『たゞのとは行《ぎやう》の字歟』とある」と見えている。しかし、『岷江入楚』の指摘していたように、「ただの」を楷行書体と考えると「女手」との関連がすっきりするのではないかと思われる。すなわち、「真名」の書法をも駆使して書かれてあったのであろう。

「水茎」はもう一例、「梅枝」巻に見えている。蛍の宮が訪れ、その書写した手本のすばらしさに驚き、源氏の草仮名などを賛美する場面についてである。

書きたまへる草子どもも、隠したまふべきならねば、取うでたまひて、かたみに御覧ず。唐の紙のいとすくみたるに、草書きたまへる、すぐれてめでたしと見たまふに、高麗の紙の、はだこまかに和うなつかしきが、色などははなやかならで、なまめきたるに、おほどかなる女手の、うるはしう心とどめて書きたまへる、たとふべきかたなし。見たまふ人の涙さへ水茎に流れそふここちして、飽く世あるまじきに、またここの紙屋の色紙の、色あひはなやかなるに、乱れたる草の歌を、筆にまかせて乱れ書きたまへる、見どころ限りなし。しどろもどろに愛敬づき、見まほしければ、さらに残りどもに目も見やりたまはず。

（「梅枝」巻　九八六②～七⑥頁）

光源氏と蛍宮は、その流麗な筆致に恍惚感すらおぼえているかのようである。この「見たまふ人の涙さへ水茎に流れそふここちして」は、完成期にあった和様の美しい連綿を形容する最大の讃辞となっていたことを示すものであると言えよう。うつくしい連綿の筆跡に涙すらこぼれるほどであるというのであり、くわえて、そこに視覚を伴う喩的な表現が加味されていることに注目したい。

ついで、「夕霧」巻、父大臣は雲居の雁の軽率さをたしなめるとともに、蔵人の少将を使いにして落葉の宮に消息した場面である。

南面の簀子に円座さしいでて、人々もの聞こえにくし。宮はましてわびしとおぼす。この君は、なかにいと容貌よくめやすきさまにて、のどやかに見まはして、いにしへを思ひいでたるけしきなり。「参り馴れにたるここちして、うひうひしからぬに、さも御覧じゆるさずやあらむ」などばかりぞかすめたまふ。御返りいと聞こえにくくて、「われはさらにえ書くまじ」とのたまへば、「御心ざしも隔て若々しきやうに。宣旨書き、はた聞こえさすべきにやは」と集まりて聞こえさすれば、まづうち泣きて、故上おはせましかば、いかに心づきなしとおぼしながらも罪を隠いたまはまし、と思ひいでたまふに、**涙のみつらき《水茎》に先だつここちして、書きやりたまはず。**

何ゆゑか　世に数ならぬ　身一つを　憂しとも思ひ　かなしとも聞く　（「夕霧」巻　一三七三⑪〜四⑦頁）

大島本を始め、青表紙本系統の伝本がすべて「みつらき」とあり、河内本系諸本は「涙みつくき」、別本の陽明文庫本や保坂本、国冬本には「なみたの水くき」とあって、青表紙本系統本文が孤立して他系統と対立するが、わたくしはこれを「ら↑く」の本文転化と見てよいかと認定する。落葉宮が消息の歌を贈らんとしても、「涙の水茎」が先立って筆が進まないというのである。他の二例が、ともに男の涙を導く「水茎」であるのに対し、この例を「水茎」と認めたとして、これのみが、女性の《涙》の喩と言うことになる。

「水茎」表現としては最後の「幻」巻、源氏は出家の準備をし、紫の上などの消息を女房に破らせて燃やす場面にそれは登場している。

《今年をばかくてしのび過ぐしつれば、今は》と世を去りたまふべきほど近くおぼしまうくるに、あはれなることつきせず。やうやうさるべきことども、御心のうちにおぼし続けて、さぶらふ人々にも、ほどほどにつけてものたまひなど、おどろおどろしく、今なむ限りとしなしたまはねど、近くさぶらふ人々は、御本意遂げたまふべきけしきと見たてまつるままに、年の暮れゆくも心細く悲しきこと限りなし。

落ちとまりてかたはなるべき人の御文ども、《破ればをし》、とおぼされけるにや、少しづつ残したまへりけるを、もののついでに御覧じつけて、破らせたまひなどするに、かの須磨のころほひ、ところどころよりたてまつれたまひけるもあるなかに、かの御手なるは、ことに結ひあはせてぞありける。《みづからしおきたまひけることなれど、久しうなりける世のこと》とおぼすに、ただ今のやうなる墨つきなど、げに千年のかたみにしつべかりけるを、《見ずなりぬべきよ》、とおぼせば、かひなくて、うとからぬ人々二三人ばかり、御前にて破らせたまふ。

いと、かからぬほどのことにてだに、**過ぎにし人のあとと見るはあはれなるを**、ましていとどかきくらし、**それとも見わかれぬまで降り落つる御涙の水茎に流れそふを**、人もあまり心弱しと見たてまつるべきがかたはらいたうはしたなければ、おしやりたまひて、

死出の山　越えにし人を　慕ふとて　**あとを見つつも**　なほまどふかな　（「幻」巻　一四二〇⑧〜一⑩頁）

光源氏の流した涙が、消息や文反故の文字に降りかかって溶けてしまい、「文字」としての判別すら出来なくなっていることを表象するのが《水茎》なのである。この涙は光源氏の紫の上に対する追慕と悔恨そのものなのであろう。したがって、その「涙の跡」は、光源氏の背理の心性そのものなのであり、彼をして重すぎる「跡を見つつもなほ惑」はずにはいられぬほどの罪の意識を抱かせたのであった(17)。

なお、このくだりは、『河海抄』が、『白氏文集』巻五十一、『和漢朗詠集』巻下雑、「懐旧」に見える、

黄壌に詎《たれ》ぞ我を知らむ　白頭にして徒《いたづら》に君を憶ふ
唯老年の涙を将《もつ》て　一たび故人の文に灑《そそ》ぐ

を踏まえていることを指摘している。この物語作家の志向性からして、おそらく、光源氏の晩年の場面を構想する

際に参照されたものと認定してよいものと思われる(18)。

またこの表現については、神田龍身の「シニシィアンとしての海面／仮名文『土佐日記』仮名表記文学論」に通底する、「音声を視覚化した仮名文字」という構造は、むしろこの『源氏物語』こそがそれにふさわしいテクストではないかと、わたくしは考えるのである。すなわち、本文が音読されることによって、聴く者(=読者)に喚起される物語内容が、視覚化、映像化される状況を、「すべて言語のシニフィアンの側面が、視覚化したことにより発見されたことを示しており、「シニフィアン(詞)／シニフィエ(心)」という言語構造の認識へとつながっていると言うのである。とするなら、わたくしに言うテクスト「水茎」の『源氏物語』的意味もまた、『土佐日記』と同型の構造を保有するのだと言うことが出来るであろう(19)。すなわち、神田氏流のレトリックを「水茎」と《涙》に置き換えて、「シニフィアン(水茎)／シニフィエ(涙)」とすれば、《涙》が「文」にこぼれ落ちると言う、この表象は、その映像が即座に連想される究極の《詩的言語》そのものではないかとわたくしには思われるのである。ちなみに、神田氏は「仮名がいずれ連綿体を志向することになるのも、音声にかぎりなく接近しようとする運動過程として位置づけ得るし、また連綿体の美とは音声の美を視覚化したものであったのであろう」と述べてもいるのである。

もはや贅言を要すまい。かつて本居宣長が、「この物語は、ことに人の感ずべきことのかぎりを、さまざま書きあらはし(20)」た「もののあはれ」の世界であると規定していたのであるが、この歌語「水茎」が意味するところは、その究極の表現としてこれが布置されたものであると言っても過言ではないように思われる。

6　「手習」の機能

さて、宇治十帖は「手習」巻で、「手習」という行為による書記表現の位相を確認しておこう。浮舟が、手習に心を託し、中将からの和歌に返歌する場面である。

翌朝は、さすがに人の許さぬことなれば、変はりたらむさま見えむもいと恥づかしく、髪の裾の、にはかにおぼとれたるやうに、しどけなくさへ削がれたるを、「むつかしきことども言はで、つくろはむ人もがな」と、何事につけても、つつましくて、暗うしなしておはす。思ふことを人に言ひ続けむ言の葉は、もとよりだにはかばかしからぬ身を、まいてなつかしうことわるべき人さへなければ、ただ硯に向かひて、思ひあまる折には、**手習をのみ、たけきこととは、書きつけたまふ。**

「なきものに　身をも人をも　思ひつつ　捨ててし世をぞ　さらに捨てつる
今は、かくて限りつるぞかし」

と書きても、なほ、みづから《いとあはれ》と見たまふ。

「限りぞと　思ひなりにし　世の中を　返す返すも　背きぬるかな」

同じ筋のことを、とかく書きすさびゐたまへるに、中将の御文あり。もの騒がしう呆れたる心地しあへるほどにて、「かかること」など言ひてけり。《いとあへなし》と思ひて、

「かかる心の深くありける人なりければ、はかなきいらへをもしそめじと、思ひ離るるなりけり。さてもあ

へなきわざかな。いとをかしく見えし髪のほどを、たしかに見せよと、一夜も語らひしかば、さるべからむ折に、と言ひしものを」

と、いと口惜しうて、立ち返り、

「聞こえむ方なきは、

岸遠く　漕ぎ離るらむ　あまぶねに　乗り遅れじと　急がるるかな」

例ならず取りて見たまふ。もののあはれなる折に、今はと思ふもあはれなるものから、いかが思さるらむ、いとはかなきものの端に、

「心こそ　憂き世の岸を　離るれど　行方も知らぬ　あまの浮き木を」

と、例の、手習にしたまへるを、包みてたてまつる。

「書き写してだにこそ」

とのたまへど、

「なかなか書きそこなひはべりなむ」

とてやりつ。めづらしきにも、言ふ方なく悲しうなむおぼえける。

物詣での人帰りたまひて、思ひ騒ぎたまふこと、限りなし。

（「手習」巻　二〇三―⑪～二―⑫頁）

藤井貞和の言うように、浮舟の歌は、巧みな技量を備えたものと言うより(21)、自らの運命を必死に受け止め、己が人生の軌跡を「浮（＝憂き）舟」や「海女（＝尼）舟」「海女（＝尼）の浮き（＝憂き）木」になぞらえると言った韜晦的な言説である。それの歌は、他者の批評に堪えうるものというより、むしろ独白的な自己観照性のつよいもので

あった。したがって、山田利博の言う、手習という行為の方法的深化とすべき側面はあながち否定できないものの、[22]むしろ、浮舟の、薫と匂宮という二人の貴公子の間で引き裂かれた過去に対する苦悩と悔悟の内面史を照らし出す機能が、この手習と言う行為によって深化してゆく過程と見るべきだろう。

また、後藤祥子は地の文と手習歌の物語内容の乖離に関して「散文の次元で説明される事態と、独詠歌に凝り固まってゆく事柄とはまさに対照的であるかに見える」とし、[23]また、池田節子はこれを「地の文によって浮舟の理性的な判断が、手習歌によつて深層心理がかたどられているのであり、書くことが意識下の心を掘り起こすという手習の機能が方法として用いられている」と述べている。[24]とすれば、正編では「水茎に流れ添」ふ《涙》という歌語で表象されていた「シニフィアン（水茎）／シニフィエ（涙）」という、深層構造は、続編の宇治十帖においては、「シニフィアン（地の文）／シニフィエ（手習歌）」という構造に変換されているということにもなるだろう。

かくして、浮舟物語のみならず、宇治十帖全体に言えることなのだが、かつて正編に見られたような、登場人物に必ず添えられていた筆付きの批評は、この浮舟の物語にほとんど語られることはない。したがって、おそらく稚拙であったろう浮舟の筆跡がどのような物であったのかというようなことは問題ではなく、むしろ、薫の還俗を促す物語最後の消息のように、その消息からこぼれる薫香のような嗅覚表現に力点が移行しているように思われる。したがって、宇治十帖の物語において、その人となりを示したのは、筆跡の書美という視覚的側面ではなく、薫香という嗅覚表現にその美意識もまた転移されていたのであった。つまり、『源氏の物語』の「もののあはれ」は、表層テクストに叙述される《モノ》を通して、むしろその《深層心理》を描くという方法を獲得したことになる。つまりここに、『源氏物語』の方法的深化の軌跡を確認することが出来るということであろう。

7 豪華本『源氏の物語』の原姿

このように見てくると、右大将・仲忠が自在に「男手＝真名」「仮名＝女手」「カタカナ」「葦手」によって和歌を書き分けた「手本」を東宮に送り届けた『うつほ物語』の先のくだりは貴重な証言であって、この時代以後は、仮名と真名併存・拮抗の時代であったことが理解されるであろう。

しかしながら、男子皇孫誕生の際の生誕儀礼のひとつ、「読書の儀」には、「論語」「大学」「易経」が朗詠されていたことはよく知られているし、現・今上帝の「儀」で「日本書紀」の一節が正式に加えられた史実は、中村義雄『王朝の風俗と文学』に詳細な記録が残っている。[25] つまり、時代は変わっても、公的な場では漢／和の文化的ヒエラルキーが存在し、漢が和を凌駕する聖典であったと言うことは確認しておいて良いだろう。というのも、少し後の寛弘五（一〇〇八）年頃には、夫・藤原宣孝を失って宮廷に出仕した紫式部が、「お前はかくおはすれば御幸はすくなきなり。なでう女か真名文は読む。昔は経読むをだに人は制しき」と女房に「後う言」を言われたことを書き記していて、真名文が男性ジェンダーの規範にあったことが分かるからである。

ところが、『源氏の物語』の進講を聴いた一条天皇から「この人は日本紀をこそ読みたるべけれ」と感嘆されたことから、左衛門内侍に「日本紀の局」と渾名されたことまで書き記してみたり、弟の式部丞・惟規より漢籍の暗唱が早く、父為時を嘆かせたことを記してみたりと、紫式部は「かな文」を記しながらも「真名文」を受容することに躊躇していなかったことが知られるのである。つまり、和が漢を消費・再生産することに自覚的な確信犯＝紫式部が名乗りをあげていたのである。「真名文」を消化しつつ、「仮名文」を綴り、「読（詠）まれるテクストを綴ること」。それは既に、『土佐日記』の紀貫之によって「男もすなる日記といふものを女もしてみむとてするなり」と転倒が開始され、『うつほ物語』の仲忠の「手本」の時点では混沌と化し、紫式部によって普遍化が図られていたのである。しかもその普遍化は、『紫式部日記』の御草子制作のくだりからも伺えるように、当代随一のメデエーターであり、書物革新の旗手でもあった紫式部によって、当代の名筆によって浄書されたテクストが、音読による聴覚的印象のみならず、書美による視覚的印象をも喚起し得るテクストとして『源氏の物語』を開発していたということになる。(26)

亀井勝一郎によれば、かな文字の発明と普及は、我が国「文化史上最大の事件」であるという。(27)とすれば、その粋を極めていたはずの『源氏の物語』(28)の最も普遍的な存在意義は、そのテクストが、音読による聴覚的印象のみならず、本文書記表現によって、その視覚的印象をも喚起し得るものであったということができるであろう。

＊

最後に、想像を逞しくして、豪華本『源氏の物語』本体の原姿にも敢えて贅言を付しておく。

入らせ給ふべきことも近うなりぬれど、人々はうちつぎつつ心のどかならぬに、御前には、御草子つくりいとなませ給ふとて、明けたてば、まづむかひさぶらひて、色々の紙選りととのへて、物語の本どもそへつつ、所々にふみ書きくばる。かつは、綴ぢ集めしたたむるを役にて明かし暮らす。「何の子持ちか冷きにかかるわざはせさせ給ふ」と聞こえ給ふものから、よき薄様ども、筆・墨など持てまゐり給ひつつ、御硯をさへ持てまゐり給へれば、とらせ給へるを、惜しみののしりて、もののくまにむかひさぶらひて、かかるわざしいづとさいなむなれど、書くべき墨・筆など賜はせたり。

（三八「入らせたまふべきことども」寛弘五年〈一〇〇八〉十一月）六五⑦〜六六③[29]

すなわち、彰子後宮に大切に保管されたにもかかわらず、現存しないその『源氏の物語』の本文はどのような様態で書かれていたのであろうか。[30]例えば、『源氏物語』の「梅枝」巻にも見えるように、光源氏御用達の「よき薄様ども」におなじく御用達の「筆と墨」によって、若き日の夕霧や柏木に「《葦手》《歌絵》を思ひ思ひに書け」と命じたように、この『源氏の物語』豪華浄書本にも《葦手》や《さし継ぎ》を駆使しつつ、時に光源氏の流した涙の跡を隠喩する《水茎の跡》に至るまで、当代唯一の「仮名」書法を駆使した流麗たる《詩的言語としての本文》が、縦横無尽に描かれていたであろうことを、わたくしはひそかに夢想するのである。

注

（1）稲岡耕二『人麻呂の表現世界—古体歌から新体歌へ』（岩波書店、一九九一年）参照。
（2）渡瀬昌忠『渡瀬昌忠著作集／人麻呂歌集略体歌論上、第一巻〜人麻呂歌集非略体歌論下—七夕歌群論、第四巻』（おうふう、二〇〇二年〜三年）参照。
（3）工藤力男「人麻呂の表記の陽と陰」『万葉集研究』（二十、塙書房、一九九四年）参照。
（4）「万葉仮名で『難波津』の和歌　最古級、七世紀の木簡『国守』国府の存在明らかに徳島・観音寺」「朝日新聞」《一九九八年一〇月五日朝刊》参照。
（5）西条勉「天武朝の人麻呂歌集歌—略体／非略体の概念を越えて」（「季刊文学」一九九九年一〇月）、「文字資料とことば」（「国文学」学燈社、二〇〇〇年八月）参照。
（6）高橋亨「かな文字生成論　詩的言語の音と文字」『想像する平安文学・第八巻・音声と書くこと』（勉誠出版、二〇〇一年）。

（7）　中田祝夫「仮名についてのくさぐさ――『日本国語大辞典』仮名字体表を作成しつつ」『日本国語大辞典』「月報ことばのまど1」（小学館、一九七二年）参照。

（8）　小松英雄『日本語書記史原論　補訂版』（笠間書院、二〇〇〇年）参照。

（9）　本文は『うつほ物語全』（おうふう、一九九五年）によった。

（10）　上原作和「ありきそめにし『源氏の物語』紫式部の机辺」（『源氏研究』七号、翰林書房、二〇〇二年）本書所収。

（11）　注（6）高橋亨論文参照。

（12）　ツベタナ・クリステワ『涙の詩学　王朝文化の詩的言語』（名古屋大学出版会、二〇〇一年）参照。

（13）　本文は『新編国歌大観CD―ROM版』（角川書店、一九九五年）によった。

（14）　本文は『新編日本古典文学全集栄華物語①』（小学館、一九九六年）によった。ただし、歌の詠者と内容について、疑義があるようである。すなわち、双方の長歌とも、頼り合いながら育ち、それぞれ子を産んで、前者は天皇の乳母となる。しかし、若君は早世し、出家した。また後者の女も夫が亡くなったので前者が弔いの和歌を送ったのである。しかし、史実では義子に子がないので、それぞれの状況は不分明だと言うことになる。ただし、この二つの長歌が一条院追悼にあることは動くまい。

（15）　本文は『大島本源氏物語』（角川書店、一九九六年）により、『源氏物語大成』（中央公論社、一九五三〜六年）の所在頁行数を示した。また『河内本源氏物語校異集成』（風間書房、二〇〇一年）の校異本文を参照した。

（16）　三田村雅子「『源氏物語』豪華本の製作『本』の重さ『紙』の軽さ」（「世界思想　九八春」世界思想社、一九九八年）は、『源氏』正編の豪華本製作後、《索漠たる思い》から、紙反故に『紫式部日記』が書かれたものとしてその機微を辿り直し、さらにその後の《したたかな居直りにも似たもの》を獲得した作家が、《不逞な挑戦の気迫》によって、宇治十帖を書いたとする、斬新な物語生成への過程を提示している。

また、「葦手、歌絵」を託された、柏木の、女三宮への消息は「御褥のつまより、浅緑の薄様なる文の押し巻きたる端見ゆるを、何心もなく引きいでて御覧ずるに、男の手なり。紙の香など艶に、ことさらめきたる書きざまなり」（「若菜」下巻）とあったものの、その筆跡は「あやしき鳥の跡のやう」（「柏木」、「橋姫」巻）とあるように筆法にはずれた奇警なものであった。内的連関という意味において、柏木に書を依頼することじたい不審である。

(17) 河添房江「源氏物語の内なる竹取物語」『源氏物語表現史』（翰林書房、一九九八年）参照。

(18) 阿部秋生「楽府といふ二巻」（「国語と国文学」一九八九年三月）によれば、『源氏物語』が『白氏文集』中の「長恨歌」と諷喩詩を多く引用し、なかんづく諷喩詩の中でも、特に、新楽府「秦中吟」の詩を多く引用していることが明らかであるとする。しかし、この引用に関しては、平安朝文人が「雑律詩」を重んじていた傾向に重なることになる。

(19) 神田龍身「シニフィアンとしての海面／仮名文『土佐日記』仮名表記文学論」「語りの偽再生装置『源氏物語』の《音読》」『偽装の言説　平安朝のエクリチュール』（森話社、一九九九年）参照。また、矢口浩子・新宮一成「かなと精神分析」『叢書想像する平安文学　第五巻／夢そして欲望』（勉誠出版、二〇〇一年）には紫の上の遺した文に光源氏が涙を流す下りについての精神分析が加えられている。

(20) 本文は『日本思想大系　本居宣長』（岩波書店、一九七八年）による。

(21) 藤井貞和「歌人浮舟の成長　物語における和歌」『源氏物語論』（岩波書店、二〇〇〇年）参照。

(22) 山田利博「源氏物語における手習歌　その方法的深化をめぐって」『源氏物語の構造研究』（新典社、二〇〇四年）参照。

(23) 後藤祥子「手習いの歌」『講座源氏物語の世界《第九集》』（有斐閣、一九八四年）参照。

(24) 池田節子「手習」『源氏物語表現論』（風間書房、二〇〇〇年）参照。注(19)矢口・新宮論文も参照のこと。

(25) 中村義雄『王朝の風俗と文学』（塙書房、一九六四年）参照。

(26) 上原作和「ありきそめにし『源氏の物語』紫式部の机辺」（『源氏研究』七号、翰林書房、二〇〇二年）。

(27) 亀井勝一郎『古典美への旅』『亀井勝一郎全集　第九巻』（講談社、一九七一年）参照。

(28)　駒井鵞静『源氏物語とかな書道』（雄山閣、一九八八年）は、『源氏物語』の書美表現を書家の立場から徹底検証した労作である。
(29)　本文は『校注　紫式部日記』（新典社、一九八五年）による。
(30)　この時点で『源氏の物語』は、豪華浄書本、普通浄書本、手稿本の三種類、五セットがあったことになる。「《青表紙本『源氏物語』》原論　青表紙本系伝本の本文批判とその方法論的課題」（『論叢源氏物語4』、新典社、二〇〇二年）参照。

付記　野口元大『王朝仮名文学論攷』（風間書房、二〇〇二年）の「序説」の各章「仮名の発達と芸術意識、仮名文学の開花、源氏物語の謎―文学と文字」に、拙論を補う重要な指摘があることを書き添えておきたい。

《青表紙本『源氏物語』》原論
青表紙本系伝本の本文批判とその方法論的課題

序章——本文批判の方法論

いかようなる斬新な《読み》も、いずれは必ず過去の《読み》となる。とどのつまりは、現代を生きる《私》の解釈にしかすぎないのである。それゆえ、私の《読み》はいつしか風化し、人々の記憶の片隅におしやられ、やがて消えてゆく運命にある。しかしながら、私達が拠り所とすべき本文を、原作者の原手記に一行でも復原できる証左を獲得し得たなら、それこそ、私達が研究者としてこの世に生きた痕跡を残すことが出来る唯一の〝方法〟であると私は考えるのである。

＊

かつて私は、『竹取物語』の本文再建の方法論を模索する過程において、この物語の登場人物の人称規定が、史実によりながら、それに離反する物語固有の論理が存在するのではないか、と推量し、その実証を試みたことがあった。[1]その際、有力な傍証となる文献に『源氏物語』絵合巻の物語絵合に出品された『竹取の翁の物語絵』の条に施註された『花鳥余情』所引物語本文を断片的に使用して本文批判を実施した。その際の傍証として、古本「あへのみあらし」、流布本「あへのみむらし」として対立するこの人物の呼称もまた、武田祐吉の報告によれば、伝阿仏尼等筆『源氏物語』の当該本文に「あへのおほし《ぬ一本》」とあったと言われる。[2]これは諸本ともに「御主人」の訓読から派生した本文転化と考えられるのだが、前者、古本本文の「みあらし」、すなわち「みあるじ」はその典型として知られるのに対し、流布本本文「みむらし」では大化の改新以前の姓である「連」が恣に混入されていることが判明するわけで、流布本本文とは物語の論理の前提条件すら伴わぬ粗悪なものであることを証し得たことになろう。つまり、前掲の伝阿仏尼等筆『源氏物語』の本文の存在が、鎌倉期流伝まで遡及し得る、『竹取物語』伝本の本文批判の傍証としても頗る有効なものであることを示していたということになるのであった。したがって、東洋大学に「帚木」巻のみ現存する、伝阿仏尼等筆『源氏物語』本文の解明は、かならずや『源氏物語』本文史にも大きな寄与をするものと考えられよう。

＊

　とすれば、『源氏物語』本文伝流史において、伏見天皇の信任厚かった飛鳥井雅有『嵯峨の通ひ路』もまた、逸する事の出来ない文献である。この日記には、雅有（二九歳）が、嵯峨の小倉山荘に赴いて、藤原為家（七二歳）と阿仏尼（四八歳）から源氏学や古典の秘伝を授かる濃密な「学び」の生活が綴られている。そこで私は、かつて、この日記にも登場する『源氏物語』伝本については、『源氏物語』諸本研究の中間報告として若干の文藻を認めたことがある。[3]しかしながら、たった一帖「帚木」巻のみ現存する伝阿仏尼等筆本の本文についての私の調査結果と、濱橋顕一「伝阿仏尼筆帚木の本文について」や、同書に収載される、渋谷栄一「定家本『源氏物語』本文の生成過程について——明融臨模本『帚木』を中心として」において示された釈文②は、いくつかの点において私と決定的な見解の相違が生じていたので、私の論そのものの信頼性は、根幹から揺らいでしまったかのような感がないでもない。すなわち、この事実は、例えば、ミセケチ、補入等、目前にある本文の様態をどのように復原するかという作業に関しても、私も含めて各人まちまちの釈文が提出されたことで、むしろ、この作業でも決して主観性を排除できず、釈文はあくまで解釈本文であって、客観性を保証されない、という事実を如実に示したものである言えよう。

くわえて、ほぼ同時期に発表された、加藤昌嘉「本文の世界と物語の世界」においては、私の「〈青表紙本原本〉＝古伝系別本第一類＝青表紙本系別本」という分類や、私の学説の先蹤たる室伏信助説を「諸本〝二分類説〟(加藤氏の命名による)」は、阿部秋生説の「誤読でなければ歪曲である」とする批判も提出されたのであった。氏の批判は、私の「方法論」に対する批判でもあるわけで、本論は加藤氏の批判について俎上に挙げる必要も生じてこよう。(4)

さらに、精力的に河内本系統諸本の悉皆調査を試みた加藤洋介によって、極めて実証的にして明快な見解が発表された。(5)すなわち、定家もしくは祐筆の手になる現存《青表紙本『源氏物語』》成立時、「目移り」によって脱落したと思われる全二七例の検討によって、脱落した文字数の平均値から、当時、鎌倉時代に多い六半本から、大型の四半本への転写の際に発生したものであろう、との画期的な見通しである。しかも、例に挙げられた帚木巻の脱文二例は、六半本の伝阿仏尼等筆本『源氏物語』においては、脱落前の本文が保存されている好条件下にある。そこで私は、再度、この六半本の伝阿仏尼等筆本『源氏物語』と、加藤氏の定義による《青表紙本『源氏物語』》、すなわち、定家自筆本、伝明融等筆本、さらに大島本の三本とを再調査し、あらためて《青表紙本『源氏物語』》とは如何なる本文かを考えて見たいと思うのである。

＊

そもそも、戦後の『源氏物語』研究史の、その核心部分を煎じ詰めるとするならば、《青表紙本『源氏物語』》本文は、今日伝わるどの伝本の、どの書写様態をもとに再建されるべきか、という本文再建の方法論のその手続き上の問題と、主に河内学派の古注の伝える情報から、《青表紙本『源氏物語』本文》は、定家書写以前の平安時代のテキストとどのような相承関係にあったのか、を類推する、その二点に最大の争点は尽くされると断じて良いかと思われる。

こうした争点に常に関心を払ってきた私にとって、最も大きな興味とは、「伝明融等筆本」や「大島本」の成立にまつわる飛鳥井源氏学（仮称）成立史と言うべき享受史的志向と、俊成にまで遡源される青表紙本への関心から、源光行の『水原鈔』、源光行・親行の『原中最秘鈔』、素寂（源保行）『紫明鈔』へと継承発展されて行く、河内学派の学問生成史に遡源する志向の二つとがあった(6)。今回、「本文と表現」と言うテーマに機会を得て、《青表紙本『源氏物語』》とは如何なる本文であるのか、この二つの志向性を束ねつつ、一方では、A・《『源氏物語』本文史＝時間的偏差》という観点から《青表紙本『源氏物語』》の生成過程を私なりに辿り返し、飛鳥井源氏学（仮称）へ架橋する本文が、伝阿仏尼等筆本『源氏物語』であろうという、かつての私の見通しを再検討し、一方では、B・《本文特性の純粋度＝本文内容の諸本の偏差》という観点から、その伝阿仏尼等筆本『源氏物語』本文を徹底的に本文批判することで、先に紹介した近年の諸説を総批判しつつ、私の《青表紙本『源氏物語』》原論を提示して、大方の御叱正を懇請するものである。

A―2　伝阿仏尼等筆本『源氏物語』の本文史

そこで、まず、A・《本文史＝時間的偏差》という観点から、《青表紙本『源氏物語』》の生成過程と飛鳥井源氏学（仮称）を架橋する、伝阿仏尼等筆本『源氏物語』について、その成立と伝来を辿っておこう。

それにしても、私は、数ある『源氏物語』伝本群において、この、伝阿仏尼等筆本『源氏物語』ほど、数奇な運命をたどった伝本を他に知らない。そもそも、この伝本を私が知るようになったのは、池田亀鑑の『花を折る』の中で、次のように紹介されていたからである。(7)

戦争前、源氏物語の古写本を探して全国を歩いていたころ、今日でも忘れられないことがある。それは、ある道具屋の世話で一外人の手に渡った源氏物語に関してである。その古写本は、鎌倉時代の中ごろ、当時の学者や文人達が分担して書いたもので、非常にめづらしい系統のものであった。買い主の外人は、実は蒔絵の箱の方が気に入って買ったのださうだが、ぼくとしてはもちろん本の方が問題だった。何とかしてその本文をしらべて置きたいと、あらゆる誠意と手段をつくして、道具屋のいふとおり何べんとなく懇請の手紙を出したのだが、当人は決してみづから手紙はよこさなかった。

結局、池田亀鑑は、その外人の住む神戸のオリエンタルホテルまで出向いたものの、かなり理不尽な扱いを受けた上、伝本の閲覧は許されなかった屈辱の記憶を綴っている。この伝阿仏尼等筆本に池田亀鑑が拘った理由は、佐佐木信綱の命によって、武田祐吉・三谷榮一が活字本（金子元臣『源氏物語新解』明治書院版）に校合したかたちでの本文を、終生のライバル山岸徳平が、入手済みであったことも、大きく影響しているのではなかろうか。(8)藤原定家の家の証本・青表紙原本の本文再建こそが、『源氏物語』の紫式部自筆原本に最も近接しうる本文批判の方法論であるという現在も広く信じられている池田説が、徐々に醸成されつつあったこの時代にあって、定家嫡男・為家の側室であった阿仏尼の書写もしくは所持にかかるというこの伝本の調査は、『校異源氏』の資料収集に奔走中の池田亀鑑にとって、必須の課題であったに違いなかったろうと推測される。

いっぽう、山岸徳平『日本古典文学大系』の頭注には、伝阿仏尼等筆の本文を垣間見ることが出来る。これは、直接この本文に当ったのではなく、大正末年に、佐佐木信綱・武田祐吉の命によって三谷栄一が活字本に校合したものを、山岸大系が採り込んだものであると言う。山岸氏はこの伝本に大きな関心を寄せており、数次に亘っての言及が見られる。それらを要約すると、本文については、所謂定家校訂にかかる青表紙本でも、河内学派の手になる河内本でもない、所謂「古伝系別本」に分類される本文であったとしている。池田亀鑑は先にも触れたように、その本文について、「その古写本は、鎌倉時代の中ごろ、当時の学者や歌人達が分担して書いたもの」と記しているから、「伝阿仏尼筆本」たる呼称も実際は「伝阿仏尼等筆『源氏物語』」するのが穏当なのであろう。山岸氏は、所謂「青表紙証本」と桐壺、早蕨、宿木各帖の本文とを比較し、この本文（氏はこの本文を以って、別本を代表せしめた）の特異性を指摘するが、中には前述した「帚木」巻のように、青表紙本と「大同小異」と認定される本文も存在したと記している。これは、鎌倉時代中期に典型的な枡形本の「寄合書」本文の持つ特性であろう。[9] なぜなら、旧『大系』本の「桐壺」巻の校合本文は極めて特異な本文特性を保有しており、「桐壺」巻本文と「帚木」巻本文とは大きくその性格が異なることも明らかとなっている。とすれば、本文としては別の本ではないかと言う疑念も生じてこよう。しかし、山岸大系に採られた校異本文を東洋大学蔵の伝阿仏尼等筆本「帚木」巻と対校すると、以下のように、

『旧大系』所在頁――伝阿仏尼等筆本によって校訂された箇所↑伝阿仏尼筆本箇所。

①六六⑭頁「恐れど涙こぼれぬればをりくごとにえ念じえず」↑「えねんしえす」
②六七①頁「やがて（その思ひいで…あしくもよくも）相添ひて」↑「（ ）内傍書」
③七七⑮頁「七年あまりが程に、思し知り侍りなん」↑「おほししり侍なむ」
④一〇〇⑤頁「かしこき仰せ言に侍るなり。姉なる人にの給ひてん」↑「のたまひむ」

と、ほぼ一致するところから、東洋大学蔵本は、明かに伝阿仏尼等筆本中の一冊であり、戦後のある時期に五四帖が分割されて古書肆に流れたことを確認できるのである。

＊

池田・山岸両氏の青表紙本再建へのそれぞれの道程の詳細は、側近らの文献に拠られたいが[10]、今日、山岸徳平の採用した、三条西家旧蔵の青表紙証本は、実際には純粋な定家本というにはほど遠く、時には河内本・別本本文も混在する混態本文であることが、片桐洋一の研究などによって実証されており[11]、したがって、三条西家証本をさらに諸本によって校訂した、岩波書店刊行になる旧版「日本古典文学大系」本文に依拠して学術論文が書かれることは、今日ほとんどなくなったと言ってよい。いっぽう、定家本再建を究極の目的とした池田文献学もまた、阿部秋生の検証によって、定家本本文そのものが、実は一本ではなく、数種の定家本が存在することが知られるようになると[12]、この方法論そのものもまた、平安朝にまで遡及しうる唯一絶対の方法論足り得ないという事実もまた明らかになったのである。

したがって、定家本の本文再建においては、たとえ数種に分かれる定家本の一本を復原しえたところで、その本文が平安朝伝来の伝本であるか否かを保証する手段がないのである。そこで、再建本文の信頼度を保証しうる、より確かな伝来を有する証本が必要となったのである。それゆえ、必然的に由緒ある伝来を伝える伝阿仏尼等筆本の存在がクローズアップされてくるのである。そもそも、伝阿仏尼等筆本の伝来は、『紫明抄』に河内本を校訂した源親行によって、阿仏尼所持本を批評する記事が見えることから、阿仏尼が家の証本たる『源氏物語』本文に精通している事が知られ、その本文の古態性は夙に知られていたと言ってよい。しかし、その伝阿仏尼等筆本の伝来であるが、以上の源氏古注による伝来と、飛鳥井雅有の『嵯峨の通ひ路』に記録がある他は、中世の動乱期の消息は一切不明であった。

ところが、ある時、石田穣二『源氏物語論集』(13)の記述から、その一本と考えられる帚木巻だけが、東洋大学に所蔵されていることを知った私は、おそるおそる当時の大東文化大学図書館長名の閲覧願いを提出したところ、思いがけず、まさに幻のこの伝本と対面する機会を与えられたのであった。この道に迷い込んだ私にとって、この幻の伝本を繙くことは、まさに至福の一瞬であったと言っても過言ではなかった。

＊

東洋大学所蔵の伝阿仏尼等筆本は、蒔絵の箱に納められており、さらにその表書きには、

阿仏筆源氏物語／伏見宮安宮照子殿下明暦三年十一月廿六日／紀伊中納言光貞卿へ御降嫁之際御持込

と記されており、山岸徳平の記した伝来は若干の修正を要することも判明した。なぜなら、この「阿仏筆源氏物語」は、明暦三年（一六五七）十一月廿六日、紀伊徳川家の祖・頼宣の嫡子・光貞の許に、伏見二品貞清親王（伏見宮家・第十一代）の姫宮・安宮照子（法号・天真院）(14)が「御降嫁之際御持込」したもので、伏見院家の襲蔵であったことが知られるからである。したがって、山岸氏の言うように、この本を「駿河御譲本」とすることは誤りと言うこ

とになる。

書誌については、数次に亘る閲覧に際して、東洋大学図書館より恵与された、「東洋大学図書館ニュース」の石田穣二の解説を引用しておこう。(15) それは二葉の影印を冒頭に掲げ、「貴重書から」というコーナーに石田穣二が簡略な解説をしたものである。しばらくこれによってこの伝本の来歴を補うこととするが、形態は「縦一五・四センチ、横一五・八センチ」で、『古筆学大成』に見える伝阿仏尼筆の古筆切群にほぼ同じく、これも枡型本である。また紙質は「斐紙」。四綴りからなる「綴葉装」である。さらに、墨付六一葉目の次に白紙があるものの綴目からその間に四葉が切り取られた形跡（五ミリの切り残し）があり、氏はここに青表紙本系統に共通する『奥入』が存在したものと推定している。

さて、伝阿仏尼等筆本のその後の来歴については、石田氏が蔵書印などから、紀伊家徳川頼倫侯の南葵文庫に長くあった書誌学者・高木文のものと認め、紀伊家から高木文に下賜されたであろうことを、本文冒頭にかすかに見える「賜架書屋蔵」の蔵書印と外箱の蔵書ラベルからそれを推定している。南葵文庫は東京大学に移管したものの、この書は移管されず、高木氏からさらにインド人貿易商モーデ氏の手に渡り、ここは山岸氏の記述に重なる。時は流れて、戦後の混乱期を経、本郷の古書店（琳浪閣書店）を経由して、東洋大学の所蔵に帰したのは、一九六六（昭和四一）年の秋のこと、さらに、大学図書館で貴重書の整理をなされたのが、翌一九六七年五月一五日であった。

また、この本文特性について石田氏は、「純度の高い青表紙本」と評しているが、(16) さらに私はこの本文の調査結果から、この伝阿仏尼等筆本こそ、青表紙本と一括される伝本群において、東海大学蔵の伝明融等筆『源氏物語』の依拠した、「青表紙本成立以前の本文（すなわち宗本）」を保有する可能性が大であること、くわえて、現在最も市井に流布する古代学協会蔵大島雅太郎旧蔵本本文の欠を補いうる、現存帚木巻諸本の最善本であること等を、中間報告としたことがあった。これは、わずか数例の報告ではあったが、とりわけ、伝明融等筆本、大島雅太郎旧蔵本両本文に共通する、転写の際の「目移り」が確認し得る、絶対に逆転不可能な一例を報告したものの、[17]本文系譜上、伝阿仏尼等筆本が他の諸伝本に先行することについては、いまだ決定的な通説とはなっていないこと、前述のとおりである。[18]

しかしながら、私見では、「帚木」巻のみに関して、伝阿仏尼等筆本に見える書き入れ本文をもすべて取り込んだ上での最終的な再建本文をもって、「青表紙本成立以前の本文（すなわち宗本）」に遡及しうる可能性を秘めていることを確認しえたと考えている。つまり、先の本文批判の試みによって、この伝阿仏尼筆本「帚木」巻本文は古伝系別本第一類（定家本以前伝来）の一本であり、青表紙本の宗本の可能性が濃厚であると言うことなのである。これは先に見通しとして述べた、B・《本文特性》に関する本稿の基本的な姿勢の前提となるものである。

＊

さて、一方、A・《本文史》に関しては、文永六年（一二六九）九月十七日、飛鳥井雅有は『嵯峨のかよひ路』から、その来歴を辿り返しておこう。雅有は本日記において、中世源氏学を継承する御子左家の、しかも当主藤原為家から『源氏物語』の講釈をうけ、その時、妻の阿仏尼が音読するようすをつぎのように記している。

〈雅有二九歳・為家七二歳・阿仏尼四八歳・為氏四八歳・為相七歳〉[19]

十七日、昼ほどに渡る。源氏始めむとて、講師にとて女あるじをよばる。簾の内にて読まる。まことにおもしろし。よのつねの人のよむには似ず、ならひあべかめり。若紫まで読まる。夜にかかりて、酒飲む。

（本文は飛鳥井雅威筆天理図書館蔵本による）

このような調子で、十一月二七日には、「手習ののこり、夢の浮橋果てぬ」とあって、わずか二月あまりで源氏を読了しているのである。これは講釈と言うより、本文の校合に近い方法ではなかったかと思われる。と言うのも例えば、この読了直後のくだりに、

廿七日「手習」「夢浮橋」果てぬ。やがて、『古今』取り寄せて、ひとわたり読むべき由を言へば、あるじ興に入りて、「家の秘本、記ある所には点合ひ、見難きことには声さしたる本を取り出でて、これは起請を書きて、人に見せぬ本なれども、こころざしありがたかりければ、授けたてまつらむ」とて、まづその本を読むべし。悪き所どもを聞きて直さむとて、次第に点・声写しつつ、難義を尋ね極めむ。秋の下にて日暮れぬ。

と見えることに注目したい。「悪き所どもを聞きて直さむとて、次第に点・声写しつつ、難義を尋ね極めむ。」とあって、まず、本文を音読し、さらに、本文不審の「悪き所どもを聞きて直」しつつ、本文に「点・声」を写し、さらに「難義」を為家に尋ねると言う方法である。これは、『源氏』『古今』ともども為家所持本と雅有所持本の最低二本が存在し、本行本文に「点・声」をさした様態であって、質素な研究用の本文であったことになる。[20]

＊

その後、伝阿仏尼等筆本が伏見宮家の襲蔵となった時期は特定しがたい。そもそも、伏見宮家の祖、伏見天皇（一二六五～一三一七）は、「源氏のひじり」飛鳥井雅有を中心に「弘安源氏論義」を催したことでも知られ、雅有を通して冷泉家とも深い繋がりがあったことが知られよう。[21]しかしながら、定家の子為家は、嫡男・為氏に家督を相

続させながら、その後、決定を覆して阿仏尼との間にもうけた為相に何度も譲り状を認めて、この世を去ってしまった。それゆえ、兄弟間の相続争いに発展し、幼い為相の母・阿仏尼が時の鎌倉幕府へ亡き為家の譲状をもって訴え出たのが、『十六夜日記』の発端である。阿仏尼の死後、訴えが認められ、多くの財産が為相の元に入ったものの、兄弟としては分立することとなり、為氏の家は二条家、その弟為教の家は京極家、そして為相の家が冷泉家を名乗った。南北朝期に二条家、京極家が相次いで滅ぶと、冷泉家は俊成・定家を家祖とする歌仙正統の唯一の家として、両家に伝わる書物をも掌中に収め、宮中にゆるぎない位置を保ったことは今更記すまでもあるまい(22)。

そこで想像を逞しくすれば、歌人としては、京極為兼に『玉葉和歌集』の勅命を下している伏見院ではあったものの、やはり伏見院の庇護を頼みとした阿仏尼が、雅有を介してではあろうけれども、冷泉家秘宝中の秘宝たる『源氏物語』を、かの宮家に託していたとしても不思議はない。いずれにせよ、その後も室町時代を通して、飛鳥井家・冷泉家の歌壇への影響力を勘案すると、伏見宮家と両家との密接な連携は、井上宗雄の一連の著作を紐解くまでもないわけで、伝阿仏尼等筆本が、いつ伏見宮家の蒐書となってもおかしくはないのである(23)。

＊

では、為家の文芸サロンにあった『源氏物語』の証本とはいかなるものであったのか、断定は避けなければならないが、「定家卿之本」を相承する、極めて純度の高い伝本であったことは疑えない。なにしろ、かの大島本が、雅有の嫡流、飛鳥井雅康のほぼ一筆書きであると認定され、しかも複製本を制作するがごとき、精密な書写態度であることを考え併せると、大島本はただ大内氏の用意した一伝本を書写したというより、むしろ、伝阿仏尼等筆本との近似値が他の伝本に比べて極めて高いことのほうが重要なのであって、当時の冷泉家本からの転写たる伝明融等筆本との比較からしても、かの大島本は、伝阿仏尼等筆本の、というよりむしろ、藤原為家・阿仏尼の伝授した御子左家の源氏学を継承した、その飛鳥井家の秘伝を伝える本文の末裔であろう、と私は考えているのである。

A―2 《青表紙本『源氏物語』》成立史・1――原作本成立前後

そこで、紫式部の書いたと思しき『源氏物語』そのものの成立と《青表紙本『源氏物語』》の成立とに深く関わった、定家、阿仏尼、飛鳥井雅有、時代は下って、現存本に関わりの深い、明融、飛鳥井雅康らの『源氏物語』との関わりを考えておこう。

『源氏物語』が紫式部の作と知られる同時代文献は、言うまでもなく、本人の『紫式部日記』ということになる。まず、この日記に見える『源氏物語』関連の記事を列挙してみよう。(24)

① 御前には、御草子つくりいとなませたまふとて、明けたけば、まづむかひさぶらひて、いろいろの紙選りととのへて、物語の本どもそへつつ、ところどころにふみ書きくばる。かつは綴じあつめしたたむるを役にて、明かし暮らす。「(殿)なぞの子持ちか、つめたきにかかるわざはせさせたまふ。」と聞こえたまふものから、よき薄様など筆墨などもてまゐりつつ、御硯さへもてまゐりたれば、(中宮)とらせたまへるを、(殿)惜しみののしりて、「もののぐにかかるわざし出づ」とさいなむ。されど、よきつき墨、筆など賜はせたり。

② 局に物語の本どもとりにやりて隠しおきたるを、(中宮の)御前にあるほどに、(道長)やをらおはしまいて、あさらせたまひて、みな内侍の督の殿(妍子)に、奉りたまひてけり。よろしう書きかへたりしは、みなひきうしなひて、心もとなき名をぞとりはべりけむかし。

(寛弘五年〔一〇〇八〕十一月一日)

③　内裏の上の、源氏の物語、人に読ませつつ聞こしめしけるに、「この人は日本紀をこそよみたるべけれ。まことに才あるべし」とのたまはせけるを、ふと推しはかりに、「いみじう才がる」と殿上人などせちにいひちらして「日本紀の局」とぞつけたりける。（消息文）

①の記事は、『源氏物語』の草稿を書写し自身はそれを綴じ集めている記事である。②の記事は、藤原道長によって、妍子のために不本意にも草稿本が献上されてしまったことを記している。子細に検討すると、草稿本の他に自筆の清書本にくわえて、献上用の豪華本製作のために「綴じあつめしたた」めていたことになろうから、とすれば、豪華本二セットと自家所持用の清書本、彰子本、妍子の所持となった草稿本の、計三種類五セットの伝本があったことになる。(25) さらに、③の記事は物語の朗読を聴いていた一条天皇が、作者を「この人は日本紀をこそよみたるべけれ」と賞賛したことから、自身のあだ名「日本紀の局」の付いた由来を記したくだりである。

他にも世に言う「消息体」のくだりには、宮廷出仕後、久しぶりに『源氏物語』を手に取ってみると「見しやうもおぼえずあさましく」、人はこうした恋愛物語を書く自分をどのように思っているのだろうか、という、懐疑と感慨を記してみたり、藤原道長からこの物語の作者にちなんで「すきもの」とからかわれたりしたことを書き記している。(26)

このように、確かに一条朝の中宮彰子に仕えていた一人の女房が、この物語を書いたことは疑えないのである。しかし、この日記の執筆時点で、それがどこまで完成していたものであるのか、あるいは巻名もすでにあったのかなど、この物語の創作過程・享受の実際などは、こうした資料からもやはり謎という他ないということになろう。

しかし、このテキストから文献学的なデータの類推は可能であって、例えば野村精一は、①の記述を検討して、平安時代の書籍の多くは巻子本であったことを念頭に、この日記に見える「綴じあつめしたためたる」行為が「冊子本」製作のそれではなく、豪華な「巻子本」製作のために、「仮綴」をしていた可能性を示唆している。[27]したがって、本稿もまた『源氏物語』の当時の「証本」は巻子本であったことも否定しないという前提に立つ。

くわえて、藤本孝一は現存する『源氏物語』諸伝本の調査から、《青表紙本『源氏物語』》成立当時の俊成、定家の時代には公家用の冊子本・六半本の形態であったものが、定家時代を境にして武家に好まれた大型冊子本・四半本に移行して行くようになった過程を明らかにしている。[28]くわえて、『源氏物語』当初の形態である巻子本からの転写に際しては、為家自筆本『土佐日記』同様、微妙な本文の誤脱等に少なからぬ影響が想定されるであろう。[29]

というのも、片桐洋一の「第一次奥入」「第二次奥入」両本文の検討から、二種類の定家本の存在も指摘され、また、阿部秋生の本文研究から、《青表紙本》系統そのものが複数の系統に細分化されることも明らかとなっている今、形態、伝本状況、本文の特性などからもまた、数次に亘る定家の『源氏物語』校訂本の存在とその伝播の可能性はもはや疑うべくもない、自明の事実となっているのである。[30]

A—3 《青表紙本『源氏物語』》成立史ii——《青表紙本》成立前後

次に《青表紙本》成立前後の歴史的事情を確認しておこう。まず、

『明月記』元仁二年(一二二五年)二月十六日[31]

自去十一月、以家中女少女等、令書『源氏物語』五十四帖、昨日表紙訖、昨日外題、生来依懈怠、家中無此物

建久之此被盗失了、無證本之間、雖見合諸本、猶狼藉未散不審。

嘉禄二年（一二二六年）五月
廿六日。天晴。雖手振目盲、依黄門懇切、承明門院姫宮、『源氏物語』之内三帖、紅葉賀、未通女、藤裏葉、書進之。以下略。

寛喜二年（一二三〇年）三月
廿七日。己未。天晴。略――入御之御退出、給『源氏物語』料紙草子、老筆更不可叶事也。

桐壷可書由被仰、甚見苦事歟。――略――。

廿八日。庚申。朝天陰。巳後晴。又入道相公、猶無術由返答、書『源氏』桐壺、老眼悪筆為料紙不便。――略――。

四月
三日。甲子。―略―。今日又書『源氏』紅葉賀不能書終。

四日。乙丑。―略―。書『源氏』之間、口熱發歯痛、朽歯弱弱、付苧少年嬰児引落了。

六日。丁卯。―略―。予所書『源氏』桐壺・紅葉賀、二帖今日進之。

廿六日。壬子。―略―。重房進入『源氏』一帖夕顔。忠明所書也。


俊成卿筆の『源氏物語』であろうか、「建久（一一九〇〜一一九八）之此」に盗難に遭い、家の証本を三十有余年も持たなかった定家は、ようやく俊成卿筆本の本文を探し出し、家の『源氏物語』証本の作成に着手したのは、元仁元年（一二二四年）十一月、明けて二月十六日にこれが完成したことになる。以下、求めに応じて、あるいは献上のために数次に亘って『源氏物語』の各帖は書写されていることが分かるが、残念ながら、これらの記述は必ずしも現存の、例えば、尊経閣文庫蔵定家本『源氏物語』の伝本の本文書誌状況と合致しないことは既によく知られている。[32]くわえて第一次『奥入』を保有する本文と、第二次『奥入』を保有したであろう、二種類の《『源氏物語』本文》の存在も、この日記本文から得られる情報だけで整合性を測ることは難しいとも言えよう。

しかしながら、まず紫式部の原作が三種以上の本文を有し、定家時代にもさらに二種以上の本文が存在したことだけは、確認できると言う事にもなるわけである。

A―4　《青表紙本『源氏物語』》成立史iii――《河内本》成立前後

前節の本文伝播の状況は、河内学派の秘伝を記した『原中最秘鈔』に若干の情報を得る事が出来る。まず、河内本『源氏物語』の「奥書」について検討しておこう[33]

此物語古来本々異説依多之家八本加校合畢。依之京極中納言（定家）家以亡父（俊成）證本之由厳命之旨如末代之亀鏡所続加也。親行　在判。

「此物語」には「古来本々異説」が多いので「八本」を以って「校合」し、「京極中納言（定家）の家では「亡父（俊成）證本」を以って「末代之亀鏡」とする旨の厳命があるというのである。

したがって、河内本には、「亡父（俊成）證本」も重要な意味を持つことは言うまでもないし、一条尋尊（兼良男）[34]の『大乗院寺社雑事記』文明十年（一四七八）七月二十八日条には「一　源氏数本事」なる文献が見えており、当時流布していた伝本を知ることができる。

①（世尊寺先祖）行成卿自筆《今世ニ不伝》②源光行《以八本之合本云々》③（世尊寺先祖）二条伊師房本　③冷泉中納言朝隆本　④（久我殿元祖之兄弟）堀河左大臣俊房本《号黄表紙》⑤従一位麗子本《当家一条殿相伝土御門左大臣女号京極北政所》⑥法成寺関白本《唐紙小草子号　尚侍殿本》⑦五条三位俊成卿本《京極中納言定家本号青表紙》

現存する二系統である②の源光行本《以八本之合本云々》と⑦五条三位俊成卿本《京極中納言定家本号青表紙》の素性の良さは群を抜いていることが確認できよう。これは、『水原鈔』から『原中最秘鈔』へと展開する中世源氏学の伝承からもまたその伝来の確かさが実証できるのである。

『原中最秘鈔』桐壺巻　　広本・阿波国文庫本(35)

たいえきのふやうもげにかよひたりしかたち也　あひからめいたるよそひはうるはしうこそ　ありけめ

太液芙蓉未央柳対如何不液垂芙蓉面如柳　白

私云、亡父光行、むかし、五条三品《俊成卿》に此物語の不審を尋申し侍し中に、当巻に「絵にかけるやうきひのかたちはいみじき絵師といへども、筆かぎりあればにほひすくなし。太液のふやう未央の柳」とかきて「びやうの柳」といふ一句をみせけちにせり。これによりて親行を使にして「楊貴妃をば芙蓉と柳とにたとへ、更衣とは女郎花と撫子とにたとふる二句づつにてよくきこえ侍るを御本《俊成卿本事也》未央の柳をけたれたるは、いかなる子細やらむ」と申たりしかば、「我はいかでか自由のことはし侍るべき。行成卿の自筆の本に此一句をみせけちにし侍き。紫式部は同時の人に侍きは申しあはするやうは侍らめ。とて是も墨を付ては侍れどもいぶかしさに、あまたたび見しほどに、若菜巻にて心をえておもしろくみなし侍なり」と申されけるを、「かかる若菜巻にはいづくに同類侍るとか申され」といふに、それまでは尋ね申さず誉め侍しとさまざまはじしめ勘当し侍し程に、親行こもりゐて、若菜巻を数反ひらきみるに、其の意をえたり。六条院の女試楽に「女三の宮をきさらぎの中の十日ばかりのあをやぎのしだりはじめたらむ心ちして」とあり。柳を人のかたちにたとへたる事あまたなるによりてみせけちにせられ侍しにこそしかある、と京極中納言入道の家の本に「びやうの柳」とかかれたる事と侍にや、

又、俊成卿の女に尋申し侍しかば、此事は伝〃書写のあやまりに書入るにや、あまりに対句めきてにくひけしたる方も侍にや、との愚本、不用之。

『紫明抄』『河海抄』『仙源抄』『花鳥余情』当該項目にほぼ同一内容の記述あり。

『紫明抄』夕顔巻(36)

かの右近をめしてつほねなとけちかくたまはせてさふらはせ給ふくいとくろくしてかたちなとよからねと見くるしからぬわか人なり《ふくらかにくろき人なり》

或人きたりていふやう、「阿仏御前は『光源氏物語に親行がひが事をのみ読むと聞くこそあさましけれ』とおほせらるる也」と言ふにおどろきて、かの亭にまうでてたづね申すに、「こと事はしらず、夕顔上の女房・右近かしうにおくれて黒服着たるをば服とこそいかなる人も読むを、ふくらかに読みなさるると聞くとこそ異

様なりとは申せ」と申さるに「さては御ひが事にて候也、おぼしめし直さるべく候。その故は、五条三位殿《俊成》に光行申あはせて句を切り、声をさして候き、京極中納言殿《定家》も冷泉大納言殿《為家》もよも難ぜさせ給候はし、まして御難はいかがあるべく候らん、黒服の人五旬がうちに出仕はばかりあり、いはんや初参の人黒服しかるべからず、とて、筆を押えられし時、古き物語にも見ゆ。又、清少納言が枕草子にも申したる旨ありとて、ふくらかにしていろくろき人と思て、清て声をさされ候ぬれば、その後はすみてのみよみつけて候にこそ」と申すに、「いざさらば、やすやすとつめ申さん、くろこえなる人のみこそあるに、など六十帖がうちに又他には言はぬぞ」と申さるる時、「この物語にはただひとことは申したる事のみこそ候へ、あのしはふるい人と申して候をば、御説には『老者也、しわありてふるい人にてこそあれ、このはふるいたる人にはあらず』と仰せられ候なれども、五十四帖がうちにただ両所候に、いづれも老人のかたちとは見えず、いやしき山賤めかしき物とこそ見えて候へ、又、楊名介も、夕顔のあるじほかは見えず候、又、をしかいもとあるじと申したるも、乙女巻ばかりこそ候へ、まれなる詞をつくして人のさとりをひらかしめんがために書き置きたるかとも思ほえ候。但、もたせ給へる御本は故三位殿《俊成》の御本にては候はず。その故は、太液の芙蓉未央の柳と書きて未央の柳一句をば見せけちにとどめられ候に、これは二句ながらならべて書かれて候、このひが事によらば、いづくもあやまりのみぞ候らむ」と答へ申したりしかば、さらにはそれにはさこそ心えられめ、とばかりにて、申さる旨も侍らざりき、さりながら、ことはりとは思はれたりしにこそ。

このように、『原中最秘鈔』『紫明抄』の伝えるところを信ずるならば、藤原行成所持の本文と俊成所持本の本文は、「桐壺」巻の『白氏文集』の一節「太液の芙蓉、未央の柳」のミセケチが一致するにもかかわらず、阿仏尼所持本にはこのミセケチが存在しないので、「故三位殿《俊成伝来》の御本にては候はず」と親行に断罪されていたことが分かる。しかし、この交渉の結果、現存の河内本系諸本には「未央の柳」が欠落することで、河内本に校訂がなされたことが分かるし、また現存する青表紙本系諸本でも「未央の柳」にミセケチの存在する伝本がなく、今日、俊成本は伝来しないことになる。ただし、阿仏尼所持本の「桐壺」巻は、伊藤氏の報告の如く室伏校合本にミセケチのない「未央の柳」の本文の形態が確認できるわけで、とすれば、現存するいずれの伝本よりも、本文伝来史の確かさが確認できることになる。

また、論点の「夕顔」巻の「くろふく」なることばの認定は合理的な解釈の問題であって、かなで書かれた本文そのものの問題ではないので特に拘泥しないこととする。

さらに、『原中最秘鈔』には松風巻「小鳥付荻枝事」に、

小鳥しるしばかりひきつけたる荻の枝などつとにて——西円法師といふもの、草に枝あるべからずと執して、木の枝とよみけり。親行にあひてさまざまに問答しける由『水原抄』にも載之。

とも見えている。西円法師は俗名を宇都宮播磨と言い、散逸した『西円釈』が、『異本紫明抄』に散見される。また、宇都宮家と飛鳥井家は、雅有を通じて縁戚になっており、今川了俊『二言抄』によれば阿仏尼とも親しいとあるのも納得されよう。さらに、『二言抄』では親行とも論争したとある。さて、この記事は『嵯峨のかよひ路』の九月条に、

廿四日。「朝顔」より「初音」にいたる。昨日聞きし巻に、小鳥を荻の枝に付くる事ありき。折節、小鳥を人のもとより贈る。荻の枝に付け、酒具して、二人みづから持ち持ちて、あるじの前に置く。あるじ方よりも、酒取り出でて、ことに興ある日なり。連歌例の事なり。今日は帰りぬ。

とあって、よく後代の『源氏物語絵巻』の松風巻の場面の図柄に採用されている著名なエピソードであるが、どうもこの読みもまた、為家・阿仏尼周辺から伝播したものであることがわかるということを付言しておこう。(37)

A―5　《青表紙本『源氏物語』》成立史.iv――《大島本》《伝明融等筆本》成立前後

冷泉家に相伝されたはずの定家本『源氏物語』の行方について、「正徹本奥書」(38)に、

去正応四年（一二九一）之比此物語一部／以家本不違一字所模也於此／巻者舎兄慶融法眼筆也／可為証本乎／通議大夫藤為世判・為世／
以多本雖校合猶青表紙正本定家卿本也不審処為相／卿正応之比以青表紙書写之／本出来之間加一校之処此／本不違一字彼校本桐壺／夢浮橋両帖為相卿自筆／奥書判形等如此則注別之了／爾今弥定正本若違此本者／非定家本不用之／者也／此一帖七十九歳以盲目／染筆者也／長録三年（一四五九）四月廿五日／休止叟正徹（在判）

とあり、特に「以多本雖校合猶青表紙正本定家卿本也不審処為相／卿正応之比以青表紙書写之」とあるところから、

「家本」たる定家本『源氏物語』そのものが、為相の時代には冷泉家にはなかったことを類推させる。こうした困難な伝本状況の把握と史実とを照らし合わせながら、現存の大島本や伝明融等筆本『源氏物語』の位置を測定しなければならない。言い換えれば、十四、五世紀の『源氏物語』の、冷泉家を中心とした青表紙本の流通環境の把握ともなるはずである。(39)

さて、まず、書写年代の古い大島本の場合には、なぜか「関屋巻末」に「識語」が綴じ込まれている。(40) それによれば、大内政弘が当時の歌壇のリーダーであった、宋世飛鳥井雅康（号・二楽軒）に『源氏』の書写を依頼したものであることが了解される。

文明十三年（一四八一）九月十八日依大内左京兆所望染紫毫者也　権中納言雅康

また、「夢浮橋巻末」には『花鳥余情』の一条兼良と竹内良鎮大僧正（吉見正頼男）識語が見えている。

源氏一部五十四帖雖為新写之本依有数奇之志附属良鎮大僧正也
　文正元年（一五一三）十一月二十六日　桃華老人　在判
うつしをくわかむらさきの一本はいまもゆかりの色とやはみる
右源氏一部五十四帖令附属政弘朝臣以庭訓之旨加首筆用談義之処秘本也堅可被禁外見者也
　延徳二年（一四九〇）六月十九日　前僧正　在判
あはれこのわかむらさきの一本に心をそめてみる人もがな　右言書奥書異本

大島本は、浮舟巻を欠くものの、現在最もまとまった《青表紙本『源氏物語』》として『源氏物語大成』の底本となり、市井に数百万部流通した注釈書の底本でもある。当時、大内政弘はこれを「以庭訓之旨加首筆用談義之処秘本也」として、容易な他見を禁じているが、以後、大内政弘の子・義興と吉見正頼の娘大宮姫の婚儀に際して、吉見氏の手に渡ったものと思われる。(41)この間、「桐壺」巻と「夢浮橋」巻が痛んだものか、それぞれ聖護院道増、道澄（ともに近衛家の出）の雅康本を書写したであろうと思しき本に差替えられ、また、かような流伝のうちに加筆がなされ、不純と認定された本文除去がされるなどの校訂もなされて現存の形態が生成されたようである。藤本孝一はこの校訂を「墨・朱書による校訂の多くは永禄七年（一五六四）以降の行為」もしくは「おそらく江戸時代中期（後期といってもよい）にかけての校訂作業」がなされているとし、大島本における本文校訂作業は、純粋な大内氏架蔵本であった時代の、当時の本文の保存率が高くないであろうことを示唆していることになる。(42)

さて、飛鳥井雅康はあの雅有の末裔であるが、歌壇での位置は、むしろ雅康の方が文化人としての役割は強大なものとなっていた。ただし、井上宗雄によれば、飛鳥井家そのものの経済状況が逼迫しており、『親長卿記』に「右兵衛督在判依困窮在国云々、不知在所」とあり、伝雅康筆の他の『源氏物語』伝本もいくつか存在するところから、柳井滋は井上宗雄に依りながら、飛鳥井雅康の『源氏物語』書写には家の経済の補塡的側面も否定できない事情を示唆的に記している。(43)

一方、冷泉為和男・明融の『源氏物語』書写に関しては、これもまた井上宗雄の研究に学ぶほかはないのだが、『言継卿記』永享三年（一六五〇）七月十七日、明融は言継に『源氏物語』書写の希望を告げて「同心」を得、「『河海抄』被仕立云々。弥書四巻有之。予ニ被与之。祝着了」と見えており、『河海抄』も書写するつもりであったようである。九月六日には宿木巻を写した記事も見えている。(44)現存本との関連性は、物理的な紙や墨質の年代測定が厳密に特定し得る機能が開発されない限り、認定は難しいが、この記事は極めて貴重であること、間違いあるまい。

ここまで考証して、漸く大島本・伝明融等筆本双方の「書本＝宗本」はどの青表紙本であったのか、と言う最大の関心事に言及しなければならないことになるだろう。さて、大島本については、池田亀鑑に、外部徴証から大内氏の用意した一本による書写であろうとする見解がある。(45) すなわち、「大内氏またはゆかりの者の旧蔵本として、A一華堂乗阿所覧本、B七毫源氏、C吉見正頼所持本、D良鎮所持本、E冷泉為広奥書本、F猪苗代兼載所覧本、G加賀前司入道宗分奥書本」を挙げて、特に「A一華堂乗阿所覧本」を底本（＝書本）として推定したものである。それは一華堂切臨の『源義弁引抄』に「一華堂云、定家の青表紙を周防の国守にて一覧せり。……東山殿慈照院義教公のものなりしを、若衆の宮内少輔に下されたり。その後、周防国大内良隆へ山名刑部少輔がむすめ婚の時のりものいれてつかはしたり」と言う伝承のあることによるが、とすれば、飛鳥井氏の家系からして、歌道中興の祖・飛鳥井雅有の『嵯峨のかよひ路』における雅有本の存在の方が、時代的に先行すること、さらには飛鳥井家伝来の秘伝の存在に着目する必要もあり、蓋然性は雅有本の存在の方が勝ることはいうまでもない。『源義弁引抄』『嵯峨のかよひ路』ともに、決定的な証左とはならないが、だとすれば、私は、この大島本の伝来からして、時代的先行性という点にのみ鑑みることとなるが、雅有本もしくはその飛鳥井家伝来の転写本が、大島本の「書本＝宗本」であったとする仮説を提示しておくこととしよう。(46)

また、伝明融等筆本については「定家本の模本」とも言うべき書写状態（＝内部徴証）から、定家本からの直接の書写にかかる一本と推定されるものの、冷泉家の定家本の存在は先の正徹本の奥書からも判然とせず、むしろ冷泉家に秘伝の「定家様」を以って、『源氏物語』伝本を書写した可能性もあり、いずれも決定的な状況証拠（＝外部徴証）に欠けるというのが現状である。しかし、先にも触れたように、伝明融等筆本に先行する、大島本成立当時の『源氏物語』の主要伝本は、一条尋尊（兼良男）・文明十年（一四七八）『大乗院寺社雑事記』七月二十八日条に見える

「一　源氏数本事」に、⑦五条三位俊成卿本《京極中納言定家本号青表紙》も存在した事になっている。しかし、これは今日的な書誌学の常識に照らすのではなく、青表紙本たる京極中納言定家筆本は、もとは俊成本を書写したものであるから、これを五条三位俊成卿本と呼び習わしたに相違なく、だとすれば、建久年間に盗難にあった俊成本、もしくはその転写本たる家の証本を、再度、探し出して嘉禄元年に証本としたことになるが、これもまた、現存の史実や伝本状況に鑑み、《青表紙本『源氏物語』》の本文史に関するこれ以上の類推は、不可能と言う結論に帰結せざるを得ないのである。

B—1　《青表紙本『源氏物語』》諸本の本文特性

さて、それではA・本文史を辿り終えたところで、B・《本文特性の純粋度＝本文内容の偏差》という観点に論を転じよう。近年、活況を呈しつつある本文研究の主たる業績を挙げると、その代表格としては、『源氏物語』の本文を都合五度にわたって校訂した阿部秋生は、その校訂作業の成果を踏まえて、①定家本②伝明融等筆本③大島本④池田本と諸本間の優先順位を定め、その絶対評価を普遍化し、実践した業績として『完本源氏物語』を発梓した。さらに阿部氏を含む編者四名の研究の蘊蓄が傾けられた『新編全集』は、阿部源氏本文学の決定版とも言うべき業績であるとも言えよう。いっぽうで、底本大島本を「尊重し、手を加えないことを原則」とした室伏信助・柳井滋校訂の『新大系』も逸せられない業績である。それら、主要注釈書のテクスト採択本文を「帚木」巻で確認すると、「全集—大島本　集成—伝明融等筆本　完訳—伝明融等筆本　新大系—大島本　新編全集—伝明融等筆本」ということになる。これらのデータに学びつつ、愈々その本文的価値を検証することとする。ともに既に「帚木」

巻の本文の不審として先行する論考に取り上げられた異同に、伝阿仏尼等筆本本文を加えて校勘する。

《例A》　『源氏物語大成』四五頁⑧～⑩／仏　伝阿仏尼等筆本＝一五ウ①～③
『河内本源氏物語校異集成』―河内本は諸本一致

仏	たえぬすくせあさからてあまにもなさてたつねとりたらむもやかて●●●●（その思出）
保	ん　●●●●（その思ひ出）
大	そのおもひて
阿	られても●●●●　いて
尾	られても●●そのおもひいて
国	ら　もありて●　す　れ覧さてその中を●思いて
明	●●●●
伏	ん　●●●●
穂	●●●●
三	ん　●●●●
為	ん　●●●●
陽	●●●●

仏	●●●●●●●●●●●●●●●●●●●●●●（うらめしきふしあらさらんやあしくもよくも）あひそひてとあらむをり
保	●●●●●●●●●●●●●●●●●●●●●●（うらめしきふしあらさらんやあしくもよくも）　ん
大	うらめしきふしあらさらんやあしくもよくも●●●　お
阿	うらめしきふしあらさらんやあしくもよくも●●●　め　んお

尾	うらめしきふしあらさらんやあしくもよくも●●●　お
国	うらめしき事●あらしや●あやしくもよくもやかて　ん時●
明	●●●●●●●●●●●●●●●●●●●●●●●●
伏	●●●●●●●●●●●●●●●●●●●●●●●●　お
穂	●●●●●●●●●●●●●●●●●●●●●●●●　ん
三	●●●●●●●●●●●●●●●●●●●●●●●●　お
為	●●●●●●●●●●●●●●●●●●●●●●●●　ん
陽	●●●●●●●●●●●●●●●●●●●●●●●●　●ん

略号—陽・陽明文庫本／穂・穂久邇文庫本／明・東海大学桃園文庫蔵伝明融等筆／青・青表紙本／伏・伏見天皇（吉田）本／三・日大蔵三条西家本[47]／国・別本・天理図書館蔵　伝津守国冬等筆本／尾・尾州家本／阿・別本・天理図書館蔵阿里莫本／大・大島本

伝阿仏尼等筆本に見える補入本文や傍書に関しては、補入の形態や、誤写した文字をミセケチにせず、抹消した上に重ね書きする処置等から推して、本行本文と同じく、宗本に忠実な書志そのままの伝来と見做して、これらを復原して根幹本文を策定し、論を進める前提とした。

さて青表紙本系統内では、為明本（池田本）・為秀本（—線は『大成』の略号）にもこれが見えず、大島本の孤立性が指摘されて来た。さらに伝明融等筆本の出現によって、系統別多数決によって削除されて来たこの本文は、この有力な伝本に論拠を得て、問題そのものが解消されたかに思われていたのである。しかし、阿仏尼筆本が傍書ながら大島本に全く一致する本文を保有することから、この補入の本文的価値によっては、現行注釈書の校訂作業の指針の一切が、振出に戻る可能性が生じてくるわけである。

ところで、この当該箇所には、伊藤鉃也に諸本の検討と、宣長から最新の注釈までを丁寧に辿った労作があり、[48] さらに池田利夫論文も提出されたことで屋上屋を架すの誹りを免れないが、[49] 新資料を基にした最小限度の補綴をしておきたい。伊藤氏は、石田論文が、伝明融等筆本を青表紙本系統の最善本と規定し、大島本の独自本文を河内本の第一次校訂を承けた第二次の改訂である、とする見解[50]に疑義を呈して、別本の中での陽明文庫本と国冬本の二種類の本文の異同から、これを「祖本（＝宗本）」に位置付けたのであった。

しかしながら、該表を一瞥すれば明らかな通り、この箇所で伝明融等筆本は他の別本に一致して一類を成し、尾州家本・大島本の本行本文並びに伝阿仏尼等筆本の補入本文の一類と対立する。但し、国冬本はこの場合、後者における系統別多数決からして、異文率が高く、私は伊藤論文程、この本文を評価することに躊躇せざるを得ない。むしろ、私には後者の本文を基幹として、恣意の改竄の筆が入っているとしか考えられないのである。

そこで、私は該表から以下の通り本文特性を分類すると、結局、限定的な異同に関しては、従来の系統論の如く、都合三つに対立する系統分類は不可能である。しかるに、従来の分類方法とは、厳密には曖昧な部分は捨象しつつも、大同小異のところでの、〝暫定的な方法論〟と規定する他はあるまい。当該の分類に関して述べるなら、「その思出…」の存否によって大別でき、「古伝系別本＝第一類」を基幹本文とすると、その成立過程以来、校訂本文と認定されてきた河内本以下、平安時代の原作本から純度は落ちてゆくものと認められよう。

この仮説を補強するために、高度批判＝本文解釈のレベルに還元して考えてみると、当該箇所は雨夜の品定めの、左馬頭の発言の一節である。従来は、『湖月抄』に依拠し、萩原広道も「その思出」本文を欠落と推定した上で「ことわりのつゞかぬなり」と述べていたとおり、この本文があってこそ、夫婦の道が円満たることを述べるのに必要である。ところが、池田亀鑑によって近代文献学が樹立されて以後、暫時《青表紙本本文》絶対優位、さらに言えば河内本及び別本排除の規準＝原則が遵守されてきたため、仮に依拠した青表紙本の底本が他本に比して劣位にある場合でも、これを是正する方法論が確立されていたわけではなかったことになる。

《例B》　大島本『大成』四五頁⑫～⑬／伝阿仏尼等筆本＝四六ウ②～③
『河内本源氏物語校異集成』――河内本系諸本一致。尾州家傍記不明

仏	うつろふかたあらむ人●をうらみてけしきはみそむかんはたをこかましかりなむ心
大	
明	●●●●●●●●●●●●●●●●●●●●●●●●●●●●●《あらむ人をうらみてけしきはみそむかんはたをかましかり》
三	ん　お
為	お
伏	気色●　お
穂	んひと　お
保	んひと　恨●　気色●
陽	ん
阿	ん　恨●　お
尾	ん　お
国	ん　へ●お　きこと●

仏	なむ心●●はうつろふかたありとも見そめし心●●さしいとをしくおもはゝ
大	ん　お
明	●●●●●●●●●●●●《なん心・・はうつろふ方・》　み　ん
三	お　思●
為	ん　み
伏	ん　み　こゝろ　お
穂	ん　う思●　は
保	ん　ん
陽	み　う思●
阿	ん　方●　お　あへからん
尾	んこころ　こゝろ　しくもあへからんと
国	ありぬへし心はことかたにうつるとも　しくもあへからん

この事例は加藤洋介の言う、《青表紙本系『源氏物語』》が転写の際の「目移り」による脱文を補ったものと認定した二五例の筆頭に数えられるものである。しかし、伝明融等筆本以外の青表紙本系諸本、加藤氏が《青表紙本系『源氏物語』》と限定した大島本にはこれが存することから、加藤氏が後掲の《例D》の本文状況から示唆するように、この巻そのものの《青表紙本系》の認定方法に改善の余地があることを、この事例もまた示しているのである。(51)

＊

くわえて、もう一例、阿部秋生が「青表紙本の権威を高からしめようとする意図なのか、この誤りや矛盾を除いて、筋の通った合理的な文章に改訂し」たと見る事例を検証しよう。

《例C》　大島本『大成』五四頁⑨／伝阿仏尼等筆本＝二七オ⑨
『河内本源氏物語校異集成』——「菊も——菊《月イ》も」七毫・「菊《つき》も」高松宮家耕雲本

仏	ことのねも月《きく同》●もえならぬやとなからつれなき人をひきやとめける
明	月《菊》●
穂	きく
阿	琴●　きく　宿●
尾	きく
保	きく
大	月●
三	月●
伏	月●
為	月●ゑ　●《人》●《を》
陽	月●へ
国	月●

阿部秋生『源氏物語の本文』は「文面からみると、月夜の歌ではあるが、『菊を折りて』とあって歌になるのだから…略…『菊もえならぬ』をとるのが普通である」とする。この解釈には賛同するが、ならば氏が本文の処置に関して、従来の青表紙本絶対の原則を撤回しないのはなぜか。それは従来の固定観念に縛られた定家本絶対視に起因していると言えよう。また加藤洋介は河内本系統伝本内におけるこの箇所の異同に関して、河内本の校訂の可能性を指摘し、かつ「修正前の本文は河内本ではなかったと言わざるをえない」とした。[52] しかしながら、『河海抄』巻二に、

ことのねも月もえならぬやとなから

定家卿本菊もえならぬ云々親行本は月也　（二二四頁）

とあるため、石田氏は「これは現在の我々の青表紙本、河内本判別の基準とは逆の立言であり、信じ難いと言はねばらぬ（五八一頁）」とあるが、この問題に関しては池田論文に詳細な検討があり、これは当時においてはむしろ信頼できる証言であることがわかる。確かに、この傍書本文は別本諸本とも対立し、河内本系諸本に多く一致するものである。しかし、伝明融等筆本のみならず、伝阿仏尼等筆本にも共通して傍記が存在する点、注意されねばならない。「帚木」巻の諸本のミセケチ・書込について石田氏は、伝明融等筆本の場合には、これを無視して本行本文のみを尊重する見解を示し、伊藤、池田論文の批判を誘引する。(53) 石田氏の問題とした箇所は《例A》の直後で、他本と同様、伝阿仏尼等筆本も本行本文であり、伝明融等筆本の傍書本文を無視することは出来ない。ならば、これら本行も傍書も一々を吟味してみなければならず、一括一律に後代のものと切り捨てることは危険である。となれば、ほんの僅かな本文特性からの判定であるにすぎないが、この伝阿仏尼等筆本帚木巻は、伝明融等筆本と大島本とがそれぞれ個々に保有する、有力な本文を一括合わせ持つことからして、両者に勝る、現存青表紙本系統諸本の最善本であると認定することができよう。

《例D》　大島本『大成』六八頁⑪〜⑫／伝阿仏尼等筆本＝四六ウ②〜③

『河内本源氏物語校異集成』――「いとさゝ（やかに）―いさゝ（かに）」大島（中京大）本

仏	わけいりたまひてけはひしつるところにいり給へれはたゝひとりいとさゝ
明	給●へれ●●●●●●●●●●●●●は（傍書：けはひしつる所・・に入・へれは）

三	●●●●●●●●●●●●●●●入●（いり給・・てけはひしつる所・に〈本〉）
保	分　給●へれ●●●●●●●●●●●●●●
為	へれ●●●●●●●●●●●●●●
伏	へれ●●●●●●●●●●●●●●
大	給●へれは　所●●
穂	たまい　所●●　一人●
阿	入　給●　方●●よ
陽	給●●　ほと●　一人●
尾	ふ●　ほと●よ　たま
国	給●ふ●　ほと●よ　●●

右の本文は、伝明融等筆本の本文の脱落を大島本が補入の際に同語反復の誤りを犯した、伝阿仏尼等筆本絶対優位の動かぬ本文箇所であり、三条西家本に伝明融等筆本と同様の傍記があることは特筆されよう。大島本は伝明融等筆本もしくは同系統の本行本文を誤読して「いり給ひて」――「いり給へれは」とあるべきところ、「いり給へれは」を連続させる誤りを犯しており、この一箇所のみだけでも伝明融等筆本の大島本に対する優位を確認できる。また加藤洋介は、前述のとおり留保付きながら、この箇所を定家の転写時の宗本に近接して存在したであろう、「いり給」相互の目移りとし、《青表紙本『源氏物語』》成立時点での脱落を想定している。しかし、氏もこの箇所について留保されるように、この事例は《青表紙本系『源氏物語』》に伝明融等筆本のみならず大島本も含まれることから、氏の説も、こと帚木巻においては破綻していることになる。[54] となれば、むしろ、この箇所を以って、諸伝本間における伝阿仏尼等筆本絶対優位のみならず、定家の《青表紙本『源氏物語』》以前の本文の原態を保存する

のが、この伝阿仏尼等筆本であると証明することができるのである。

B―2　《青表紙本『源氏物語』》の諸本分類の方法

そこで、諸本分類の一案として、前掲《例A〜D》までの本文異同を、零段階（＝異同ナシ）から、最大値を六段階までに分類し、異文に応じて累加させつつ、その偏差を数値化してみた。

	A	B	C	D	計
仏	0	0	0	0	0
大	1	0	2	3	6
保	0	3	2	2	7
明	4	2	0	1	7
三	4	3	2	1	10
為	4	3	2	2	11
伏	4	3	2	2	11
阿	1	4	2	4	11
穂	4	3	2	2	11
尾	1	5	2	5	13
陽	4	3	3	4	14
国	3	6	2	6	17
分類数	5	7	4	7	

異文計数が少ないほど伝阿仏尼等筆本との近似値が高くなり、異文率が高いほど数値は跳ね上がるシステムである。ただし、大島本の場合は、《例D》に致命的な本文異同を抱え込んでいるものの、伝明融等筆本の独自本文に助けられて最上位に位置してしまっている。しかしこれとて、伝阿仏尼等筆本との近似値が相対的に高いということ

とであって、決定的なものではないこと、本分類を一瞥するだけで了解されよう。したがって、「古伝系別本＝青表紙本系別本第一類」の呼称は、何より、伝阿仏尼等筆本そのものに冠せられるべきことも帰納的に立証されよう。ついで第二類に大島本・保坂本・伝明融等筆本、さらに第三類として、三条西家証本・伝為家本・伏見天皇本・穂久迩文庫本が位置付けられることとなる。また、河内本系統たる尾州家本を介して、本文に加筆改竄の疑いが濃厚な、陽明文庫本と伝国冬本を「河内本成立以後の混成本文を有する伝本たる《別本》」として分類することもできよう。こうして見ると、帚木巻の本文批判は、伝阿仏尼等筆本本文を傍記も含めて精確に復原すれば済む事になり、それぞれ諸先学の論点も、すべてその絶対的根拠を失ってしまうことになるわけである。

したがって、この巻に関しては、吉岡曠「本文批判のすすめ」のように、諸本を等価値・等距離にそれぞれ批判する必要もなく、伊井春樹「大島本源氏物語本文の意義と校訂方法」のように、大島本の孤立例に難渋する必要もなくなるのである。(55)

B―4　《青表紙本『源氏物語』》における伝阿仏尼等筆本の位置

『源氏物語』帚木巻は、定家自筆本は存在せぬものの、かように条件の揃った校勘作業が可能な巻は他になく、《伝阿仏尼等筆本『源氏物語』》が散佚から免れ、研究の対象としてその活用が可能である点、源氏本文学史上、稀有なる僥倖としてよい。

山岸徳平はこの伝阿仏尼等筆本を青表紙本河内本に対置する別本の証本として位置付け、『旧大系』の凡例にもその旨記していたが、当該帚木巻に関しては前述の通り、「青表紙本と大同小異である」と記して、例えば、先に検討した《例A》の本文では三条西家本に欠ける部分を、「（ ）の中の文は底本なし。河内本・伝阿仏尼等筆本にあり（①六七頁・頭注一七）」として本行に補入していることから、結果論としてこの処置は、伝阿仏尼筆本「帚木」巻のこの本文箇所を現存諸本中の最善本文と認定していたことを意味することになる。

したがって、山岸氏の本文批判は、他系統本文を無原則に採り込んだという意味においては、限りなく不分明な混態本を作成したと言う批判も生まれてこようが、ただし、伝阿仏尼等筆本の本文を尊重したことにおいては、充分に評価に値するということにもなる。

また、翻って『源氏物語』本文史上における伝来の確かさにくわえて、その本文特性も抜きん出た純粋性を保存しているという、この本文の実態に照らすと、阿部秋生の言う「古伝系別本」の最上位の伝本とは、この《伝阿仏尼等筆本系青表紙本》をおいて他にないと言う事実を先駆的に認定していたことになる。確かに、《伝阿仏尼等筆本系青表紙本》の《宗本》もまた、本文の不審箇所「点・声」をさしてあるはずである。その前提で伝阿仏尼等筆本のミセケチ、抹消跡等の痕跡をつぶさに見ると、まるで模本を作成するが如き、丁重な校合の跡を確認が出来るわけで、つまり、この伝本は、《A・本文史》《B・本文特性》ともに「帚木」巻現存諸本中、最上位に擁立させるべき、《宗本》たる地位を獲得したことになるのである。

となればやはり、この伝阿仏尼等筆本の解明は、源氏の本文学史上、画期を成すものであろう。少なくとも本文系統論上、伝明融等筆の定家筆臨模本「柏木」巻（四半本）の精度・純度の高さを根拠として推移してきた、斯界における定家本絶対尊重の風潮を打破するに充分な資質を備えたテクストたることは確実である。

結語——《青表紙本『源氏物語』》の原姿

かつて、石田穣二は、尊経閣文庫蔵の定家自筆本の検討から、定家の恣意の本文改訂の可能性を否定し、「青表紙原本の本文は、ある一本に忠実な書写に終始しているようである」と述べ「結局、青表紙原本は、定家の校訂本、とみるべき理由はない、と私は考える（五五頁）」と結論し[56]、これを踏まえて阿部秋生は、氏の本文研究の決算報告書とも言える『完本源氏物語』の「はしがき」において、「青表紙本の本文が、『源氏物語』の原典の姿を伝えるものとは断言しがたい。…このようなわけで、河内本・別本も頼りえないとなると、いわば藤原定家という人の見識で選んだものらしい青表紙本に、何割かの可能性を賭けて、…テキストにするのだ…」と記していた[57]。

その阿部氏は、『源氏物語の本文』の中で、「平安時代書写の伝本の系統の諸本を別本第一類、古伝本系別本とするならば、青表紙原本の書本はその中の一本である。（一〇八頁）」と「平安時代書写の伝本の系統の諸本を別本第一類、古伝本系別本」と規定している。にもかかわらず、拙論に加藤昌嘉氏のような批判が生まれたのは、加藤氏の問題の立脚点が、かかる諸本の様態をスタティックに捉えたことと、先入観に牽制された思考に起因するものと思われる。そもそも、私の主張の前提である、「青表紙本系統」という冊子の形態による本文系統の命名は、現在の研究状況に照らしてグルーピングにも無理があるということに尽きており、前掲の本文批判の結果からして、その方法論的前提が、曖昧なまま推移してきたことへの異議申立てであった。それゆえ、前掲の青表紙本系諸本、河内本、別本各本文の様態を本文批判するならば、諸本の優先順位は、誰にも「①伝阿仏尼筆本」を底本に「保坂本」「伝明融等筆等筆本」「大島本」とで本文批判するべきことが判断されるはずである。くわえて、文字通り「青表紙」でもある「大島本」は、この三本中では、《例D》の致命的な瑕によって、私に分類した「青表紙本系」第二類中、最も痛んだ本文を保有しているに過ぎないので、参照には注意を要すると言う事実もまた特筆されよう。

くわえて、加藤洋介によって明かにされた、河内本系諸本に保存されていると言う、「河内本成立以前の別本第一類」すなわち「古伝本系別本の中の青表紙系別本」本文は、確かにその痕跡と思しき本文群が確認できるものの、氏が「目移り」による《青表紙本系『源氏物語』》成立時の「脱文」とされた全二七例のうち、「帚木」巻の関係箇所二例《例B》《例D》については、伝明融等筆本、大島本の本文状況から、これを定家もしくは祐筆の、六半本から四半本への書写の際に生じた脱文とは断じて認定し得ないこともまた、明らかにし得たものと思われる。

むしろ、《A・本文史》で類推したように、『嵯峨のかよひ路』で校合された『源氏物語』証本もしくはその末裔たちが、これらの伝本群の「宗本群」であると想像を逞しくすることも可能であろう。すなわち、伝明融等筆本が冷泉家の定家臨模本に、飛鳥井雅康筆の大島本が飛鳥井家の証本に、そして、伝阿仏尼等筆本が、阿仏尼の手になったものとして、これらの本文異同における微妙な偏差を、文永六年（一二六九年）のこの時点に据え直して考えてみる必要もあるのではなかろうか。(58) 言うまでもなく、阿仏尼の所持本は、俊成本を精密に伝えるものではないが、河内本成立以前の「宗本群」の最有力伝本たることは確実である。いずれにせよ、この「古伝本系別本の中の青表紙系別本」たる伝阿仏尼等筆『源氏物語』の伝本の性格と、遡及しての《青表紙本系宗本》本文の解明、すなわち、私に言う《飛鳥井源氏学》は、本文研究そのもののパラダイムに発展的な転換を齎して、文献学的研究の一大転換点となるはずである。

注

（1）「『竹取物語』伝本の本文批判とその方法論的課題―帚木巻における現行校訂本文の処置若干を例として」（「中古文学　四八」一九九〇年一一月）。
（2）武田祐吉『竹取物語新解』（明治書院、一九五〇年）「解説」二〇頁参照。
（3）上原作和「青表紙本『源氏物語』伝本の本文批判とその方法論的課題―帚木巻における現行校訂本文の処置若干を例として」（「中古文学　五五」一九九五年五月）、「幻の伝本をもとめて――伝阿仏尼等筆『源氏物語』の周辺」（「物語研究会会報　二八」一九九七年八月）。
（4）最近の所説としては、濱橋顕一「伝阿仏尼筆帚木の本文について」、渋谷栄一「定家本『源氏物語』本文の生成過程について―明融臨模本『帚木』を中心として」ともに『論叢源氏物語1―本文の様相』（新典社、一九九九年六月）所収。加藤昌嘉「本文の世界と物語の世界」『源氏物語研究集成　第十三巻』（風間書房、二〇〇〇年五月）の批判する「二系統分類説」は注3の拙文と室伏信助「大島本『源氏物語』の採択の方法と意義」（新日本古典文学大系『源氏物語　第一巻』岩波書店、一九九三年）を指すものである。また、大内英範「高木本（伝阿仏尼筆帚木巻）とその本文」（「中古文学　七五号」中古文学会、二〇〇五年五月）は本論を正面から踏まえた批判を展開している。参照願いたい。
（5）加藤洋介「青表紙本源氏物語目移り攷」（「国語国文」二〇〇一年八月）。くわえて、「河内本本文の成立―『舊尾州家河内本源氏物語存疑』続貂」『講座平安文学論究　十輯』（風間書房、一九九四年）等、一連の論文参照。
（6）上原作和「夢と人生――『物語学の森』の谺から」（「国文学　特集・王朝文学争点ノート」学燈社・二〇〇〇年一二月）。本書所収参照。
（7）池田亀鑑『花を折る』（中央公論社、一九五九年）「古書をたづねて」参照。
（8）山岸徳平「源氏物語研究の初期」『物語随筆文学研究』（有精堂、一九七二年）など。伊藤鉃也『源氏物語受容論序説』（桜楓社、一九九〇年）、また伊藤氏の「帚木の第二次本文資料集成―阿仏尼筆本・伝慈鎮本・従一位麗子

本・源氏釈抄出本」(『源氏物語研究』第三号　源氏物語別本集成刊行会、一九九四年一〇月)に、室伏校合阿仏尼本文に「大液の芙蓉未央の柳にけにかよひたりしかたちいろあはひけにからめいたりけむよそひはうるはしくきよらにこそありけめ」とある由である。

(9) 池田利夫『源氏物語の文献学的研究序説』(笠間書院、一九八八年)所収の「源氏物語青表紙本書写伝来の一形態」に寄合書本文の混態(=取り合わせ本)についての言及がある。

(10) 萩谷朴「歌合巻発見と池田亀鑑先生・その一／二」(『水莖一六　一七』古筆学研究所、一九九四年三月、一〇月)、『第六回、コンピュータ国文学——二一世紀の文学研究とコンピュータ』(国文学研究資料館、二〇〇〇年三月)には上原の卑見を述べてある。くわえて伊藤注(8)前掲書参照。

(11) 片桐洋一「もうひとつの定家本『源氏物語』及び『源氏物語』三条西家本を論じて別本に及ぶ」『源氏物語以前』(笠間書院、二〇〇一年)参照。

(12) 阿部秋生『源氏物語の本文』(岩波書店、一九八六年)参照。

(13) 石田穣二『源氏物語論集』(桜楓社、一九七一年)「明融本帚木巻の本文について」(後記)「なほ帚木の巻については、紀州徳川家旧蔵の伝阿仏尼筆本(鎌倉中期の古写本。東洋大学蔵)を調査する機会があった。純度の高い青表紙本で、本論の記述を補強すべき材料に富むが、この本の紹介は別の機会に譲りたい(五九四頁)」とある。

(14) 光貞については『徳川諸家系譜　第二』(続群書類従刊行会、一九七四年)「光貞(一六二六〜一七〇七)。頼宣男・寛永三年十一月十一日生江戸、小名長福。従二位・権中納言　宝永四年八月八日於和歌山薨、年八十」と見える。『徳川実記／巻十四』(国史大系・吉川弘文館)には、明暦三年(一六五七)九月廿七日条「また紀邸には酒井雅楽頭忠清、阿部豊後守忠秋御使し、伏見兵部卿貞清親王の息女安宮を宰相光貞卿に配偶せらるべし。よて宅地をも添給はるよしなり。此姫宮は御台所の御姉君とぞ聞こえし」と見えるのをはじめ、寛文十年(一六七〇)正月七日には「若菜御祝例のごとし。略。この日紀伊中納言光貞卿の北の方安宮も、長子慶福のかたをともなひてまうのぼらる」ともある。宝永四年(一七〇七)二月廿七日に「故紀伊大納言大山入道の北方天真尼うせらるるにより、音楽停廃あり」。

(15) 石田穣二「東洋大学図書館ニュース・第二号」(一九六六年一〇月)参照。

(16) 石田注(13)前掲書。

(17) 上原注(3)論文参照。

(18) 注(4)、濱橋論文に「最近この本(上原注：伝阿仏尼等筆本本文)を調査された上原作和氏が(上原注：中略、注(3)拙稿をさす)簡単にふれておられる。が、氏の論述には、本稿の筆者の立場からは、見解の擦り合わせに多少困難を感じる点があるので、あえてそれをしなかった」と見えている。濱橋氏は「池田本の親近性とともに、おのずからこの本(上原注：伝阿仏尼等筆本本文)の評価にむすびつくであろう」とする。ただし、濱橋氏の伝阿仏尼等筆本との対校本文が大島本であることに注意したい。

(19) 本文は、上原ら分担執筆にかかる渡辺静子「『嵯峨のかよひ路』の研究―私注と現代語訳」(「大東文化大学紀要」一九九〇年三月)による。

(20) 従来、これを単なる会読としか理解しなかったことは不審。『源氏物語』証本の製作作業における校合と秘伝の伝授と確認であろうと思われる。むしろ、池田亀鑑の「鎌倉時代の中ごろ、当時の学者や文人達が分担して書いたもの」注(7)前掲論文はこれをさしての言説なのかも知れない。

(21)『弘安源氏論義』弘安三年(一二八〇)十月十六日、「左方・藤雅有　藤範藤　藤長相　源具顕／右方・藤康能　藤兼行　藤為方　藤定成三の位、藤原雅有なむ源氏の聖なりける。これは君も臣もみな許せるなるべし」本文は池田亀鑑『源氏物語大成／資料篇』による。

(22) ここで、諸家の家系を整理しておこう。井上宗雄『鎌倉時代歌人伝の研究』(風間書房、一九九七年)などを参照した。阿仏尼の推定年齢は井上説に従う。

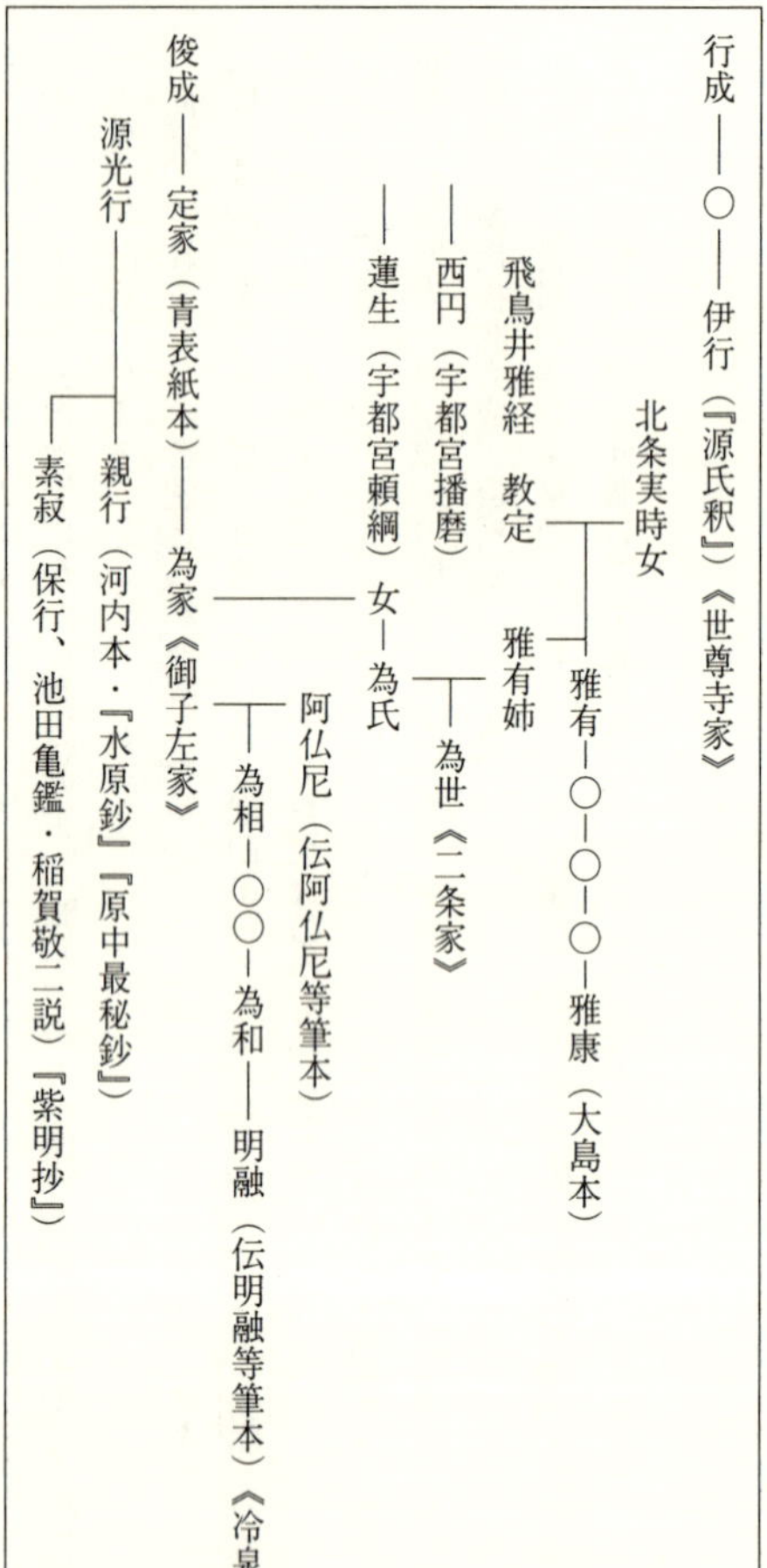

(23) 井上宗雄『中世歌壇史の研究南北朝期』（明治書院、一九六五）、『中世歌壇史の研究　室町前期／改訂新版』（風間書房、一九八四年）、『中世歌壇史の研究　室町後期／改訂新版』（明治書院、一九八七年）などの一連の著作による。

(24) 本文は萩谷朴校訂『校注紫式部日記』（新典社、一九八五年）による。

(25) 池田亀鑑『源氏物語大成　研究篇』（中央公論社、一九五六年）八頁、萩谷朴『紫式部日記全注釈　上』（角川書店、一九七四年）四九三～五〇三頁参照。

(26) 上原作和「ある紫式部伝――本名・藤原香子説再評価のために」南波浩編『紫式部の方法』（笠間書院、二〇〇二年）、「ありきそめにし『源氏の物語』――紫式部の机辺」『源氏研究　七号』（翰林書房、二〇〇二年四月）本書所収参照。

(27)　野村精一「日記文学の成立」上村悦子編『日記文学の新研究』（笠間書院、一九九六年）参照。

(28)　藤本孝一「巻子本から冊子本へ」（「日本歴史」一九九五年三月）参照。

(29)　例えば、萩谷朴「『土佐日記』の定家模写部分より推定し得る貫之自筆原本の書写形態」（「書道研究」書道新聞社、一九八八年一一月）は貴重な証言であろう。

(30)　片桐注（11）前掲書、阿部注（12）前掲書参照。参照。

(31)　本文は『明月記』（国書刊行会、一九七〇年）により、『大日本史料』と校合した。

(32)　片桐注（11）前掲書参照。33　本文は前掲注（25）、池田亀鑑『源氏物語大成　研究篇』（一二四頁）による。

(34)　本文は前掲注（25）、池田亀鑑『源氏物語大成　研究篇』（一八頁）による。

(35)　本文は前掲注（25）、池田亀鑑『源氏物語大成　資料篇』（二六七頁）による。

(36)　本文は山本利達校訂『紫明抄、河海抄』（角川書店、一九六八年）（三七～三八頁）による。

(37)　池田亀鑑「源氏学の諸相とその系譜―初期の業績を中心として」『物語文学Ｉ』（至文堂、一九六九年）「紫明抄の撰者素寂は源孝行なるか」『物語文学II』（至文堂、一九六九年）、岩坪健「定家の源氏学」『源氏物語古注釈の研究』（和泉書院、一九九九年）参照。

(38)　本文は前掲注（25）、池田亀鑑『源氏物語大成　研究篇』（三五七～三五八頁）による。

(39)　青表紙の呼称は『延慶両卿訴陳状』が初見であるが、これを信ずれば、すでに為氏の時代に証本がないことになる。青表紙本の概念については、中川照将「青表紙本の出現とその意義」や注（4）前掲書などを参照。また、一四、五世紀の流伝については、上野英子「『源氏物語』の《中世》――今川了俊の『師節自見抄』を中心に」前掲注（4）『論叢源氏物語1』所収や岩坪前掲書参照。

(40)　藤本孝一「大島本源氏物語の書誌的考察」（「京都文化博物館研究紀要　朱雀」一九九一年十一月）、『大島本源氏物語の研究』（角川文庫、一九九七年）参照。

（41）田坂憲二「大島本源氏物語をめぐって」（『香椎潟』一九八七年九月）柳井滋「大島本『源氏物語』の書写と伝来」（新日本古典文学大系、解説）注（5）前掲書所収参照。
（42）藤本注（40）前掲書参照。
（43）柳井注（40）前掲書参照。
（44）井上宗雄『中世歌壇史の研究　室町後期／改訂新版』、「冷泉家の歴史（十二）為益・明融」『しぐれてい　六二』（冷泉家時雨亭文庫、一九九七年一〇月）参照。
（45）池田亀鑑「源氏研究を中心とする大内氏の学問的業績」（『物語文学II』至文堂、一九六九）。
（46）『嵯峨のかよひ路』に見える『土佐日記』『紫式部日記』は、前者、為家自筆本が大阪青山短期大学蔵として現存し、『紫式部日記』もまた、飛鳥井家と近い、伝伏見宮邦高親王筆本に遡及する。
（47）使用したテキストは以下の通り。河内本＝『尾州家河内本複製』（貴重本刊行会、一九七七年）（他の河内本系諸本は『河内本源氏物語校異集成』注（5）前掲書により、別掲する）、大島本＝『大島本源氏物語』（角川文庫、一九九六年）、陽明文庫本＝『陽明叢書国書篇　第一巻』（思文閣出版、一九七九年）、穂久迩文庫本＝『日本古典文学影印叢刊　第一巻』（貴重本刊行会、一九七九年）、伝明融等筆本＝『東海大学蔵桃園文庫影印叢書『源氏物語』明融本Ⅰ』（東海大学出版会、一九九〇年）、国冬本＝伊藤鉄也　岡嶌偉久子「国冬本源氏物語1（翻刻　桐壺・帚木・空蟬）」「本文研究　1」（和泉書院、一九九六年）。阿里莫本＝『源氏物語別本集成／第一巻』（桜楓社、一九八九年）。保坂本『保坂本源氏物語　第一巻』（おうふう、一九九五年）、伏見天皇本＝『源氏物語一伏見天皇本』（古典文庫、一九九一年）、三条西家証本＝『日本大学蔵　源氏物語一』（八木書店、一九九四年）、為家本（『大成』の略号「松浦本」）＝『源氏物語諸本集1』（八木書店、一九七三年）。
（48）伊藤注（8）前掲書参照。
（49）池田利夫「源氏物語の諸本」『源氏物語講座／8』（勉誠社、一九九二年）参照。
（50）石田注（13）前掲書参照。

(51) 加藤洋介、前掲注(5)「青表紙本源氏物語目移り攷」参照。「注(15) この例〔上原注、本稿《例D》〕は目移りの事例からは除くべきかもしれない。他の巻にくらべて帚木巻は、青表紙本諸本間あるいは他系統との本文との関係について、他にも問題も多い」として前掲石田論文を例示している。
(52) 加藤洋介「河内本本文の成立――『舊尾州家河内本源氏物語存疑』続貂」、前掲注(5)論文参照。
(53) 伊藤注(8)、石田注(13)前掲書、池田注(49)論文前掲書参照。
(54) 加藤洋介注(5)「青表紙本源氏物語目移り攷」参照
(55) 吉岡曠「本文批判のすすめ」『源氏物語と平安京』(桜楓社、一九九四年)伊井春樹「大島本源氏物語本文の意義と校訂方法」注(4)前掲書所収など、最近の成果を挙げるに留めた。
(56) 石田穣二『源氏物語柏木』(桜楓社、一九六一年)参照。
(57) 阿部秋生『完本源氏物語』(小学館、一九九〇年)参照。
(58) 池田利夫『新訂河内本源氏物語成立年譜攷』(貴重本刊行会、一九八〇年)参照。

付記　本稿は急展開を見せる『源氏物語』の本文研究史に照らして、注(3)・(6)などの旧稿を吸収しつつ、全面的に書き下ろしたものである。したがって、旧稿と論述が重なるところがあることを諒とされたい。

付記(二)本章所収にあたって貴重な古典籍の閲覧を許可された東洋大学、東海大学、国立歴史民俗博物館の関係各位に御礼申し上げる。

付記(三)、伝阿仏尼本等筆本の伝来に関しては、大内英範「高木本(伝阿仏尼筆帚木巻)とその本文」「中古文学／第七五号」(中古文学会、二〇〇五年五月)に、伝阿仏尼筆本の認定等、拙論への批判が提出された。なお、精査と推論の補強を期したい。

権威としての《本文》 物語本文史の中の『伊勢物語』

1 序章

昨今の古典研究者の間では本文《ほんもん》研究が等閑視され、活字本の、校訂本文のみに頼った古典批評が一般に行われている傾向にある。まこと、ゆゆしき状況と言わねばならない。

さて、かくいう私自身は、国文学研究者の本文軽視の傾向を批判しつつ、私なりの実践を続けてきたつもりである。また、『竹取物語』の伝後光厳院宸翰の小六半切《ころくはんぎれ》本文数葉を集成し、本文批判を試みたり、『源氏物語』の現行系統論の再検討から、有力校訂本文を批判する論考を発表したりした己の研究史を自己同一化させる責務は全うせねばならない、といういささかの気負いはある。(1)

とはいうものの、閉塞状況にある「国文学研究」を世界文学の中に位置づけ、革新する基盤には、日本文化や「家」の歴史といった、我が国固有の歴史の総てを背負い込んでいる書物の学、すなわち、〈書志学〉、文献学、さらにはそれらを包括する本文学(2)の革新的発展が、ひいては日本文化学の進展にも必須である、という大前提を確認することから始めよう。なにより、私の同世代には加藤洋介の『源氏物語大成校異篇河内本校異補遺稿』のような地道で堅実な営みも完遂されたし、決して孤立無援な道ではないようである（3）。

さて、一方、古典文学を中心として出版界を眺めてみると、こちらでは極めて専門化された〈書志学〉プロパーによる、古典籍の復刻・複製が進んでいる。最も日本人に親しまれている古典、『源氏物語』を例に挙げると、

青表紙本系統	定家本	『伝定家筆　源氏物語花散里　柏木』原装影印複製叢刊・雄松堂	（一九七九年）
	明融本	『東海大学桃園文庫影印叢刊』東海大学出版会	（一九九〇年）
		『実践女子大学文芸資料研究所別冊年報』	（一九九年〇～）
	大島本	『大島本　源氏物語』角川書店	（一九九六年）
	伏見（吉田）本	『源氏物語　伏見天皇本』古典文庫	（一九九一～五年）
	三条西家証本	『日本大学蔵　源氏物語　三条西家証本』八木書店	（一九九七～八年）
		『青表紙本　源氏物語』（宮内庁書陵部蔵）新典社	（一九六八～七〇年）
別本	陽明文庫本	『陽明叢書国書篇』思文閣出版	（一九七九～八二年）
	穂久邇文庫本《ほくにぶんこぼん》	『日本古典文学影印叢刊』貴重本刊行会	（一九七九～八〇年）
	東山御文庫本	『御物　各筆源氏』貴重本刊行会	（一九八八年）
	保坂本	『保坂本　源氏物語』おうふう	（一九九五～九七年）
河内本系統	河内本	『尾州家河内本複製』徳川黎明会	（一九七七年）
	高松宮本	『高松宮御蔵河内本　源氏物語』貴重本刊行会	（一九七三～四年）

などがあって、ほぼ、『源氏物語』主要伝本の本文が網羅的に通覧できるといってよい。

ところで、この一覧から気づかされることは、各伝本に冠せられた通称である。ここから容易に類推できるように、『源氏物語』の伝本は、皇室相伝であったり、ある時代に一世を風靡した権門の名家に相伝されたものであることに気づかされよう。これは何より、『源氏物語』というテクストが、極めて日本的な《家伝》の秘宝であることを示しているのである。さればこそ、本稿に課せられた「権威としての《本文》」というタイトルも、こうした史的背景を念頭に銘打たれたものであったはずで、自閉的で権威主義的な旧来の本文研究とは一線を画さんとする理念のもと構想さるべきものと考えられよう。

転じて、もう一方の古典文学の雄、『伊勢物語』の場合も、日本的な《家伝》の秘宝であるという現象はほぼ『源氏物語』と同様である。本文に関して言えば、もともと掌品であることから、『源氏物語』以上に各種影印が印行され、もっとも利用頻度の高い、三条西実隆による定家本臨模《りんも》の『天福本《てんぷくぼん》伊勢物語』（学習院大学蔵）は、テキスト版として影印叢刊の一冊に加えられているほどであり、我々は容易に『伊勢物語』本文に親しむことができるはずである。それゆえ、校本の類は、諸本研究も含めると、以下、

池田亀鑑『伊勢物語に就きての研究　校本篇』大岡山書店、有精堂復刊
大津有一『伊勢物語に就きての研究　補遺篇』有精堂
片桐洋一『伊勢物語の研究資料篇』明治書院
山田清市『伊勢物語の成立と伝本の研究』桜楓社
山田清市『伊勢物語校本と研究』桜楓社
柳田忠則『伊勢物語異本に関する研究』桜楓社
市原愿　『伊勢物語塗篭本の研究』明治書院

など多数挙げられる。そもそも、この現象は、『伊勢物語』の和歌が王朝歌学の規範として、長く尊重されてきたことから、中世歌壇において、巨匠たち相伝の伝本が各々尊重されてきたことにより、様々な形態を有するテクストが今日にも伝承されてきたということなのであろう。[4] したがって、『伊勢物語』の諸本研究は、この物語の副次的な成立過程と、史的背景による《家伝》とが、伝本状況を複雑化させていることとあいまって、その研究史もまた、『源氏物語』研究史以上の煩雑な手続きを必要とするようになっている。それ故、論者により、成立過程に関しても互いの見解が一八〇度異なるような状況を生じさせているわけで、その検証はまこと周到な手続きを幾重にも取らねばならぬことは、もはや記すまでもないだろう。

　こうした問題系に関して、とりわけ、著名な見解を最も精力的に発表してきたのが、片桐洋一による、いわゆる三段階成立論であろう。[5] すなわち、「『伊勢物語』は一人の作者の作ったものではない。かなりの年月にわたって、かなりの人が加わって次第にできあがっていったのだ」という趣旨の、極めて合理的で綿密な立論により、戦後の『伊勢物語』研究は氏によって主導されたとおぼしく、以後山田清市の紀貫之作者説といった反証や、渡辺泰宏の現存『業平集』諸本の研究、伝小式部内侍所持本《こしきぶないししょじぼん》（以下、略称する）研究などが相次いで提出される起因には、この片桐成立論の理論構築度の精密さが立ちはだかっていたからであった、といっても過言ではないように私には思われる。したがって、片桐成立論は、まさしく『伊勢物語』研究の王道足り得てきたのであり、さらに言えば、日本文学史の王道たる和歌研究そのものを領導してきたのであった、とすら言い換えることができるのではないかとさえ思われるのである。

　いささか前置きが長くなったが、本稿は、この片桐成立論に対する微細な検証から始めよう。そして、この検証から導かれてくる見解から、『伊勢物語』の本文史をとおして垣間みることのできる、『源氏物語』本文史の生成、さらには、動態としての物語史の一様態を捉えることから、ひいては「国文学研究史」の一断面を素描しようとする、〝最初の一歩〟として提出するものである。

2　引歌本文としての『伊勢物語』本文

まず、片桐成立論を私なりに素描することから始めよう。氏はその成立過程を三次に分かつ。ただし、その根幹資料となる伝本は、九世紀末には成っていたと思われる、第一次『伊勢物語』や、十世紀末成立の第二次の形態を伝える伝本も現存せず、第三次の形態を伝える伝本が十三世紀にはいってようやく確認できる状況である、という仮説の前提を提示する。そのうえで、生成過程それぞれの時点での物語の形態については、成立年代や、歌の配列の異なる複数の『業平集』等の副文献資料によって再建するほかはないとする。そして、そうした大胆な仮説と副文献資料の詳細な検討から、この物語の複次的な成長が認められるのだと言うのである。

更に言えば、『伊勢物語』には、すでに平安末期にはその存在が確認される、現存諸本の基本形態である「昔、男、初冠して」に始まる「初冠本系」と、残欠本文しか伝わらぬ、男が伊勢へ狩りの使いに行って斎宮と通ずるという段（初冠本六九段）を冒頭に持つ「狩の使本系」といわれる小式部内侍本の存在とが知られている。この問題については、片桐氏も、特に後者の伝本の平安末期における存在は認めつつも、それが原初形態であることは否定し、『伊勢物語』という書名の由来を合理的に説明するために作り上げられた」テクストであり、やはり初冠本系のテクストに、第三次本文生成史の本流を求めているようである。(6)

さて、そこで、私は、こうした本文の状況を把握するために、十世紀後半に時代設定して、物語（日記）本文史の一時点における引歌本文の動向に着目したい。そこから、個々のテクストの原拠となった『伊勢物語』本文史の、その時点での様態を確認する作業から始めようと考えている。

そこで、本稿では紙幅の都合もあり、引歌という表現技巧を成立せしめた『うつほ物語』と『蜻蛉日記』の、『伊勢物語』関係の引歌本文に絞って考察を進めて行くこととする。

『うつほ物語』の引歌(7)

特① 「藤原の君」巻「人々の御返り聞こえ給ふを、三の皇子、御前近き松の木に、蟬の声高く鳴く折りに、かく聞こえ給ふ。『かしかまし草葉にかかる虫の音よ我だに物は言はでこそ思へ

住み所あるものだに、かくこそありけれ』あて宮聞き入れ給はず」

小式部内侍本伊勢N段（大島、為氏本巻末付加一六段（底本）・天理、為家本巻末付加一五段ニヨリ復原）

「むかしものおもふおとこめをさましてとのかたを見いたしてふしたるに前さいのなかにむしのこゑなきければ『かしかましくさはにかかるむしのねや我だに物を言はでこそ思へ』」

校異「のもせにすたくむしのねよ」＝天理、為家本・神宮文庫本、「我だに物は」＝同

①「国譲」上巻「かかるほどに、一の宮より、御文あり「〜ここにてさへ、おぼつかなきままに『昔を今に』とのみなむ」

「国譲」上巻「兵衛の君、御簾のもと、内にて、「『昔を今に』とこそ聞こえさせ給ふべけれ」

伊勢三二段「いにしへのしづのをだまきくり返へし昔を今になすよしもがな」小式部内侍本ニナシ

②「菊の宴」巻「兵部卿の宮より「『数書く』とか言ふやうなれど、思ひ給へやる方なければ。いかでか思ひ

給へ忘れむ」

伊勢五十段「行く水に数書くよりもはかなきは思はぬ人を思ふなりけり」小式部内侍本ニナシ

③「祭の使」巻「うちはへて我につれなき君なれば今日の禊も効なかるらむ」

伊勢六十五段「恋せじと御手洗川にせし禊神は受けずもなりにけるかな」小式部内侍本ニアリ

④「俊蔭」巻「東面の格子一間あげて、琴をみそかに弾く人あり、立ち寄り給へば入りぬ。『飽かなくにまだきも月の』などの給ひて、……『かげろふのあるかなきかにほのめきてあるはありとも思はざらなむ』とほのかにてふ声、いみじうをかしう聞こゆ」

伊勢八二段「飽かなくにまだきも月の隠るるか山の端逃げて入れずもあらなむ」小式部内侍本ニアリ

⑤「嵯峨の院」巻「『言はではただに』とか言ふなれば。かく、同じ心におはしますうちにも、いとよき御仲におはしますなれば。～」

伊勢一二四段「思ふこと言はでぞただにやみぬべき我と等しき人しなければ」小式部内侍本ニナシ

『うつほ物語』の引歌の認定は、総て室城秀之校注本の労作に学ぶばかりだが、ここに掲出したのは『うつほ物語全』の頭注に「引歌」の認定があるものに限定し、参考歌・類歌の類は掲載していない。さて、ここで注目すべきは、特①の「藤原の君」巻にみえる「かしかまし」の歌であろう。この歌について、明確な指摘を行ったのは野口元大の『校注古典叢書』[8]がその始発であり、その頭注には、

「伊勢物語小式部内侍本『むかし物おもふおとこ、めをさまして、とのかたをみいだしてふしたるに、せざ

いのなかにむしのこゑなきければ』としてこの歌をあげる。ただし第三句『むしのねや』また、神宮文庫本は第二句「のもせにすだく」新撰朗詠集上虫部にも曽祢好忠として、神宮文庫本と同じ歌を載せる。かげろふ日記……」

とある。この小式部内侍本本文は大島家旧蔵伝為家筆本によったが、異文のある天理図書館蔵伝為家本では付加一五段のうちの「初冠本」を除く歌番号八番目に位置し、片桐洋一には、「H」と分類されている本文である。[9] この対立異文に関しては、室城秀之が為氏本により、「『草葉にかかる虫の音』はあて宮の求婚者をたとえる」と読んでいることに賛意を表したい。なぜなら、この歌は「御前近き松の木に、蟬の声高く鳴く折りに」を承けての詠であるのに対し、為家・神宮文庫本の「野もせにすだく」では「蟬の声」を承けることにはならないからである。さらに、室城説を敷衍すれば、仁寿殿女御の三の皇子は「蟬の声」に言づけてあて宮への懸想をしたのだから、蟬の声＝三の皇子、草葉にかかる虫の音＝他の求婚者たちとを截然と区分することができるだろう。となれば、小式部内侍本に「虫の音や」とある本文を、他の求婚者たちと自己を差異化させるためにか、「〜よ」と改めて採録した意味もすっきりするであろう。したがって、小式部内侍本系為氏本この本文が『うつほ物語』に存在することは、小式部内侍本の成立を平安末期とした片桐説、『源氏物語』以後と認定した渡辺説とも齟齬をきたすこととなり、成立論そのものの再考を促す契機となろう。[10] しかも、この本文が『蜻蛉日記』の天禄三年の条に「我だに物は」の句の引歌のあることから、『うつほ物語』、『蜻蛉日記』、さらには『伊勢物語』小式部内侍本三者の成立と享受史を塗り替えることとなるはずである。

　そこで、残り五種の『うつほ物語』における初冠本『伊勢物語』引歌本文の問題は『蜻蛉日記』の引歌の問題と合わせて、論じることとする。

『蜻蛉日記』の引歌[11]

特① 天禄三年「八月になりぬ。ついたちの日、雨ふり暮らす。しぐれだちたるに、未の時ばかりに晴れて、くつくつほうしいとかしがましきにも、『我だにものは』と言はる。

小式部内侍本伊勢N「むかしものおもふおとこめをさましてとのかたを見いたしてふしたるに前さいのなかにむしのこゑなきければ『かしかましくさはにかかる《のもせにすたく》むしのねや我だに物を言はでこそ思へ』」

特② 天禄二年「また憂き時のやすらひにて、『なかぞらに』なむ」

伊勢二一段「中空に立ちゐる雲のあともなく身のはかなくもなりにけるかな」

(皇太后越後本・泉州本・為相本付加E章段)「むかし、おとこ、ある人に忍びてあひ通ひければ、かのおとこに、ある人」(小式部内侍本J章段)「むかしおとこすゝろなるみちにたとりつくに……『なかそらに……』とてなんつけゝるかくておもひゆくに『するかなるうつみの山の……』とおもひゆきけり」

⑥天徳二年「なほ書き続けても見せむと思ひて……からごろもうちきて人のうらもなくなれし心を……」

天禄三年「ひさしとはおぼつかなしや唐衣うちきてなれむさておくらせよ」

天延二年「唐衣なれにしつまをうちかへしわがしたがひになすよしもがな」

伊勢九段「唐衣着つつなれにしつましあればはるばる来ぬる旅をしぞ思ふ」

⑦天徳二年「なほ書き続けても見せむと思ひて……一日も見えし　天雲は……(長歌)」

「さて、かれよりぞかくある。……天雲とのみ　たなびけば……(長歌)」

康保四年「山深く入りにし人もたづぬれどなほあまぐものよそにこそなれ」
伊勢一九段「天雲のよそにも人のなりゆくかさすがに目には見ゆるものから」
⑧天禄元年「さればよ、と思ふに、『ありしよりけに、ものぞ悲しき』」
伊勢二一段「忘るらむと思ふ心の疑ひにありしよりけに物ぞ悲しき」
⑨安和元年「なおしもあらで、近きほどにまいらむと思へど、『われならで』と思ふ人やはべらむとて」
伊勢三七段「われならで下紐とくな朝顔の夕影待たぬ花にはありとも」

小式部内侍本系の引歌本文は当該の二種にとどまるようである。このうち、特②の「中空に……」の本文は初冠本と皇太后越後本・泉州本・為相本付加E章段、さらに小式部内侍本J章段として複雑な生成過程を有するものと思われるが、この引歌本文は⑧の初冠本二一段末尾の男女の贈答歌と対であるにもかかわらず、ふたつの小式部内侍本本文ではともに詠者も異なる煩雑な問題でもあるので、今は存在の確認のみにとどめる。

ところで、小式部内侍本N本文の引歌は、夙に『蜻蛉日記』伝本に「我たにものは」の引歌として、学習院本に傍記、（ただし第五句末「ふれ」ナシ）、大東急本、彰考館本の頭注に次の引歌が記されていることが上村悦子によって報告されている。(12)

かしかまし　野もせにすだく　虫のねよ　われだに物は　いはでこそふれ

これは、野口元大も指摘するように、『新撰朗詠集』本文として採録された本文であるとおぼしく、鳥羽朝成立とされる『新撰朗詠集』と小式部内侍本・為家本との本文交渉、ひいては享受史の一端を垣間みることができるテクストであるとは言えよう。

さて、引歌の前後関係は次節におくとして、『うつほ』『蜻蛉』両本文の『伊勢』関係引歌本文を整理しておこう。

（前者の数字は初冠本段数・後者は歌番号）

	特①	⑥	⑦	特②	⑧	①	⑨	②	③	④	⑤
うつほ	N					32		50	65	82	124
蜻蛉	N	9	19	EJ21			37				
古今	ナシ	410	784・5	ナシ	ナシ	888	ナシ	522	501	884	ナシ
在中将集	ナシ	8052	ナシ	ナシ	ナシ	ナシ	ナシ	ナシ	56	ナシ	
雅平本	ナシ	23	19	ナシ	ナシ	ナシ	ナシ	ナシ	ナシ	49	ナシ

『伊勢』引歌本文の主な他集収載状況は以下の通り。

⑥＝新撰和歌・三、古今六帖・六　⑦＝新撰和歌・三　特②＝新古今・十五　⑧＝新古今・十五
①＝古今六帖・四　⑨＝新勅撰・十三　②＝新勅撰・四　③＝新撰和歌・四　④＝新撰和歌・三、古今六帖・一　⑤＝新勅撰・十七

このように見てくると、『伊勢物語』の成立過程を知りうるとされる『在中将集』『雅平本業平集』に照らしても、問題のNテクストは両本文にも見えず、こうした事実から両本文の引歌に関しては、『在中将集』『雅平本業平集』が、ともに『蜻蛉日記』『うつほ物語』両本文の直接の撰修資料であった可能性は低いと言わねばならない。(13) では、このふたつのテクストが生成された時期には、小式部内侍本なるテクストは存在したのであろうか。いよいよ、本稿の核心部分の考察に進めてゆこう。

3　天禄年間に見る『伊勢物語』の本文史

さてそこで、前掲のデータから、『うつほ物語』『蜻蛉日記』の接点となっている、小式部内侍本本文Nの意義について、考えておかねばなるまい。そこでまず、問題点をそれぞれの成立時期に照らして整理しておくと、(14)

九世紀　十世紀　十一世紀　十二世紀

『伊勢』

片桐説A　―a　第一次（十数章段）第二次（四五章段）―『拾遺集』前後　第三次（現存章段成立）

―b　第一次（十数章段）↑第二次（四五章段）―『古今六帖』前後　↑　第三次（現存章段成立）

―c　第一次（十数章段）↑第二次（四五章段）―『後撰集』以後↑第三次（現存章段成立）

―『源氏』前後

渡辺説B　原型『伊勢』　原・初冠本―『古今』『後撰』の間　原・小式部内侍本『源氏』第一部以後

山田説　C　天慶六年（九四三）以前百数段まで紀貫之により成る―『古今』以前

『蜻蛉』　天延二年～貞元二年（九七四～七）成立か

『うつほ』野口説　A　天禄（九七〇）から長保（九九八）までの三十年間にわたる大事業

中野説　B　円融帝の天元（九七八）以後一条朝初期（九八六）のほぼ十年

となろう。そこで、さらに、テクストの成立と、相互連関について考える前提を準備すれば、

a『伊勢物語』の成立において、小式部内侍本本文Nは、どのような位置にあったのか。

b『うつほ物語』藤原の君巻と、小式部内侍本・曽祢好忠歌の相関関係はどのようなものか。

c『蜻蛉日記』天禄三年条の引歌と小式部内侍本・『うつほ物語』・曽祢好忠歌の相関関係。

以上、三ポイントをクリアする仮説を提示しなくては成らないことになる。

そこで、まず、aは置いて、bの考察から始めよう。曽祢好忠は生没年未詳だが、延長八年（九三〇）以前に生まれ、長保五年（一〇〇三）までの存命は確認される、『後撰集』から『拾遺集』の時代にかけて活躍した歌人である。とりわけ注目すべきは、『七七　貞元二年（九七七）八月十六日三条左大臣頼忠殿前栽歌合』で、源順・能宣・兼盛らが即興詠に興じた後、好忠は「程経て」歌を求められたというエピソードである。萩谷朴はそこに好忠の歌壇における微妙な位置を指摘している。[15] また、この史実からは『うつほ物語』作者圏に目される源順との交友に注目すべきなのかもしれない。なぜなら、『好忠集』には源順作とされる百首歌を含んでもいるからである。しかしながら今回はひとまず、それはさておき、『新撰朗詠集』の好忠歌について考えなければならないのであるが、『新編国歌大観』所収の梅沢本の「虫」の部には、以下のようにあり、この歌を好忠歌と断定することは難しいのではないかと思われる。

三一三　かしかまし　野もせにすだく　虫の音や　我だに物は　いはでこそ思へ

三一四　なけやなけ　蓬が杣《そま》の　蛬《きりぎりす》　過ぎ行く秋は　げにぞ悲しき　好忠

加えて、今日現存する資料のみからの推定だが、結果的に、三一三番歌は『好忠集』にみえず、三一四番歌のみが見えるという事実（『好忠集』二四二番・ただし第四句目「くれ行くあきは」）である。さらに、前述したように、「野もせにすだく」は三一四番歌の「蓬が杣」との呼応から、もとは「草葉にかかる」とあったものが、この集に撰修する際改訂されたものと見られよう。とすれば、『うつほ』に「蟬の声」とあり、『蜻蛉』に「くつくつほうしいとかしがましき」と見える対応性は、小式部内侍本本文を介しては理解できないことから、『うつほ』←『蜻蛉』のダイレクトな引用関係が確定できよう。こうした推定からして、「かしかまし」の歌を好忠歌と見る説に私は疑問符を付しておく。したがって、②に関しては、後代の小式部内侍本系為家本と伝好忠歌「かしかまし」の交渉は認めるものの、好忠がこの歌の作歌にかかわり、さらに小式部内侍本所収歌にも関与したという考え方には立たない(16)。

ついで、cの問題について考える。『うつほ』と『蜻蛉』の交渉に関しては、『伊勢』八十二段や『後撰集』『古今六帖』などにみられる「かげろふのあるかなきか」のような屛風絵の歌物語的発想を介しつつ、『蜻蛉』の「あるかなきかのここちするかげろふの日記といふべし」が記されたことは言うまでもない。その「かげろふの日記」なる文言を踏まえて、前掲④『うつほ』和歌本文、俊蔭女「かげろふのあるかなきかにほのめきてあるにはありとも思はざらなむ」の詠が生成されたとする石川徹説があり、さらに、石原昭平によってそれが追認された研究史を私も支持したい(17)。

しかし、そこで問題となるのは、藤原の君巻の小式部内侍本との交渉が明かな特①テクストが、野口元大・中野幸一によって、後補されたテクストであるとされ、しかもこの仮説が本文の内部徴証からしても動かし難い蓋然性を有していることである(18)。

こうした文献学的検証を前提として、以上のデータを整理すれば、

小式部内侍本本文↓藤原の君巻（後補本文）↓『蜻蛉』天禄三年本文
屏風絵的歌物語世界↓『蜻蛉』上巻本文↓俊蔭巻（今うつほ）和歌本文

という、ねじれた関係が想定されるのである。しかも『うつほ物語』は、いわゆる成立論的には、まず藤原の君巻のあと、俊蔭巻が作られ、巻頭に置かれたという、この物語の〝常識〟も念頭に考察してゆかねばならないから、少なくとも『蜻蛉日記』は『うつほ物語』作家圏に非常に近いサークルにあって、相互に読まれ、批評される関係にあったことが確認できるはずである。

このように、相互の本文史再建という、あやうい、砂上の楼閣の上に、小式部内侍本というテクストは、まさにピンセットとメスとで一本一本毛細血管を繋ぐように、テクスト相互の関係は考慮されねばならないのである。さて、本章の標題は「天禄年間に見る『伊勢物語』の本文史」であった。この章の命題に一応の解答を備えねばなるまい。具体的には、

ア・小式部内侍本のN本文は、『うつほ物語』藤原の君巻に混入されたものか。
イ・この『うつほ』から、小式部内侍本が「かしかまし……」歌を採取したものか。
ウ・偶然の一致か。

という、三過程が考えられよう。

天禄年間とは『蜻蛉日記』当該本文の年時によるが、すくなくともウは、この和歌本文の一致度から排せられる。また、イも、他に『うつほ物語』本文の『伊勢物語』本文への投影が全く見られないことから排するとすれば、や

はり、アのコースしか残らないのである。たとえ、小式部内侍本N本文一例のみであるとしても、これが、曽祢好忠の作でないとするならば、天禄年間に小式部内侍本『伊勢物語』本文が存在したことは動かない事実であるとは言えそうである。

4　『伊勢物語』四九段の本文史的一解釈

『源氏物語』本文に、『伊勢物語』テクスト生成史の謎とされてきた以下の一節がある。

『在五が物語』を描きて、妹に琴《きむ》教へたるところの『人の結ばむ』と言ひたるを見て、いかが思すらむ、少し近く参り寄りたまひて、匂宮「いにしへの人も、さるべきほどは、隔てなくこそならはして侍りけれ。いとうとうとしくのみもてなさせ給ふこそ」と、忍びて聞こえ給へば、『いかなる絵にか』と思すに、おし巻き寄せて、御前にさし入れ給へるを、うつぶして御覧ずる御髪《みぐし》のうちなびきてこぼれ出でたるかたそばばかり、ほのかに見せたてまつり給ふる、飽かずめでたく、『すこしもの隔てたる人と思ひきこえましかば』と思すに、忍びがたくて、

匂宮　若草のねみむものとは思はねどむすぼほれたる心地こそすれ

御前なる人々は、この宮をばことに恥きこえて、物の背後に隠れたり。『ことしこそあれ、あやし』と思せば、ものもの給はず。ことわりにて、『うらなくものを』と言ひたる姫君も、ざれて憎く思さる。

（『源氏物語』「総角」巻　一六四四—五頁）(19)

『伊勢物語絵』に琴《きん》を弾く姫君が見える。この琴を弾く姫君は、匂宮にとって、妹宮（女一宮）との二重写しの女君であり、まさに禁忌の欲望の対象なのであった。物語は、『伊勢物語』四九段を通して、兄妹の禁忌の恋をうつしだしているのである。テクストに見える『人の結ばむ』『うらなくものを』の引歌は、以下の本文に合致する。

むかし、男、妹のをかしげなりけるを見をりて、
　うら若み寝よげに見ゆる若草をひとの結ばむことをしぞ思
と聞こえけり。返し、
　初草のなどめづらしき言の葉ぞうらなく物を思ひける哉
（『伊勢物語』四九段）

しかし、定家本[20]には、「琴教へたる」本文は見えない。これは、古本系伝本（根源本第二系統第二類）にのみ、見える本文なのである。

底本	むかし、おとこ、いもうとの……をかしげなりける……を見をりて、
非定家本	る……
最福寺本	いと　ききんをしらへける……
時頼本	いと　るきんをしらふとて
為明本	を　を　…　るきんをしらふと……

この『伊勢物語絵』テクストと『源氏物語』本文の差異に関して片桐洋一は、むしろ『伊勢物語絵』が『源氏物語』総角巻本文に学んで脚色されたテクストであるとしている。(21)さらに、この『源氏』本文のプレテクストとなった『伊勢物語』の形態に関しても、以下のような推論を下している。

この四九段の場合も、「群書類従本業平集」「在中将集」「雅平本業平集」の諸本のいずれにも存在せず、かなり後の段階での付加であることを思わせるばかりか、妹の返歌の方は、前述したように阿波国文庫旧蔵本・谷森本・神宮文庫本など広本系統の「伊勢物語」にもなく、大島家旧蔵伝為氏筆本にも本来は無かった可能性が強い。……一つの章段の中でも、後に加えられた部分ほど主人公の色好みが強調されていることを思えば、「源氏物語」総角の巻の成立時までに、かような色好み的傾向が強化されたのではないかとも思われてくるのである。（二八八頁）

つまり、片桐洋一は、『源氏』成立時においても『伊勢物語』そのものが増補途上にあったとして、引用される『伊勢』本文の第二次以降の生成過程を念頭にその形態を考えているわけである。また片桐説は同論で、『伊勢物語』の生成過程において、その色好み性は後半になるほど増してきていることを詳細に検討しており、確かに、総角巻は蜻蛉巻に繰り広げられる、匂宮＝女一宮物語の禁忌の危険な香りをほのかに漂わせる巻であることは確かなことなのである。であるからこそ、宇治十帖の負の時間がこうしたテクストの一端にも既に頽廃しているという読みは、有効に機能している場合もあると言ってよい。(22)

しかし、前章までの迂遠な手続きから、この考察の成立論的な前提そのものが根拠とはならないことは明かであったはずである。したがって、副文献資料に見えぬからと言って、「かなり後の段階での付加」とする根拠とはならないし、為氏本に妹の返歌がなかったかどうかは、あくまで氏の成立過程論を前提とした推論にとどまるものである。むしろ、副文献資料としては、十世紀後半から十一世紀前半に、その本文史が諸文献にも刻印されている物語本文史をこそ、尊重すべきなのである。

神野藤昭夫は「『伊勢物語』の書名」から、以下のような考察をしている。

> ただ、四九段に「琴教へたる」場面がないことが不審だが、ここから、紫式部の見た伝本が現存本と異なるものと判断するのも早計かと思う。それは「返し」の歌の中に「言の葉ぞ」の一句があるからであって、言《こと》＝琴《こと》の連想から、「琴教えたる」場面として、紫式部には読まれ記憶されていたのではないか、と思うからである。よって、ここの「在五が物語」が『伊勢物語』の別称として用いられていることが確かだが、男＝在五＝匂宮と、いもうと＝女一宮の二重化がはかられている場面であることを考えると、ここはどうしても「伊勢物語」ではなく、「在五が物語」と呼びあらためてしかるべきところであることも確認しておきたい。
>
> （五七〜八頁）[23]

以上のようにのべて、このテクストが「在五が物語」と呼ばれねばならなかったその所以を読み解いている。しかしこの論から、さらに想像を逞しくして、本稿がたどってきた文献的事実から引用コードの可能性を推論するとすれば、やはりその一つには『伊勢物語絵』には琴《きん》を姫君が弾く場面の絵があった、ということも一つの道筋とはなろう。そこで、考えられる引用のコード群を挙げてみよう。

A　原・初冠本（現行本文には見えない）、琴を弾く姫君の物語絵

B　原・小式部内侍本文（現存資料には四九段は含まれない）に琴を弾く姫君の物語絵

C　原型『伊勢物語』＃「在五が物語」幻の本文Xに琴を弾く姫君の物語絵

D　『伊勢物語絵』による脚色、もしくは『源氏物語』の脚色により、『伊勢物語』諸本に影響

以上が想定可能となる。そもそも、『蜻蛉日記』『うつほ』本文史に見える『伊勢物語』本文は、現存・初冠本にのみとどまらないことは、既に確認した。となれば、『在五が物語』と記される、この物語本文にこそ、幻の本文の一様態が存在している可能性も全くは否定できないし、D「在五が物語」幻の本文Xが小式部内侍本本文であった可能性もあるのではなかろうか。

5　結語

今回、分析の対象とした『伊勢物語』伝本の、定家本、為家本、為氏本といった通称は、すべて御子左家の嫡流の名を冠している。つまり、この事実は、平安朝の代表的な古典籍である『伊勢物語』が、歌道の宗匠という《家》を背負った書物であることを如実に反映していよう。(24) そして、その〝《家》の本〟の由緒伝来を明らかにすることに専心してきた近代文献学は、もういちど、自身が権威化してしまった《本文》という神話を、自身が《権威》の生成に参与してきたその方法論そのものから検証すべき岐路に立たされているといってよい。とりわけ、『伊勢物語』というテクストは、あまりに諸本研究そのものが《権威化》されてしまったために、物語は何を語っ

ているか、という文学研究の最も根源的な問題系よりも、どのテクストが『伊勢物語』なのか、といった問題系にばかり研究が集中してきたという研究史的経過があった。にもかかわらず、三段階成立論を決定的に粉砕しえる証左に関して、従来からその指摘はあったものの、成立論者たちに、この問題系に関しての積極的な言及は見られなかったといえるであろう。(25) こうした事実にこそ、権威化された《本文》研究史の、その問題系が顕現しているように思われる。

注

(1) 「座談会『源氏物語』研究の展望」『源氏物語を《読む》新物語研究4』(若草書房、一九九六年)「『竹取物語』伝本の本文批判とその方法論的課題」(『中古文学』一九九一年一一月)「青表紙本『源氏物語』伝本の本文批判とその方法論的課題」(『中古文学』一九九五年五月)等一連の拙論、本書に改稿して所収を参照願いたい。

(2) 萩谷朴『本文解釈学』(河出書房新社、一九九四年)参照。

(3) 加藤洋介『河内本源氏物語校異集成』(風間書房、二〇〇一年)として結実した。

(4) 池田利夫の、小堀遠州臨模による定家本『伊勢物語』発見報告の衝撃は未だ記憶に新しい。一九九三年度中古文学会秋季大会(山形大学)「定家臨模本伊勢物語の出現」。伝本は鶴見大学蔵。

(5) 片桐洋一『伊勢物語の新研究』(明治書院、一九八七年)第四篇第一章「小式部内侍切の出現」には、「私自身も、拙著『伊勢物語の研究〔研究篇〕』においては、小式部内侍本に代表される狩使本は「伊勢物語」本来の形ではなく、「伊勢物語」という題号の合理的説明のために出来上がった本だという考えに傾いていた。しかし、この断簡が出現したから言うわけではないが、今の私は違う。第三篇に詳述したように、第一段階の「伊勢物語」においては、(中略)段序などは未だ存在しなかったのではないかと思う」とあって、第一次伊勢物語についての新たな考え方が示される。

(6) 片桐成立論を簡明に記した『伊勢物語』〈校注古典叢書〉(明治書院、一九七一年)「解説」、『鑑賞日本古典文学　伊勢物語・大和物語』(角川書店、一九七五年)の「総説」、などは、それぞれ成立説において変更点が見られるので注意したい。まず初期の『国語国文』等の諸論文の見解は、『伊勢物語の研究〔研究編〕』(明治書院、一九六八年)において、第二次『伊勢物語』と第三次『伊勢物語』の境を『拾遺集』頃から『古今和歌六帖』成立頃まで引き上げている。これはわたくしも後で論じることになる、第三次『伊勢物語』に入るべき四九段の引用が『源氏物語』にあるためで、三段階成立が正しいときにのみ成り立つ仮説であった。それにともなって、『伊勢物語』〈校注古典叢書〉(明治書院、一九七一年)では、第三次伊勢物語の最終段階を「源氏物語ができる頃」、第二次伊勢物語と第三次伊勢物語の境を「後撰集以後しばらくの間」と、さらに引き上げている。またもう一つの大きな変更点は、『伊勢物語』〈鑑賞日本古典文学〉(一九七五年、角川書店)における、「三段階の成立過程説」から、ほぼ三段階からなる「伊勢物語増補成立説」へと展開されたことも注意すべき点である。それ以外にも、『竹取物語・伊勢物語』〈図説日本の古典〉(集英社、一九七八年)、『天才作家の虚像と実像　在原業平・小野小町』〈日本の作家5〉(新典社、一九九一年)においても、微妙な変更点がある。

(7) 本文ならびに引歌検索は、室城秀之校注『うつほ物語全』(おうふう、一九九五年)による。

(8) 野口元大『校注古典叢書　うつほ物語(一)』(明治書院、一九七五年)参照。

(9) 片桐洋一編『天理図書館善本叢書　伊勢物語諸本集　一』(八木書店、一九七三年)「解説」参照。なお、大津有一『伊勢物語に就きての研究補遺篇』(有精堂、一九六一年)では、非定家本番号Nとなる。

(10) 片桐説は前掲注(5)(6)(9)参照。渡辺泰宏「伊勢物語小式部内侍本考」「続・伊勢物語小式部内侍本考」、共に『日本文学研究大成　竹取物語・伊勢物語』(国書刊行会、一九八八年所収)いずれも『伊勢物語成立論』(風間書房、二〇〇〇年所収)参照。

対して、池田亀鑑『伊勢物語に就きての研究研究篇』(大岡山書店、一九三四年)、三谷榮一「宇津保物語の成立事情とその増益」『宇津保物語新攷』(古典文庫、一九六六)は小式部内侍本本文の藤原君巻への引用を論じている。

また三谷邦明「伊勢物語の方法—歌物語の方法あるいは《情念》と《所有》」『物語文学の方法Ⅰ』（有精堂、一九八九年）は三段階成立論の前提を極めて簡明に批判している。

(11) 本文ならびに引歌検索は、柿本奨校注『蜻蛉日記全注釈』（角川書店、一九六三年）による。

(12) 上村悦子『蜻蛉日記校本・書入・諸本の研究』（古典文庫、一九六三年）参照。

(13) 『在中将集』『雅平本業平集』は、数次に亘る『伊勢物語』の生成過程を反映した文献であるとするのが、片桐洋一氏のいわゆる〝仮説〟である。氏の一連の著作及び『源氏物語以前』（笠間書院、二〇〇一年）を参照しつつ、注（5）（6）の研究史の展開をおさえておきたい。検索には『新編国歌大観CD—ROM版』（角川書店、一九九六年）を用いた。猶、N和歌本文は『延慶本平家物語』『源平盛衰記』『今物語』『古今著聞集』にも見えている。

(14) 『伊勢物語』の成立論は初期片桐説をA—a、変更後をA—b、「小式部内侍切」出現後をA—cとし、B渡辺泰宏説『伊勢物語成立論』（風間書房、二〇〇〇年）、C山田清市説『王朝文学論叢』（翰林書房、二〇〇二年）を以て代表とした。『蜻蛉日記』に関しては諸家ともに若干の差異にすぎないので一括した。『うつほ物語』に関してはAが野口元大「うつほ物語」『日本文学全史—中古』（学燈社、一九七八年）、Bは中野幸一『うつほ物語の研究』（武蔵野書院、一九八一年）によることとした。

(15) 萩谷朴『平安朝歌合大成《新訂増補》一』（同朋舎、一九九五年）参照。

(16) この本文の研究史に関しては、金ケ原亮一「宇津保物語の作者及び年代に就いて一・二」（『国語国文の研究』一九二七年五、七月）が、『うつほ物語』の成立年代はすくなくとも藤原君の巻は天禄三年（九七二）以前とし、片寄正義「宇津保物語の成立年代と作者」（『皇朝文学』一九四〇年三月）は、『新撰朗詠集』の好忠歌「かしがまし……」から、好忠生存中またはその後に成立したとする。河野多麻（日本古典文学大系『宇津保物語　一』（岩波書店、一九五九年）補注三一八参照。

(17) 石川徹「物語作者しての源順の作家的成長と蜻蛉日記との関係」『平安時代物語文学論』（笠間書院、一九七九年）石原昭平「女流文学と日記」『平安日記文学の研究』（勉誠社、一九九七年）参照。加えて、この『うつほ物語』俊蔭巻の「今うつほ」テクストの「屏風歌的世界」については、中島尚「『俊蔭』典拠小考」『平安中期物語文学研究』（笠間書院、一九九六年）参照。

(18) 野口元大「うつほ物語の原初形態とその変容」『うつほ物語の研究』（笠間書院、一九七六年）、中野幸一『うつほ物語の研究』（武蔵野書院、一九八一年）参照。

(19) 本文は『大島本　源氏物語』（角川書店、一九九六年）による。頁数は池田亀鑑『源氏物語大成』（中央公論社、一九五六年）による。

(20) 本文は山田清市『伊勢物語校本と研究』（桜楓社、一九七七年）、片桐洋一『伊勢物語の研究資料篇』前掲注（5）等により再建した。

(21) 片桐洋一「物語絵と物語本文―もう一つの場合」『新修日本絵巻物全集　月報28』（角川書店、一九八〇年）、のちに『源氏物語以前』（笠間書院、二〇〇一年所収）参照。

(22) 片桐洋一『伊勢物語の新研究』（明治書院、一九八七年）第五篇第一章。参照。

(23) 神野藤昭夫「伊勢物語の書名」『一冊の講座　伊勢物語　日本の古典文学2』（有精堂、一九八八年）ただし、福井貞助『伊勢物語生成論』（有精堂、一九六五年）第二章のように『伊勢』伝本中に「きんをしら」ぶ本文が存在するのは「総角」巻に依拠した傍書本文の残入であるとする立場もある。

(24) 室伏信助「定家本伊勢物語の表現形成」『王朝物語史の研究』（角川書店、一九九五年）は流動する『伊勢物語』諸本本文から、定家本がどのような編纂方法によって物語の表現機構を形成していったのか、という綿密な考証を試みている。

(25) 最新の成立過程研究の枠内では、内田美由紀「伊勢物語「小式部内侍本」をめぐって」（「中古文学」創立三十周年臨時増刊号、一九九七年三月）が「現代の伊勢物語の常識を覆すような特異な本文」であるという、今日的にも極めて平凡な見解にようやく到達したというのが現状である。

付記　本稿脱稿後、田口尚幸・渡辺泰宏両氏より、本論に対して貴重なご教示を賜った。記して御礼申し上げる。さらに、林美朗氏の労作『狩使本伊勢物語―復元と研究』（和泉書院、一九九八年）が上梓され、N段にも詳細な校異・出典が注されており（六四頁）、小式部内侍本のさらなる研究の進展が期待される。

『うつほ物語』の本文批判

日本古代語研究の精度を問う

1　はじめに

我が国の平安朝文学は、世界に先駆けて長編小説の分野を開拓した。その先駆けとなったのは『うつほ物語』なる全二十巻の作品である。最も著名な『源氏物語』に先立つこと、約三〇年、作者は男性文人貴族とも言われるが定かではない。

しかしながら、原稿用紙にして二二〇〇枚とも言われる『源氏物語』の二／三の分量を有するこの古典文学は、古代日本語史の資料として極めて貴重な文法現象を数多く保有していることが知られているにもかかわらず、校本もなく、近年まで容易に入手できる注釈書もなかったため、古代語研究と言えば、もっぱら『源氏物語』や『枕草子』のような女性作家の作品によって行われてきたと言って良いだろう。最近になって注釈書も三種が完結して基礎的な研究環境が整ってきたものの、その注釈書の校訂本文には数多くの問題が山積し、未解決のまま巷間に流布していることは余りよく知られていないようである。

そこで本稿では、『うつほ物語』が古代日本語史の中でもエポックとされる文法現象を取り上げて、その校訂本文、注釈等を批判的に検証しつつ、本文解釈学と日本語学がどのように連携しつつ、研究を展開すべきかを模索し、そのモデルケースを提示してみたいと思量するのである。

2 「国譲」上巻末の本文の展開と注釈史

清少納言が『枕草子』（二九八段『集成』）で、[1] 物語についてこのように評している。

物語は、『住吉』『うつほ』「殿移り」。「国譲」は憎し。

すなわち、『うつほ物語』の「蔵開」三巻の古名が、「殿移り」であって、祖父・俊蔭の宝蔵の奇瑞やいぬ宮の誕生、さらには仲忠による俊蔭の遺稿集の進講と言った栄華を描く巻であるとともに、源藤両氏による摂関期的な様相が窺える巻であること、さらに藤原兼雅とその子・仲忠とが邸を交換することから、このような呼称になったものと考えられる。また現行の巻名と一致する「国譲」を「憎し」とするのは、朱雀帝退位後の立坊争いと言った覇権を巡っての政争を描く巻として敬遠されての言説であろうとされている。[2] そこで本稿では、この「憎し」とされる「国譲」上巻の一条を取り上げて、精密な本文批判による校訂を行い、あわせて、文法的な事項に絞って問題点を考えてみようと思うのである。

以下、物語を考えるために、あらすじと本文（校訂・訳ともに上原）を掲示する。

【あらすじ】

源正頼家の九女・あて宮（母・嵯峨院女一の宮）は、権門に生を享けた深窓の美女として、かぐや姫をめぐる争奪戦を思わせるような求婚譚が繰り広げられる。結局、あて宮は東宮に入内して藤壺と称され、御子を出産したことで求婚譚は一応の完結を見る。しばらく時を隔てて、今上・朱雀帝の退位が巷間の噂になりつつあった時、源氏の棟梁たる太政大臣・源季明の逝去によって、源氏家に暗雲が漂い始める。源藤二氏による緊張関係の力学がきしみ出したからである。そこに国譲りによる御代わりに伴う次期東宮立坊問題が浮上し、東宮には藤壺腹の御子のみならず、藤氏出身の梨壺（母・嵯峨院女三の宮）、さらに嵯峨院の小宮の名までが取り沙汰される。そんな折、あて宮の求婚争いに破れ、妻子を捨て隠棲していた源実忠の存在がクローズアップされることとなり、昔の懸想人・藤壺まで駆り出されて実忠の政界復帰と妻子との和解が計画される。

【校訂本文】　底本＝前田家十三行本を基に毘沙門堂本・桂宮本による宗本を再建した。

本文 は校勘表に掲出した箇所。○数字は校勘表の行数字。

「世の中のこと聞こえ侍らぬ所なれば、まして、思ほされむことは、いかで、と。今は、親ものし給はず、よろづに、身のいたづらにならむを①のたまふべき人も、ものし給はねば、『様異になりて、深き山に入りなむ』昔を今にと思う給②ふるを、『「かく」とだに聞こえ、承らでや』とてなむ。おぼえぬ喜びの侍るを、いともあやしがり侍るに、人の告ぐるやうに侍りしかば、『さまで、立て思しけること、さりとも、聞こえさせてむ』と頼みてなむ」。上、「御喜びのことは、こたみは、ここにも知り侍らず。『行く先、平らか③にも侍り、思ふやうにも侍らば、内裏わたりの御後見は』となむ思う給ふるを、なほ、この、『行ひは山』とのたまふことのたまはで、世の人のあるやうに、④宮仕へなどし、侍る人なんどしてものし給はば、ここにも、絶えず聞こえ⑤承らむ。さらば、『げに、このわたりに御心ざしあり』とは知るべき。かく聞こゆるに、さもし給はずは、『なほ、もとより、さる御心ありけり』となむ」。中納言、「かくのたまはせば、時々、里にまかり通ひても侍りもしなむ。世の人のやうに、人につきては、え侍るまじ。ここに聞こえさせし時より、人のもとには侍らず。殿に侍りしまでは、女をよそに見給へき。それも、兵衛の君に物聞こえつるなむ⑥。参らせ給ひて後、山里にまかり籠りては、下衆にても⑦、さる者をなむ見給へぬ。おのづから、君たち、時々ものし給ひて見給ふ。今更に、なでふことかは見給ふべき。『かくながら死ななむ』とこそ思ひ給ふれ」とて⑧、涙をつぶつぶと落として、いたくためらひて、聞こえもやり給はねば、「いとあはれ」と思ほして、「知らぬ人の、今めづらしきにこそあらざらめ。昔見給ひけむ人の、あはれなるも持給へるを。ものし給ひけむやうにて経給へりし⑨。世の中に見苦しかりしことどもは、皆、あらまほしきやうにのみなりにためるを、ただ、そこに、かうてものし給ふなるのみなむ、まだ見苦しかなる」。

【現代語訳】

（中納言・実忠）「世の中のことが聞こえません所でしたので、まして、思し召しのようなことは、どうにも（分かりかねます）①、としか（申し上げられません）。今は、親もみまかられておりますし、あれこれ、自身の身の破滅を案じてお話下さる方も、いらっしゃらないのです②から、『僧体となって、深き山に入りたいもの』と思っておりましたので、『「出家致します」とだけでも申し上げ、お返事を承らなくては』と思いまして参上致しました。望外の（中納言）任官がございまして、まこと不思議なことと存じておりますが、人の知らせてくれたような事情もございますので、『かような、（藤壺様の）お引き立てを頂いたこと、なにはともあれ、御礼言上致したい』と念じておりまして」。上（藤壺）、「（任官の）御喜びのこと、わたくしも、今まで存じ上げておりませんでした。『近い将来、平安に出産しまして③、思いのとおりことが運びましたら、宮中での御後見は（させて頂こう）』と思っておりましたけれど、この先は、このように『山で修行です』などと仰ることはなさらず、世間の人のように、④宮仕へなどきちんと勤められ、北の方などもいらっしゃるのですから、それなら、（わたくしも）絶えることなくお世話申し上げましょう。⑤とすれば、『（あなた様は）本当に、わたくしへの御心ざしがおありだったのだ』と知ることができましょう。このように申し上げて、これでもお聞き入れ下さらなければ、『やはり、もとより、遁世の御心があったのだ』と思うことに（致します）』。中納言、「このような仰せを賜りまして、時々、父の邸に通ってでも宮仕えを致しましょう。（ただ、）世間の人のように、妻を持つことは、致しますまい。あなた様に気持ちを伝えました時から、他の女性に心はございません。こちら（正頼）の殿に伺いました時ですら、女性を関係ないものとして見ておりました。⑥それも、兵衛の君にお話しした程度でございましたが。（藤壺様が東宮へ）入内なさった後は、山里に赴き籠っておりまして、下衆とて、⑦女性なる者に逢ってすらもおりません。折から、御兄弟の君達が、時々おいで下さったので（そのことは）ご存知です。今更、どうして妻を持つことなどできましょう。『このまま死んでしまいたい』とばかり思っております」と言って、⑧涙をほろほろと落として、しっかり心を落ち着かせようとしてか、何も申し上げないので、（藤壺は）「なんてお気の毒」とお思いになり、「知らない方と、今から新たに（結婚なさる）というわけではないのでしょう。昔から夫婦であった方で、愛おしいお子さままでお持ちになっておいで。（あのように父君を待って）お過ごしなさっておられるのですから。⑨（あの頃）世間からして見苦しいまで懸想に明け暮れたあの方達は、皆、理想的な結婚して暮らしておいでですのに、ただ、あなた様ばかりが、このようにしていらっしゃるのが、いまだ見苦しく思われてならないのです」。

次に、本文批判と本文解釈の比較検討の対象となる伝本本文と注釈書（底本）を以下のように適宜選択して掲示し、比較検討を加えることとする。[3]

校勘表の写本の略号は以下の通りである（通称は中村忠行作成目録[4]に従う）。
前＝前田家蔵十三行本　毘＝天理図書館蔵毘沙門堂本　桂＝宮内庁蔵御所本
浜＝静嘉堂文庫蔵浜田本　紀＝静嘉堂文庫蔵紀氏本　俊＝関戸家旧蔵俊景本

有朋堂文庫／武笠三／一九二六年／	文化年間補刻版本
校註日本文学大系／石川佐久太郎／一九二七年／／国民図書	無記名（版本か）
※以上二書は本文が「全書」とほぼ一致するため、注釈のみ掲示した。	
日本古典全書・全五巻／宮田和一郎／一九五五年／朝日新聞社	静嘉堂文庫蔵浜田本 文化年間補刻版本
日本古典文大系・全三巻／河野多麻／一九六二年／岩波書店	宝永五年版本
角川文庫・全三巻／原田芳起／一九七〇年／角川書店	静嘉堂文庫蔵浜田本
全／室城秀之／一九九五年／おうふう	前田家十三行本
校注古典叢書／野口元大／一九九五年／明治書院	前田家十三行本
新編日本古典文学全集／中野幸一／二〇〇二年／小学館	前田家十三行本

本文異同《抄》（異同等の問題のある部分のみを「校注古典叢書」の一行を単位に並べ、ナンバリングしてある）

右は前田家本を基幹本文とした異同を示し、◯数字以下の本文は「校注古典叢書」を基幹本文とした異同を示す。

前　てと　いまは　おやをものし給し給す　よろつに　みのいたつらにならむを　の　↑孤立例A
毘　物●●●
桂　物●●●
浜　もの●●
紀　もの●●
俊　物●●●

①　で、と。いまは、おやも物●し給はず、　よろづに　みのいたづらにならむを、の
全書　か。　宣
大系　か。
文庫　か。　だにものし給はず　宣
全　か。　よろづに、身のいたづらにならむを　の
全集　か。

前　給　へき人●ものし給はねは　さまことになりて　ふかき山に入なむ　とおもふ給ふ　↑孤立例B
毘　　　　　　も
桂　　　　　　も　　　　　　　　　　　　　　　　　　　　　　　う
浜　　　　　　●
紀　　　　　　も
俊　　　　　　も　　　　　　　　　　　　　　　　　　　　　　　う

② 給　べき人　ものし給はねば、さまことになりて、ふかき山に入りなんとおもう給ふ
全書　●
大系　●ふ
文庫　●ふ
全　　　　　　　　　　　　『様異になりて、深き山に入りなむ』と思う給ふ
全集

前　うゐ　御よろこひの事　は　こたみ●こゝにもしり侍らす　ゆくさき　たいらか　↑孤立例C
毘　　　　　　　　　　　　　は
桂　へ　　　　　　　　　　　は
浜　へ　　　　　　　　　　　は
紀　へ　　　　　　　こと　　は

俊　へ　　　　　　　　　　　　　は
③　うへ、「御よろこびのことは、こたみ、こゝにもしり侍らず。ゆくさき、たひらか
全書　　　　　　　　　　　　　　は　　　　　　　　　　●
大系　上　　　　　　　　　　　　は　　　　　　　●
文庫　上　　　　　　　　　　　　は　　　　　　　　　　●
全　上　　　　　　　　　　　　　　　　　　　『行く先、　平らか
全集　上　　　　　　　　　　　　　はべらず。

前　たまふるを　なを　この　こない山　との給　事のたまはて　よの人のあるやうにみ　←孤立例D
昆　　　　　　　　　　　　な本　　　ひ　　は
桂　　　　　　　　　　　な本　　　　　　　は
浜　　　　　　　　　　　な　　　　　　　　は
紀　　　　　　　　　　こ本
俊　　　　　　　　おこなひ　　　　　　　　　　　　　　　　　　宮
④　たまふるを、なほこの、こない山　との給●事　のたまはで、よの人のあるやうに、　み
全書　　　　　　　御行●ひ●●のことはとどめ給ひて　例●　　　宮
大系　　　　　　　行《おこなひ》　は心　との給●事のたまはで　　宮
文庫　　　　　　　深●●き山にとのたまふ事のたまはで　　　　宮

全　　　　　　　　　　　『こない山』
全集　　　　なほこの　行ひは山
前　つかひなとし　侍　人なむとしてものし給はゝ　こゝにも　たえすきこえうけ給は
毘
桂
浜
紀
俊　仕へ　　　　　●　ん
⑤　づかひなどし、侍●人なんどしてものし給はゞ、こゝにも　たえずきこえうけ給は
全書　仕●●　　●●給ひなんど
大系　仕●●　　●●給ひなんど
文庫　仕●へ　る
全　　　　る　　　　　　　　　　　承　は
全集　　　　　　　　　　　　　　　承　は
前　には侍らす　とのに侍しましては　女をよそにみ給へき　それも兵衛の君にもの　　↑孤立例E
毘　　　　　　　　　　●

桂　●

浜　●

紀　●

俊　●

⑥　には侍らず。とのに侍●しまでは、女をよそにみ給へき。それも、兵衛の君にも

全書　り　物

大系　り　物

文庫　り　物

全　り　物

全集　り

前　のきこえ給　なむとまいらせ給　てのち　山里にまかりこもりては下すにて　↑孤立例F

昆　●

桂　●

浜　●

紀　●

俊　●

⑦　のきこえ……給なむ。まゐらせ給●て後、山里にまかり篭りては、下すにて

全書　●聞●え●●給なむ
大系　●聞●え給へてなむ　ひ
文庫　●聞●え侍るになむ　ひ　下衆
全　　聞こえ　つるなむ。　下衆
全集　聞こえ　つるなむ。　下衆

【注釈集成】

全　その見た女性といっても。／底本「きこえ給なん」。「聞こえつるなむ」の誤りと見た。兵衛の君にお話申し上げただけです。

叢書　脱文あるべし。

全集　底本「きこえ給なん」を「聞こえつるなむ」と改める説に従った。実忠は、兵衛の君に対して好色なふるまいをすることがなかった。

前　らに　なてふことかは見給へき　かくなからしなゝむ　とこそ思　たまふれ　とて
毘
桂
浜
紀
俊　事●○《か》
⑧　らに　なでふことかはみ給ふべき。かくながら死なきなゝむとこそ思●たまふれ」とて、

全書　　　　　　　ひ
大系　何●条　　　ひ
文庫　●　　　　　う給●
全　●　『かくながら死ななむ』　とこそ思ひ給ふれ」、
全集　●　かくながら死ななむ、

【注釈集成】
全書　今更妻を持つ気はありません。
大系　今更妻を持とうなどとは考えも致しません。
全　ここも下二段活用の「給ふ」の終止形の例か。六四一頁の注一八参照。
【参考】
底本「おもふ給へきを」下二段活用の「給ふ」の終止形の例。『源氏物語』にも下二段活用の終止形の「給ふべし」の例が見える。「東屋」の巻、「まことに同じことに思う給ふべき人なれど」。
叢書　今更どうして妻帯などできましょう。下二段「給ふ」の終止形の例。
全集　下二段活用の補助動詞「たまふ」の終止形の用例。→五五頁注一七。
【参考】
本文「さても宮には、いかで仕まつらむと思うたまふべきを、今はいとようもの遊びなどしたまひつべかめるを、さる仰せ言もなければ」

前　毘　桂　浜　紀　俊　⑨　全書　大系　文庫　全　全集

注釈「この「たまふ」は下二段活用の補助動詞。終止形の　用例はきわめてすくない」

み給けむ人の　あはれなるも　もたまへるを　ものし給　けむやうにてへ給へり／し

しみ給けん人の、あはれなるも　もたまへるを、ものし給けんやうにてへ給へか／し

持給へるを

持給へるを

【注釈集成】

全書　以前の北の方を、昔のやうにして一緒に暮らしなさい。

大系　以前の北方の所へ引続き通っているようにお暮らしなさい。

全　その方と、以前のようにお暮らし下さいの意か。

叢書　昔の妻の、それもかわいい子供をお持ちの方と、以前同様にお暮らしなさいと言うものです。

★　諸註、「へ給へりし」と改訂。妻子を主体として、「(あのように父君を待って)お過ごしなさっておられるのですから」と解釈することで改訂をせずに本文を建てた。

3　「国譲」上巻末の本文展開と校訂本文の諸問題

さて、これらのデータを踏まえ、本文校訂史と注釈史を通覧しつつ批判しておこう。

まず本文に関しては、掲出したA~F、都合六種の前田家本が諸本に対する孤立本文の存在を知ることが出来る。すなわち、底本自体に問題があるわけである。しかしながら、前田家本は、諸卿筆二十巻として、書写者(責任者)が記されており、巻毎に伝本の精度が異なることが予想される。わたくしも、既に「蔵開」三巻の諸本を輪読作業によって通覧していることになるが、毘沙門堂本・桂宮本とは常に系統を同じくする伝本の書写が想定されることは確かであり、この巻に関しては、確かに前田家本の劣位は否めぬものの、流布している本文としてはこれを除いて他にないため、従ってこの本を基に方法論を策定しつつ、校訂する他ないと言うことになるのである。

◎『日本古典全書』

戦後刊行された朝日新聞社の『日本古典全書』は、出版メディアが夢のような隆盛の時代であったことも手伝って、広く市井に流布したものであった。したがって、当時の学術論文もまた、これによって書かれたのであった。ただし、この校訂本文は、本文批判にあまり厳密さを要求しなかった時代と言うこともあって、「凡例」に、

　宇津保物語には証本としての古写本も善本もない。刊本を底本とした校正本はかなり見られるけれども、これも満足できないので、本文の製定はほとんど絶望的な状態におかれてゐるのであって、この物語が古来

難解なものにされてきた。（略）本書は、慶長十五年三月十四日箇庵主道人の奥書のある写本（上原注、浜田本のこと）と文化の補刻板本・国文大観本・有朋堂文庫本・日本古典全書本とを参照しながら、それらのよきによって本文を定めたものである。

（七五頁）

とその姿勢を明示している。しかし、前章の校勘表によって、底本とした「慶長十五年三月十四日箇庵主道人の奥書のある写本」、そなわち「浜田本（略号・浜）」の由であるが、この本と「全書」本文はかならずしも一致しておらず、⑦浜田本「**きこえ給なむ**」全書「聞え給なむ」の例のように底本を尊重した孤立例もあるにはあるが、④行目のように、底本を尊重せず、④浜田本「**なほこのこない山との給事のたまはて**」全書「御行ひのことはとどめ給ひて」のように版本をもとに当時流布していた校訂本文によって、標準的な本文を作成していたことが指摘できる。

◎**『日本古典文学大系』**

ついで、昭和四十年代に大きな影響力を持ったのが、河野多麻の『日本古典文学大系』であった。この本文は未だに多くの学術論文がこの本によって書かれることもあるほど圧倒的な影響力を持つものであった。当該書は、河野氏が諸本中、最善本と認定した、九州大学蔵版本を参照しつつ、宝永五年版本を底本にして校訂されたものである。河野氏の「附記　底本について」にはこの経緯が、

多くの写本板本の類から最も善本と想定した「九大本」を底本にする予定でしたが、監修の先生方（上原注、高木市之助・西尾実・久松潜一・麻生磯次・時枝誠記）からの御注文で延宝五年板本を採りました。（略）九大本系が細井貞雄或はその他の作意によって改訂されたものであると仮定してみても、現在のところ本文批判の上からも、これに上越す善本はいまだ見いだされないのです。

（三〇頁）

と記されている。こうした氏の本文批判の成果は一書に纏められて体系化されているが、[5]これに対し、宇津保物語研究会の中村忠行が、全国の諸本を渉猟し、諸本を大きく四系統に分類して体系化し、[6]さらに、野口元大によって、加賀前田家の尊経閣文庫蔵の十三行本を以て『風葉和歌集』（十三世紀成立）所収の『うつほ物語』の和歌本文との比較検討がなされ、九大本等の流布本に対して、前田家本の時代的先行性が実証されるに及んで、河野氏の九大本に関する信頼は一気に低下したと言ってよいであろう。[7]ただ、この『大系』はその注釈に画期的な成果をもたらしたこと、版本等を含めた本文批判を展開したことなど、この物語の訓詁に大いなる飛躍をもたらしたことは言うまでもないのであった。ただ、精密な語彙考証や語用例、さらには言説分析にこの本文を使用することは避けなければならないであろう。ちなみの当該書で⑤「宮つかひかひなとし侍人なんとしてものし給はゝ」全書「宮仕などし給ひなんど物し給はば」大系「宮仕などし《給ヒ》なんどして物し給はば」とあるように、《　》内がカタカナ書きである場合は、底本・延宝五年版本および校異諸本には存在しない、校注者の創造した、あらまほしき《本文》なのであるから注意されたい。

◎**『角川文庫』**

ついで、この物語の注釈史に燦然と輝く成果を上げたのが、原田芳起の『角川文庫』全三巻であった。底本は『全書』に同じく静嘉堂文庫蔵浜田本を用い、語彙史・文法史研究に格段の成果が見られるものであった。現在は絶版で古書肆に高価で取引されることもある稀覯本と言ってよい本である。前記⑤浜田本「宮つかひかひなとし侍人なんとしてものし給はゝ」文庫「宮仕などし侍る人なんど」と底本にできる限り忠実である方針を堅持し、「こなひ山」などの、意味不明の書承と認定された場合には大胆な校訂本文を立てる方針を確立し、以後の注釈書の範となった金字塔的成果と言ってよいだろう。ただし、その大胆な校訂の例が①「親をだにものし給はず」のように、文意を強調する「だに」を、他本に全く見えずとも挿入するような傾向も顕著であることに注意したい。またもう一点、惜しむらくは、底本・浜田本が、前田家本とは一線を画す伝本群にあること、しかもそれが前田家本系統諸本と比較して、明らかに書写状態に欠損が多いことである。例えば、「こなひ山」も他本には「本のママ」たる傍記があるものの、この本には確認されないことなど、劣位にあることは疑うべくもあるまい。

◎『古典文庫』『うつほ物語本文と索引／本文編』

かくして、『うつほ物語』を論じる際には、前田家本の翻刻である『古典文庫』もしくは『うつほ物語本文と索引／本文編』を用いることがつい最近まで行われていたのであった。[8] これは、前田家本を底本とした、野口元大の『校注古典叢書』の刊行が、第一巻から第三巻まで約二〇年の歳月を要したからである。この「国譲」上巻所収の四巻は、室城秀之『うつほ物語全』より約二ヶ月遅れた刊行になるものの、第一巻の刊行の順からして、これを先に論じておこう。

◎『校注古典叢書』

野口氏の注釈態度は、前田家本を出来うる限り尊重し、改訂を加えず、①前田家本「**いかてと**」叢書「**いかで、と**」は他の注釈書本がすべて「いかでか」と改めているに対し、底本を尊重した例である。また、⑦前田家本「**きこえ給なむ**」叢書「**聞え……給なむ**」は、頭注に「脱文あるべし」のような方法をとり、④行目、④前田家本「**このこな《本》い山**」叢書「こない山」のように敢えて校訂せず、頭注で祖本のあり方を論じる方法を採っているのである。しかしながら、この腐心の本文もまた、この本文のまま物語を読み解くにはかなりの熟練が必要であり、なお、全的な注釈が待たれる状態が続いたのであった。

◎『うつほ物語全』

そこに登場したのが、一巻本で本文に頭注形式の『うつほ物語全』である。この本は、前田家本を徹底的に読む姿勢を貫き、文法・語彙史および引歌の発掘等に大きな前進が見られたことは特筆されよう。ただ、野口『叢書』が、毘沙門堂本・桂宮本など諸本などを頭注頁左に一括掲示して、目配りしているのに比べ、前田家本一本のみで本文が建てられているため、右の本文校勘表に指摘したように、前田家本の孤立本文がそのまま本文になっている点、いかんともしがたい問題点を孕んでもいるのである。また、頭注に「〜とする本もある」とある場合は、多く『角川文庫』であり（前半部は既刊『叢書』の場合もある）、『大系』等の注釈の成果はほとんど顧みられていない点も注意しておきたい。

◎『新編全集』

そして、現在最新の注釈書が『新編全集』である。詳細な頭注に会話主を朱の小文字で明記した本文、さらに現代語訳が下段に配置されたりと至れり尽くせりの観があるが、これもまた本文校訂に注意すべき点がある。難解の本文に、他本を混入し、現代語訳にしやすい本文となっていることである。例えば⑦行目「きこえ給なむ」については『全』「**聞こえつるなむ。**」としたのを踏襲して『全集』も「**聞こえつるなむ。**」としているのをその典型と見ることが出来よう。また④行目は「行ひは山」とし、実忠の、山籠り願望の発言と九大版本など諸本の様態から、最も本文転化を想定しやすい再建本文を導き出したものであり、わたくしの校訂私案も、この二例のみ、結果的に『全集』に従う校訂となったのであった。

このように、『うつほ物語』の校訂本文に関しては、古代日本語研究にそのまま資するにはあまりにも危険な校訂本文しかない、と言う悲観的な現状を指摘できよう。

そこで、次節では、古代日本語研究の基本文献たる『うつほ物語』のそのアプローチ方法について考えてみたい。

4　文献としての『うつほ物語』

『うつほ物語』には索引が二種類ある。ひとつは前掲『本文と索引』である。もうひとつが、室城秀之・西端幸夫氏らの『うつほ物語の総合研究1』である。後者は、室城氏による『うつほ物語全』の本文と前田家本の忠実な翻刻を対校によって示し、本文の所在が明示されたものである。

ただ、これに付されたふたつの『索引』で当該本文の問題箇所を検するに、例えば、諸註が『うつほ物語』でも珍しい用例であるとする、補助動詞「み＋給ふ＋べき」とある、所謂・謙譲を示す補助動詞「〜給ふ〜」《下二段活用（弱変化）の終止形》＋「〜べし」の⑧行目の用例は、前者の『索引』は（本文編一六八頁三行目）に位置するものの、補助動詞四段活用の「給」表記の語として処理され（索引編二五四頁三段目）、活用の認定は避けられている。したがって、下二段動詞としての認定はなされていない。また、後者の『索引』は（本文編七四六頁－八K）が四段活用の項目として採られている（もう一例指摘される例は（自立語索引編七〇一頁－一八K）として「下二段動詞」の項目に採用）。したがって、いわゆる学校文法に則った索引であることを考慮しても、これでは『索引』としての精度に疑問を呈せざるを得ないのである。[9]

本来、このような文法現象は、敬語表現の発達によって生成されたものであり、『日本文法大辞典』の当該項目によると、[10]

受動的・消極的な上位者から下位者の動作の謙遜を主とするものであった（略）この用法のものは、『竹取物語』『伊勢物語』には見られず、『大和物語』『蜻蛉日記』『宇津保物語』から『源氏物語』に至って用例が多く、中古中期に、特に女流文学に最も行われた。（略）『平家物語』などの軍記系列には用例が見あたらない。

補説　終止形は通常用いられないが、次のようなものは、これの終止形であろうと思われる。例　いとかうは思ひ聞えさせずこそありつれ。あさましう、いみじう、かぎりなくうれしと思ひたまふべし《蜻蛉日記・下》

例　今日は吉く息ませ給ひて、夕さり御湯など浴させ給て、明日参りて自ら申さむと思ひ給ふ《今昔物語・一九の四》杉崎（一雄）

と見えているから、文法史的にも、貴重かつ特異な文法現象であると言うことが出来る。この『うつほ物語』当該例は、かつての求婚者・藤壺によって、山籠もり中の実忠に対し、政界への復帰と妻子との生活再開の要請に応える会話文の中に現象したものである。すなわち、

中納言、「殿に侍りしまでは、女をよそに見給へき。それも、兵衛の君に物聞こえつるなむ。参らせ給ひて後、山里にまかり籠りては、下衆にても、さる者をなむ見給へぬ。おのづから、君たち、時々ものし給ひて見給ふ。今更に、なでふことかは見給ふべき。『かくながら死ななむ』とこそ思ひ給ふれ」

とあるように、「いまさらに〜かは、見＋給ふ＋べき」という文末の強調表現には、自身の藤壺への尽きせぬ恋情が込められており、これに東宮妃・藤壺への謙譲表現が加わり、未来に開かれた意志を語っているアスペクト・ムードの言説と言うことになるだろう。これは、『うつほ物語』のもう一例も同様で、「《いかで仕まつらむ》と思うたまふべきを」と見えているから、会話文における強調表現として、自己の今後の態度を表明する際に現象するという、共通する特徴を持っているように思われる。(11)

したがって、所謂・学校文法による単語に細分化して終止形が異例とされる、「〜給ふべき」とある発話文は、会話の文末の強調表現として「副詞句＋には〜給ふ〜べき」という慣用句的に用いられることの例としてこれを認定すべきなのではないだろうか。いずれにせよ、現行の『索引』では、これが検索できないとなれば、日本文法史にとって、これ以外の文法現象・語彙研究にも大きな見落としがあったのではないかと思われてならないのである。

5　結語

『うつほ物語』は新美哲彦の最新の諸本研究によって、前田家蔵十三行本、天理図書館蔵毘沙門堂本、宮内庁書陵部蔵御所本を一グループとし、以下、静嘉堂文庫蔵浜田本　静嘉堂文庫蔵紀氏本　関戸家旧蔵俊景本、古活字本などの諸本をさらにグループ分けする私案が提示されており、(12) わたくしの校勘表でおおよそのグルーピングが認定できるように思われる。したがって、実際に『うつほ物語』を古代日本語文法研究の文献として扱う場合には、以下の点が注意されなければならない。

○　本文は、前田家本以下三本に共通する本文であれば、原則としてこれを宗本の状態と認める。また本文を校訂しなければ単語と認定できない場合はこれを明記する。

○　『うつほ物語』の本文によって文法学説・語彙史が規定されている場合は、再調査を要する。

○　文法研究者も《本文批判》を視野にした、文化史的な視座を持つことで、文法研究の精度を高める努力がなされるべきである。(13)

などが挙げられよう。これを立脚点として、『うつほ物語』の言語体系、特に会話文における文法体系に、論理構築がなされ、テンス・アスペクト・モダリテー・ボイス、さらには待遇表現の法則性が、例えば、女性作家の手になる『枕草子』や『源氏物語』とはどのような差異を持つのかを展望するような、古代言語社会学的視点を伴う広い裾野を持った研究が陸続と提示されることを願って、筆を擱くこととする。

注

（1）本文は萩谷朴校注、『新潮日本古典集成　枕草子　上下』（新潮社、一九七二年）。
（2）萩谷朴　『枕草子解環　第三巻』（同朋舎、一九八三年）参照。
（3）他に松下大三郎・丸岡修校注　「国文大観」（板倉書房、一九〇二年）、鎌田正憲校注　「校注国文叢書」（博文館、一九一五年）がある。
（4）中村忠行　「宇津保物語に関する展観書目録（附解説）」『日本文学研究資料叢書Ⅱ』（有精堂出版、一九七九年）所収。
（5）河野多麻　『うつほ物語伝本の研究』（岩波書店、一九七三年）参照。しかし、河野氏が最善本とする、九大本に対し、片桐洋一　『平安文学五十年』（和泉書院、二〇〇二年）は、九大本が改訂が認められる粗悪な本であることに言及している。
（6）注（4）に前掲「目録」参照。
（7）野口元大「うつほ物語の本文批判」『うつほ物語の研究』（笠間書院、一九七六年）先行して前田家本には、宇津保物語研究会による翻刻と解説が（「古典文庫」一九五七年）があり、補訂して『宇津保物語　本文と索引』（笠間書院、一九七三年）にも収められている。また近年では、室城秀之　「前田家本『うつほ物語』はどのような本か」「物語研究会会報　二八」（物語研究会、一九九七年八月）もある。
（8）うつほ物語研究会編『宇津保物語一～八』（古典文庫、一九五七～五九）、『宇津保物語本文と索引／本文編』うつほ物語研究会編（一九七三年、笠間書院）、うつほ物語研究会編『宇津保物語本文と索引　索引編』（笠間書院、一九七五年）。

『うつほ物語の総合研究1　本文編　索引編自立語　索引編付属語』室城秀之・西端幸夫・江戸英雄・稲員直子・志甫由紀恵・中村一夫（勉誠出版、一九九九年）。

（9）『うつほ物語の総合研究1　索引編』の「凡例」に、

8《その他》・文法的性格の決定、見出し語の文法的性格の決定は、『古語大辞典』（小学館）および遠藤嘉基・塚原鉄雄編『最新古典文法便覧』（中央図書刊）によった。

と見えている。

（10）松村明編『日本文法大辞典』（明治書院、一九七一年）。執筆は杉崎一雄による。

（11）『うつほ物語』における言語の問題は、鈴木泰「宇津保物語における基本形のテンス—古代語のテンスにおけるアクチュアリティーの問題」「国語学　一九六」（国語学会、一九九九年三月）のような先駆的な研究がある。鈴木氏は前田家本に注意して、本文を建てられたようである。

（12）新美哲彦「『うつほ物語』の諸本—主要四系統の位置関係及び性格」「国文学研究　一三七、二〇〇二年六月」（早稲田大学国文学会）、「『うつほ物語』共通祖本の特質」「中古文学　六八」（中古文学会、二〇〇一年一一月）参照。

（13）《本文批判》は、紀貫之自筆本『土佐日記』の再建に成功した池田亀鑑、『古典の批判処置に関する研究　全三巻』（岩波書店、一九四二年）により、確立された方法論である。さらに、その理論体系が萩谷朴『本文解釈学』（河出書房新社、一九九四年）によって革新されている。『源氏物語』の諸注釈書の校訂本文の問題に関しては、上原作和「《青表紙本『源氏物語』》の本文批判とその方法論的課題—「帚木」巻現行本文の処置若干を例として」「中古文学　五五」（中古文学会、一九九五年）本書に改稿して所収、を参照されたい。

『源氏物語』の本文批判
河内本本文の音楽描写をめぐって

1 本文批判とは何か

『源氏物語』は、日本文化を代表する古典として(1)、文学史に屹立するテクスト(2)である。このテクストは、古代日本語文法の規範として、辞書、事典類に引用解説されることが多いが、果たして、その本文的価値とはいかなるものであるのか(3)。

平安朝文学の諸テクストを通覧するに、最も信頼度の高い本文が提供されているのは『土佐日記』(九三五(承平五年))である。当時、蓮華王院の宝蔵にあった紀貫之自筆本を藤原定家(一一六二〜一二四一)、為家(一一九八〜一二七五)父子が相次いでこれを書写し、特に為家の精確無比な書写によって、作者自筆本の復原に成功した僥倖がそれである(4)。ただし、『源氏物語』に関しては、紫式部自筆原本はとうになく、同時代の、藤原行成本が古注にその存在が記されるのみである(5)。また、最も古い『源氏物語』本文は、隆能『源氏物語絵巻』の詞書であって、特に「柏木」「竹河」巻の本文に関しては、国冬本、西行本に近接することが報告されている(6)。しかしながら、これらの本文は、源光行、親行父子の廿一本の諸本による校訂の河内本や、定家の証本たる青表紙本にもグルーピングされない、別本とされる写本群に属するものであって、近年、陸続と紹介されつつある、伝西行筆の古筆本文も、概ね別本群の本文であることと軌を一にする傾向がある。[7]

さらに、青表紙本、河内本の二大系統の研究も大きく進捗し、すでにこの研究分野に関して、最新の論文の成果の吸収を怠ると、時代の趨勢に取り残される程の状態である。

かくして、わたくしも、昨年来、全力を傾注している『人物で読む源氏物語』全二十巻の校注作業は、当該巻における青表紙本系統の最善本を選択し、それを原則として校訂しない方針で臨んでいることはその「凡例」にも記したとおりである。[8] しかしながら、これにも例外はあって、その伝来が類推可能で、青表紙本の生成過程も書写状態から復原可能と思しき、伝阿仏尼等筆帚木巻の本文だけは、これを最優先として校訂した実験的試みでもある。[9]

2　青表紙本が底本である理由

そもそも『源氏物語』の本文に青表紙本が正式に採用されたのは、池田亀鑑『日本古典全書源氏物語』[10] からであって、それ以前、明治から昭和初期までは、北村季吟の『湖月抄』（一六七三（延宝元年））によって『源氏物語』は読まれていたのである。『湖月抄』本文は河内本本文を基調とした青表紙本本文との混態本文であり、『源氏物語』の近代文献学は、前述のように池田亀鑑がパイオニアである。池田博士が、全国の書庫を渉猟し、青表紙本と河内本、さらに別本群とに分類し、諸本を校合したテクストは『源氏物語大成』として結実し、刊行後六〇年を閲して未だに根幹資料として定位していることが、何よりその精度の高さを雄弁に物語っているわけである。

しかしながら、ではなぜ、現行の注釈書が青表紙本であるのか、それはまこと心許ない立言に拠っていることを知る人は少ない。

例えば、石田穣二は、尊経閣文庫蔵の定家自筆本の詳細な検討から、定家による恣意の本文改訂の可能性を否定しつつ、「青表紙原本の本文は、ある一本に忠実な書写に終始しているようである」と述べ「結局、青表紙原本は、定家の校訂本、とみるべき理由はない、と私は考える（五五頁）[11]」と結論し、これを踏まえて阿部秋生は、氏の本文研究の決算報告書とも言える『完本源氏物語』の「はしがき」において、「青表紙本の本文が、『源氏物語』の原典の姿を伝えるものとは断言しがたい。…このようなわけで、河内本・別本も頼りえないとなると、いわば藤原定家という人の見識で選んだものらしい青表紙本に、何割かの可能性を賭けて、…テキストにするのだ…」と記している。[12]これに池田亀鑑の『源氏物語大成』の底本が青表紙本＝定家本の転写である大島本（一部を除き）であったことが挙げられよう。

しかしながら、これとて定家本そのものが、巻末の「奥入」本文の詳細精密な検討から、ふたつの本文が併存していることを片桐洋一が指摘して以来、[13]定家本は一本に遡源することすら不可能なこともまた確かなことなのである。すなわち、『源氏物語』の本文批判に、絶対の方法論は現時点では存在せず、本文の異文統合は避けつつ、それぞれ個々の本文毎に読むことしか、私たちの前に残された道はないということになるのである。

くわえて、近年、精力的に河内本本文の精査を推進する加藤洋介は、青表紙本証本作成の際の書写者の「目移り」による脱落が、河内本や古伝系別本等の本文によって補綴出来、しかも、「書本《かきほん》」の書誌形態まで類推できる可能性を論じていることは注目される。[14]ただし、氏の画期的な論証も、こと帚木巻においては、氏の仮説した「目移り」の法則性が論理的・現象的に破綻していることをわたくしが論じているので、ぜひ参照願いたい。[15]

3　河内本の音楽描写　その一

かくして、『源氏物語』の本文批判は、いわば戦国時代にあって、青表紙本文も定家本への単純な遡源は不可能であること、また河内本本文もまったく無視できない本文であることだけは了解していただけたように思われる。そこで、試みに、最近、問題提起されたばかりの紅葉賀巻の河内本本文の意義について考えることで、鎌倉初期から中期にかけての本文の動態を検証しておこう。

『源氏物語』「紅葉賀」巻（大島本）(16)、

垣代など、殿上人、地下も、心殊なりと世人に思はれたる有職の限りととのへさせたまへり。宰相二人、左衛門督、右衛門督、左右の楽のこと行ふ。舞の師どもなど、世になべてならぬを取りつつ、おのおの籠りゐてなむ習ひける。

木高き紅葉の蔭に、四十人の垣代、言ひ知らず吹き立てたる物の音どもにあひたる松風、まことの深山おろしと聞こえて吹きまよひ、色々に散り交ふ木の葉のなかより、青海波のかかやき出でたるさま、いと恐ろしきまで見ゆ。かざしの紅葉いたう散り過ぎて、顔のにほひけにおされたる心地すれば、御前なる菊を折りて、左大将さし替へたまふ。

（「紅葉賀」巻　二七⑤〜⑭頁）

神無月十日過ぎ、朱雀院邸第行幸の物語である、試楽の日、源氏が夕日を背にした艶姿を見た桐壺帝はそら恐ろしいほどのうつくしさで、弘徽殿の女御は春宮の母として嫉妬したというのである。問題になるのは、「垣代など」とある記述からで、「垣代」は青海波の舞楽で笛を吹きつつ拍子をとる楽人のことであるが、これは四十人で構成され、四十賀の規模をあらわしたものであるという。

ところが当該箇所には重大な本文異同があって、

青表紙本「宰相二人、左衛門督・右衛門督、左右の楽のこと行ふ」

河内本「輪台は衛門督・左衛門督、みな上達部たちすぐしたまへるかぎり、手をつくしてととのへさせ給（ふ）」(17)

となっている。これに注目したのが浅尾広良であった。(18)

ちなみに、『源氏物語別本集成』の底本・麦生本では、

「(給へり)…左衛門督・右衛門督、左右の楽のこと行ふ」「…宰相二人」ナシ。(19)

とあって、河内本とは一線を画すが、青表紙本本文との差異は見極めにくい。この〝汎青表紙本〟とも言うべき本文表現は、参議兼左衛門督と参議兼右衛門督の二人が左方《さほう》の唐楽《とうがく》と右方《うほう》の高麗楽《こまがく》の指揮をおこなったものと読めるものの、河内本では青海波の他に「輪台」として衛門督・左衛門督の二人が舞人としていたことになる。これについては、浅尾氏の博捜によって、『河海抄』（四辻善成《よつじよしなり》　貞治六年（一三六七））が、『教訓抄』（狛近真《こまのちかざね》　天福元年（一二三三））の「輪台《りんだい》」を参照していたことが判明している。すなわち、

「古今条々相違」古《いにしへ》ハ、舞人四十人之内、序二人、破二人、垣代卅六人。
今ハ、破二人、楽四人、垣代三十人

とある、「古《いにしへ》」、すなわち、前者の形態であって、序としての「輪台」に衛門督・左衛門督、破としての「青海

うのである。

波」として、光源氏と頭中将、残り三十六人が垣代という古式ゆかしき編成が河内本によって描出されていると言

この本文現象に関しては、定家の音楽に関する知見も影響しているようである。例えば、「奥入」に書記された「詠」の生成過程を論証する磯水絵によれば、定家が「奥入」を作成する際、こと音楽の出典に関しては多久行の教示を仰いでおり、その消息を付箋として貼り付けてもいることから、細心の注意を払ってはいたものの不案内であったことは確かなようである。(20) したがって、青表紙本本文の音楽描写に関して、その信頼度は高いとは言い難いと言うことだけは、確かなことなのである。

4　河内本の音楽描写　その二

もうひとつ『源氏物語』「若菜」下巻（明融本《みようゆう》）の「女楽《おんながく》」の場面を取り上げよう。

返り声に、皆調べ変はりて、律《りち》の掻き合はせども、なつかしく今めきたるに、琴《きむ》は、胡笳《こか》の調べ、あまたの手の中に、心とどめてかならず弾きたまふべき五、六の潑剌《はら》を、いとおもしろく澄まして弾きたまふ。さらにかたほならず、いとよく澄みて聞こゆ。

（「若菜」下巻　四七⑦〜⑩頁）

臥待ちの月の正月十九日、梅の花の咲き匂る中、朱雀院五十の賀の試楽として女楽が催された。紫の上による、和の琴の優雅な手さばきは言うまでもなかったが、琴《きん》は女三宮が主旋律を奏でつつリードし、和琴、箏、琵琶が伴

奏したのであった。

これも校訂に諸説あって、『新大系』[21]が「琴は胡笳の調べ」とし、他の注釈書はすべて『河海抄』「五箇の調　搔《カク》手《テ》、片垂《カタタリ》、水宇瓶《スイウヘウ》、蒼海波《ソウガイハ》、雁鳴調《カンメイテウ》」から「五箇の調べ」とする。しかしながら、隋・唐代の琴譜「碣石調幽蘭第五」の「巻末目録」に「胡笳調」と見え、当時の琴曲弾奏の実態に適合する考証からなされたと思われる『新大系』の校訂が琴楽の実態に照らして正鵠を得ていよう。奏者である女三宮が、当時の絃楽四重奏のオーバーチュアであった「胡笳調」を弾いたであろうと考えられるからである。ついで、演奏のプログラムが進むと、そこでまた本文の問題が生じてくる。

「あまたの手の中に心とどめて弾きたまふべき五六の潑剌《はら》をいとおもしろく澄まして弾きたまふ」

とある。「五六の潑剌」が河内本の本文に拠っているからである[22]。ここでは『集成』[23]の「五六のはら」とする校訂とその注釈が参考になろう。

「青表紙本は「五六のはち」とあるが、河内本の中に「五六のはら」とするものがあり、それが正しいであろう。「はらとは潑剌とかく。七徽の七分あたりにて六の絃を按へて、五六を右手の人中名の三指にて内へ一声に弾ずるを撥と云ふ。外へ弾ずるを剌と云。つめて云へば発剌（はら）なり」（『玉堂雑記』）

これに対し、『完訳』『新編全集』[24]は「五六の撥」と青表紙本「はち」に漢字を宛てている。その注釈を掲げると、

「これも、古注釈以来諸説あるが不審。近時では、五絃・六絃を搔き爪（撥）で手前に搔くこととする説が有力」

と「撥」を想定するが、琴に撥を用いることはあり得ないので、この解釈には訂正が必要である。この本文は、女三の宮が、メインの曲の勘所の奏法を、音をはずすことなく弾きこなしたというのであるから、あくまで奏法のこと

でなくてはならない。『集成』『新大系』も注するように、これは「撥刺《はつらつ》」のことであろう。[25] 中国古琴《こきん》の教則本にこの奏法は、「似遊魚擺尾、風過松梢之勢」とあるが、これは魚が水を撥ねる様や松風の樹幹を吹き抜ける様子を模せと言うことであり、この奏法から、「勢いの良い様」を「ハツラツ」と言うようになったのであろうと思われるのである。[26]

加えて、女楽では琴《きん》のプレリュードに続いて奏された、メインの曲が、数ある「胡笳曲」の中でも、「王昭君」の物語の調べであったことは、『うつほ物語』「内侍のかみ」巻に「胡笳の声」として「国母、胡の国へ渡るとて嘆くこと、胡笳の音を聞き悲しびて、乗れる馬の嘆くなむ、胡の婦が出で立ちなりける」とあることも有力な傍証となろう。[27] これは琴の組曲として、「王昭君」の琴曲はとりわけ著名であったし、なにより、この「撥刺」の弾琴法が、現存の「龍翔操　旧名昭君怨」（張子謙・打譜、蕉庵琴譜〈一八六八〉の第三楽章冒頭に見えるからである。ただし、この「龍翔操」にも複数の譜が伝わっているのであるが、これは「撥刺」の奏法を確実に備える楽曲もあるという証左として考えれば良かろう。ちなみに、この奏法の難度は五段階で三〜四と言うところであって、これを幼さばかりが際立つ六条院の正妻・女三宮にとっては「あまたの手の中に、心とどめてかならず弾きたまふべき五、六の撥刺《はら》を、いとおもしろく澄まして弾きたまふ。さらにかたほならず、いとよく澄みて聞こゆ」と評したわけなのであろう。

5　古代日本語文献としての『源氏物語』

このように、『源氏物語』本文、とりわけ音楽描写の中には、広範に流布する青表紙本の校訂本文より、河内本

『龍翔操　旧名　昭君怨』第三楽章冒頭
傍線部「五六の潑剌」

（拨）　　食、中、名三指并拢，微屈指的中末二节。使名指尖稍出于中指，中指尖稍出于食指，用腕力作斜势一齐快速向左内拂弦，轻轻一撇。

（剌）　　食、中、名三指并用，微屈其指的中节，使食指尖稍出于中指，中指尖稍出于名指，用腕力作斜势一齐向右外弹出。

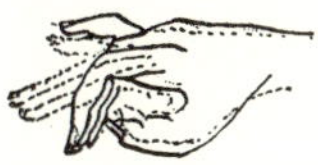

（拨剌）　　拨剌连用时，弹入弹出，似游鱼摆尾、风过松梢之势。通常先拨后剌，拨要轻，剌要重，连贯奏出。向左面拨入。须用腕力，出音有劲而快。拨过之后，三指仍作屈弯。

（虚线为　实线为　）

潑刺運指法（右手）

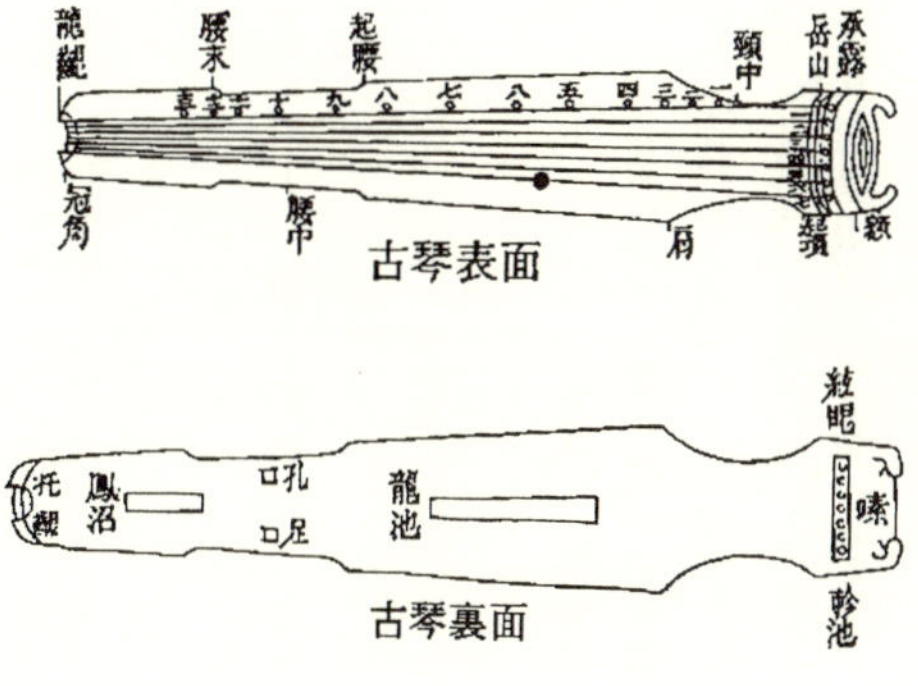

潑刺運指法
●五六の部位（左手大指）

本文の方が、平安朝の当時の音楽実態を精確に伝えていることがあることは確かなことのようである。日本語文献として『源氏物語』を研究対象とする場合、安易に広範に流通する古典叢書の本文を信頼するのではなく、一語一語、校本を開いてその語彙・語脈が安定し、信頼に足るテクストであるのかどうか、研究に携わる者は各自これを確認する作業は怠ってはならないと言うことであろう。

注

（1）安藤徹「源氏帝国主義の功罪」『想像する平安文学1〈平安文学〉というイデオロギー』（勉誠出版、一九九九年）、のちに「源氏帝国主義とサクラ読本」として『源氏物語と物語社会』（森話社、二〇〇六年）所収。

（2）テクスト…「テクスト」は狭義の「本文《ほんもん》」の意にくわえて、広義に「物語内容」「物語表現」の意で用いることがある。

（3）『源氏物語』の本文…池田亀鑑『源氏物語大成』全八巻（中央公論社、一九五三〜一九五六年）「解説」は青表紙本、河内本の二系統三分類説を提唱し、阿部秋生『源氏物語の本文』（岩波書店、一九八五年）は未分類の別本諸本の再検討と、分類説の再定義を提唱した。また一連の室伏信助論文も重要である。「源氏物語をどう読むか—本文と現代語訳　『源氏物語』の諸本　青表紙本の展望」『源氏物語の鑑賞と基礎知識／花散里』（至文堂、二〇〇三年）、「源氏物語の本文とはなにか—大島本「初音」巻をめぐって」『源氏物語の鑑賞と基礎知識　初音』（至文堂、二〇〇一年）等。

（4）『土佐日記』の本文…池田亀鑑『古典の批判的処置に関する研究』全三巻（岩波書店、一九四二年）、萩谷朴『土佐日記全注釈』（角川書店、一九七一年）。ただし、近年、為家の『土佐日記』書写は、自筆本によったのではなく、定家臨模本によったとする、藤本孝一「巻子本から冊子本へ—『明月記』と紀貫之本『土佐日記』の表紙」（『日本歴史』一九九五年三月）、片桐洋一「『土左日記』定家筆本と為家筆本」（『国文学（関西大学）』一九九八年三月）

と、直接自筆本に拠ったとする伊井春樹「為家本『土左日記』について」（「中古文学」二〇〇三年五月）とが対立している。前者の立場も、定家臨模本が巻子であったか、冊子であったかによって、それぞれ見解が異なる。また、定家が自筆巻子本から模写した巻末部分を考察したものに、萩谷朴「『土佐日記』の定家模写部分より推定し得る貫之自筆原本の書写形態」（「書道研究」書道新聞社、一九八八年一一月）も重要だが、この議論では参照されていないようである。

（5）『源氏物語』本文史…注（3）参照。河内学派の源光行、親行父子の『水原鈔』に見える。

（6）中村義雄「源氏物語絵巻詞書についての基礎的考察」『絵巻物詞書の研究』（角川書店、一九八二年、初出、一九五四年）参照。

（7）伝西行筆『源氏物語』断簡…小松茂美『古筆学大成　物語注釈』（講談社、一九八九年）、高城弘一「『源氏物語』コレクション」『人物で読む源氏物語　内大臣・柏木・夕霧』（勉誠出版、二〇〇六年）参照。

（8）上原作和・編集『人物で読む源氏物語』全二〇巻（勉誠出版、二〇〇五年〜六年）参照。

（9）上原作和「《青表紙本『源氏物語』》原論―青表紙本系伝本の本文批判とその方法論的課題」『論叢源氏物語4本文と表現』（新典社、二〇〇二年）本書所収。例えば、『人物で読む源氏物語　空蝉』の第五巻に採録した帚木巻本文は、阿仏尼本尊重の根拠として以下の本文異同を掲げるだけで決定的である。明融本の補入本文の状態から、大島本本文の生成過程が類推されると同時に、阿仏尼本が本文系譜上、最上位にあることの証左となるからである。

阿仏尼本「わけいりたまひてけはひしつるところにいり給へれは」
明融本「わけいり……………給。へれは《けはひしつる所に入りたまへれは》」
大島本「わけいり……………給・れは」

ただし、伝阿仏尼本等筆本の伝来に関しては、大内英範「高木本（伝阿仏尼筆帚木巻）とその本文」「中古文学第七五号」（中古文学会、二〇〇五年五月）に、拙論の批判がある。なお、精査と推論の補強を期したい。

（10）池田亀鑑・校注『日本古典全書　源氏物語』全八巻（朝日新聞社、一九四六〜一九五五年）。
（11）石田穣二「解説」『源氏物語柏木』（桜楓社、一九六一年）参照。
（12）阿部秋生「はしがき」『完本源氏物語』（小学館、一九九〇年）参照。
（13）片桐洋一「もうひとつの定家本」『源氏物語以前』（笠間書院、二〇〇一年、初出、一九八〇年）所収。
（14）加藤洋介「青表紙本源氏物語の目移り」（『国文学』学燈社、一九九九四月）「青表紙本源氏物語目移り攷」（『国語国文』二〇〇一年八月）、「河内本の成立とその本文―源親行の源氏物語本文校訂」（『源氏物語研究集成　一三巻』風間書房、二〇〇〇年）、「河内本本文の成立―「旧尾州家蔵河内本源氏物語存疑」続貂」（『講座平安文学論究一〇』風間書房、一九九四年）さらに、「定家本源氏物語の復原とその限界」（『国語と国文学』二〇〇五年五月）参照。
（15）注（9）参照。
（16）『源氏物語』本文は、上原作和・校注『人物で読む源氏物語／光源氏ⅠⅡ』（勉誠出版、二〇〇五年）にそれぞれよった。「紅葉賀」巻は大島本、「若菜」下巻は明融本である。
（17）河内本本文…『尾州家河内本源氏物語』（貴重本刊行会、一九七七年）により、注（3）『源氏物語大成』、『源氏物語別本集成／第二巻』（桜楓社、一九八九年）、加藤洋介『河内本源氏物語校異集成』（風間書房、二〇〇一年）を参照した。尾州家本と同一の本文を持つのは七毫源氏、高松宮本、平瀬本、大島本（河内本の別本）、一条兼良奥書本本等。
（18）浅尾広良「嵯峨朝復古の桐壷帝　朱雀院行幸と花宴」『源氏物語の准拠と系譜』（翰林書房、二〇〇四年、初出、二〇〇〇年）参照。
（19）麦生本文…「（給へり）左衛門督右衛門督左右の楽のこと行ふ」『源氏物語別本集成　第二巻』（桜楓社、一九八九年）。ただし「宰相二人」は阿里莫本にはある。
（20）磯水絵「『源氏物語奥入』に見える楽人、多久行について―『源氏物語』の音楽研究にむけて」『鎌倉室町文学論纂（徳江元正退職記念）』（三弥井書店、二〇〇二年）、「「詠」について—『源氏物語』の音楽研究にむけて—序説」（「日本音楽史研究／五号」上野学園日本音楽資料室研究年報、二〇〇四年五月）参照。

(21) 柳井滋・室伏信助・大朝雄二・鈴木日出男・藤井貞和・今西祐一郎校注『新日本古典文学大系　源氏物語』第三巻（岩波書店、一九九五年）。「五六のはち」も「「はち」は誤りか」とし、『集成』を踏まえ、山田孝雄説を「潑剌がつまったもので、五六絃を三指をもって内へ弾じ外へ弾じて一声の如くする奏法」と引く。

(22) 河内本本文…加藤洋介『河内本源氏物語校異集成』（風間書房、二〇〇一年）によれば、尾州家、七毫源氏、高松宮本、鳳来寺本、一条兼良奥書本等は「ら」の上に「ち」を書くか、「破」と傍らに漢字が宛てられている。

(23) 石田穣二・清水好子校注『新潮日本古典集成　源氏物語』第五巻（新潮社、一九八〇年）。

(24) 阿部秋生・秋山虔・今井源衛・鈴木日出男校注・訳『新編日本古典文学全集　源氏物語』第四巻（小学館、一九九六年）、『完訳日本の古典　源氏物語』第六巻、一九八六年の改訂版である。

(25) 「はら」は「潑剌《ハッラツ》」の促音便無表記であり、和風の呼び慣わし方であろう。注(21)(23)参照。

(26) 許光毅「怎怎弾古琴」（人民音楽出版社、一九九二年）、上原作和「雅楽」『日本語源大辞典』（小学館、二〇〇五年）参照。

(27) 上原作和『光源氏物語の思想史的変貌　琴のゆくへ』（有精堂、一九九四年）参照。

第三部——記憶の中の光源氏

甘美なる悔悟　追憶の女《ひと》としての夕顔

1　喪失感の意味するもの

華麗なる女性遍歴の折々、悔悟と追憶の情を光源氏に呼び起こす夕顔は、恋愛の絶頂期における死という結末を迎えた女性である。源氏は、美しい青春の日々を折に触れて回想する。そこには、夕顔物語の和歌や消息や白い扇などと言ったアイテムではなく、夕顔その人の、在りし日の面影が源氏を虜にしていたようである。物語は、恋の進行の時系列が消息によって書き残されていたが、源氏周辺と読者にはあくまで《謎》の女として物語は語られ続け、女の死によって《謎》が解き明かされると、雨夜の品定めの「常夏の女」の話へと遡及され、循環する物語構造になっていることが指摘されているのであった。(1)

＊

光源氏はこのように夕顔の回想を繰り返すのである。

思へどもなほ飽かざりし夕顔の露に後れし心地を、年月経れど、思し忘れず、ここもかしこも、うちとけぬ限りの、気色ばみ心深きかたの御いどましさに、け近くうちとけたりしあはれに、似るものなう恋しく思ほえたまふ。

（「末摘花」巻　二六五①〜⑤頁、巻頭）

年月隔たりぬれど、飽かざりし夕顔を、つゆ忘れたまはず、心々なる人のありさまどもを、見たまひ重ぬるにつけても、「あらましかば」と、あはれに口惜しくのみ思し出づ。

（「玉鬘」巻　八七①〜④頁、巻頭）

光源氏は、彼の記憶の中に、自身の過失といっても良い事故で夭折した女君の、その「け近くうちとけたりし」様を忘れることができなかったのである。

『源氏物語』の夕顔と言う女は、「帚木」巻の「雨夜の品定め」に「常夏の女」として登場する。

六条わたりの御忍び歩きのころ、内裏よりまかでたまふ中宿に、大弐の乳母のいたくわづらひて、尼になりにけるとぶらはむとて、五条なる家たづねておはしたり。

（「夕顔」巻　一三五①〜④頁）

もののけが登場して緊迫する中盤に比べると、「夕顔」巻の前半部分は、「浪漫性」漂う、ゆるやかな時間が流れていると言うことが出来る。夕顔の女周辺の謎めいた雰囲気も漂い、また「あやし」の語も、なんと二十七度にわたって用いられ、「夕顔」巻を紐解く回路になっていることは、すでにいくつかの指摘がなされている。(2)物語は、三輪山神婚譚や班女の故事が物語言説に織り込まれ、「夕顔」巻の謎めいた「あやし」の世界を特徴づけている。また、夕顔の性格も、内気とされているにもかかわらず、大胆な歌を先行して源氏に詠みかけるという和歌的作法と性格との矛盾や、その人を憑夜して殺したもののけの正体など、多くの〈謎〉がこの巻には織り込まれていたのであった。光源氏の記憶の中の夕顔を通して、『源氏の物語』の夕顔と言う女の位置を考えてみたいと考える。

2　〈記憶〉される夕顔——物語の語られ方

光源氏と夕顔の物語は、『源氏物語』という長編の中でどのような位置を占めるのであろうか。例えば、光源氏が夕顔と逢うまでの物語を語る、その語り手は、光源氏や随身、光源氏側に終始寄り添っており、源氏の興味と関心を共有する存在である。

まず、夕顔物語の最初の謎であり、かつ研究史における最大の謎ともなっている、夕顔の花をめぐるやりとりを考えてみよう。

修法など、またまた始むべきことなど掟てのたまはせて、出でたまふとて、惟光に紙燭《しそく》召して、ありつる扇御覧ずれば、もて馴らしたる移り香、いと染み深うなつかしくて、をかしうすさみ書きたり。

女「**心あてに　それかとぞ見る　白露の　光そへたる　夕顔の花**」

そこはかとなく書き紛らはしたるも、あてはかにゆゑづきたれば、いと思ひのほかに、をかしうおぼえたまふ。惟光に、

光源氏「この西なる家は何人の住むぞ。問ひ聞きたりや」　……略……

光源氏「めざましかるべき際にやあらむ」

と思せど、さして聞こえかかれる心の、憎からず過ぐしがたきぞ、例の、この方には重からぬ御心なめるかし。御畳紙にいたうあらぬさまに書き変へたまひて、

光源氏「寄りてこそ　それかとも　見めたそかれに　ほのぼの見つる　花の夕顔」

ありつる御随身して遣はす。

（「夕顔」巻　一三九⑪〜一四一⑦頁）

最近、わたくしは、「心あてに〜」の歌について、指示語を起点にして論じたところであるが、[3] これは従来からの解釈論争とも言うべきものなのであって、ひとつに「それかとぞみる」の「それ」を光源氏ととる説と、もうひとつ、これを頭中将ととる説とがあって、それぞれ、寓喩となる「白露」と「光添」える人、それに「夕顔の花」とが対立するのである。これに関しては、後に自己批判する事にもなろうが、わたくしは、後者の「それか」を夫の頭中将とる黒須重彦説に賛意を表し、氏の指摘するように、「白露」に「光添え」るのが頭中将と見たのであった。ただし、これは原岡文子も指摘するとおり、後の夕顔の歌、「光ありと見し夕顔の上露はたそがれ時の空目なりけり」の詠からして、「夫と見間違えた源氏を「光なし」と見ることになりはしないか」と言う指摘である。これは懸念に過ぎないと安易に退けることも出来ない重要な問題であろう。要するに、歌の解釈に拘泥すると、物語そのものが読者に対する目くらまし的な要素を盛り込みつつ書かれているわけだから、その迷路に迷い、謎を謎として受け留めつつも、その世界の中で彷徨する他はないのであろう。事実、最近の「夕顔」論は、和歌や後に触れるもののけの正体といった、小さな物語の、そのテクスト解釈に対する批判と、大きな物語としての俯瞰を前提とした総体的な「夕顔」物語の見取り図の提示と言った方向性に二分化されていると言ってもよいだろう。[4]

とすれば、前者に当たる解釈論文を提示したばかりのわたくしは、後者の立場に立ってこれを書くことになるわけだから、この行為を自家撞着と思われる向きがあるだろう。ただ、わたくしの試みは、あくまで微細な解釈の累積による、総体的な《像》を構築して提示することにあると考えているということをお断りしておきたいのである。

さて、そこで、夕顔の女のその〈謎〉とはどのような〈謎〉なのか、という問いに対して、わたくしはこのように答える。

曰く、この物語の〈謎〉とは、物語の〈謎〉を生成する、源氏の側に寄り添う語り手の情報操作そのものであると言うことになるだろう。なぜなら、夕顔に関する情報は、源氏の知る範囲に限定された物語の言説となっているからである。この夕顔物語の語り手は全知視点では語っていない。それこそが、夕顔の〈謎〉の本質なのである。語り手はこのように、夕顔の女の世界には踏み込まず、物語に光源氏と言う外部と夕顔という謎めいた内部を形成し、物語の空白を、あえて創造（＝想像）し、〈謎〉めかして語っているのである。

3　「あやし」き世界への遁走と挫折

夕顔にのめり込みがちな光源氏は、夕顔の「あやし」さ、言い換えれば、謎めいた「女」への興味に耽溺したかのようであった。それは恋の手練手管に長けた「六条わたり」の女とも、気詰まりな妻・葵の上とも違う。青春の日の歯止めの効かない恋の暴走とも言うべき力であった。それは、当初は、行きずりの、戯れ的な恋であったけれども、夕顔のたおやかな雰囲気にいつの間にか源氏は虜になっていたのである。夕顔は、このように描かれている。

A　人のけはひ、いとあさましく柔らかに、おほどきて、もの深く重き方はおくれて、ひたぶるに若びたるものから、世をまだ知らぬにもあらず、いとやむごとなきにはあるまじ、〈いづくにいとかうしもとまる心ぞ〉と、かへすがへす思す。
（「夕顔」巻　一五三①〜④頁）

B　いとことさらめきて、御装束をもやつれたる狩の御衣を奉り、さまを変へ、顔をもほの見せたまはず、夜深きほどに、人をしづめて出で入りなどしたまへば、昔ありけん物の変化めきて、…
（「夕顔」巻　一五三⑥〜⑨頁）

C「いざ、いと心やすき所にて、のどかに聞こえん」など、語らひたまへば、「なほあやしう。かくのたまへど、世づかぬ御もてなしなれば、もの恐ろしくこそあれ」と、いと若びて言へば、〈げに〉とほほ笑まれたまひて、「げに、いづれか狐なるらんな。ただはかられたまへかし」
（「夕顔」巻　一五四⑩〜⑭頁）

D　この世のみならぬ契りなどまで頼めたまふに、うちとくる心ばへなど、あやしく様変りて、世馴れたる人ともおぼえねば、人の思はむところもえ憚りたまはで、右近を召し出でて、随身を召させたまひて、御車引き入れさせたまふ。
（「夕顔」巻　一五七⑮〜④頁）

Aは夕顔と言う女の性格規定として重要である。すなわち、「人のけはひ、いとあさましく柔らかに、おほどきて、もの深く重き方はおくれて、ひたぶるに若びたる」ものの、「世をまだ知ら」ない、つまり、男を知らないわけではなく、また高貴な出自とも思えず、なのに自分はどうしてこの人に〈いづくにいとかうしもとまる心ぞ〉と、自身が惹かれる理由をはかりかねているのである。

Bは夕顔との逢瀬に、源氏が姿をやつしていることが語られているわけである。これは三輪山神婚譚と呼ばれる挿話ではあるが、三輪山の神が、その正体を隠して「容姿端正」の活玉依毘売《いくたまよりびめ》の許に通ったという話であり、当時既に広く流布していたことがわかるだろう。身を「やつす」光源氏が、「葎の門の女」に通う物語は、『うつほ物語』の若子君物語も想起され、ここからも神話性、巫女性、遊女性と様々な《謎》が多面的な物語の像を生成しているのである。[5]

かと思えば、C「げに、いづれか狐なるらんな」とも述べていて、唐代伝奇『任氏伝』もくしは白楽天の「任氏行」をふまえた、女を「変化のもの」と見る源氏も描かれている。任氏は、美女に変身して鄭生の心を魅了し、その妻となった狐のこと。源氏はまだ女を信用しきれず「妖狐」ではないかと疑いもしているのである。これは、先の、小さき童が「うち招く。白き扇のいたうこがしたるを」の「うち招く」を歌語と見る立場から、『新編全集』が、「その背後に、白い狐を「妖獣」とし（説文）、美女に化けるとする（郭氏玄中記）中国の思想や、また唐代伝奇「任氏伝」（女は白衣を着る）や散逸した白楽天「任氏行」などの影響を考える説もある」とし、また「白き扇のいたうこがしたる」に関して、「扇の連想として不倫、別れ、好色、遊女などの印象を読者にかき立てるかと言われる」とする『新大系』や、『河海抄』「しろき扇の香にしみたる也。俊成卿女説こがすとは扇のつまの香色なる歟」とあることから、視覚的な特徴から扇の持ち主を暗示し、班婕妤《はんしょうよ》（＝班女）の白扇が念頭にあるとする黒須重彦説などがその伏線としてあることは言うまでもなく、AとCとはまったく異なる夕顔像を語り手が形象していることになるだろう。[6]

またDは、源氏が某院へと夕顔を誘う場面である。「うちとくる心ばへに、あやしく様変」る夕顔に源氏は強く惹かれ、死への旅路へと夕顔を導くことになるのであった。

4　もののけの正体／夕顔の陰画としての六条御息所

そこで、物語中、夕顔と対置する存在である、六条御息所の語られ方について考え、「夕顔」の物語の方法について明らかにして見たい。言うまでもなく、六条御息所は情念の女であった。『源氏物語』に、もし、六条御息所がもののけとなる場面が描かれなかったとしたら、なんと平板な展開になっていたことであろうか。夕顔、葵の上、紫の上、女三宮、そして柏木の死に至るまで、六条御息所は生き恥を晒しつつ、さらには死してなお、自身の嫉妬心を放散させ続けた異色のヒロインである。世の羨望の中、東宮の妻となりながらも東宮は早世、誇り高きプライドは、若き日の光源氏の愛欲の発散を一心に受け止めることに全身全霊が注がれた。しかし、光源氏にとっては、所詮、遊びの女人でしかなく、また、立ち居振る舞いや嗜みは完璧の隙のない女であったから、すぐに気詰まりとなり、六条御息所の嫉妬と執心は自身の理性の抑圧に耐えかねる状態となって行く。また、夕顔と葵の上の物語と対となって語られることもあって、六条御息所の物語は、光源氏の恋の物語の、その陰画のようなものとも言えそうである。

宵過ぐるほど、すこし寝入りたまへるに、御枕上にいとをかしげなる女ゐて、「おのが、いとめでたしと見たてまつるをば、尋ね思ほさで、かくことなることなき人を率ておはして、時めかしたまふこそ、いとめざましくつらけれ」とて、この御かたはらの人をかき起こさむとすと見たまふ。物に襲はるる心地して、おどろきたまへれば、灯も消えにけり。うたて思さるれば、太刀を引き抜きて、うち置きたまひて、右近を起こしたまふ。

（「夕顔」巻　一六四①〜⑧頁）

もののけの正体は、「おのがいとめでたし」とお思い申し上げている六条御息所をお尋ねしないで、と解釈することで、六条御息所の侍女とか、「某の院」の地に徘徊する魑魅魍魎たる霊物とか、その複合的な物とも言われている。

この夢と現の間のもののけの声の解釈について、六条本人の生霊、六条わたりの周辺人物（具体的に、祖母、母、さらに中将の君説もあり）、なにがしの院をとりまく妖物＝死霊などの説がある。また、構文にも諸説あって、「をば」の語法的問題は、「この私を」と補ったり、「おのが」を「見たてまつるをば」に係る構文と解せば、六条の周辺の読みも生きてくるという。いずれにせよ、この声は、女の怨み・嫉妬の言葉であり、浅尾広良の准拠説と諸説整理によれば「六条御息所に対し守護霊的に出現し、夕顔に怨霊として出現して取り殺した。…この物の怪は六条御息所の亡き母や祖母という想定も可能」とする。これが最も合理的な解釈と思われる。(7)

六条御息所は、賀茂祭の御禊に源氏の晴れ姿を一目見ようと出かけてみたものの、葵の上一行と鉢合わせし、気性の荒い下人たちが諍いを始め、御息所の車は大破されて奥へと押しやられる。激しくプライドを傷つけられた上、現在の自身が愛人でしかないという境遇を思い知らされ、屈辱的な一日として六条御息所の情念に異常な怒りと嫉妬心を点したのであろう。かくして、「葵」巻の六条御息所の物語は、なぜ、御息所がもののけとなるに至ったのかと言う心理的な圧迫や、女性としての屈折した心理を余すところなく語っているのである。

あやしう、我にもあらぬ御心地を思しつづくるに、御衣なども、ただ芥子の香に染み返りたるあやしさに、御ゆする参り、御衣着替へなどしたまひて、試みたまへど、なほ同じやうにのみあれば、わが身ながらだに疎ましう思さるるに、まして、人の言ひ思はむことなど、人にのたまふべきことならねば、心ひとつに思し嘆くに、いとど御心変はりもまさりゆく。　（「葵」巻　四二⑥〜⑫頁）

これに対し、「御衣などもただ芥子の香に」以下の本文は、御息所の衣や髪に、もののけ調伏の際に焚いた芥子の香が衣服に染み込んでいたかのように描かれ、これは、六条御息所の物語に典型的な、心内に沿った語り手の言説であり、御息所と語り手の共同幻想とでも言うべき言説なのであって、必ずしもこの言説から、六条御息所がもののけとなった証拠であるとは断定できないという(8)。しかしながら、これを以て、六条御息所が、あたかももののけとなったかのように認識していることは、確実に語り手によってひとつの像を結ぶように語られていると言ってよい。

また次の物語は、六条御息所の娘の伊勢下向に伴う、野々宮での源氏と御息所の別れの場面についてである。これは、源氏の側からして見れば、自身とその周辺にたいへんな苦渋を与えた御息所に対して、情けを断ち切るどころか、離別に際しては、かつての恋人の手をとって「なつかし」とすら覚え、さらにはその甘美なる陶酔の涙を流しながら帰途についたと描かれてさえいるのであった。


やうやう明けゆく空のけしき、ことさらに作り出でたらむやうなり。

光源氏「暁の　別れはいつも　露けきを　こは世に知らぬ　秋の空かな」

出でがてに、御手をとらへてやすらひたまへる、いみじうなつかし。

風、いと冷やかに吹きて、松虫の鳴きからしたる声も、折知り顔なるを、さして思ふことなきだに、聞き過ぐしがたげなるに、まして、わりなき御心惑ひどもに、なかなか、こともゆかぬにや。

御息所「おほかたの　秋の別れも　悲しきに　鳴く音な添へそ　野辺の松虫」

悔しきこと多かれど、かひなければ、明け行く空もはしたなうて、出でたまふ。道のほどいと露けし。

（「賢木」巻　八九⑤〜⑮頁）

このように見てくると、語り手の視点は、源氏の、六条御息所への愛隣とも重なりつつ、六条御息所の心情に同情し、寄り添うムードを保持し、「葵」巻の、六条御息所自身の「見る」行為によるもののけの生成過程とは一線を画して、「賢木」巻では、源氏が六条御息所の物語を「見」なおす物語であると言えそうである。かくして、こうした語り手の肩入れによって、六条御息所の物語は、源氏の愛隣と、語り手の六条御息所への共感によって生成されたということになるだろう。(9)

さて、その様相は、死霊となった六条御息所の物語で一転する。死霊本人がその経緯を語っているからである。死霊となったくだりは、六条の院（源氏）と六条御息所の直接対峙である。ただし、この語り手は六条の院の視線や心内に同化しつつも、その言説には、院の罪の意識すら確認できることに注意したいのである。(10)

もののけ「人は皆去りね。院六条院一所の御耳に聞こえむ。おのれを月ごろ調じわびさせたまふが、情けなくつらければ、同じくは思し知らせむと思ひつれど、さすがに命も堪ふまじく、身を砕きて思し惑ふを見たてまつれば、今こそ、かくいみじき身を受けたれ、いにしへの心の残りてこそ、かくまでも参り来たるなれば、ものの心苦しさをえ見過ぐさで、つひに現はれぬること。さらに知られじと思ひつるものを」

とて、髪を振りかけて泣くけはひ、ただ昔見たまひしもののけのさまと見えたり。六条院「あさましく、むくつけし」と、思ししみにしことの変はらぬもゆゆしければ、この童女の手をとらへて、引き据ゑて、さま悪しくもせさせたまはず。

六条院「まことにその人か。よからぬ狐などいふなるものの、たぶれたるが、亡き人の面伏なること言ひ出づるもあなるを、たしかなる名のりせよ。また人の知らざらむことの、心にしるく思ひ出でられぬべからむを言へ。さてなむ、いささかにても信ずべき」

とのたまへば、ほろほろといたく泣きて、

もののけ「わが身こそ　あらぬさまなれ　それながら　そらおぼれする　君は君なり

いとつらし、いとつらし」

と泣き叫ぶものから、さすがにもの恥ぢしたるけはひ、変らず、なかなかいと疎ましく、心憂ければ、《もの言はせじ》と思す。

（「若菜」下巻　二三五③〜二三六⑥頁）

「狐」は、その昔の若き日、夕顔の女をそれと疑ったものであったけれども、六条御息所の死霊と認識しつつも、それを誤魔化そうとする言説として用いられ、死霊をして「いとつらし、つらし」と恨み言を誘発させていることに注意したい。このように、源氏の愛した女君たちの敵役として語られながら、六条御息所の物語は、光源氏の恋の物語の陰画として、源氏の罪の意識を照らし出す物語であると言える。また、当初は、源氏を「見」つめる女君として描かれ、もののけとなってからは、全知視点を持ち、源氏を呪い、かつ自身の醜態を晒し続ける姿を「見られる」こととなってもののけは跳梁跋扈するのである。しかしながら、この物語の語り手は、罪の意識に暗澹たる想いの源氏の恋の結末を語りながら、その実、六条御息所の側に重心を於いて語られる物語でもある、とは言えそうである。

5　昇華される記憶

夕顔の死をなんとか自身の中で相対化しようとする光源氏は、夕顔のしぐさやふるまいなどを回想する。源氏は、右近を呼んで、夕顔が素性を明かそうとしなかった不審を尋ね、「海人の子」とのみ答えてはぐらかし続けた彼女の心の「隔て」を悲しく思っていることを訴えたのであった。

右近を召し出でて、のどやかなる夕暮に、物語などしたまひて、

光源氏「なほ、いとなむあやしき。などてその人と知られじ、とは、隠いたまへりしぞ。まことに海人の子なりとも、さばかりに思ふを知らで、**隔てたまひしかばなむ、つらかりし**」

（「夕顔」巻　一八三⑮〜一八四④頁）

右近の答えは、源氏にとっては意外なものであり、夕顔の、終始受け身的な生き方による、彼女なりの処世術によるふるまいであったことが判明する。また、身の上過ぎた貴公子との恋に、自身を規制していた節も窺えたこともあって、そうした心持ちを詮索すらしなかった源氏は、自身の不覚を呪い、さらに、切ない真情を吐露し続けた。

光源氏「あいなかりける心比べどもかな。我は、しか隔つる心もなかりき。ただ、かやうに人に許されぬ振

る舞ひをなむ、まだ慣らはぬこととなる。内裏に諫めのたまはするをはじめ、つつむこと多かる身にて、はかなく人にたはぶれごとを言ふも、所狭う、取りなしうるさき身のありさまになむあるを、はかなかりし夕べより、あやしう心にかかりて、あながちに見たてまつりしも、かかるべき契りこそはものしたまひけめ、と思ふも、あはれになむ。またうち返し、つらうおぼゆる。かう長かるまじきにては、など、さしも心に染みて、あはれとおぼえたまひけむ。なほ詳しく語れ。今は、何ごとを隠すべきぞ。七日七日に仏描かせても、誰が為とか、心のうちにも思はむ」

（「夕顔」巻　一八四⑩〜一八五⑥頁）

このように、悔悟と追憶の情を光源氏に呼び起こす夕顔なる女性の素性と短い人生は、右近によってその全貌が明らかとなる。今まで源氏の前に現れた女人とは明らかに異なる存在にして、控えめで、伏し目がちでありながら、出会いの場面では、妙に積極的な若々しさを発散させた《謎の女》。それは語り手による《拵えもの》の《謎》であって、あくまで夕顔の女の意図としたものではないと知った時、源氏の中で夕顔の女は、聖なる妖精として昇華され、美しい青春の日々を回想する際にはまず彼女のことが想起されるに至るのであった。再度、回想の中の夕顔の言説を引用しよう。

思へどもなほ飽かざりし夕顔の露に後れし心地を、年月経れど、思し忘れず、**ここもかしこも、うちとけぬ限りの、気色ばみ心深きかたの御いどましさに、け近くうちとけたりしあはれに**、似るものなう恋しく思ほえたまふ。

（「末摘花」巻　二六五①〜⑤頁、巻頭）

年月隔たりぬれど、飽かざりし夕顔を、つゆ忘れたまはず、心々なる人のありさまどもを、見たまひ重ぬるにつけても、「あらましかば」と、あはれに口惜しくのみ思し出づ。

（「玉鬘」巻　八七①〜④、巻頭）

光源氏は、記憶の中で、自身の過失といっても良い事故で夭折した女君の、その「け近くうちとけたりし」様を忘れることができない。他の女性と逢瀬を重ねても重ねても、そのたび、「夕顔の君がこの世にいたら」と彼女の面影が心を過ぎるのであった。それは藤壺を喪い、紫の上を亡くした時とも異なる、源氏の恋のひとつのかたちである、自己陶酔的な「甘美なる悔悟」に他ならないのであった(11)。

もちろん、この回想は、紫の上を喪った「幻」巻の六条の院の、その前景であること、もはや、贅言を要すまい。

注

（1）源氏物語の本文は、初出時に指定した『新編日本古典文学全集　源氏物語①〜④』（小学館、一九九四〜一九九六年）を使用した。

（2）今井源衛『源氏物語　上巻』（創元社、一九五三年）『今井源衛著作集　第五巻　源氏物語の鑑賞・研究1』（笠間書院、二〇〇四年）、吉海直人「夕顔物語の構造」『源氏物語の新考察　人物と表現の虚実』（おうふう、二〇〇三年、初出、一九八〇年）、今井久代「夕顔巻の「あやし」の迷路――頭中将誤認説を手がかりとして――」『源氏物語構造論　作中人物の動態をめぐって』（風間書房、二〇〇一年、初出、一九九六年）、斉藤昭子「夕顔巻・表裏の〈他者〉―「あやし」の物語と光源氏の同一性―」（『横浜市立大学　国際文化研究紀要』第四号、一九九八年一〇月）など。

（3）上原作和「古代日本語における指示語の射程　『源氏物語』夕顔の和歌「心あてにそれかとぞ見る」の指示するもの」「解釈と鑑賞〈空間〉の言語表現」（至文堂、二〇〇四年七月）において、研究史をわたくしなりに俯瞰してあるので参照願いたい。

（4）高橋亨「夕顔の巻の表現――テクスト・語り・構造」『物語文芸の表現史』（名古屋大学出版会、一九八七年）、三谷邦明「誤読と隠蔽の構図―夕顔巻における光源氏あるいは文脈という射程距離と重層的意味決定」『源氏物語の言説』（翰林書房、二〇〇三年、初出二〇〇〇年）、土方洋一「夕顔の女と物語の主成」「移りゆく時の物語」『物語史の解析学』（風間書房、二〇〇四年、初出一九九八、二〇〇〇年）参照。

（5）藤井貞和「三輪山神話式語りの方法」『源氏物語論』（岩波書店、二〇〇〇年）参照。

（6）新間一美『源氏物語と白居易の文学』『平安朝文学と漢詩文』（和泉書院、二〇〇三年）の夕顔論、黒須重彦『夕顔という女』（一九七五年、笠間書院）、吉海直人「扇の移り香―夕顔巻の再検討」『源氏物語の新考察　人物と表現の虚実』おうふう、二〇〇三年所収）参照。

（7）浅尾広良「夕顔巻の物の怪の正体」『源氏物語事典』（大和書房、二〇〇二年）。

（8）藤本勝義「憑霊現象の史実と文学――六条御息所の生霊を視座としての考察――」『源氏物語の物の怪―歴史と史実の間』（笠間書院、一九九四年、初出一九八九年）参照。

（9）原岡文子「六条御息所考―「見る」ことを起点として」『源氏物語の人物と表現　その両義的展開』（翰林書房、二〇〇三年所収）、東原伸明「車争い前後・六条御息所の〈語り〉・〈言説〉・〈喩〉―忍び所の愛妾たちと〈喩〉＝擬きとしての源典侍物語」『源氏物語の語り・言説・テクスト』（おうふう、二〇〇四年、初出一九九八年）。

（10）陣野英則「六条御息所の死霊と光源氏の罪―死霊の言葉を手がかりとして」『源氏物語の話声と表現世界』（勉誠出版、二〇〇四年、初出一九九六年）参照。

（11）夕顔論の代表的な論考として、日向一雅「夕顔物語の主題と方法」（『源氏物語の準拠と話型』至文堂、一九九九年）、藤本勝義「夕顔造型―その性情と死」（『源氏物語の人 ことば 文化』新典社、一九九九年）原岡文子「遊女・巫女・夕顔――夕顔の巻をめぐって」『源氏物語の人物と表現　その両義的展開』（二〇〇三年）、鈴木日出男「夕顔物語の主題」（『源氏物語虚構論』東京大学出版会、二〇〇三年）、を挙げておく。

《琴《きん》》を爪弾く光源氏

琴曲「広陵散」の《話型》あるいは叛逆の徒・光源氏の思想史的位相

1　序章

須磨下向を決意した光源氏は、僅かばかりの書物と《琴《きん》のこと》一張を携えて西へと旅立つ。「須磨」から「明石」へと綴られて行く、所謂、貴種流離譚と呼ばれる巻々において《琴の音》は、光源氏自身の心象そのものを奏でていた。流浪する彼の慰藉として、あるいは都に残してきた女君を案じて、さらには仇討ちを主題とする曲を爪弾くことによって、自らを排斥した帝に対する叛逆の志ですら、この楽の音を通して表象されるのである。

しかしながら、従来この楽器に関しては、思想史的背景に関する言及や、古代中国音楽史における枢要な位置については知られながら、楽曲の実態は物語学においても顧みられることがなかった。ところが、昨今のエスニック・ブームによって古代中国音楽のそれらが相次いでCD化されるところとなって、《Qin》の音は現代を生きるわたくし達にも容易に聴くことが可能となったわけである。これらは中国に細々ではあるが採譜されていたものであるとか、海を渡った我が国の文献においてのみ、その実態が窺われるものもある。(1) それらはさらに現代の琴士によって釈譜され、甦ったものではあるけれども、なにより王朝の遊宴を、視覚のみならず聴覚的印象をも追体験しうるという意味で、貴重なインター・テクストたりえよう。

本章では『源氏物語』正篇の、《琴《きん》》にまつわる思想史的位相について論述した前著を享けて、(2) 所謂、貴種流離譚における、この《琴》の音の物語内容《イストワール》との相互連関性、及び光源氏物語の思想史的位相について論述することにより、『源氏物語』の《言説》の方法の一端を明らかにしたいと考えている。

2　物語空間の《音》と思想

平安京は《音》に支えられた空間であるという。桓武帝によって、四神相応の思想を基根とした、四方それぞれにふさわしい音色の梵鐘が据えられて、それらが、折り折りに交響する空間として仕立てられているのだという。平安京の音風景を解読した中川真によれば、この物語における自然と人事と音風景の相互連関性とは、(3)

> 『源氏物語』に現れる事物は文化的なコードを背景としながら、総身体的な知覚によった叙述法に支えられ、実在化しているといえる。感性といった、いかにも頼りない部分に依拠しているからこそ、私たちは『源氏物語』に、登場人物の生き生きとした息づかいや身ぶりを、想像したり解釈したりすることができるのである。
> （六五頁）

と分析している。これは夙に三島由紀夫が『文化防衛論』で展開した、「行動および行動様式」そのものも「一つの形（フォルム）」として、文化概念に組込みうるという理論が思い合わされもするが、[4]『源氏物語』というテクストが創造した、王朝貴族の総体的表現において、音風景の意味するところは単なる聴覚的印象に留まらず、奏でるものの思わせぶりな行為そのものが、身体論的な《語り》の衝撃力を惹き起こしているという、看過できぬ枢要な課題であることを再認識させるのである。

しかるに、思想性に型取られた《音》の空間・平安京から逸脱した光源氏が、須磨・明石の荒らぶる自然の《音》に包まれながら、《琴のこと》を奏でることによって彼自身の思想を語っているのだとすれば、これらのテクストが交響することの意味は、この物語の極めて典型的な叙述の一方法を具現しているのだと言えよう。[5]

ところで前章では、彼の携えていた《琴の御こと》が異郷において爪弾かれることの意味を、《方外之士》嵆康の思想の延長線上にあるという考えを述べた。『源氏物語』の貴種流離譚における光源氏の思想は、神話的構造を縦軸に、悲運の文人の人生を豊饒なる漢詩文の修辞《レトリック》を通して、彼の兄朱雀帝と右大臣家に対する叛逆の志が底流に潜在化していることは夙に説かれているところであった。[6] わたくしはこのテクストの思想史的位相において、なにより《琴のこと》がその文化史的コードとして定位していると考えている。[7] 抑も《琴のこと》は儒仏道の三教混淆の六朝思想を反映した古代思想の諸相を具現しているという意味において、また光源氏の携える宝器として、『源氏物語』の音風景の中でも極めて枢要な位置にある《存在《モノ》》であると言えよう。このプレ・テクストを古代にたどれば、当時、文人貴族の理想的生活である、《方外之士》の思想がテクストに根ざしているらしい。具体的には海波に嵆康があり、我が国では大伴旅人があると増尾伸一郎は言う。[8]《琴》を爪弾く光源氏の沈思の姿は、まさしく都を追われ、異郷にさすらう文人貴族の典型として造型されているのである。H・シラネに「文体は高度に詩的、文学的」と評された一節を引いておこう。[9]

須磨にはいとゞ心づくしの秋風に、海はすこし遠けれど、行平の中納言の、関吹きこゆるといひけむ浦波、夜々はげにいと近く聞こえて、またなくあはれなるものは、かゝるところの秋なりけり。御前にいと人すくなにて、うちやすみわたれるに、ひとり目をさまして、枕をそばだてゝ四方のあらしを聞き給ふに、波たゞこゝもとに立ちくるこゝちして、《涙落つ》ともおぼえぬに、枕浮くばかりになりにけり。《琴》をすこしかき鳴らし給へるが、我ながらいとすごう聞こゆれば、弾きさし給ひて、

光源氏　恋ひわびて泣く音にまがふ浦波は思ふかたより風や吹くらむ

と歌ひ給へるに、人々おどろきて、《めでたう》おぼゆるに、しのばれて、あいなう起きゐつゝ、鼻をしのびやかにかみわたす。（四二一⑫〜二⑦頁）

秋風に《琴》の音が響き合う中、光源氏の寂寥は極まり、涙に袖を濡らした。行平・道真、白楽天等のプレ・テクストがちりばめられ、歌ことばのレトリックの諸様式が駆使されている。一例、『白氏文集』(10)（巻16）らの引用を掲げておこう。『枕草子』や『和漢朗詠集』にも引かれる律詩、「香爐峰下、新卜㆓山居草堂㆒初成、偶題㆓東壁㆒」の第四句に、

遺愛寺鐘攲*枕聴、香爐峰雪撥簾看　　＊欹枕—攲枕

とある、「枕を攲てて聴く」の文言がそれである。

詩文の創作、唐絵制作に日々をすごしつつ(11)《琴の御こと》を爪弾く彼の生き様が、白楽天のそれを准らえたものであることは、すでに説かれたところである。そして、ここからも、テクストにおける《琴》が、なにより彼の心

象の《換喩《ミトニミー》》たりえていることはすでに前章に叙べたことだけれども、そうした要素も今ここに、充分確認しうるであろう。

3 文人趣味と《琴》の思想

《琴の御こと》は王朝の文人貴族にとっても調度品として垂涎のものであったらしい。例えば『道長公記（御堂関白記）』長和二年（一〇一三）四月十三日条には、(12)

子一剋御進物、貫之書『古今』、文正書『後撰』進、入二紫檀地螺鈿筥一、裹二末濃象眼一、付二藤枝一、作二琴一張・和琴一張一、入二錦袋一、取レ之人春宮大夫・太皇太后宮大夫等也。

栄華の絶頂にあった道長は、巨匠・紀貫之の手になる『古今和歌集』とともに、《琴の御こと》一張が一等級の調度品であったことを記している。王朝貴族の嗜みとしては書道・『古今集』暗唱・そして《琴の御こと》の奏法をマスターすべきことであったこと等は、『枕草子』「清涼殿の丑寅の隅の…」での藤原師尹の教育論に知られるとおりであり、(13)「絵合」巻で桐壺帝もまた、さまざまの才の中でも「《琴》弾かせ給ふことなむ、一の才にて」と述べていたことが、蛍兵部卿宮の口を通して語られている。しかし、道長の場合はむしろ何より当代望みうる最高の調度品を取り揃えることができた満足感が、彼にこうした記録をなさしめた最も大きな理由であろうとは思われる。

*

さて、旅立つ日の光源氏は以下のごとく記されている。

よろづの事とも、したゝめさせ給ふ。親しうつかうまつり、世になびかぬ限りの人々、殿の事とり行ふべきかみしも定め置かせ給ふ。御供にしたひきこゆる限りは、また選りいで給へり。かの山里の御住処の具は、えさらずとり使ひ給ふべきものども、ことさらよそひもなく、ことそぎて、さるべき書《ふみ》ども、『文集』など入りたる箱、さては《琴》一つぞ持たせ給ふ。所狭き御調度、はなやかなる御よそひなど、さらに具し給はず、あやしの山賤めきて、もてなし給ふ。

（「須磨」巻　四〇五⑫～六④頁）

彼が取り揃える調度は、あくまで虚飾を排除したものでなければならなかった。自らが志向する生活態度は、白楽天を規範とする。テクストにも『文集』と見える、この言説自体のプレ・テクスト、『白氏文集』（巻26「草堂記」）の内(14)の、

堂中設木搨、四素、屛二、漆琴一張、儒・道・仏書、各三両巻。

を踏まえた記述である。「さるべき書ども」というふうに朧化されてはいるものの、彼の文人的生活においては、六朝士大夫の儒仏道の三教混淆思想や、その文人精神の系譜に連なる、白楽天の思想が根底にあって、学びの中に人生の意味を探る求道精神が、なにより総てに優先すべきものであった、ということになる(15)。しかも、王権から逸脱した彼にとっては、政の規範となるべき儒書よりも、ディレッタントに愛読されていた、老荘＝道家思想の書がより座右に置かれる日の多かったことであろうとする考えも、あながち穿ちすぎではないのかもしれない。

彼の終生のライバル・頭中将が周囲の反対を振り切って、友のもとへ馳せ参じる場面を考えてみよう。

いとつれづれなるに、大殿の三位の中将は、今は宰相になりて、人柄のいとよければ、時、世のおぼえ重くてものし給へど、世の中あはれにあぢきなく、ものゝをりごとに恋しくおぼえ給へば、ことの聞こえありて《罪にあたるとも、いかゞはせむ》とおぼしなして、にはかにまうで給ふ。《うち見るより、めづらしう、うれしきにも、ひとつ涙ぞこぼれける。住ひ給へるさま、言はむかたなく、唐めいたり。所のさま、絵に描きたらむやうなるに竹編める垣し渡して、石の階、松の柱、おろそかなるものから、めづらかにをかし。山賤めきて、聴色の黄がちなるに、青鈍の狩衣・指貫、うちやつれて、ことさらに田舎びもてなし給へるしも、いみじう見るに笑まれてきよらなり。取り使ひ給へる調度ども、かりそめにしなして、御座所もあらはに見入れらる。碁・双六の盤・調度・弾棊たぎの具など、田舎わざにしなして、念誦の具、行ひ勤め給ひけり》と見えたり。

（「須磨」巻　四三一⑭～二⑪頁）

中将の視線を基点とした、所謂《同化的言説》を通して、光源氏の簡素な生活ぶりがたどられる。プレ・テクストは『白氏文集』巻16「律詩」の香爐峰の草堂の一編[16]、

石階、松柱、竹編南牆。南簷納日冬暖。　＊松柱―桂柱

を踏まえている。「唐めいた」る彼の住まいは遊興の具とともに、六朝文人貴族およびそれらの系譜に連なる白楽天の生活様式をそっくり踏襲したものである。しかも先に掲げる『白氏文集』の引用が、「須磨」巻では白楽天の江州司馬左遷時代、特に元和十二年（八一七）香爐峰の下に草堂を築いた時の詩文が多く取られていることは、よく知られていることであろう[17]。

また三谷邦明は《 》内の心内語を中心に《言説分析》して、中将と《語り手》さらに《読者》が一体化する同化的視点を指摘する。しかもこの《語り手》が、供人たる男性であるとする、衝撃的な分析結果を述べながら、

> 頭中将は、彼の主観から光源氏を白楽天に見立てているのである。と言うより、頭中将は、無理であっても、光源氏を白楽天に重層化したいのである。須磨巻で何度も引用される菅原道真を、ここで引詩したらどうなるであろうか。つまり、流罪の地で悶死する菅原道真ではなく、左遷はあったものの都に帰還する白楽天を引用する頭中将の友情が、引詩の中に込められているのである。（六三頁）

という[18]。勿論そこには政治的ライバル同士の緊張関係もあり、二人の応酬を《読む》ことの可能性は無限に広がる気配もあるのだが、今はこうした引用の諸相に潜む、彼の思想に論点を絞って行くこととしよう。

4　光源氏の思想と《書かれた物語《エクリチュール》》

光源氏は天変地異によって、須磨の地を去り、明石へとさらに西に下った。王化の地から化外の地へのさらなる逸脱である。明石で久しぶりに《琴》を弾く場面、

「あはとはるかに」などの給ひて、

　あはとみる淡路の島のあはれさへ残るくまなく澄める夜の月

ひさしう手ふれ給はぬ《琴《きん》》を袋より取り出で給ひて、はかなくかき鳴らし給へる御さまを見たてまつる人も、やすからず、哀れに悲しう思ひあへり。広陵といふ手をあるかぎり弾きすまし給へるに、かの岡べの家も松のひゞき、波の音にあひて、こころばせある若人は、身にしみておもふべかめり。何とも聞きわくまじき、このもかのもの、しはぶる人どもも、すゞろはしくて、浜風を引きありく。……我御心にも、をりくの御遊び、その人かの人の琴笛、もしは声の出しさまに、時々につけて、世にめでられ給ひしありさま、帝よりはじめたてまつりて、もてかしづきあがめたてまつり給ひしを、人の上もわが御身のありさまも、おぼし出でられて、夢の心ちしたまふまゝにかき鳴らしたまへる声も、心すごく聞こゆ。＊

＊「聞こゆ。」―「聞こゆる人は」

（「明石」巻　四五三②～四②頁）

「広陵といふ手」こそ竹林の七賢・嵆康にまつわる琴曲中、最高の傑作と伝えられる、秘曲「広陵散」である。「散」は「曲＝引＝弄」の謂で、「広陵」の地で流行したことが起縁であるといわれる、「聶政韓王を刺せる曲」がそれである。この曲は嵆康作曲ではないのだが、『晋書』（巻四九―19）に、花陽の亭でかつての楽人たる尭の伶倫の霊から伝授された秘曲として、彼の刑死の際に、この曲唯一の演奏者たる嵆康が袁孝尼への伝授を拒否したまま死んだので、以後絶えた、とされていたものである。[19] 彼自身の思想は「琴賦」『文選』（巻18所収）にも明らかだが、楽論「声に哀楽無きの論」は、即ち「音楽は客観的存在であり、人の感情は主観的存在である、そこには因果関係はない。音楽はよいかよくないか、美しいか美しくないか」だけが音楽の本質というのである。これは君子が《琴》を奏でて、衆が楽しめば善政、哀しめば悪政、といった祭政一致の礼教主義の思想とは明確な一線を画す。ならばこれは『源氏物語』における光源氏の不遇な時代の、体制に対するディレッタントとしての姿勢に准らえることが出来るであろう。白楽天の不遇な時代の詩文を表層に織り込むこのテクストはまさしく、こうした思想を深

層に抱え込んで生成されたのだ、と言えよう。これらを踏まえて「広陵散」の《話型》を分析してみよう。(20)

「聶政韓王を刺せる曲」の主題は「父の仇討ちのために国王を刺殺すること」であり、これはなにより、光源氏自身の都に対するアンチ・テイゼなのである。白楽天の詩文に規定されてきた文人精神はここで、嵆康の無念の刑死と彼の「広陵散」伝説とが響き合う中で、叛逆の志を生成している。それは後述する朱雀帝に対する和歌や、物語を支える神話的構造から伺いうるものではあるけれども、(21) 例えば「広陵散」の物語内容《イストワール》を知らぬ《読者》にとっては、前後の荒涼たる自然のイメージや明石入道の登場を読むかぎり、このテクストの《換喩》《ミトニミー》として機能している叛逆の志を読むことは不可能である。即ち、この物語の貴種流離譚の《主題》とは、書かれざるテクスト《=琴の音》によって漸く結実するのである。そしてそこには、当然《読者》の一回的な《読み》から産出されてくる《話型》と、プレ・テクストからの聴覚的印象として喚起される《琴の音》が響き合う中で、流離の文人貴族による叛逆の志が生成されてくるのだと言えよう。抑も、プレ・テクストとテクストの相互連関性は《話型》において、完全なる一致を必要としない。むしろ、その差異がいかなる意味性を担っているかに焦点がある。

さて、「広陵散」の聶政は国王を刺した上に、自殺までしている。ところが光源氏物語にはそうした殺伐とした《話型》が描かれることはない。強いて言えば、それは彼の詠む《うた》によって、表現されていると言えよう。それぞれ「須磨」「明石」の巻末の詠、

源氏 やをよろづ　神もあはれと　おもふらむ　をかせるつみの　それとなければ　（「明石」巻　四五三⑦頁）

源氏 わたつ海に　しなえうらぶれ　ひるのこの　あしたゝざりし　年はへにけり　（「明石」巻　四七六⑭頁）

と見えているのがそれである。無実の罪を訴え、自らを蛭子に喩える彼の姿勢は諧謔ではありながら、詠み掛ける方位は、朱雀王朝および、帝本人へである。[22] ここに王朝貴族の文人思想の受容の有り様が見て取れる。彼の叛逆の志はあくまで観念に留まって、実行されることはない。しかもそれは文人貴族の権力に抵抗する姿勢を示していることを、プレ・テクストとの婉曲な相互連関性によって表現しようとしているのに過ぎないのである。こうした方法を、H・シラネは、

　白居易は隠遁の詩人としてはあまり知られていないが、紫式部はここで中国における隠栖の詩人の長い伝統、即ち文人が、不正な政府の政策を容認したりあるいは抵抗するより、公的生活を退いて、源氏のように田舎の住まいへ移り、都へ召喚されるまで俗世を離れた美的な生活、ことに詩と音楽にいそしむ伝統を喚起している。—略—紫式部は、敗者が権力奪回の策を練ったり、根回ししたりする姿を描いたりせず、中国の隠栖の詩人の伝統に従って、隠遁者として、敗北しながら宗教や芸術、文学に専念する主人公の姿を描き、引用と詩的言語が織りなす精妙な織物によって、敗北しながらも最終的には勝利者として浮かび上がってくる主人公を描き出しているのである。

(四九〜五〇頁)

と述べている。[23] 即ちそれはプレ・テクストの次元で深層に、また《琴》を爪弾く彼の沈思の姿が表層に織り込まれることで、苦悩する主体＝〝唐めいたる〟文人貴族・光源氏その人の思想として、しかもそれは物語の《書く《エクリチュール》》行為によって造型されている、と言えるのである。

5 《かの形見の琴《きん》》として――変容する思想性《イデオロギー》

しかしながら、こうした《琴の御こと》の有り様も「明石」巻に到って、物語史に照らしての軌道修正が図られてゆく。わたくしに言う、楽統継承譚における〝契りの象徴〟として、《琴の御こと》が、この巻と「松風」巻においてのみ、一回的に機能するのである。[24]

「さらば、形見にもしのぶばかりの一ことをだに」とのたまひて、京より持ておはしたりし《琴《きん》の御琴》取りにつかはして、心ことなる調べをほのかにかき鳴らしたまへる、深き夜の澄めるはたとへむかたなし。…

…心の限り行先の契りをのみし給ふ。「《琴《きん》》は又掻き合はするまでの形見に」とのたまふ。

女

明石上 なほざりに頼め置くめる一ことを尽きせぬ音にやかけてしのばむ

言ふともなき口ずさびを恨み給ひて、

源氏 逢ふまでのかたみに契る中の緒の調べはことに変わらざらなむ

（「明石」巻　四七〇①～二①頁）

いつの間にか、《琴の御こと》の思想性《イデオロギー》は払拭されて、〝男〟と〝女〟とを結び付ける楽器として機能し始めていた。入道の強い要請を受けて光源氏は明石君に接近し、《琴のこと》を通じてふたりは心の紐帯を結んだのである。

その後、明らかにこの《琴》の思想は流動化するのであった。

かくして、帝都召還の論理は菅公伝承によって型取られながら、[25]貴種流離譚における光源氏自身の「死と再生」の儀礼は完結する。[26]光源氏物語は次の物語の展開をこの《琴の御こと》を新たなコードとして変容させながら、明石一族の皇統接近の《話型》の端緒として、《かの形見の琴》[27]そのものを据え直し、意味付けすることで、内なる物語史に新たなる神話を創造することとなるのである。

注

（1）呉文光『流水―中国古琴・悠久の調べ』（ビクター音楽産業株式会社、一九九二年　JVC―五二一三）には、「陽関三叠・流水・広陵散・樵歌・漁歌・碣石調―幽蘭」が収められる。「広陵散」は『神奇秘譜』（一四二五）からの釈譜により、「碣石調―幽蘭」は東京国立博物館蔵で、唐代の手書き譜が保存されていたもので孔子の悲憤を表しているという。また、高橋亨氏の教示により『古琴芸術／李祥愛（Chine: Larat du Qin）Li Xiangting』（OCORA Radio Fra　nce・一九九〇年）のあることを知った。さらに琴曲ではないが、王昭君にまつわる「昭君怨」が収められる、『シルクロード／中国の旅』（日本コロンビア株式会社、一九八九年　E―10―21）もある。

（2）上原作和『光源氏物語の思想史的変貌』（有精堂、一九九四年）参照。

（3）中川真『平安京―音の宇宙』（平凡社、一九九二年）「コスモスの音」「カオスの音」の章。「聴覚的印象」については石田穣二『源氏物語論集』（桜楓社、一九七一年）に先駆的業績があり、これをテクスト論的立場から、《心的遠近法》の術語を駆使しつつ批判する、高橋亨「源氏物語の〈琴〉の音」（『季刊iichiko』№23　一九九二年四月）がある。近年、結実を見せる、「物語の《音楽》」に関する研究を領導する試みである。

（4）三島由紀夫『文化防衛論』（新潮社版『全集』33巻所収）。

（5）三田村雅子「〈音〉を聴く人々」『物語研究』（1　新時代社、一九八六年）・「物語空間論―風の圏域―」（「国文学」一九九一年一月）のち、『源氏物語感覚の論理』（有精堂、一九九六年所収）参照。

(6) 藤井貞和「うたの挫折―明石の君試論―」『源氏物語入門』(講談学術文庫、一九九六年、初出一九七九年)、高橋亨『物語と絵の遠近法』(ぺりかん社、一九九一年)第二章「絵と物語の表現史」。

(7) 注(2)前書(第二部―ⅠⅡ)参照。

(8) 増尾伸一郎「〈君が手馴れの琴〉考―長屋王の変前後の文人貴族と嵆康―」(『万葉歌人と中国思想』(吉川弘文館、一九九七年、初出一九九一年)参照。

(9) ハルオ・シラネ／鈴木登美・北村結花訳『夢の浮橋―源氏物語の詩学―』(中央公論社、一九九二年)Ⅰ―2参照。

(10) 本文は『白居易集』(中国文学基本双書・中華書局版、一九七九年)により『白香山詩集』(世界書局版)で補う。以下効之。「攲枕」については戸川芳郎「『攲枕について』補論」(『汲古』14　一九八八年一二月)「『攲枕』余談―辞書を引くこと―」(同書15　一九八九年六月)。

(11) 高橋亨注(6)「唐めいたる須磨」参照。

(12) 「大日本古記録『御堂関白記』」(岩波書店、一九九二年・三刷)による。詳しくは福嶋昭治「『御堂関白記』註釈(一一四)」(『古代文化』一九八八年七月)参照。

(13) 注(2)前書(第二部―ⅠⅡ)参照。

(14) 「香爐峰下、新置二草堂一即レ事詠懐題二之石上一」の自序文、「草堂記」。

(15) 増尾伸一郎注(8)論文参照。六朝思想史の本邦移入の理念については、山口敦史「聖君問答と中国六朝論争―日本霊異記下巻第三十九縁考―」(『上代文学』68　一九九二年四月)が参考になる。

(16) 「香爐峰下、新卜二山居草堂一初成、偶題二東壁一」本文は本文史に照らして改めた。

(17) 注(10)『白香山詩集』「白香山年譜」元和十二年条「公在二江州於香爐峰下一、築二草堂一」古沢未知男『漢詩文引用より見た源氏物語の研究』(桜楓社、一九六四年)丸山キヨ子『源氏物語と白氏文集』(東京女子大学研究双書3、一九六四年)高橋亨注(6)論文参照。

(18) 三谷邦明「源氏物語研究の展望―言説分析の可能性あるいは須磨巻の同化的視点―」『別冊日本の文学　日本文学研究の現状I古典』(有精堂・一九九二年四月)のち『物語文学の言説』(有精堂、一九九二年)所収参照。猶、天野紀代子「交友の方法―沈淪・流謫の男同志―」(「文学」一九八二年八月)が、先行して二人の交友を論じている。

(19) 「嵇康集」所収。林田慎之助「嵇康琴曲の話」(「高校通信東書国語」二八一　東京書籍、一九八八年四月)参照。孫玄齢/田畑佐和子訳『中国の音楽世界』(岩波新書、一九九〇年)I―2参照。猶、『河海抄』は「広陵散」に関して『晋書』『雑抄』『霊異記』『或書』の文献が見えて有益。

(20) 『琴操』(平津館双書17)所収。但し、最新の注釈書、(新日本古典文学大系『源氏物語　二』岩波書店、一九九四年)は、当該本文の仮名表記について、『玉の小櫛補遺』を援用しながら、「広陵」と漢字を宛てることに疑義を呈している。しかし、大島本とて、平安朝成立の表記を踏襲しているとは言い切れず、むしろ、前書の一連の論考から、「広陵といふ手」の可能性は高まったと言えるのではなかろうか。

(21) 注(6)藤井論文。石原昭平「貴種流離譚の展開―『源氏物語』須磨・明石の巻の蛭子・住吉・難波をめぐって」(「文学・語学」一〇五　一九八五年五月)に総括された一連の論、さらに高橋亨注(6)「喩としての地名―明石を中心に」等。

(22) 石原昭平注(21)諸論文、「蛭子と住吉神」『論纂説話と説話文学』(笠間書院、一九七九年)等。

(23) ハルオ・シラネ注(9)論文参照。

(24) 小嶋菜温子「明石とかぐや姫―『源氏』注釈拾遺のこころみ―」(「恵泉女子大学人文学部紀要」3　一九九一年一月、のち、『源氏物語批評』有精堂、一九九五年に所収)では、形見としての琴の御琴は『竹取物語』のかぐや姫が脱ぎおいた御衣が反転して「訣別から再会への筋立を導きだす」機能を持つと読む。また、加藤静子「須磨巻の『琴』から松風へ―物語生成の一断面―」(「相模国文」18　一九九一年三月)では、《琴》が「物語の展開にそって、場面を連鎖的につなぎつつ、固有の意味付けが内蔵されていた」とする。加えて、注(2)前書(第二部―

II III）参照。

(25) 後藤祥子『源氏物語の史的空間』（東京大学出版会、一九八六年）「帝都召還の論理」参照。

(26) 鈴木日出男「光源氏の須磨流謫をめぐって―『源氏物語』の構造と表現―」（「文学」一九七八年七月）・「光源氏の死と再生」（「文学」一九八七年十月）、後に『源氏物語虚構論』（東京大学出版会、二〇〇三年）に再録。

(27) 坂本信道「音楽伝承譚の系譜―明石一族から『夜の寝覚』へ」（「文学」一九八八年四月）並びに、前書各論参照。

付記　本章の「広陵散」に関する言及は、発表後、十余年を閲して、川島絹江「光源氏と琴《きん》」久下裕利・坂本共展編『源氏物語の新研究』（新典社、二〇〇五年）所収の批判を見ることができた。取り上げてくださった川島氏に御礼申し上げる。ただし、川島氏は、広陵散と須磨流離双方の物語内容に照らして、光源氏の「叛逆の志」を読む卑説に否定的であるが、これをわたくしは《可能態》の物語として提示しているわけであり、自説の変更はない。
　また、本書三三五頁に架蔵『神奇秘譜』（一四二五年）所収の「広陵散」の序と譜を掲げた。併せて参照願いたい。

《爛柯》の物語史

「斧の柄朽つ」る物語の主題生成

1　序章

王質《おうしつ》・爛柯《らんか》の故事の、王朝言説史への移入と定着の様相をたどりたい。

この故事が最もはやく注目されたのは、昭和初期、末巻が発見されたばかりの『浜松中納言物語』の一節にこの故事が引用されていたことに始まるといってよかろう。(1)

母君「大将殿の姫君、いづれも人にはことにおはすめりと見つる中にも、尼姫君はさる御事にて、宮の御方もなべての人にはこよなくすぐれておはします」とおぼせど、「此の人には宮の御方などだぐうべうもあらざりけり。春宮のかぎりなうおぼしいらるらんも、ことわりなりかし。こと人よりもいとほしきことをも見るべきかな」とおぼしつづくる御心のうちもことはりなり。昼なども御対面ありて、かたみに残りなう見たてまつりむつび給ふ。**御琴など弾かせきこえて聞き給ふに、さらに斧の柄も朽ちぬべき心地して、とみにも立ち帰り給**

はず。中納言殿の姫君などみな渡しかよはしたてまつり給ふに、かよわうなやましくおぼさるるも、念じて起きゐがちになりてこよなくなぐさみすごし給ふ。

（『浜松中納言物語』巻五　四三三⑮〜四⑦頁）(2)

吉野の姫君が中納言の母と対面したこの場面は、大津有一の述べたように、戦前までこのテクストの典拠は、『述異記《じゅついき》』にあるように、囲碁に見とれているうちにタイムスリップしてしまった樵の話とされてきたのであるが(3)、『浜松』成立後、藤原仲実によって書かれた歌学書、『綺語抄《きごしょう》』の解釈にもみられるとおり(4)、囲碁が弾琴へとコード変換されたテクストが流布していた、と考えられていたらしい。

＊

『述異記』巻上(5)

信安郡石室山。晋時王質伐木。至童子数人碁而乱棊歌。質因聴之。童子以一物与質。如棗核。質含之不覚饑。俄頃童子謂曰。何不去。質起視斧柯尽爛。既帰無復時人。

『綺語抄』　藤原仲実（生年未詳—一一〇六生存確認—一一一八没）(6)

をのゝえくたす

この歌は晋王質といひしもの、仙家にいたりて琴を弾ずるをきゝけるほどに、けんしり（ママ）うたげてゐたりけるをのなん、柄くちてけるといふ事なり。

さらに『源氏物語』古注や、漢籍等を精査した鈴木弘道によって、『河海抄』所引の『郡国誌』や、河の類書の注釈書である『水経注』の存在が紹介されるに及んで(7)、まずは基本的な問題として、琴に聞きほれているうちに斧《おの》の《の》柄《え》が爛《ただ》れてしまうという《話型》が漢籍からも確認されたのであった。そうした研究史の進展が、『浜松中納言物語』一条の問題に留まらず、その先蹤たる『うつほ物語』楼上・下巻にみえる本文のプレテクストをも書き換えることとなったのは当然のことであった。

尚侍、賜はりて、引き寄せ給ふに、まづ涙落ちて、昔のたまひし言、思ひ出で給ふこともあり。しひて、涙を念じ、心を静めて、弾かむとし給ふ。ここばくの親王たち・上達部、見て、「これをいかならむ」と、心を惑はして思ほえ給ふ。御方々、あるは、耳挾みをし給ひて、昼のやうなる大殿油を押し張りて、端近く居給ふ。**内裏の御使も、山中に入りて多くの年を過ぐしけむ例のやうにおぼえて、帰り参るべき心地もせで居たり。**この琴《きん》は、天女の作り出で給へりし琴の、すぐれたる一の響きにて、山中のすぐれたりし手は、楽の師の、心整へて、深き遺言せし琴なり。ただ、初めの下れる師の教へたる調べ一つを、まづ掻き鳴らし給へるに、ありつるよりも声の響き高くまさりて、神いと騒がしく閃きて、地震《ない》のやうに、土動く。いとうたておどろおどろしかりければ、ただ緒一筋を忍びやかに弾き給に、にはかに、池の水湛へて、遣水より、深さ三寸ばかり、水流れ出でぬ。人々あやしみ、「を」と驚きぬ。

（「楼の上」下巻　九三三⑤〜⑭頁）(8)

＊

『水経注』巻四十・漸江水注(9)

北過余杭東入于海

……『東陽記』云、信安県有県室坂、晋中朝時、有民王質、伐木至石室中、見童子四人、弾琴而歌。質因留、斧柯聴之、童子以一物如棗核与質。質含之、不覚饑。俄頃、童子謂曰其帰。承声而去。斧柯漼然爛尽。既帰、質去家已数十年、親情凋落、無復向時比矣。

物語は、いよいよクライマックスの時である。俊蔭巻以来の秘伝の琴が、あの「内侍のかみ」巻の王昭君伝承を介しての朱雀院の御前での弾琴以来、[10] 久方ぶりに奏でられたのである。琴の音は奇瑞を巻き起こし、地面が地震のごとく揺れ動いたと記されている。だから、この場面では、宮廷からの使者すら、爛柯の故事の仙境に迷い込んだ樵よろしく、時を忘れてその音色に聞きほれたという、最高の言挙げの言説として、この故事が据え置かれているのであった。以後、この爛柯の故事は、『源氏物語』を頂点とする物語テクストのみならず、歌ことばとしても「斧の柄朽つ」と言った表現から転じて、「久しく時を過ごす」意を生成し、多くの和歌のモチーフともなっており、[11] 平安言説史の一鉱脈をなしているといっても過言ではなかろう。そこで、この爛柯の故事の移入とテクスト生成、さらには差延の軌道をたどりながら、その言説史変貌の粗描を試みる。

2 《爛柯》の文学史

そこで、まず、歌学書の記述を確認して、歌ことばとしての定着を確認しておこう。[12]

『奥儀抄』 藤原清輔(一一〇四生―一一五一没)

二一 たきゞこることはきのふにつきにしをいざ斧のえはこゝにくたさむ―F

山寺にて経供養して、又の日かへるみちにて、花をみてよめる歌なり。法華経をば、たきゞをとり水をくみ、千年までつかへてのちえたまひければ、昨日この法をばさとりえてしかば、たきゞこることはつきにきとよめるなり。をののえくたすとは、樵夫の仙宮に入りたりしことなり。久しきことよむなり。さればこゝにてよをつくしてむといへり。
九五　ふる郷はみしごともあらずをのゝえのくちしところぞ恋しかりける――A
仙人の山の中にてごうつ所にきこりの行きて一番を見るほどに、つちにつがへてをりけるをのゝえくちたることの有るをよめり。

『俊頼随脳』　源俊頼（成立一一一一―一一一三の間）

斧の柄はくちなば又もすげかへむうきよのなかにかへらずもがな――G
これは仙人の室に囲碁を打ちてゐたりけるを、木こりのきて斧といへる物をもたりけるがつがへてこの囲碁を見けるに、その斧の柄のくちてくだけにければ、あやしとなむ思ひて帰りて家を見れば、あともなく昔にて知れる人もなかりけるとぞ。

『和歌色葉集』　上覚（成立一一九八）

九五　ふるさとはみしごともあらずをのゝ柄のくちし所ぞ恋しかりける――A
是は晋の王質と云ふ人の博胡山と云ふ山にまどひてしありきけるほどに、仙人の囲碁うつ所にいたりにけり。しばらくゐて一番をみける程に、つかへたる斧の柄くちてをれにけり。をのとはよきまさかりとて木をきるもの也。それにおどろきて家にかへらむとするに、頭のかみかうべを七めぐりおひたりけり。さわぎかへりてみればありしすがたもうせて、みし人もなくなりて、いづくか我家ともおぼえざりけるを、古人に問ひければ、四五百歳が先にぞ我七代の祖は山にまよひてうせにけるといひつたへたる。かへりて七世の孫にぞあへりける。朗詠抄云、

謬入仙家雖為半日之客、恐帰旧里纔逢七世之孫、云々。

このように歌論書を眺め渡して見ると、囲碁を見ていた記事がほとんどで、弾琴によって年を経たというプレクストが確実に確認できるのは、前掲の『綺語抄』の他は見いだせず、『歌学書被注語索引』で検索した範囲でも、(13)囲碁の故事の方が優勢である。

また、『和歌色葉抄』に見える『朗詠抄』所引の漢詩は『和漢朗詠集』「仙家部」・『本朝文粋』巻十・大江朝綱の詩序「暮春同賦花乱舞衣、各字応太上天皇製」天暦三年（九四九）三月三一日、朱雀法皇の催した暮春の宴の詠である。起句が爛柯、承句が劉阮天台の故事を踏まえているものと思われるが、詳細は次節に譲ることとする。

＊

そもそも、我が国で最も早く、この爛柯の故事の伝来が確認できるのは、菅原道真がその始発であるらしい。

『菅家文草』巻五「囲碁」(14)

手談幽静処　用意興如何
下子声偏小　成都勢幾多
偸閑猶気味　送老夫蹉跎

若得逢仙客　樵夫定爛柯

同　巻七「左相撲司標所記」元慶元年（八八二）八月一日

山西有家。寝殿・細閣・曲屋各一宇、葺以簾帷、逐便辨設。

寝前松下、道士老僧、相対圍碁。樵客耽見、斧柄已爛。

前者の雅語「手談」は囲碁をすることであり、明らかに『述異記』を踏まえていると言えよう。また後者は、紫宸殿の相撲の節会に用いられた左相撲司の標制作の次第を、神仙的な唐絵的世界の中に、崑崙山を荘厳化させる言挙げとして引用されたのが、この爛柯の故事なのであった。その神仙譚的要素については、川口久雄・大室幹雄・渡辺秀夫・大曽根章介の研究に詳しいが、(15)いずれにせよ、道真の知る爛柯の故事は囲碁のそれであったようだ。

＊

ついで、和歌的視角から、この言説史をたどってみよう。(16)ちなみに（CDROM版『新編国歌大観』）で「をののえ」及び類似表記を検索したところ、全一七七例が検出できたので、歌ことば「斧の柄朽つ」の生成にかかわる主要な用例を任意に掲示しておく。

『古今』

筑紫に侍りける時にまかりかよひつつ人のもとに、京に帰りまうできてつかはしける　紀友則

A　故郷は見しごともあらず斧の柄の朽ちし所ぞ恋しかりける

『友則集』五八

筑紫にありし時、碁打ちなどしける人のもとに京に上りてやりける

A―1　故郷は見しごともあらず斧の柄の朽ちし所ぞ恋しかりける

『兼輔集』八六

つねにそへる女、四日ばかり外にて

B　斧の柄も朽ちやしぬらん逢ふことの世々ふることのひさしと思へば

『伊勢集』　屏風歌　一七四

碁うちたるい

C　斧の柄の朽つばかりにはあらねども返りみにだにも見る人のなさ

『後撰』七一七／一三八三

内にまゐりてひさしう音せざりける男に　　女

D　百敷は斧の柄朽たす山なれや入りにし人のおとづれもせぬ

院の殿上にて、宮の御方より碁盤いださせ給ひける碁石笥のふたに

E　斧の柄のくちむもしらず君が世のつきむ限りはうちこころみよ　命婦清子

『古今和歌六帖』第二「をのゝえ」一〇一九

F　斧の柄は朽ちなばまたもすげかへむ浮き世中に返らずもがな

『蜻蛉日記』巻末歌集(17)

以上は、すべて囲碁のそれである。

＊

故為雅の朝臣、普門寺に、千部の経供養するにおはして、帰り給ふに、小野殿の花、いとおもしろかりければ、車引き入れて、帰り給ふに、

G　薪こることは昨日につきにしをいざ斧の柄はここに朽たさむ

『枕草子』七〇段(18)

懸想人にて来たるは、いふべきにもあらず、ただうち語らふも、またさしもあらねど、おのづから来などもする人の、簾の内に人々あまたありてものなどいふに、居入りて、とみに帰りげもなきを、供なる郎等・童など、とかくさし覗き、気色見るに、『斧の柄も朽ちぬべきなめり』と、いとむつかしかめれば、長やかにうちあくびて、「みそかに」と思ひていふらめど、「あな、わびし。煩悩苦悩かな。夜は夜半になりぬらむかし」といひたる、いみじう心づきなし。かの言ふ者は、ともかくもおぼえず、この居たる人こそ、「をかし」と見えきこえつることも、失するやうにおぼゆれ。

同　二八八段

「をはらの殿の御母上」とこそは。普門といふ寺にて、八講しける聞きて、またの日、小野殿に、人々いと多く集りて、遊びし、詩作りてけるに、

G―1　薪樵ることは昨日に尽きにしをいざ斧の柄はここに朽たさむ

と詠みたまひたりけむこそ、いとめでたけれ。ここもとは、打聞になりぬるなめり。

＊

『拾遺集』巻十五・恋　九一三／巻二十・哀傷

題しらず　よみ人しらず

H　嘆きこる人ゐる山の斧の柄のほとほとしくもなりにけるかな

為雅朝臣普門寺にて経供養し侍りて、またの日、これかれもろともにかへり侍りけるついでに、小野にまかりて侍りけるに、花のおもしろければ

春宮大夫道綱母

G―2　薪こることは昨日につきにしをいざ斧の柄はここに朽たさん

＊

『新古今』巻十七・雑歌

後白河院かくれさせ給ひて後、百首の歌に、

式子内親王

I　斧の柄の朽ちし昔は遠けれどありしにもあらぬ世をもふるかな

このように、『蜻蛉日記』のそれを介して『枕草子』、さらには『拾遺集』と「薪こる……」の歌の引用史を形成する一連のコンテクストにおいて、『枕草子』の二八八段に「遊びし」とあることが、注目されよう。「遊び」＝「音楽」＝「爛柯の故事」の連関が推定できるからである。

以下、テクストは任意ではあるが、キーワードとして、歌ことば「斧の柄朽つ」と、「囲碁」、「琴」などが王朝言説史において、どのように享受されているか、その実態を確認しておこう。

テクスト／キーワード	述異記	水経注	郡国誌	古今 友則	伊勢集	後撰	うつほ	枕草子	浜松	綺語抄	俊頼
「斧の柄朽つ」	○	○	○	○	○	○		○	○	○	○
囲碁	○			○	○	○					○
琴		○	○				○	○	○	○	

このように見てくると、この「遊び」＝「音楽」＝「爛柯の故事」の連関は、楽統継承譚『うつほ物語』を介して、さらに『源氏物語』のテクストにおいて徹底されるようである。なぜなら、何より、三回に亘って引用される爛柯の故事が、ことごとく楽の音の物語の中に、それらが刻印されているからなのである。その具体例として、たとえば、松風巻の呼称は、言うまでもなく、斎宮女御徽子女王の、

琴の音に峯の松風かよふらしいずれの緒よりしらべそめけむ

によるものであって、音楽相伝の明石一族の上洛の物語であるこの巻は、光源氏と明石君が契りの形見として、掻き合わせた、琴のことの物語を生成している、いわば〝もうひとつの『うつほ物語』〟なのであった。

『源氏物語』松風巻(19)

源氏「桂に見るべきことはべるを、いさや、心にもあらで、ほど経にけり。とぶらはむと言ひし人さへ、かのわたり近く来ゐて待つなれば、心苦しくてなむ。嵯峨野の御堂にも、飾りなき仏の御とぶらひすべければ、二三日侍りなむ」と聞こえ給ふ。桂の院といふ所にはかにつくろはせ給ふと聞くは、『そこに据ゑ給へるにや』

と思すに心づきなければ、紫上「斧の柄さへあらため給はむほどや、待ち遠に」と心行かぬ御気色なり。例のくらべ苦しき御心、いにしへのありさまなごりなし、と世人も言ふなるものを、何やかやと御心とまり給ふ程に日たけぬ。
（五八七⑬〜八⑥頁）

＊

『源氏釈』

おのゝえさへあらため給覧程山ちとをきと有は

G—1　おのゝえはくちなはまたもすけかえんうき世中にかへらすもかな

『河海抄』巻八—松風巻[20]

をのゝえあらため給はむ程やまちとをにと

G—2　をのゝえはくちなは又もすけかへんうき世中にかへらすもかな

晋王質か石室窟（山イ）にいたりて一局碁をみる程に斧柯の朽ちたりし事也しはしとおもへともかへらん期のひさしかるべき心也

述異記曰晋王質伐木至信安郡石室山見数童子囲碁与質一物如棗核含之不飢局未終斧柯欄尽既帰無復時人。郡国誌曰石室山一名石橋山一（名）空石山晋中朝時有王質者嘗入山伐木至石室有童子数四弾琴而歌因放斧柯而聴之童子以一物与質状如棗梅含之不復飢遂復小停亦謂俄頃童子語曰汝来已久何速不去質応声而起柯已欄尽。

まず、『河海抄』所引の『郡国誌』については、『《水経注》選注』によって[21]、『郡国誌』——指司馬彪《『続漢書』郡国誌》、梁劉昭、将其補入范曄『後漢書』

とあることから、司馬彪の『続漢書』の一章を言うもので、のちにこのテクストが『後漢書』にも採られていることが判明する。関連するテクストとして、『太平御覧』巻七五三「工藝部・囲碁」所引の『晋書』を挙げておく。

『太平御覧』巻七五三「工藝部・囲碁」(22)

晋書曰王質入山斫木見二童圍碁坐観之乃起斧柯巳爛矣

だんだんと記述が簡略になっていることが判るであろう。

＊

さて、明石から光源氏帰還後の紫の上は、やはり、「そこに据ゑ給へるにや」と、桂の院を急遽修繕したことを聞き、大堰にひそかに住まわせている明石の母子のことが気になって仕方がないのであった。だからこそ、光源氏が、明石君の爪弾く琴《きん》の音を心待ちにしている様子を、敏感に悟って、落ちつきのない光源氏を爛柯の樵に准えたのである。すなわち、「斧の柄さへあらためたまはむほどや、待ち遠に」は、光源氏が待ち遠しそうにしている様子を、紫の上の視線を通して喩的に表象したものなのである。つまり、このテクストは、明石母子の動向に、気持ちの落ち着かない光源氏に対する紫上の、内面の葛藤の諷喩となっているのである。また、見方を替えて言えば、明石君と光源氏の「契りの象徴」としての琴《きん》の音が、この歌ことば「斧の柄」に託されてもいるわけである。

＊

帰京した光源氏が、頭中将と旧交を暖めるテクストにも爛柯の故事が引用されている。

源氏めぐり来て手にとるばかりさやけきや淡路の島のあはと見し月

頭中将

うき雲にしばしまがひし月影のすみはつるよそのどけかるけき

左大弁、すこしおとなびて、故院の御時にも睦ましう仕かうまつり馴れし人なりけり、

雲の上のすみかをすててよはの月いずれの谷にかげ隠しけむ

心々にあまたあめれど、うるさくてなむ。け近ううち静まりたる御物語すこしうち乱れて、千年に見聞かまほしき御ありさまなれば、『斧の柄も朽ちぬべけれど、今日さへは』とて急ぎ帰り給ふ。（五九六④〜⑩頁）

＊

『源氏釈』・（『奥入（第二次）』も同様に「ふるさとは……」の歌を例示）

A—1　ふるさとはみしにもあらすおのゝへのくちし所そこひしかりける

おのゝえもくちぬへしと有は

『河海抄』巻八

A—2　故郷はみしこともあらすをのゝえのくちし所そ恋しかりける　古今

をのゝえのくちぬへけれと

致仕大臣亡き後、挫折の季節を経験した、心優しき両雄、光源氏と頭中将の再会は、「斧の柄の朽つ」ほど、時がいとおしく、その場を去りがたいほどの懐かしさを感じさせるという意を込めた言説として表象されているのであった。

このように二つの言説史をたどるだけでも、『源氏物語』における爛柯引用は、「松風」巻に通底する、明石の地での山賤ながら風雅な暮らしの記憶とともに繰り返されることで、明石物語の論理を繋ぐキタームとなっているの

である。そして、そのコードには一貫して、「遊び」＝「音楽」＝「爛柯の故事」の連関を認めることができるようである。

そしてこの事実は、既にプレ若菜的状況にある、胡蝶巻の、船楽の場面においては、この故事が熟成した歌ことば「斧の柄朽つる」物語として、光源氏物語・憂愁の主題を予兆・喚起させることとなるのであった。

3　《爛柯》伝承の成立――もうひとつの浦島子伝

龍頭鷁首を、唐土の装ひにことごとしうしつらひて、楫とりの棹さす童べ、みな角髪結ひて、唐土だたせて、さる大きなる池の中にさし出でたれば、まことの知らぬ国に来たらむ心地して、あはれにおもしろく、見ならはぬ女房などは思ふ。中島の入江の岩蔭にさし寄せて見れば、はかなき石のたたずまひも、ただ絵に描いたらむやうなり。こなたかなた霞あひたる梢ども、錦を引きわたせるに御前の方は、はるばると見やられて、色を増したる柳枝を垂れたる、花もえもいはぬ匂ひを散らしたり。他所には盛り過ぎたる桜も、今盛りにほほ笑み、廊をめぐれる藤の色もこまやかにひらけゆきにけり。まして池の水に影をうつしたる山吹、岸よりこぼれていみじき盛りなり。水鳥どもの、つがひを離れず遊びつつ、細き枝どもをくひて飛びちがふ、鴛鴦の波の綾に文をまじへたるなど、物の絵様にも描き取らまほしきに、**まことに斧の柄も朽いつべう思ひつつ日を暮らす。**

女房　風吹けば波の花さへ色見えてこや名に立てる山吹の崎
女房　春の池や井手の川瀬にかよふらん岸の山吹そこもにほへり
女房　亀の上に山もたづねじ舟のうちに老いせぬ名をばここに残さむ

女房春の日にうららにさして行く舟は棹のしづくみも花ぞちりける
などやうのはかなごとどもを、心々に言ひかはしつつ、行く方も帰らむ里も忘れぬべう若き人々の心をうつす
にことはりなる水の面になむ。
（七八一⑫〜三③頁）

＊

『河海抄』　巻十─胡蝶巻
まことにをのゝえもくたいつへうおもひつゝ日をくらす
D─1　百敷はおのゝえくたす山なれや入にし人の音すれもせす（真本せぬ）　後撰十一
F─3　薪こることは昨日につきにしをいま（真本いさ）おのゝえはこゝにくたさん　拾遺
A─3　ふる郷はみしこともあらすおのゝえのくちし所そ恋しかりける　古今
郡国誌曰……以下前掲本文とほぼ同文により省略。……
ゆくかたもかへらむさともわすれぬへう
続斉諧記曰漢明帝時永平十五年剡県有劉晟（真本晨）阮肇二人共入天台山採薬迷失道路粮食之尽望山頭有一
桃樹二人共取食之如覚少健下山得澗水飲之並各澡洗行一里又度一山渓見二女顔容妙絶便喚劉阮姓名如有旧交歓
悦因問郎等来何晩也因邀過家庁都無男児至女家云来慶女聟各出楽器歌調劉阮就所邀女宿言語切美行夫帰之道住
十五日求還女曰今来至此皆宿福所招得与仙女交会流俗何可楽乎遂住半年天気恒如二三月求去切女曰罪根不滅使
君等此共劉阮還家無相識郷里恠三失（三失真本異）乃験七世子孫也

行く春を惜しみつつ、六条院春の町で催された、華やかな船楽の宴に、蓬萊山や桃源境を模した神仙的空間とも

いうべき晴の時空が、中宮女房たちという外部の視線によって型取られ、さらに、このテクストには引歌、引詩の豊かなイマージュによって、読者にも異郷たる「生ける仏の御国」としての六条院が幻視されるシステムとなっているのであった。つまり、源氏文化の偉容を誇るかのようなこの時空は、まさしく、蓬萊山を「とこよのくに」と訓読《よ》んだ、『日本書紀』雄略紀二十二年秋七月条の観念に通底する神仙的世界なのであった。しかし、小林正明の言うように、この「中島」の引用に六条院解体の予兆を読むのは、(23) むしろ、それらプレテクストのネガティブな主題性に鑑みれば当然のことであったのかもしれない。たとえば、『白氏文集』諷諭詩の「海漫々」に見える徐福伝承は、虚言に翻弄される裸の王様を風刺したものであったし、「まことに斧の柄も朽いつべう思」われる爛柯引用や、「行く方も帰らむ里も忘れぬべう」に投影された劉阮天台の故事もまた、仙境に迷い込んで時を過ごすうちタイムスリップしてしまった、〝もうひとつの浦島子伝〟の諷喩に他なるまい。田中幹子によれば、II節に前掲の劉阮天台の故事は『和漢朗詠集』「仙家部」・『本朝文粋』巻十・大江朝綱の詩序としてあまねく人口に膾炙したことで知られるものであるという。

臣謬入仙家、雖為半日之客、恐帰旧里、纔逢七世之孫。
徒倚而立、未定去留爾。謹序。

前半の起句が爛柯の故事、後半の承句が劉阮天台の故事を踏まえているわけである。『河海抄』に引く『続斉諧記《しょくせいかいき》』の他に、『幽明録《めいゆうろく》』にもほぼ同話が採録されている。物語の内容は、劉晟、阮肇の二人が天台山で薬草を採りに入った折り、道に迷い、飢えをしのぐため桃を食べたところ力が湧いた。そこでさらに行くと胡麻飯と杯が流れている河があり、美しい二人の女と出会う。そこで楽しく半年を過ごしているうち、望郷の念にかられて帰ってみると、自分の七代後の時代になっていた、という話である。(24)

このように畳み掛けるように繰り返される仙境のコードから、この六条院という文明の宰主、光源氏こそが、実は浦島太郎その人であることが浮き彫りにされているのである。つまり、この船楽は、龍宮城への道行きをコンテクストとしたものなのであり、そこから帰還した今浦島たる光源氏に遺されたものは、幻巻に象徴されるような、孤独の内に四季の巡行に身を委ねるだけの、空漠たる時空だけなのであった。この六条院の船楽の彼方には、自分の存在を知る者は誰も居ない、時代を七世代（前掲『続斉諧記』参照）もタイムスリップした、『桃花源記』よろしく、白髪の老翁の恍惚があるばかりである。

このように、テクストに見える「まことに斧の柄も朽いつべう思」われる、六条院という文明は、この爛柯の故事や劉阮天台の故事を引用することによって、豊饒なる常世の海を模しつつも、その内実は、その崩壊が決定的に予兆されているアイロニカルな「月の宴」でしかないのであった。

4　葛藤する内面の軌跡の表象として

さらに付言すれば、この爛柯の故事は、こうした光源氏物語崩壊の予兆のみならず、さらに『夜の寝覚』によって、女の苦悩を表象するキーワードとして、方法的に登場人物の内面の表象へとより深化されてゆくのであった。(25)

寝覚上「人の聞き思ふらむさまに、昔を知らぬ人は、あさはかに、『あさし』とこそは思ふらめな。大皇の宮の、『さもや』のおぼしやりにだに、心やすかるべうもはべらざめるを、まいて、かばかりもきこしめしつけたらむほどよな」「あが君、今は、いつもいつもただ御心なり。とく出でたまひて、今宵もまかでぬべく奏したまへ。姫君の恋ひはべるなるも、げに、あまり立ち離れて、斧の柄朽ちにけるも、いと心苦しう」と、まことにおぼしいりてのたまふを、「この御文の後しも、などかく、とりあへずおはせたまふらむ。『かくてはべる』ともただきこえさせたまへかし。

（三五四⑤〜⑭頁）[26]

半永久的に三角関係の図式から逃れられない運命の内大臣との寝覚上との関係は、帝の執心も重なって、完全な膠着状態《ダッチロール》にあり、寝覚上は長らく自閉気味の精神状態にあった。そんな中で、女一の宮が病に倒れ、内大臣は寝覚上を訪ねることもままならなくなったのを期に、彼女と長年引き離したままであった石山の姫君を手渡したのであった。

つまり、物語のこの場面に用いられている爛柯の故事の歌ことば「斧の柄朽つ」は、母としての寝覚上の愛し子への愛情の深さを表象していると言えるであろう。つまりは、男と女の葛藤に加えて、積年のあやにくな運命に翻弄される苦渋に満ちた心の軌跡の表象としてである。言い換えれば、この引用の方法こそ、『寝覚』的な、うねうねとねじまがって混沌とした時間の表象であると言うこともできよう。しかもこのテクスト現象は、夙に同時代性を指摘されてきた、『浜松中納言物語』の爛柯の故事と引用の設定が似通っていることも注目すべき事実である。なぜなら、長年その存在は知りながら隔てられてきた、吉野姫君と中納言の母という、渡唐と転生を介した中納言の二つの血族どうしが、この物語独自の論理のもと、深い前世からの因果によってたぐりよせられ、肉親の情を交わし合うという、そのために要した時間と空間の表象として、二つのテクストがともに爛柯の故事が引用されているという事実が存在するからである。

しかも、以上のような論理を物語史的に俯瞰すれば、この現象が楽統継承譚の系譜に、明石一族・浜松の中納言・寝覚の上、それぞれの隔てなき肉親の情を諷喩する歌ことばとして「斧の柄」が定位されているとも言えるのではなかろうか。

5　方法としての《爛柯》

このように、爛柯の故事の我が国王朝言説史の享受相は、様々に交錯しつつ、プレテクストの主題を、もどき、脱構築しながら、新たなテクストを創造するエネルギーに満ち満ちているのである。そして、おそらく、『源氏物語』胡蝶巻の織物性を頂点とする爛柯の故事の物語史は、そのテクスト生成の最も身近な発源として、『うつほ物語』の楼上巻に遡源されるはずである。

なぜなら、もはや記す必要もなかろうが、この『うつほ物語』の神話的時空として、物語の深部に秘められていた尚侍の琴《きん》のことの演奏は、八月十五夜、天上と地上を繋ぐ神秘の空間・楼上で奏でられるものであった。というのも、俊蔭の愛し子である尚侍は、老いのうちに、天上への帰還を余儀なくされるべき運命にあって、死を予兆させるコンテクストの中にある、いわば〝もうひとりのかぐや姫〟なのである。(27) 我が国初の長編物語として、貪欲なまでに東西・和漢の物語要素を取り込みながら錯綜し、終焉の論理をめぐって紆余曲折をたどったこの物語が、いよいよクライマックスを迎えて、この爛柯の故事を引用した直後に、琴《きん》の物語の昔語りを記すのは、まさに象徴的な出来事であると言って良い。

この琴は、天女の作り出で給へりし琴《きん》の、すぐれたる一の響きにて、山中のすぐれたりし手は、楽《がく》の師の、心整へて、深き遺言せし琴なり。（九三三頁）

つまり、この『うつほ物語』と言うテクストの、物語という運動体が、終焉の論理を組み立て始めた言説として、時間と空間の莫大なエネルギーのありようを最も端的に表象するコードに、爛柯の故事が選択されたのであろう。この長編物語の始原のエネルギーをみなぎらせることとなった、俊蔭母子のあの「うつほ」籠りを髣髴とさせる諷喩として、「山中に入りて多くの年を過ぐしけむ例」が最終巻・楼上のクライマックスに据え置かれたのである。

しかも、このテクストの語り手は、俊蔭巻という物語の始原を知る全知視点の語り手であり、その語り手に選び取られたこの言説「山中に入りて多くの年を過ぐしけむ例」は、言わば、宮中の使者が垣間見た楼上という仙境そのものが、『うつほ物語』と言う物語の時空そのものを喩的に形象するという、パラドックスであることを表象してもいるのである。それは、使者の眼からすれば、現前の時空の喩でもあるし、物語の読者の眼からすれば、この「うつほ」籠りから「楼上」までの物語そのものが、実はブラックホールそのものであったという、アンビバレンツな喩の時空なのであった。

＊

爛柯の故事が日本に移入された後、この故事が文人たちによってどのように読まれ、どのようにその想像力を喚起させてきたのか、という問題系に関して、動態の言説としての物語史が、時にゆるやかに、時に激しく運動する様相を捉え返したつもりである。

注

（1）増淵恒吉『日本文学講座／第三巻／物語小説篇／上』（改造社、一九三四年）松尾聡・解説『浜松中納言物語末巻』（古典文庫、一九五〇）参照。
（2）本文は松尾聡（日本古典文学大系『浜松中納言物語』岩波書店、一九六四年）による。但し、表記・仮名遣いは統一した。
（3）大津有一「浜松中納言物語雑考」（「解釈と鑑賞」、一九三九年一二月）
（4）大津前掲論文参照。
（5）本文は『和刻本漢籍随筆集・第十三集』（汲古書院、一九七四年）所収本文による。
（6）歌学書本文は、以下総て『日本歌学大系』（風間書房、一九五六～一九九七年）による。
（7）鈴木弘道「浜松中納言物語と爛柯の故事」（「季刊文学・語学」一九五九年三月）、『平安末期物語の研究』（大学堂書店、一九六〇年所収）『平安末期物語についての研究』（赤尾照文堂、一九七一年再録）『平安末期物語研究史寝覚編・浜松編』（大学堂書店、一九七四年抄録）参照。
（8）本文は室城秀之校注『うつほ物語　全』（おうふう、一九九五年）による。
（9）本文は王国維『水経注校』（新豊文出版公司、一九八七年）による。
（10）上原作和『光源氏物語の思想史的変貌―《琴》のゆくへ』（有精堂、一九九四年）第二部―Ⅰ、本書第二部第一章参照。
（11）前掲鈴木論文参照。
（12）前掲注（6）参照。猶、末尾の和歌に付したアルファベットは後掲の和歌本文との照合のために便宜上付した整理番号である。
（13）神作光一編『歌学書被注語索引』（新典社、一九九一年）によれば、「をののえ」「おののえくたす」「をののえくつ」「をののえくちし」「をののえくちしところ」などの歌ことばが生成されていることが一覧できる。

（14）本文は川口久雄（日本古典文学大系『菅家文草・菅家後集』岩波書店、一九六六年）による。

（15）川口前掲書、及び、『平安朝日本漢文学史の研究三訂版』（明治書院、一九七五年）大室幹雄『囲碁の民話学』（せりか書房、一九八二年）渡辺秀夫『平安朝文学と漢文世界』（勉誠社、一九九一年）大曽根章介「平安朝文学に見える囲碁」（「和漢比較文学」一九九三・十二）のちに『大曽根章介漢文学論集／第三巻』（汲古書院、一九九九年）参照。

（16）以下和歌本文の検索は総て（CDROM版『新編国歌大観』（角川書店、一九九六年）によった。歌語「をののえ」は都合一七七例を数えるようであるが、任意に『新古今集』までを下限として平安朝和歌史における「をののえ」歌を分類整理した。遺漏の場合は、御教示願いたい。整理番号は注（12）参照。

№.	整理番号	国歌大観初出	初句	重出I	重出II	重出III
1	A	古今　九九一	ふるさとは見し	新撰和歌	古今六帖	新撰朗詠
				IV友則	V奥義	VI源氏注
2	D	後撰　七一七	ももしきはをの	一条摂	源氏注	
3	E	後撰　一三八三	をののえのくち			
4	H	拾遺　九一三	なげ木こる人い	源氏注		
5	G	拾遺　一三三九	たき木こる事は	拾遺抄	玄玄	道綱母
				IV歌色葉	V枕草子	VI源氏注
6		金葉二　四八	をののえはこの	金葉三		
7	I	新古今　一六七九	をののえのくち			
8	F	古今六帖　一〇一九	をののえはくち	童蒙	古今注	源氏注

9		古今六帖　一〇二一	ふじの山なげき			
10		夫木　一四六	君が引く	元輔		
11		夫木　九九二二	うしほくむ			
12		夫木　一四一九〇	うゑて見る			
13		夫木　一四二五四	さしながら			
14		夫木　一五一五四	をののえはさぞ			
15		夫木　一六八一三	雲ふかく			
16		夫木　一七三七七	かたぎこる			
17	B	兼輔　八六	をののえもくち			
18	C	伊勢集　一七四	をののえのくつ			
19		九条右　六一	をののえの朽ち			
20		海人　七七	をののえを手な			
21		保憲女　一八二	にはたづみ			
22		実方　一六一	やまびとの			
23		高遠　三〇五	かちまけの			
24		江師　二八二	我がこひは			
25		六条修　一〇三	ながむれば			
26		散木　一〇八四	あふまでと			

27		行尊	二一〇	やまぢにて			
28		頼政	三一二	をののえをくた			
29		教長	七九四	をののえのくち			
30		殷大輔	二四二	もろともにはや			
31		長秋	九六	君が世はをのの			
32		式子	三二六	をののえの朽ち			
33		袋草紙	五三六	さともあれよ			
34		和歌口	二一二	やまざくらあか			
35		和歌口	二一三	をののえもかく			

①⑤番歌の「源氏注」は共に重出歌。

(17)　本文は上村悦子『蜻蛉日記全訳注』（講談社学術文庫、一九八三年）による。
(18)　本文は萩谷朴（新潮日本古典集成『枕草子』新潮社、一九七七年）による。
(19)　本文は『大島本　源氏物語』（角川書店、一九九六年）による。頁数は池田亀鑑『源氏物語大成』（中央公論社、一九五三〜五六年）に依拠する。但し、表記仮名遣いは統一した。
(20)　本文は玉上琢彌編『紫明抄・河海抄』（角川書店、一九六八年）による。
(21)　譚家健・李知文『《水経注》選注』（中国社会科学出版社、一九八九年）の一〇七頁・注一四によった。
(22)　本文は『太平御覧』（台湾商務印書館、一九八七年）による。
(23)　小林正明「蓬莱の島と六条院の庭園」（「鶴見大学紀要」一九八七年三月）参照。
(24)　田中幹子「『源氏物語』「胡蝶」の巻の仙境表現—本朝文粋巻十所収詩序との関わりについて—」（「伝承文学研

究」一九九七年一月）に詳細な報告がある。本論は『河海抄』所引の爛柯・劉阮天台の二つの故事から胡蝶巻が仙境化されてゆく過程を出典論的に解明している。但し『幽明録』は六朝宋・劉義慶撰の志怪小説、『続斉諧記』についてはは梁の呉均の『続斎諧一巻』のことであることは注記すべきであろう。そもそも、『斉諧記』は六朝宋の東陽無疑の撰にかかる神怪の説を記したものであるという。近藤春雄『中国学芸大辞典』（大修館書店、一九七八年）参照。

（25）神田龍身『物語文学、その解体―『源氏物語』宇治十帖以後』（有精堂、一九九二）「方法としての内面」参照。

（26）検索に久下裕利他編『平安後期物語引歌索引狭衣寝覚浜松』（新典社、一九九一年）を使用した。『寝覚』本文は鈴木一雄（日本古典文学全集『夜の寝覚』小学館、一九七四年）による。

（27）須見明代「宇津保物語における俊蔭女」（『東京女子大学日本文学』一九七三年一二月）参照。

付記　本稿は、日本文学協会の古代部会「うつほ物語を読む会」（一九九五年六月二五日）の楼上巻当該本文の輪読を担当した際に想を得て、（一九九六年四月一四日）における本草稿を骨子とした報告を基に改稿したものである。

恍惚の光源氏

「胡蝶の舞」の陶酔と覚醒

1　序章

龍頭鷁首を、唐土の装ひにことごとしうしつらひて、楫とりの棹さす童べ、みな角髪結ひて、唐土だたせて、さる大きなる池の中にさし出でたれば、まことの知らぬ国に来たらむ心地して、あはれにおもしろく、見ならはぬ女房などは思ふ。中島の入江の岩蔭にさし寄せて見れば、はかなき石のたたずまひも、ただ絵に描いたらむやうなり。こなたかなた霞あひたる梢ども、錦を引きわたせるに御前の方は、はるばると見やられて、色を増したる柳枝を垂れたる、花もえもいはぬ匂ひを散らしたり。他所には盛り過ぎたる桜も、今盛りにほほ笑み、廊をめぐれる藤の色もこまやかにひらけゆきにけり。まして池の水に影をうつしたる山吹、岸よりこぼれていみじき盛りなり。水鳥どもの、つがひを離れず遊びつつ、細き枝どもをくひて飛びちがふ、鴛鴦の波の綾に文をまじへたるなど、物の絵様にも描き取らまほしきに、まことに斧の柄も朽いつべう思ひつつ日を暮らす。

女房風吹けば波の花さへ色見えてこや名に立てる山吹の崎

女房春の池や井手の川瀬にかよふらん岸の山吹そこもにほへり
女房亀の上に山もたづねじ舟のうちに老いせぬ名をばここに残さむ
女房春の日にうららにさして行く舟は棹のしづくも花ぞちりける

などやうのはかなごとどもを、心々に言ひかはしつつ、行く方も帰らむ里も忘れぬべう若き人々の心をうつすにことはりなる水の面になむ。

（「胡蝶」巻　七八一⑫〜三③頁）(1)

六条院の春の御殿は、弥生の末とは言いながら、なお春たけなわであった。栄華の頂点を極めようとしつつある光源氏は、秋好中宮の女房たちを招いて、龍頭鷁首を中島に浮かべ、船楽を催した。光源氏三六歳の晩春の一齣である。美しく絢爛豪華なこの宴には、新中宮となった秋好と紫の上の微妙な緊張関係があり、それに加えて蛍兵部卿宮や内大臣家の中将（のちの柏木）といった、玉鬘に想いを寄せる貴顕たちの思惑や、さらには光源氏自身の養女に対する恋慕の情も絡んで、うららかな春の町全体に、実は張りつめた空気が流れていたことも確かなのである。

さて、この巻は、冒頭からして『和泉式部日記』の春爛漫たる引用群や、古注以来指摘のある神仙譚的な漢籍引用等を始め、巻後半部にも『白氏文集』などの引用が重層的に織り込まれているテクストであることから、とりわけ最近研究が活性化しつつあり、とみに注目されるようになってきている巻と言えよう。(2)

その蛇尾に付して、既に私も「まことに斧の柄も朽ひつべう思ひつつ日暮らす」の一条から、この巻の前半部には夥しい漢籍引用が繰り返され、なかでも浦島伝承が根深く貫流して、光源氏物語に浦島伝承のコードを見いだすことが可能であるとして、王質爛柯の故事の物語史的な意義について一文を草したことがある。(3)

しかしながら、拙論は『うつほ物語』を基軸として物語史に重層的に織り込まれている爛柯の故事についての通覧を目論んだものであって、『源氏物語』における「行く方も帰らむ里も忘れぬべ」き異郷訪問譚についは若干言及し得たのみであった。しかしながら、拙論の「胡蝶」巻についての見取り図は、先行する小林正明・松井健児らの論とともに田中隆昭の批判を誘引したこともあって(4)、さらに胡蝶の舞そのものがこの巻の主題性を表象するものであるという私見を補足しつつより詳細に分析する必要性が生じたとも言えよう。

そこで、胡蝶巻と音楽の問題を中心に絞って、「老い」を抱え込んだ光源氏像の生成過程の分析を試みたいと考えるものである。

2 〈胡蝶〉の物語史

そもそもこの「胡蝶」の巻は、玉鬘求婚譚の中盤を繋ぐ巻としての存在価値のみならず、光源氏の「純粋無垢な快楽の相」が描き込まれることで、むしろ彼の罪の主題が浮き彫りにされることになる巻であることは、三島由紀夫の『日本文学小史』の簡潔な評言で夙に有名だし(5)、小林正明の白楽天の「海漫々」を中心とした幻影の楽土としての六条院に関する明晰な分析も提出されていた。加えて、松井健児には、「神仙境としての異郷空間」でもある六条院東南＝蹴鞠の庭が、柏木による「死者ゆえの滅びの視線」によって、女三宮が垣間見られることとなる幻想の空間へと変容して行く様相を辿り返した分析もある。これに対し、田中隆昭は、我が国の漢詩文に見られる仙境表現を丹念に検証し、

いままで見てきた仙境表現において、ほぼ一貫して共通しているのは、ここ、この場に仙境が出現しているのであるから本場の崑崙山や蓬萊にまでいく必要がない、という発想の表現である。…略…それと同じ事を六

条院の春の御殿の池に浮かべた舟の上の若い女房たちが和歌で表現する。その四首の歌が一体となって文人たちの詩に匹敵する表現になっている。その中の一首に「亀の上の山もたづねじ」があり、文人の詩の一句に崑崙や蓬萊にかかわる表現をくわえるのと同じ表現構造になっている。四首の歌の直前に爛柯の故事を置き、華やかな六条院世界をたたえる仙境表現の構造が成立している。…略…六条院とその主人光源氏を、天皇や文人たちがそうしたように、仙境表現によってたたえているのは、源氏や紫の上の身近にいた女房たちである。光源氏自身が神仙世界を求めているというわけではない。

と述べて、我が国の漢詩文的な表現史に立脚したこの四首の和歌表現からして、とくに光源氏文明の解体の予兆を読み込む拙論に対する異見を提示されたのであった。たしかに、表現史的には田中氏の定位は明確にして穏当な学説であろう。しかしながら、漢詩文から導かれてくる表現史は、文学表現総体の主潮としてであり、『源氏物語』の「胡蝶」巻の意義は、田中氏も二度に渡る「朱雀院行幸」の行事に匹敵する後院の偉容を示すために、仙境表現がなされたものとの見解を示してはいるが、物語における個々の論理に照らして考えてみる可能性はまだ残されているように思われる。

その典型として、中西進『源氏物語と白楽天』(6)が「胡蝶」に、船楽の以下の一節、「廊をめぐれる藤の色もこまやかにひらけゆきにけり。まして池の水に影をうつしたる山吹、岸よりこぼれていみじき盛りなり」のプレテクストとして、『河海抄』も指摘する『白氏文集』「傷宅(巻二・〇〇七七)」を分析して、その主題性を説いている。すなわち、

繞廊紫藤架　廊を繞る紫藤の架
夾砌紅薬欄　砌を夾む紅薬の欄

攀枝摘桜桃　枝を攀ぢて桜桃を摘み
帯花移牡丹　花を帯びて牡丹を移す

の「繞廊紫藤架」の文言の一致と、この諷諭詩の主題性から、「大邸宅を描き、ついで右の庭園の華麗さを述べ、さらに主人の富を語るが、しかし末尾、貧者の配慮のなさをなじり、やがて大宅も滅んでゆくだろうことを注意するという構成」を指摘している。さらにこの巻に連続する白詩「府の西池（巻五八・二八七四）」「海漫々（巻三・〇一二八）」もまた諷諭詩であることから、「三者の引用は同じ方向をさしているではないか。平穏は、まるで平穏を獲得した代償として要求されるような破綻を、常にともなっている」と、この巻の主題性を指摘したのであった。

私も前章で「六条院文明解体の予兆」を読んでいたわけで、氏の論の趣旨と方向性に齟齬はないようである。そこで、もちろん、中西氏には指摘のない、巻名ともなった「胡蝶の舞」にこそ、この巻の主題性が〈換喩〉的に込められていることをまず論証しておきたいのである。

さて、巻名ともなった「胡蝶の舞」そのものは、『荘子』の「胡蝶の夢」に由来するのだが、物語では、秋の町で行われた季の御読経に催された、優雅な楽の一場面として描かれている。もちろん、このテクストもまた、その寓話の主題性を秘めた舞であったことは言うまでもない。

そこで、基本文献である『荘子』の「胡蝶の夢」の内実を確認しておこう(7)。

昔者荘周、夢為胡蝶。栩栩然胡蝶也。自喩適志与。不知周也。俄然覚、則遽遽然周也。不知周之夢為胡蝶与、胡蝶之夢周与。周与胡蝶、則必有分矣。此謂物化。

【訓読】　昔シ荘周、夢ニ胡蝶ト為ル。栩栩然トシテ胡蝶ナリ。自ラ喩シテ志に適フカナ。周ナルコトヲ知ラザルナリ。俄然トシテ覚ルトキハ、則チ蘧蘧然トシテ周ナリ。知ラズ周ノ夢ニ胡蝶ト為ルカ、胡蝶ノ夢ニ周ト為ルカ。周ト胡蝶ト。則チ必ラズ分有ラム。此レヲ物化と謂フ。（四六〜七頁）

すなわち、夢と現実の狭間には「分」――れっきとしたけじめ――があるはずだが、結局、人間の夢と現実の狭間にこそ「物化」――よろづのものの果てしない変化の中の仮の姿――としての人間の観念の真実があるというのである。この寓話の主題を光源氏の物語に照らして考えると、華やかな晩春の宴も、そしてこの〈胡蝶〉の舞も、ともに光源氏の「栄華の人生」を語っているようでありながら、実はすでに兆している、光源氏の「老い」と「恍惚」と言う、現実と幻想の狭間を語る物語なのだとは言えないだろうか。つまり、私は、この物語が、夢告という〈換喩〉の中に、先の「物化」の姿と「分」の微妙なあわいを語ろうとしているテクストなのではないかと考えたいのである。とすれば、さまざまに繰り出される「唐物」的なプレ・テクストもまた、こうしたテクストの深層を、より深く掘り下げるための想像力として、その存在意義を考えることも可能なのではないかと思われるのである。

例によって、私が比較文学的方法で分析する際に用いる〈換喩〉は、はやく『河海抄』が「料簡」で「そのおもむき荘子の寓言におなしき物歟」(8)と示唆した諷諭説のように、この夢のテクストを機軸として、プレ・テクストと物語テクストの主題性の交響と不協和音を聞き分けることになる。以下、その具体的分析例の提示である。

まづ、第一に、中宮の春の季の御読経の法会に、童舞「鳥の楽」(迦陵頻)に「桜」と、胡蝶の舞に「山吹」とが紫の上の供花として添えられ、その美を競い合った場面をみておこう。迦陵頻は左の楽で天竺伝来、胡蝶は延喜六年の新作の和様の雅楽で、両者番いの舞である。

今日は、中宮の御読経のはじめなりけり。やがてまかで給はで、休み所とりつつ、日の御装ひにかへ給ふ人々も多かり。障りあるはまかでなどもしたまふ。午の刻ばかりに、みなあなたに参り給ふ。大臣の君をはじめたてまつりて、みな着きわたり給ふ。殿上人なども残るなく参る。多くは大臣の御勢にもてなされ給ひて、やむごとなくいつくしき御ありさまなり。

春の上の御心ざしに、仏に花奉らせ給ふ。鳥蝶にさうぞき分けたる童べ八人、容貌などことにととのへさせたまひて、鳥には、銀の花瓶に桜をさし、蝶は黄金の瓶に山吹を、同じき花の房いかめしう、世になきにほひを尽くさせたまへり。南の御前の山際より漕ぎ出でて、御前に出づるほど、風吹きて、瓶の桜すこしうち散り紛ふ。いとうららかに晴れて、霞の間より立ち出でたるは、いとあはれになまめきて見ゆ。わざと平張なども移されず、御前に渡れる廊を、楽屋のさまにして、仮に胡床どもを召したり。

童べども御階のもとに寄りて、花ども奉る。行香の人々取りつぎて、閼伽に加へさせたまふ。御消息、殿の中将の君して聞こえ給へり。

花ぞののこてふをさへや下草に秋まつむしはうとく見るらむ

宮「かの紅葉の御返りなりけり」とほほ笑みて御覧ず。昨日の女房たちも、「げに春の色はえおとさせ給ふまじかりけり」と花におれつつ聞こえあへり。鶯のうららかなる音に、鳥の楽華やかに聞きわたされて、池の水鳥もそこはかとなく囀りわたるに、急になりはつるほど、飽かずおもしろし。蝶はまして、はかなきさまに飛びたちて、山吹の籬のもとに、咲きこぼれたる花の蔭に舞ひいづる。

宮の亮をはじめて、さるべき上人ども、禄とりつづきて、童べに賜ぶ。鳥には桜の細長、蝶には山吹襲賜はる。かねてしもとりあへたるやうなり。物の師どもは、白き一襲、腰差など、次々に賜ふ。中将の君には、藤

の細長添へて、女の装束かづけ給ふ。御返り、

「昨日は音に泣きぬべくこそは。

こてふにもさそはれなまし心ありて八重山吹をへだてざりせば」

とぞありける。すぐれたる御労どもに、かやうの事はたへぬにやありけむ、思ふやうにこそ見えぬ御口つきどもなめれ。

（「胡蝶」巻　七八五⑥〜七⑥頁）


物語は、秋好中宮の主催する季の御読経という行事を、前日行われた紫の上主催の船楽とのコントラストの中に六条院文明の政治的・文化的な位相を照らし出そうとしている。それは、甲斐稔によれば、この法会にこそ「繊細な美意識と同時に冷徹な政治の論理を認識している作者の眼」があるのだという[9]。つまり、このテクストの準拠とおぼしき、藤原道長が企図した、新中宮彰子の権威発揚のための御読経という歴史的コンテクストを背景としながらも、物語は史実とは離れたところでさらに意味づけされ、新中宮秋好主催の法会が、六条院の秋の町という光源氏の邸で行われたにもかかわらず、朝服の上に束帯でなければ列席できない〝公的な行事〟という体裁を纏っているのであった。それは、本来は天皇が主催するはずの法会を、新中宮が執り行うことにより、朝廷の権威すら凌ぐ威光を放つ六条院世界を相対的に浮上させる意味を持つ。さらには、結果として、その六条院世界に住まう女人達の存在までをもグレードの高い崇高な存在として位置づけることになるであろうことは想像に難くない。

なぜなら、すでに六条院では、夕顔の遺児・玉鬘の登場と参入が、安定した秩序に微妙な波紋を投げかけていたわけで、物語はここで人脈の再編と物語における秩序の再構築が要請されていた。私は、そこで、物語がこうした問題の抜本的な解決を図らんがために、こうした行事の中の、とりわけ舞楽を描かんとするテクストの種々相から

して、物語コードの変換と再配置を点綴させようとしたものと思われてならないのである。つまり、史実にはなく、物語に付加された童舞の描写こそが、とりわけ重要な意味を持つことになるという見通しが立てられようかと思われるのである。

まず、童舞と舞楽のテクストについての基本的文献を確認しておこう。とりわけ、巻名ともなっている「胡蝶」については、『教訓抄』巻五「高麗曲物語」の「壱越調曲」の項には、このテクストを解釈するに際し、以下のような注目すべき記述が見えている(10)。

胡蝶　童舞

破　拍子一二。可吹五反。急、拍子。為舞入。

此曲、延喜六年、太上天皇童相撲御覧時、所造也。一説ニハ、前栽合ニ、山城守藤原忠房朝臣作之。其後天下ノ貴賎賞習云々。先舞出時、吹乱上声。舞出ヌレバ止乱声。

次破吹五返。終帖、加拍子。近来略時二返。同終時、加拍子。急、度数無定。二拍子。秘説詞打説三槌打之。舞入マデ吹也。右舞ノ切りシタタマリタルハ、此破許也。蝶ノ羽キタリ。花ヲモチテ舞也。

抑古物語申タルハ、多武峯増賀聖人、臨終ノ時ニイタリテハ、病莚ニフシ給フガ、ヲキ井給テ、アフリト云物コヒ給ヒケレバ、弟子ドモ心ヘズシテ、物ニ狂ヒ給ニヤト、アヤシニオモヒケレドモ、セナカニキ給ヒテ、『胡蝶、胡蝶』トノタマヒテ、舞給タリケル。サテフシ給ヒタリケルニ、弟子問テ云、「イカナリツル事ヲ、ニハカニ舞給ツル事ヲ」答テ云ク、「ヲサナカリシソノカミ、小童アツマリテ、カタハラナリシ所ニ、カヤウニ舞シガ、ヨニウラヤマシクヲモヒ侍シガ、タダイマ思ヒ出ラレタリツル時ニ、此ノ世ニシウヲトドメシウナリ」トゾ、ノ給ヒケル。終ニ、往生トゲタル人ニヲハシマセバ、目出タキ事ニ侍バ、舞ニ付タル事ナレバ、シルシ侍ナリ。（九八～九九頁）

以上、舞曲に関する伝承資料から、史実と説話に関して注目すべき情報が確認できよう。一つは、この「胡蝶」の舞については諸説あるものの、「延喜六年、太上天皇童相撲御覧時、所造也」ともあって、醍醐天皇の御代に、宇多法皇の童相撲御覧の際に作られた新譜の楽であるとすれば、準拠も成り立つ可能性があること。もうひとつは、多武峯の増賀聖人（橘恒平・男、九一七～一〇〇三）が臨終に際して、幼児の時に見た胡蝶の舞を思い出して死力を振り絞って舞った故事を載せていることである。この説話からも『荘子』の故事の文学史的浸透力の深さを伺うことができよう。つまり、この胡蝶の舞も、目前に迫っている「死」という現実も、かつての少年の日の夢も、すべて渾然一体として、夢の途中にあるということなのである。言い換えれば、この胡蝶の舞は、光源氏の栄華の人生も、やがて訪れるであろう六条院文明崩壊という悪夢もまた、渾然一体とした夢告によって〈換喩〉されていることになるのであろうか。

では、なぜ、季の御読経という行事に、「鳥の舞」と並んでこの「胡蝶」が描かれたのであろう。次節でこの舞が据え置かれた意味を解き明かすこととする。

3　「胡蝶」巻の物語機構と舞楽　〈八重山吹〉の物語史

まずその前提として、私は、天竺での舞を起源とする唐楽「鳥の舞＝迦陵頻」は、先の紫上主催の船楽が徹底した唐様で行われたことを意識し、いっぽう、「胡蝶」が我が国の延喜の聖代に作られた新作であることと対応させられたものであったと考えたいのである。[11] すなわち、河添房江の言う、唐／和のコントラストが、「唐土・高麗の文化的ジェンダーが浮かび上がる唐物の所有と授受は、贈る側と贈られる側の関係性の中で、光源氏の魅力や権力、そのゆらぎや解体の表象として作用し[12]」ていると言う法則性が、左右に分かれて催される舞楽にもまた、適用可能なのである。そして、それは禄として八人の童べに与えられた衣裳にも端的に表象されている。すなわち、

禄とりつづきて、童べに賜ぶ。**鳥には桜の細長、蝶には山吹襲賜はる。**

とある本文から、「鳥の舞」と「胡蝶の舞」のテクストを以下のように意味づけ分類することができるのである。すなわち、上坂信男が夙に指摘し、河添房江がこうした花の表象を全的に整理づけたことをふまえれば、「山吹」が玉鬘の花の喩の表象を常に誘発するものであるという物語の論理からして、以下のように分類できよう。[13]

舞の表象的領導者	舞	制作地・時	禄の衣裳／花
紫の上	桜を持った鳥の舞	天竺	桜の細長
玉鬘	山吹を持った胡蝶の舞	日本（延喜年間）	山吹襲

それぞれの舞が、それぞれの女人の花の〈喩〉の形象まで踏襲され、截然と弁別されていることに気付かされるであろう。物語は、紫の上から、中宮のこの法会のために、歌を添えて春の花が贈られ、さらに銀の花瓶には桜、金の花瓶には山吹をさして、鳥・蝶の童女のたちがこれを奉り、中宮が紫の上に返歌したという構成である。それぞれの和歌は、紫の上が、

「御消息、殿の中将の君（夕霧）して聞こえ給へり。

花ぞののこてふをさへや下草に秋まつむしはうとく見るらむ」

と、花園の胡蝶の美しさは、秋を好むというあなたにとっては憂鬱なものだけなのですね。と言う、大人の、冷たく突き放した詠みぶりであるに対し、その「御返り」で秋好は、

「昨日は音に泣きぬべくこそは。

こてふにもさそはれなまし心ありて八重山吹をへだてざりせば」

と、両町を隔てる築山に咲く「八重山吹」がなければ、「来てふ」とお誘い下さるように、胡蝶の舞には心惹かれるものがあったという、皮肉を込めつつも、やんわり切り返さんとした機知に富む詠みぶりであると言えよう。この歌の場合は、「八重山吹」が春と秋の町を隔てる築山に咲き乱れる花の〈喩〉に過ぎず、夏の町の西の対に住まう玉鬘の〈隠喩〉としての「山吹」の機能は必ずしも認定できないが、いずれにせよ、「薄雲」巻から延伸されている春秋優劣論が二つの舞のテクストに具象化されていることは言うまでもない。しかも、この巻の物語は、冒頭の紫の上と秋好の、「唐」と「和」／「旧」と「新」という雅やかな均衡から、玉鬘求婚譚的な色彩を帯び始めると、途端に六条院世界も現実へと突き戻される観がある。いわば、夢幻の中の陶酔から、突如として衝撃的な覚醒を呼び起こされるような趣があるように思われてならないのである。

私は、その転換点に、この物語が一貫して玉鬘を表象してきた「山吹」が、「胡蝶の舞」の童の冠にも差され、また手にもかざし持たれながら、「はかなきさまに飛びたちて、山吹の籬のもとに、咲きこぼれたる花の蔭に舞ひいづる」この一瞬があるように思われてならないのである。

かつて、河添房江が分析したように、「山吹」という花の〈喩〉の表象には、「玉鬘」巻の光源氏の衣配り以来、「野分」巻、さらに「真木柱」巻へと連続する「山吹」の引用群に、「むすぼほる」想い、もしくは「恋心への誘い」が確認できるという。私は、こうした「山吹」という花の〈喩〉の表象の連鎖のバイアスが、いよいよこの巻で発動して、光源氏を玉鬘の求婚者のひとりに仕立て上げて行くテクストへと変換されてゆく構造を確認したいのである。言い換えれば、この「胡蝶」巻そのものが、紫の上と秋好を中心とした「春秋を領導する女たちの物語」から、「くさはひ」＝玉鬘へ恋慕に恍惚とする、老いを抱え込んだ光源氏像を生成させる現実の空間へとダイナミックな変換を遂げ始めるテクストであるとも言えよう(14)。つまり、冒頭の船楽と季の御読経というふたつの年中行事に織り込まれていた〈爛柯〉〈蓬萊〉〈桃源境〉という夢幻的でオリエンタルな夢の異空間は、「胡蝶の夢」に幻視される物化の世界―現実と夢の間―に他ならないのである。その幻想の異空間が、かの「玉鬘」巻の「衣配り」によって玉鬘という女の〈喩〉の表象として刻印されて以降、この巻では「山吹」の六条院の中島に咲く花として、あるいは、東西の庭を隔てる花として、さらには「胡蝶の舞」の童の掲げる花の表象として、幾度となくこのテクストにも点綴されることで、幻想の異空間から、現実的な色好みの空間へと変容させられてゆくことに気付かねばなるまい。すなわち、このテクストの〈臨界点〉を繋ぐバイアスとして、「山吹」という花の喩の表象の存在があるわけである。

つまり、この「胡蝶の舞」の「山吹」には、光源氏という男の、束の間の〈快楽〉が表象されているのであった。

しかし、人間は、束の間の夢から、いつかしら必ず覚める時が来るはずである。

4　ふたたび〈爛柯〉の物語史へ

少年の春は、惜しめども留まらぬものなりければ、弥生の二十日余にもなりぬ。御前の木立、何となく青み渡れる中に、中島の藤は、「松にとのみも」思はず咲きかかりて、山ほととぎす待顔なるに、池の汀の八重山吹は、「井手の辺にや」と見えたり。「光源氏の、『身も投げつべき』との給ひけむもかくや」と、独り見給ふも飽かねば、侍ひ童の、おかしげなる、小さきして、一枝づつ折らせ給ひて、源氏の宮の御方に持て参りたれば、御前には、中納言・中将などいふ人々、絵かき、色どりなどせさせ給ひて、宮は御手習などせさせて給ひて、添ひふしてぞおはしける。(二九頁)(15)

先の「胡蝶」の巻の冒頭から強力な引用の磁場を張り巡らせる『狭衣物語』の冒頭にも、やはり「池の汀の八重山吹は、「井手の辺にや」と見えたり。「光源氏の、『身も投げつべき』との給ひけむもかくや」」の一文が見える。この引用は言うまでもなく、「胡蝶」巻の船楽の女房の二首目の和歌、

春の池や井手の川瀬にかよふらむ岸の山吹そこもにほへり

と、玉鬘に懸想する弟・蛍兵部卿宮と光源氏との和歌の贈答、

むらさきのゆゑに心をしめたればふちに身なげむ名やはをしけき

とて、大臣の君に、同じかざしをまゐり給ふ。いといたうほほ笑み給ひて、

ふちに身を投げつべしやとこの春は花のあたりを立ちさらで見よ

と切にとどめたまへば、え立ちあかれ給はで、今朝の御遊びましていとおもしろし。

（「胡蝶」巻　七八五③〜⑥頁）

さらには、「若菜上」巻の光源氏、「沈づみしもわすれぬものをこりずまに身もなげつべき宿の藤波（一〇七三⑥頁）」などの和歌表現等をふまえたものであり、この『狭衣物語』のテクストに関して言えば、主人公・狭衣の、従妹・源氏の宮への尽きせぬ禁忌の恋の侵犯の表象となっている。この引用・享受相から、『源氏』の「胡蝶」巻を辿り返すと、光源氏が玉鬘に、

うちとけてねもみむものを若草のことありがほにむすぶほるらむ

（「胡蝶」巻　七九九⑩頁）

と詠みかけたのは、『伊勢物語』四九段の兄妹の禁忌の恋、

うら若みねよげに見ゆる若草を人のむすばむことをしぞ思ふ

（八三頁）[16]

を明瞭にふまえつつ、養女格として迎えたはずの玉鬘が、光源氏の娘格とも妻妾とも弁別のつかぬ〈境界〉の女君へと変貌し、許されぬ恋情に光源氏が苦悶するテクストを生成していることを示さんがための引用と見て差し支えあるまい。

物語はすっかり、光源氏を「胡蝶の夢」の恍惚の一瞬から解き放ってってしまったかのようである。物語前半部に据え置かれた、船楽と季の御読経というふたつの年中行事に織り込まれていた〈爛柯〉〈蓬萊〉〈桃源郷〉という異空間は、すべて「胡蝶の舞」に〈喩〉的に形象され、幻視された物化の世界――現実と夢の間――に他ならなかったのである。その幻想の異空間は、四辻善成が「そのおもむき荘子の寓言におなしき物歟」（『河海抄』「料簡」）と示唆した、まさに、諷諭説そのものなのである。

すなわち、「胡蝶」巻冒頭部に見える、「水鳥どもの、つがひを離れず遊びつつ、細き枝どもをくひて飛びちがふ、鴛鴦の波の綾に文をまじへたるなど、物の絵様にも描き取らまほしきに、**まことに斧の柄も朽いつべう思ひつつ日を暮らす**」楽の音に陶酔して時の経過を忘れた樵の話〈爛柯の故事〉や、「**亀の上に山もたづねじ舟のうちに老いせぬ名をばここに残さむ**」の白詩「海漫々」に見える〈徐福伝承〉、そして「行く方も帰らむ里も忘れぬべう若き人々の心をうつすにことはりなる水の面になむ」と記される〈桃源郷・浦島的世界〉もまた、すべて異郷で短時間の快楽の時を楽しんだつもりが、莫大な時を過ごしていたという話型を保有することで共通しているのである。[17]

つまり、光源氏が「胡蝶の舞」に垣間見た、束の間の恍惚と陶酔の「夢の時間」は、玉鬘という〈境界〉の女君の介入によって覚醒されたのであった。それは、いわば、六条院文明解体の予兆となる、恍惚の一瞬とでも呼ぶべき〝凝縮された時間〟でもあったことになる。

光源氏三六歳の春は、こうして、恍惚とした、たゆたいの時の中で暮れてゆくのである。

注

（1）本文は『大島本源氏物語』（角川書店、一九九六年）により私に校訂した。頁数は『源氏物語大成』（中央公論社、一九五三〜六）の当該頁行数を示す。以下倣之。

（2）田中隆昭「仙境としての六条院」（「国語と国文学」一九九八年一一月）のちに『交流する平安朝文学』（勉誠出版、二〇〇四年）所収参照。

（3）上原作和「〈爛柯〉の物語史―「斧の柄朽つ」る物語の主題生成」（『講座平安文学論究　第十二輯・特集　うつほ物語』風間書房、一九九七年九月）本書所収参照。以下倣之。

（4）小林正明「蓬萊の島と六条院の庭園」（「鶴見大学紀要」一八八七年三月）参照。松井健児「六条院の蹴鞠の庭―六条院東南の町の空間と柏木」（『論集平安文学1　文学空間としての平安京』勉誠社、一九九四年一〇月）のちに『源氏物語の生活世界』（翰林書房、二〇〇〇年所収）参照。

（5）三島由紀夫『日本文学小史』初出一九七二年十一月。新潮文庫『小説家の休暇』（新潮社、一九八二年一月所収）「すなわち「花の宴」においては、自分の輝くばかりの青春の美の自意識に支えられ、「胡蝶」においては、この世に足らぬものとてない太政大臣の位と威勢に支えられて。源氏が美貌の徳に恵まれた快楽の天才であるということは、この物語を読む時忘れてはならない」と見える。

（6）中西進『源氏物語と白楽天』（岩波書店、一九九七年）参照。

（7）本文は漢文大系『老子翼・荘子翼』（富山房、一九七四年）による。

（8）本文は玉上琢彌編『紫明抄・河海抄』（角川書店、一九六八年）による。以下倣之。

（9）甲斐稔「胡蝶巻の季の御読経」（「中古文学」三八号、一九八六年一一月）、『研究講座　源氏物語の視界4』（新典社、一九九七年五月所収）にはこのようにある。「『源氏物語』の秋好中宮の季の御読経は、斯様に中宮季御読経を念頭に置きにながらも決してそのままでもない。実際には行われなかったであろう華麗な童舞を配し、紫上の舟楽・歌舞との絶妙な照応を見せ、物語世界の固有の行事として作者が想像したものと言ってよい。しかし、だからといって恣意的に設定してもいない。始修・恒例にあたって道長が政治的意図を凝らした行事については、その背後に彼の意志を透かし見て物語に取り込んでいる」とある。

また玉鬘十帖の六条院が、年中行事の連鎖的なバイアスを繋いで行くことによって朝廷の権威も凌ぐステータスを獲得して行く様相は、河添房江「六条院王権の聖性の維持をめぐって―玉鬘十帖の年中行事と『いまめかし』」『源氏物語表現史　喩と王権の位相』（翰林書房、一九九八年所収）参照。

（10）本文は植木行宣校注『教訓抄』（日本思想大系『古代中世芸術論集』岩波書店、一九七三年一〇月）による。以下倣之。なお、「巻四　他家相伝舞曲物語　中曲等」の「迦陵頻」を掲げておく。

迦陵頻　童舞　古楽

序二帖、拍子八。破二帖、拍子十六。以返為帖。常一帖十。末六拍子加拍子。急、拍子八。度員無定。随舞加拍子。

此曲ハ、天竺祇園寺供養ノ日、伽陵頻来舞儀時、妙音天奏此曲シ玉リ。阿難伝之流布矣云々。迦楼賓是梵語也。漢云教鳥。此鳥鳴音中、囀苦無我常楽我浄也。銅拍子ヲ突音、彼鳥音マネブ也。…略…此の舞ヲ供ニ様ハ、捧供花菩薩　左『鳥舞』、右ハ『蝶ノ舞』対シテ持テ参リ了。返入時、舞台之上、草墪ニ居ヌレバ、菩薩ノ中ヲ通リテ下了。楽止之。吹出乱声時、舞台ヨリ下テ、始メテ出テ舞ヲ供ス。

此鳥者、極楽世界ニスミテ仏ヲ供養シタテマツル。　七九頁

（11）秋山虔・室伏信助監修『源氏物語必携事典』（角川書店、一九九八年）の「源氏物語有職図解事典」に見える舞楽（上原作和・担当）の胡蝶巻関連項目をアイウエオ順に列挙しておく。

皇麞　左方唐楽の平調の曲。「海老葛とも」。祝賀や仏事の際に用いられた童舞。兜を着け、白楚（先端を曲げ白毛の付いた払子様の舞具）で舞う。皇麞は中国の谷の名（黄麞）から生じ、ここで敗死した王孝傑を追悼

するための曲とされるが、仏事に管絃の曲のみが奏された例（胡蝶）や、賀の楽として舞われた例（若菜上、若菜下）がある。

胡蝶　右方高麗楽の高麗壱越調の曲。四人の童舞。「蝶とも」。蝶の羽を背負い、山吹を持ち、これを冠にも挿して舞う。「鳥の楽（迦陵頻）」と番えられ、法会などで舞われた。宇多法王が童相撲御覧の時に作ったとも、前栽合の時、藤原忠房が作ったともいう。「胡蝶」巻の秋好中宮の季の御読経の際、紫の上が鳥と蝶の装いをした童たちに、桜と山吹を持たせて舞わせている（胡蝶）。

迦陵頻　左方唐楽の壱越調の曲。「鳥の楽とも」。童舞。迦陵頻伽は極楽に住むという想像上の鳥。舞では銅拍子がその鳴き声を表現する。鳥の羽を付け、桜の花を冠に挿し、銅拍子を両手に持つ。「胡蝶」と番え、法会などで舞われる。天竺祇園寺供養の日に迦陵頻が舞い降り、妙音天がこの曲を奏したので、阿難陀が流布させたという。季の御読経（胡蝶）で舞われている。

喜春楽　左方唐楽の黄鐘調の曲。「寿心楽とも」。途中右肩を脱ぐ四人舞。春を喜ぶ楽で、春宮元服でも奏せられる。作者説に、陳書興公、安操法師、さらには清和朝の伝教法師が石清水の遷宮の際の夢告により作ったとする伝説まである。「胡蝶」巻の三月、六条院春の町での管絃の遊びで奏され、朱雀院五十賀の試楽（若菜下）では、「太平楽」とともに舞われている。

右の内、春の町で奏された「皇麞」「喜春楽」が、物語の中ではともに賀の楽である上に、「唐楽」として奏でられていることに注意したい。

(12)　河添房江「唐物と文化的ジェンダー—和と漢のはざまで」「国文学」（学燈社・一九九九年四月）のちに『源氏物語時空論』（東京大学出版会、二〇〇五年所収）参照。

(13)　上坂信男『源氏物語　その心象序説』（笠間書院、一九七七年）II「山吹・桜・藤」、河添房江「花の喩の系譜」『源氏物語表現史　喩と王権の位相』（翰林書房、一九九八年所収）参照。

(14)　松井健児「『源氏物語』の贈与と饗宴—玉鬘十帖の物語機構」（「季刊 iichiko　特集・源氏物語の文化学」No.23、

一九九二年四月）のちに『源氏物語の生活世界』（翰林書房、二〇〇〇年所収）参照。

(15) 本文は関根慶子・三谷榮一校注『狭衣物語』（日本古典文学大系・岩波書店、一九六五年）による。

(16) 本文は神野藤昭夫・関根賢司校注『新編伊勢物語』（おうふう、一九九九年）による。

(17) 田中幹子「『源氏物語』「胡蝶」の巻の仙境表現―本朝文粋巻十所収詩序との関わりについて」（「伝承文学研究」一九九七年一月）、上原作和、注（3）論文参照。

なお「行く方も帰らむ里も忘れぬべう」のプレ・テクストについいは、『湖月抄』が「桃花源記」を引いている。また、『河海抄』が引く説話は『続斉諧記《しよくせいかいき》』の他に、『幽明録《めいゆうろく》』にもほぼ同話が採録されているもので、話の内容は、劉晟、阮肇の二人が天台山で薬草を採りに入って道に迷う。飢えをしのぐため桃を食べ、流れる水を飲んだところ力が湧いた。そこでさらに行くと胡麻飯と杯が流れている河があり、そこで、美しい二人の女と出会い、快楽の日々を過ごすようになる。楽器を奏で歌い、享楽の日々を重ねて半年を過ごすうち、さすがに望郷の念にかられて故郷に帰ってみると、自分の七代後の時代になっていた、という話であることから、「超越的な時の経過」と言う話柄からして、後者の方が蓋然性が高いと言うべきであろう。

さて『続斉諧記《しよくせいかいき》』（梁・呉均・撰）は『百部叢書集成』（芸文印書館）に『古今逸史』の一冊として存在するものの、散逸してわずかしか本文は伝わらず、この伝承本文そのものは、我が国の『河海抄』の他は『幽明録』等にしか今日では見いだせぬテクストのようである。

付記　本稿は、前著『光源氏物語の思想史的変貌』（有精堂、一九九四年）以降の、注（3）論文などの研究成果を吸収しつつ、主に物語第二部偏重の傾向があった拙著を補うことを意識して、玉鬘十帖の〈楽〉について考えたものである。

涙の記憶　紫の《衣》の物語

近年、源氏学においても、かつて哲学の一分野であったファッション学が、フェミニズム批評の台頭とともに急速な勢いで市民権を得つつある。旧来の源氏学において「風俗」研究の一対象となっていた「服飾表現」は、テクスト論の台頭とともに、ロラン・バルトの『モードの体系』（一九六七年）(1)におけるファッション雑誌の記号論的な解読や、ドゥルーズ『差異と反復』（一九六八年）(2)の、無意識こそが生産を行う欲望の工場である、という思考にも助けられて、物語学のきわめて九〇年代的な潮流を形成している。

さて、現代ファッション学が哲学の一分野ならば、『源氏物語』のファッションを論じることは、物語の思想を論じることになるはずである。三田村雅子によれば、『源氏物語』の衣装は、第一部では、まとう側の人物と衣装とがそれぞれ対応・共鳴関係にあって物語の秩序の構築に参与しているが、第二部では、女三宮という不協和音の登場により、人物と衣装の相関性は微妙な差異を見せはじめ、さらに第三部では、「衣装がまとう者を象徴するという意味づけ」すら「拒むことで、新しい物語を織りあげようとしている」とダイナミックに物語を掌握した上で、「浮舟物語の衣」のもつ主題性について、明析な分析を行っている。(3)

では、物語文学において衣装はどのような役割をになっているのか、具体的に垣間見の場面の描写をもとに考えてみよう。ところで、垣間見《かいまみ》という行為は、物語学的に規定すれば、見る側の男の視点が言語形象化され、それを私たち後世の読者が、読書行為を通して生成する物語映像のことであると言い換えることができよう。しかし、王朝における容貌の描写は、現代人である私たちには、残されたテクストによって立体的・具象的にそれらを復原・再構成しうるものではありえない。むしろ、『源氏物語』の創り出したことばの世界は、抽象的であり、感覚的なイメージの表象の、〝かさねの世界〟なのである。

とすれば、この物語の容姿に関する言説は、ふくらかな頰、長い髪のつややかさ、さらにはあでやかにして、時節にふさわしい服装によってシンボライズされたものである。これは寝殿造という屋敷の構造上、御簾《みす》・几帳《きちよう》などに幾重にも隔てられて女性の素顔を男達が容易に見ることができないという平安朝の住環境のシステムも大きく影響している。つまり、王朝人にとって容貌とは、顔の美醜のみではなく、衣装を纏った身体が容貌そのものであり、さらにはほのかに周囲に薫る香りや、筆跡、文才、楽才、舞楽の才、立ち居振る舞いなどにいたるまで、それがひとりの人間の「かたち」を生成しているのである。

そして、その物語を線状的に繫いでいく機構として、登場人物達が兼ね備えたファッションがあるのだといえよう。

*

中の柱に寄りゐて、脇息の上に経を置きて、いと悩ましげに経読みゐたる尼君、ただ人とは見えず。四十余りにて、①いと白うあてに、やせたれど頰つきふくらかに、まみのほど、②髪のうつくしげにそがれたる末も、なかなか長きよりもこよなう今めかしきものかな、③とあはれに見給ふ。

きよげなる大人二人ばかり、さては童べぞ出入り遊ぶ、中に、十ばかりにやあらむ①、と見えて、白き衣、山吹などのなえたる着て、走り来たる女子、あまた見るべうもあらず、いみじく生い先見えてうつくしげなる容貌《かたち》なり。髪は扇を広げたるやうにゆらゆらとして③、顔はいと赤くすりなして立てり②。（若紫巻・本文『完本源氏物語』小学館(4)）　①＝年齢、②＝面ざしの描写　③＝髪の描写

訳　中柱に寄りかかって脇息の上に経を置き、ひどく大儀そうに読経している尼君は、並々の人とは思えない。四十を過ぎたかと思われる年頃で、色が白く上品に痩せているが、頬などふくよかに、目もとや髪の美しくそがれた端もあざやかで、長いよりかえって目新しく見えるものだと、感じ入って御覧になる。

身綺麗な、年配の女房が二人ばかり、また、女童《めの》が出たり入ったりして遊んでいる。その内に十ばかりであろうか①、白い下着に山吹襲の着馴らしたのを着て、走って来た女の子は、そこらに見える子供たちと似ても似つかず、生い先が見えて美しい容貌である。髪は扇を広げたるように末ひろがりにゆらゆらして、顔を涙にすり赤めて、尼君の近くに立った。（現代語訳　円地文子訳『源氏物語』新潮社(5)）

光源氏が、終生の最愛の女《ひと》・紫の君と邂逅する場面である。だれしも、尼君とこの北山の少女の容姿は極めて対比的に描写されていることに気づかされるのではないだろうか。それぞれ、視点人物である光源氏の視線を通して、二人の容姿を、尼君＝死の影と、紫君＝躍動する生命、とに対照的に描き出していることがわかるはずである。しかもこの時点では、この少女の母かとも誤認されている尼君は、身体はほっそりしているけれども、この時代の《美人》の条件であることを表象する《ふくらか》と描写されていて②、もう一つの条件であるところの髪もまた、剃髪しているものの、むしろモダンなイメージであると形容されている③。いっぽうの少女も、成人後の美貌が予期

	年齢	顔つき
尼君	四十余り	いと白うあてに、やせたれど頬つきふくらかに
女童	十ばかり	生い先見えてうつくしげなる容貌／顔はいと赤くすりなして
	髪	
尼君	髪のうつくしげにそがれたる末も、こよなう今めかしき	
女童	髪は扇を広げたるやうにゆらゆらとして	
	衣装	しぐさ
尼君	（尼姿）	いと悩ましげに経読みゐたる
女童	白き衣、山吹などのなえたる着て	走り来たる

されるほどのかわいらしさを備え、髪も豊かな上に[3]、規範性を逸脱して子どもらしく、泣き腫らした顔をして[2]、周囲の大人たちに甘えているというのである。紫のゆかりの物語の始発にふさわしく、それぞれ当時一般の年齢には不相応にして理想的な、いやむしろ現実性を超越した女性性を備えているという設定である。しかし、こうした女性性において、両者の未来を截然と分界する、死の影／生の躍動とを区別している話素こそが、衣裳なのである。また、特に注意すべきは、死の影である僧服をまとうだけの尼君にはとくに描写もなされないのに対して、紫君は白き衣という単衣の下着に、着馴れているらしい山吹襲をまとっていることであろう。山吹襲は襲《かさね》の色目《いろめ》で、表は薄朽葉《うすくちば》（赤みを帯びた黄色）、裏は黄色という、まさに春のイメージを身にまとっていたのであった(6)。それゆえ、光源氏の視界から少女が消えても、「頬つきいとらうたげにて、眉のわたりうちけぶり、いはけなくかいやりたる額

つき、髪ざしいみじううつくし」と、愛らしく、美しい少女の面影がクローズアップされ、彼の脳裏に刻印される。さらに彼女のまとう春の記号は、「ねびゆかむさまゆかしき人（成人してゆく様子をも見ていたい人）」という、彼の欲望すら喚起することになるのであった。なぜなら、この少女の面立ちは、「限りなう心を尽くし聞こゆる人（＝藤壺）にいとよう似奉れる」ことに気づいたからである。

このように、『源氏物語』の垣間見というテクストは、登場人物の視線と読者の喚起映像による共同幻影が物語を領導し、衣装に記号化され、潜在している視点人物の欲望のコードを浮上させる機能を有しているとも言えよう。

＊

ついで、『源氏物語』中、もっとも女君たちがその意匠を競った、第二部・若菜下巻、六条院の女楽の場面に目を転じてみよう。例によって光源氏の視線によって、女君の容姿が形象される。前者が女三宮、後者が紫上である。

宮の御方をのぞきたまへれば、人よりけに小さくうつくしげにて、ただ御衣のみある心地す①。にほひやかなる方は後れて②、ただいとあてやかにをかしく、**二月の中の十日ばかりの青柳の、わづかにしだりはじめたらむ心地して**、**鶯の羽風にも乱れぬべくあえかに見えたまふ**③。桜の細長に、御髪は左右よりこぼれかかりて、柳の糸のさましたり④。……

紫の上は、葡萄染《えびぞめ》にやあらむ、色濃き小袿《こうちぎ》、薄蘇芳《うすすほう》の細長に御髪のたまれるほど、こちたくゆるるかに④、大きさなどよきほどに様体あらまほしく①、あたりににほひ満ちたる心地して②、**花といはば桜にたとへても、なほ物よりすぐれたるけはひことにもの**　**したまふ**③。

（「若菜」・下巻）

①＝身体の様態　②＝雰囲気　③＝よそえ　④＝髪の様態

訳　殿は宮のおいでになる所を覗《のぞ》いて御覧になると、誰よりもずっと小柄で可愛らしく、ちっと見ると、おびただしく重なった美しい御衣装ばかりで、現《うつ》し身《み》はおありにならないような気さえする。匂いこぼれるような艶やかさはお見えにならず、ただまことに優雅に美しく、ちょうど二月二十日頃の青柳《あおやぎ》の糸のようやく枝《しだ》垂れ初《そ》めたような心地がして、鶯の飛び交う羽風にもあえなく乱れそうにか細くお見えになる。桜襲の細長《ほそなが》にお髪《ぐし》は右左からこぼれかかって、まったく柳の糸をよりかけたような御姿である。……

紫の上は葡萄染《えびぞめ》であろうか、色濃い小袿《こうちぎ》に薄蘇芳《うすすほう》の細長を召して、その上にお髪のたまっていのが多すぎるほどゆるやかに見えて、お背丈などもほとほどに大きく、物腰はこの上のなく整っていおいでになるし、あたり一面に匂い満ちたようで、花ならば桜の花ざかりに譬《たと》えても、まだ言い足りないくらいである。

女三宮は桜襲（表は白・裏は赤花）の細長、紫の上は葡萄染め（赤みの深い紫）の小袿に薄蘇芳（にぶい赤）の細長とそれぞれ「紫」を基調に意匠をこらしたものである。[7] ふたりの差異は、衣装と身体のフィットネス感というべきもの①と、圧倒的な黒髪の量とつややかな髪の質であったと言えよう。④ 女三宮の髪は青柳のようなしなやかさを備えてはいるものの、紫の上のまとう衣装と髪は、ともに女三宮をはるかに凌駕しているのである。また、両者の「よそえ」の形容も女三宮は「二月の青柳」のようにあえかなはかない存在感で表象されるのに対し、紫の上は日本の花の至宝「桜」に例えても、なお言葉を尽くせないという、言葉による形容がみつからぬほどの絶対性を備えているのである。

このように、『源氏物語』の衣装と身体と髪は、それぞれの人物の存在感覚を表象している。したがって、紫のゆかりに繋がるこのふたりの女君たちの容姿は、光源氏の視線を通して相対化され、差異を際立たせることになる。

光源氏の視線は「けに〜げ」や「ただ〜」という言説に顕著なように、無意識のうちに女三宮の女性性に劣位を見、紫上の理想的な女性性を「あらまほし」「にほひ満つ」と形容していることからも明らかなように、露骨な肩入れをしてしまうのであった。しかし、物語の論理からすれば、両者の不協和音の元凶である女三宮が光源氏の正妻の座におさまってしまっているがゆえに、こうした光源氏の言説が、封じ込まれた欲望として表象されているのだとも言えよう。

とは言うものの、やがて来る物語の行く方は、光源氏自身も予見できはしなかったらしい。なぜなら、紫上の、光源氏の形容、「桜にたとへても、なほ物よりすぐれたる」彼女の人生は、実はこの時最後の光芒を放っていたのであって、この「桜」こそ、やがてくる死の予兆であることに、当の光源氏すら気づいていなかったからである。

*

冒頭にも記したように、衣装による差異の生成は、物語の思想を表象するのだという。しかし、光源氏がひとりの女の心と向き合う刹那《せつな》には、女が何色を重ねているのか、どのような衣装をまとっているのかはむしろ問題ではないらしい。紫の上という女の物語を最も鮮烈に表象する言説は、華やかな十二単衣《じゅうにひとえ》などではない。雪明かりの薄闇と色も文様も記されない泣きぬれた彼女の袖《そで》が、そのすべてを語っていたのである。

源氏「こよなく久しかりつるに、身も冷えにけるは。怖じきこゆる心のおろかならぬにこそあめれ。さるは、罪もなしや」とて、御衣ひきやりなどしたまふに、**すこし濡れたる御単衣の袖をひき隠して**、うらもなくなつかしきものから、うちとけてはたあらぬ御用意など、いと恥づかしげにをかし。『限りなき人』と思ひ聞こゆれど、『難かめる世を』と思しくらべらる。

（「若菜」・上巻）

訳 「ひどく長く待たされるので、身体《からだ》もすっかり冷えてしまった。びくびく怯《おび》えている心が徒《あだ》や疎かでない証拠だろう。しかし別に罪があるわけでもない」とおっしゃりながら、女君の掛けていらっしゃる御夜着をお引きのけになると、涙に濡れた単衣《ひとえ》の袖をひき隠して、何の隔てもなくやさしいながら、そうそううち解けきってもお見せにならないお心用《もち》いなど、まことにこちらが恥ずかしくなるほど美しくゆかしい。この上ない高貴な身分の方といっても、難のないのは稀《まれ》なのにと、思わずも三の宮と思い較べて嘆息なさるのだった。

女三宮が光源氏の許に降嫁し、彼が紫上との床を空けた三日目の雪の早暁、紫の上を夢見し、即座に彼女の部屋へとって返すが、女房たちに長い間外で待たされる。暗闇の中、身体の冷え切った光源氏に、彼女は泣きぬらしたみずからの袖の濡れているのを知られまいと気丈に引き隠したのであった。この場面は、今度は紫の上に肩入れする語り手の女房の視線によって形象されている。であるからこそ、ここに描かれるべき衣装は、華やかな必要は全くなく、薄闇に白く浮かぶ夜着でこと足りたのである。つまり、この《すこし濡れたる御単衣の袖》にこそ、この物語の真実の「あはれ」が表象されている。新しい妻を娶った光源氏に、強い矜持を示し、本心を悟られぬようさりげなく接しはしても、それでもすがるしかない女君の孤独な心の襞は、涙に濡れた袖に注がれる語り手の女房の鋭いまなざしから、決して見落されることはなかったのである。

『源氏物語』の衣装。それは物語の思想、ひいては人々の心の襞を、時に無惨にさらけ出し、時にやさしく包み込む、そうした衣たちの物語であるともいえよう。

注

（1）ロラン・バルト『モードの体系』（みすず書房、一九六七年）参照。
（2）ドゥルーズ『差異と反復』（みすず書房、一九六八年）参照。
（3）三田村雅子『源氏物語　感覚の論理』（有精堂、一九九六年）参照。
（4）『源氏物語』の本文は『完本源氏物語』（小学館、一九九二年）による。
（5）現代語訳　円地文子訳『源氏物語』（新潮社）による。
（6）長崎盛輝『かさねの色目』《『日本の伝統色』（京都書院、一九九六年）参照。
（7）別冊太陽『源氏物語の色』（平凡社、一九八八年）に原色で再現されている。

《琴の譜》の系と回路　物語言説を浮遊する音

1　「琴《きん》の譜」の力——語られざる書物の昔語り

我が国に伝わる『碣石調幽蘭巻五』は、隋代の筆にかかり、当時の「琴《きん》」の運指法の実態を知ることが出来る、世界にたったひとつの「琴譜（＝文字譜）」である。(1) この「琴譜」の序には、「丘公字明、會稽人也。梁末隱於九疑山、妙絶『楚調』、於『幽蘭』一曲尤特精絶。以其聲微而志遠、而不堪授人、以陳禎明三年授宜都王叔明。隨開皇十年於丹陽縣卒　九十七。無子、傳之其聲遂簡耳」と『楚調』と『幽蘭』に秀でた六朝時代の丘明（四九三〜五九〇）の伝譜によるというその来歴を知ることが出来る。「譜」は冒頭から「耶臥中指十上半寸許按商」とあるように、奏法を文字によって逐一書き記したものであり、中唐代に入って開発された「減字譜《げんじふ》（＝漢字の一部を取って運指法を記号化した譜）」以前の古態を残す資料として、古代音楽史等の各分野で近年研究が進められているものなのである。わたくしは『源氏物語』の「琴の譜」そのものは、白楽天も使用していたであろう「減字譜」であったと考えているけれども、この『碣石調幽蘭』に記された古代言説から、書かれざる物語史が浮上するように思われる。

なぜなら、この『碣石調幽蘭』譜の末尾には、

碣石調幽蘭第五〔此弄宜緩消息彈之。〕

楚調。千金調。**胡笳調**。感神調。

楚明光。鳳歸林。白雪。易水。幽蘭。遊春。漾水。幽居。坐愁。秋思。長清。短清。長側。短側。上舞。下上舞。上間絃。下間絃。登隴。望秦。竹吟風。哀松路。**悲漢月**。**辭漢**。**跨鞍**。**望鄉**。**奔雲**。**入林**。華舜十遊。史明五弄。董揩五弄。鳳翅五路。流波。雙流。三峽流泉。石上流泉。蛾眉。悲風拂隴頭。風入松。遊絃。楚客吟秋風。東武太山。招賢。反顧。閑居樂。鳳遊園。蜀側。古側。龍吟。千金清。屈原歎。烏夜啼。瑟調。**廣陵止息**。楚妃歎。

と、延べ五九の琴調・琴曲が列挙されている。わたくしはここに列挙される五九の「琴譜」に注目したいのである。というのも、以前からわたくしは、『うつほ物語』『源氏物語』の琴楽の鍵を握る楽曲「胡笳調」が古楽の序曲（＝オーバーチュア）としてのそれであり、この調子の発展編とも言うべき「辭漢。跨鞍。望鄉。奔雲。入林」、すなわち「胡笳明君」（原曲＝「昭君怨」）は「王昭君」の物語関係の琴の組曲（『楽府詩集』所引『琴集』）であろうと考えていた。また、「廣陵止息」は『源氏物語』「明石」巻に「かうれうという手」と見える琴曲、すなわち、「廣陵散」であろうとも考えている。(2) したがって、この「琴譜」の一覧には、このように、物語に見られる琴曲がすべて見られることから、我が国伝来のこの「琴譜」より、平安朝の音楽の謎が解明されるように思われもするのである。

さて、この琴曲『碣石調幽蘭』そのものについては、荻生徂来の研究もあるものの、いまだ不明な点が多い。伝

説では、孔子が各国を遊説して回ったものの受け入れらぬまま帰国の途に就き、悲憤と感傷に打ちひしがれていたところ、幽谷に美しく咲いていた「蘭」を見つけ、その花に自身の孤高の心情を託した曲とされている（『琴操』）。[3]「蘭」は和名を「藤袴」とも言い、『源氏物語』では、玉鬘に心を寄せる夕霧が「藤袴」にこのような思いを託していた。

《かかるついでに》とや思ひよりけむ、蘭の花のいとおもしろきを持たまへりけるを、御簾のつまよりさし入れて、「これも御覧ずべきゆゑはありけり」とて、とみにも許さで持たまへれば、うつたへに、思ひよらで取りたまふ御袖をひき動かしたり。

同じ野の　露にやつるる　藤袴　あはれはかけよ　かことばかりも

「道のはてなる」とかや、いと心づきなくうたてなりぬれど、見知らぬさまに、やをらひき入りて、

「尋ぬるに　はるけき野辺の　露ならば　薄紫や　かことならまし

かやうにて聞こゆるより、深きゆゑはいかが」

（「藤袴」巻　九二〇⑥〜⑭頁）。[4]

詳細は本書所収の当該章（一—二）に譲るが、この琴譜『碣石調幽蘭』と物語との関連を疎かにすべきでないこと、言を俟つまでもあるまい。

顧みれば、光源氏が女三宮に伝授したのは、王昭君伝承等、胡国にまつわる楽曲の調べ「=胡笳の調べ」であった。これは、蝶よ花よと育てられた王昭君が、漢の元帝の政治の犠牲となり、期せずして異郷に嫁ぎ、悲劇の生涯を送る物語であって、女三宮—柏木事件の喩的な表象ともなる楽曲であった。[5]したがって、「宿木」巻に見えるよ

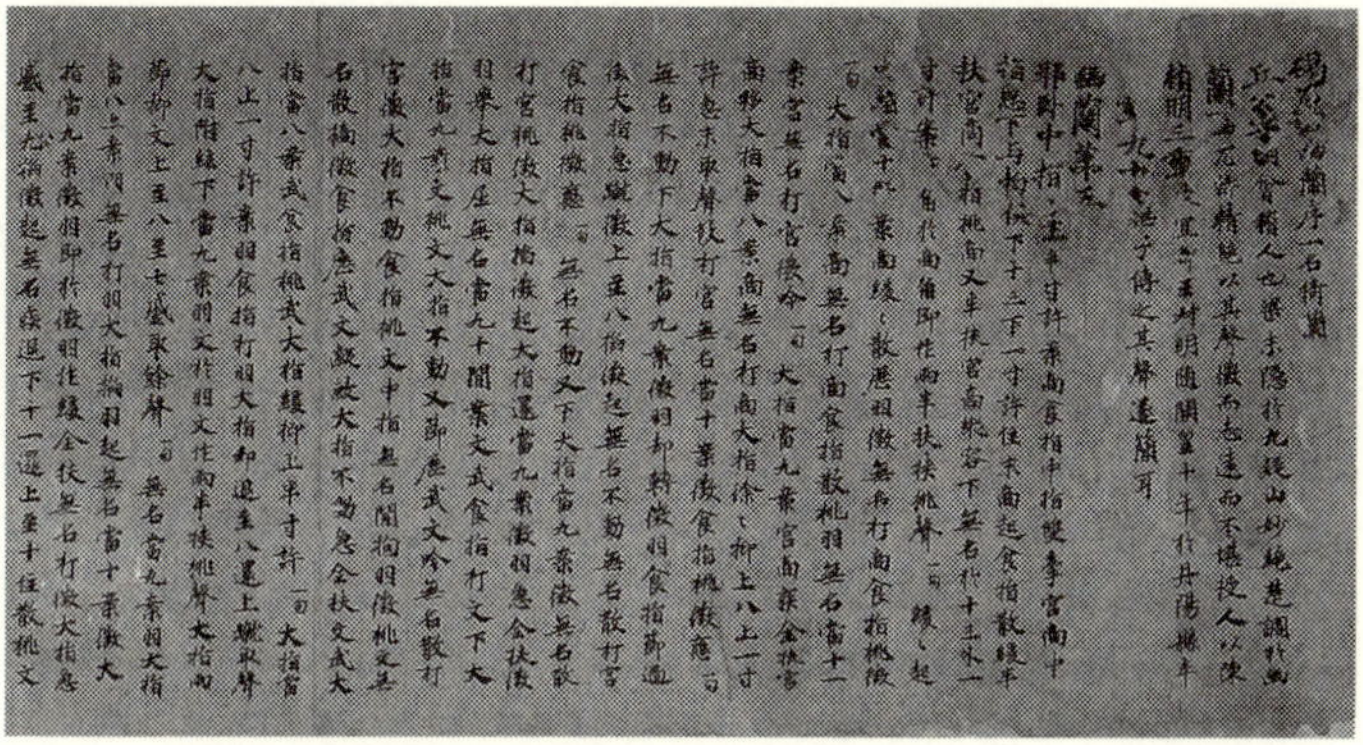

国宝『碣石調幽蘭』巻頭
冒頭に譜の来歴、「丘明」の事績が書かれ、続いて「幽蘭」の譜となっている。

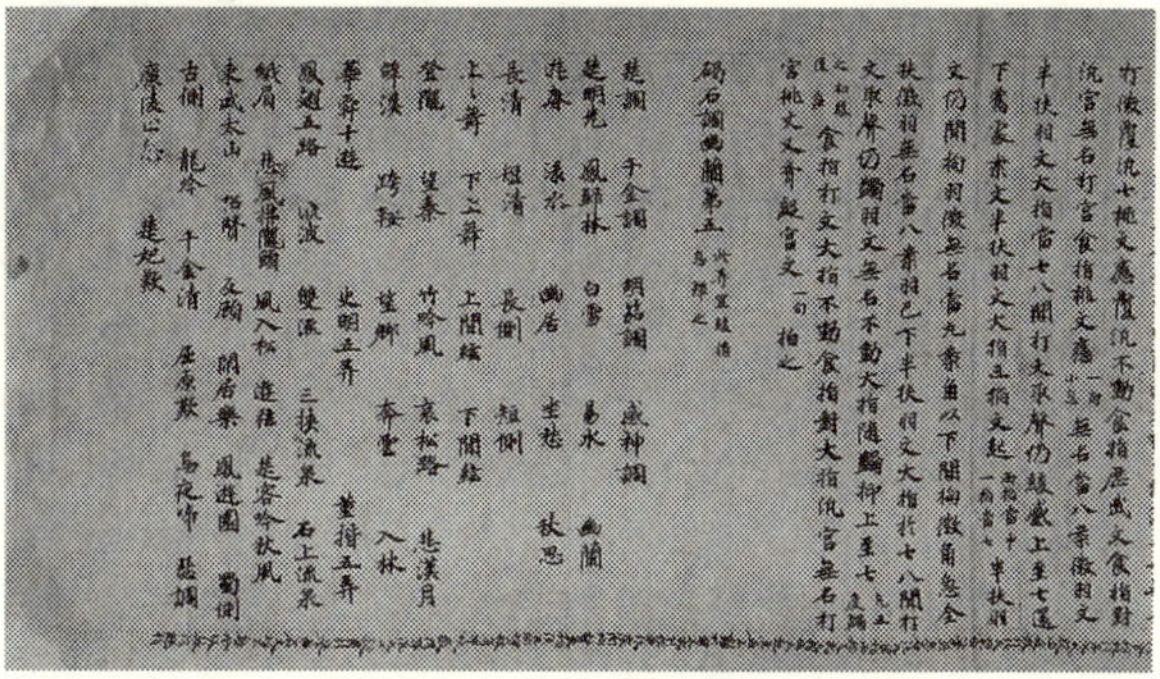

国宝『碣石調幽蘭』巻末
譜に続いて59種の楽曲が記されている。調、曲の順に書かれているのは、調を序奏の音取としたためか。（共に東京国立博物館蔵）

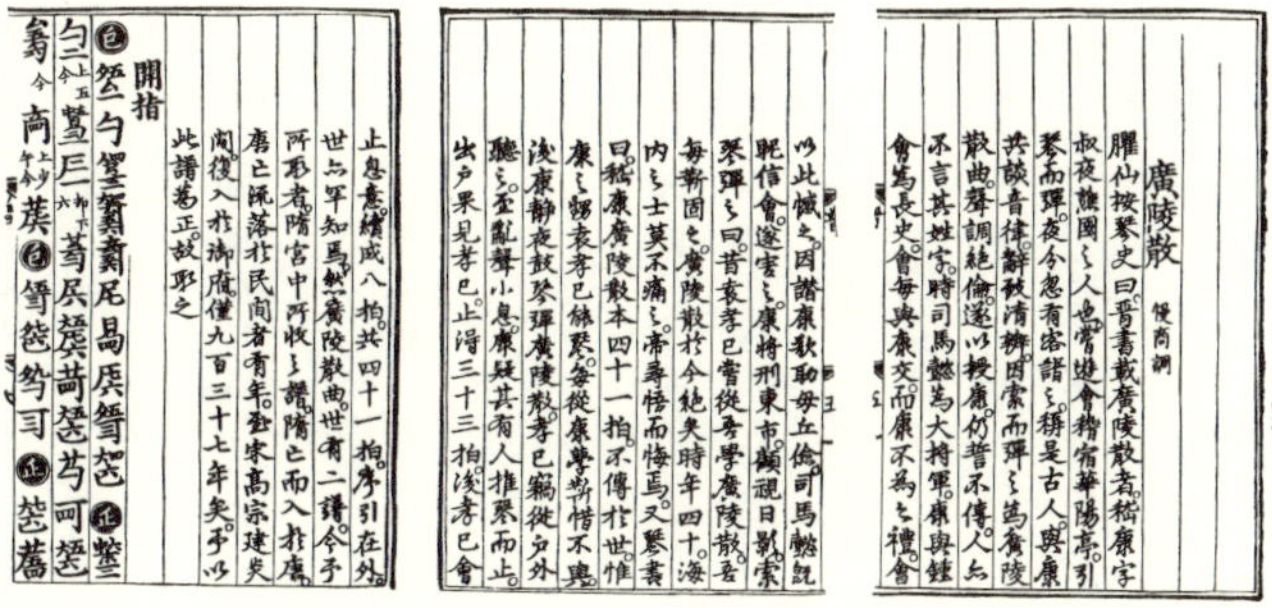

減字譜（広陵散）
『神奇秘譜』（一四二五）架蔵。

うに、光源氏が女三宮の「琴の譜」に書き残した楽曲もまた「胡笳の調べ」、この曲であったことは想像に難くない。したがって、この「譜」が薫の手を経て、今上帝に「かの夢に伝へし、いにしへの形見の」笛ともども献上され、それが夕霧によって「解」かれることの意味は、漢代の禁忌の物語や、あるいは夕霧の見た「柏木の笛の夢」の物語にかこつけながら、実は「女三宮―柏木事件の喩的な表象」を皇統に暴露したことにもなるわけである。

ともあれ、これらの楽曲は、物語の過去を掘り起こし、語られざる過去を提示する機能を果たしており、新たな物語を紡ぎ出すための序奏となっていることは、確かなことであると言えよう。

このように、琴の譜が物語る音の伝承が呼び覚ます物語について、古代の琴譜『碣石調幽蘭』から読む物語史という試みから、わたくしなりの卑見を提示してみようと思うのである。

2　「斧の音」響く『うつほ』の物語

花の露・紅葉の雫をなめてあり経るに、明くる年の春より、聞けば、この林より西に、木を倒す斧の声、遥かに聞こゆ。その時に、俊蔭思ふ、「ほどは遥かなるを、響きは高し。音高かるべき木かな」と思ひて、琴を弾き、書を誦して、なほ聞くに、三年、この木の声絶えず。年月の行くままに、おのが弾く琴の声に、響き通へり。俊蔭思ふほに、「ここら、四つの隅、四つの面を見巡らすに、ここより離れて、山見えず、天地一つに見ゆるまで、また世界なきに、琴の音に通へる響きのするは、いかなるぞ。この木のあらむ所尋ねて、いかで、琴一つ作るばかり得む」と思ひて、俊蔭、三人の人に暇を請ひて、斧の声の聞こゆる方に、疾き足をいたして強き力を励みて、海・川、峰・谷を越えてその年暮れぬ。また明くる年も暮れぬ。

自らが乗船した遣唐使船が嵐で難破した清原俊蔭は、漂着した浜辺に現れた白馬に導かれて、三人の仙人が琴を弾き遊ぶ浜辺に辿り着いたのであった。（「俊蔭」巻　十⑭～十一④頁）(6)

そこで、陶然と月日を過ごす俊蔭は、西の彼方から斧で木を切り倒す音を耳にする。しかも、その斧の音は、なんと三年もの間、絶えることがなかった。この斧の音を尋ねて、俊蔭は、三人の仙人に暇を告げ、斧の音のする未知の世界へ旅だったのであった。

三年といふ年の春、大きなる峰に上りて見巡らせば、頂天につきて険しき山、遥かに見ゆ。俊蔭、いさをしき心・速き足をいたして行くに、からくしてその山に至りて、見渡せば、千丈の谷の底に根をさして、末は空につき、枝は隣の国にさせる桐の木を倒して、割り木作る者あり。頭の髪を見れば、剣を立てたるがごとし。面を見れば、焔を焚けるがごとし。足・手を見れば、鋤・鍬のごとし。眼を見れば、金椀のごとくきらめきて、いみじき嫗・翁、子ども・孫など率て、頭を集へて、木を切りこなす。俊蔭、「さだめて知りつ、わが身は、この山に滅ぼしつ」と思ふものから、いしきなき心をなして、阿修羅の中に交じりぬ。阿修羅、大きに驚きて言はく、「汝は、何ぞの人ぞ」。俊蔭答ふ、「日本国王の使、清原俊蔭。この山を尋ぬること、三年になりぬ。今日をもちてなむ、この山を尋ね得たる」。（「俊蔭」巻　十一④～⑪巻）

辿り着いた先で俊蔭が見た光景は……山頂が天に届きそうな険しい山から見渡してみると、千丈の谷の底から木が聳え立ち、その先端は空に届き、枝は隣国にまでまたがる巨木の下で、「頭の髪を見れば、剣を立てたるがごとし。面を見れば、焰を焚けるがごとし。足・手を見れば、鋤・鍬のごとし。眼を見れば、金椀のごとくきらめきて、いみじき嫗・翁、子ども・孫など率て、頭を集へて、木を切りこな」している異様な容貌をした阿修羅の眷属どもに出会ったのである。阿修羅は俊蔭に尋ねる。「汝は、何ぞの人ぞ」と。俊蔭は、「日本国王の使、清原俊蔭。この山を尋ぬること、三年になりぬ。今日をもちてなむ、この山を尋ね得たる」と答えている。(7)

ただ今食まむとする時に、大空かい暗がりて、車の輪のごとなる雨降り、雷鳴りひらめきて、龍に乗れる童、黄金の札を阿修羅に取らせて上りぬ。札を見れば、書けること、「三分の木の下の品は、日本の衆生俊蔭に施す」と書けり。阿修羅、大きに驚きて、俊蔭を七度伏し拝む。「あな尊。天女の行く末の子にこそおはしけれ」と尊びて、言はく、「この木の上下、下の品をば、大福徳の木なり、一寸をもちてむなしき土を叩くに、一万恒沙の宝を出づべき木なり。下の品は、声をもちてなむ、長き宝となるべき」と言ひて、阿修羅、木を取り出でて、割り木作る響きに、天稚御子下りましまして、琴三十作りて上り給ひぬ。かくて、すなはち、音声楽して、天女下りまして漆塗り、織女、緒縒り、すげさせて、上りぬ。

(「俊蔭」巻 十三⑥～⑭頁)

阿修羅が俊蔭を食い殺そうとした時、天が風雲急を告げ、龍に乗った童が舞い降りてきた。阿修羅も、天の童の前にはまったく無力な存在であり、俊蔭を七度伏し拝みつつ、この巨木を「天女の行く末の子」である「日本の衆生」俊蔭に献上したのであった。さらに今度は天稚御子が天から舞い降りて、琴《きん》三十を作ってまた上って行った。その後、天から「音声楽」と共に、「天女下りまして漆塗り、織女、緒縒り、すげさせて」、また天に昇って行ったのである。こうして俊蔭は、家の秘宝となる琴を得、この大河小説は始まったわけである。

＊

以後、物語は、俊蔭が女子を儲けて世を去り、孫の仲忠が登場する。仲忠は『枕草子』に見えるように、源涼なる琴の好敵手とともに定子後宮の人気を二分したヒーローとなった。物語は、絶世の美女・あて宮への求婚譚や、源・藤両家の政治的闘争などを描きつつ、やはりその、『うつほ』の物語の大団円として、琴の物語を選んだのであった。物語終焉のそのクライマックスは、二人の上皇を迎えた「楼の上」下巻の八月十五夜の尚侍の弾琴である。これは喩的な物語要素からして、物語の冒頭で巨木を切り倒すため鳴り響いていた「斧」の声もまた、もはや決して響かないことを知らしめんとする仕掛けがなされていたものと考えられよう。(8)

尚侍、賜はりて、引き寄せ給ふに、まづ涙落ちて、昔のたまひし言、思ひ出で給ふことどもあり。しひて、涙を念じ、心を静めて、弾かむとし給ふ。ここばくの親王たち・上達部、見て、「これをいかならむ」と、心を惑はして思ほえ給ふ。御方々、あるは、耳挟みをし給ひて、昼のやうなる大殿油を押し張りて、端近く居給ふ。**内裏の御使も、山中に入りて多くの年を過ぐしけむ例のやうにおぼえて、帰り参るべき心地もせで居たり。**この琴《きん》は、天女の作り出で給へりし琴の、すぐれたる一の響きにて、山中のすぐれたりし手は、楽の師の、心整へて、深き遺言せし琴なり。ただ、初めの下れる師の教へたる調べ一つを、まづ搔き鳴らし給へるに、ありつるよりも声の響き高くまさりて、神いと騒がしく閃きて、地震《ない》のやうに、土動く。いとうたておどろおどろしかりければ、ただ緒一筋を忍びやかに弾き給ふに、にはかに、池の水湛へて、遣水より、深さ三寸ばかり、水流れ出でぬ。人々あやしみ、「を」と驚きぬ。

（「楼の上」下巻　九三三⑤〜⑭頁）

この「山中に入りて多くの年を過ぐしけむ例」は『水経注』巻四十・漸江水注に、(9)

北過余杭東入于海

……『東陽記』云、信安県有県室坂、晋中朝時、有民王質、伐木至石室中、見童子四人、弾琴而歌。質因留、斧柯聴之、童子以一物如棗核与質。質含之、不覚饑。俄頃、童子謂曰其帰。承声而去。斧柯漼然。既帰、質去家已数十年、親情凋落、無復向時比矣。

と見える『爛柯の故事』を典拠としたもので、「俊蔭」巻の阿修羅の「斧の柄」は、いつの間にか朽ちて、『爛柯』の樵に擬せられる、内裏の御使も、宮中に帰ろうとすれば自らの過ごした時間がほんのわずかなものではなく、『うつほ』体験の、莫大な時を過ごした経験知が自覚されるはずだという誇張表現であったことになる。つまり、可能態の物語と言うことならば、このテクストには、「爛柯」も「斧の柄」も記されないながら、俊蔭漂流譚の読者には、阿修羅の「斧の音」は深く記憶されていたはずで、ここに「斧」を鍵語として、俊蔭一族三代が、《異郷で過ごした膨大な夢の時間の物語》として完結する《玉手箱》が忍び込まされていたことが知られよう。

我が国初の長編物語として、貪欲なまでに東西・和漢の物語要素を取り込みながら波瀾万丈の物語を展開し、源藤二氏の政権争いを軸に展開した物語が、いよいよその大団円に琴《きん》の物語を選び、そして、この「爛柯の故事」を引用した直後に、琴《きん》の族《ぞう》の昔語りを記すのは、膨大な物語の記憶を消滅せしめんとするかのような、まさに象徴的な言説であると言えるだろう。(10)

この琴は、天女の作り出で給へりし琴《きん》の、すぐれたる一の響きにて、山中のすぐれたりし手は、楽《がく》の師の、心整へて、深き遺言せし琴なり。

（「楼の上」下巻　九三三頁）

言い換えれば、この『うつほ』の物語の結末とは、この琴《きん》の相承の物語＝〝書かれざる「斧の音」の物語〟を〝喩的に語り直すこと〟であったことになるのである。つまり、この長編物語の、その始原たる俊蔭漂流譚やその後の俊蔭娘・仲忠母子のうつほ籠りを髣髴とさせる諷喩として、「爛柯の故事」――書かれざる「斧の音」の記憶――がこの物語のクライマックスに刻印されたわけなのであった。

しかも、このテクストの語り手は、「俊蔭」巻という物語の「始原」を知るであろう全知視点の語り手であり、その語り手に選び取られた「爛柯の故事」の言説「山中に入りて多くの年を過ぐしけむ例」は、言わば、宮中の使者が垣間見た楼上と言う仙境が、『うつほ』の物語の《うつほ》そのものの諷喩である、と言う物語の時空のパラドックスを表象しているわけである。それは、使者の眼からすれば、現前の時空の諷喩でもあるし、物語の読者の眼からすれば、俊蔭漂流譚において阿修羅や、天女からもたらされた琴《きん》、さらには『うつほ』籠りの修行で鳴り響いた琴《きん》の音、そうした、およそ百年にも及ぶ「楼の上」巻までの琴《きん》の物語の、そのすべてが、実はタイムスリップした中の一瞬の記憶の錯覚にすぎないという、壮大な構想の〝一気に暗転する物語〟そのものなのであったと言うわけである……。

3 「琴の譜」の系と回路――『うつほ物語』の内なる物語史

さて、『うつほ物語』で首尾呼応する両巻には、「琴《きん》の譜」そのものは全く描かれていないものの、物語の転換点となる「内侍のかみ=初秋」巻は、「譜」の物語内容が、物語の展開をリードしているとさえ言えるのである。いわば、神話的な構想の首尾巻をブリッジするのが、「譜」の楽曲の物語内容である、と言う仮説が成立するものと思われる。

そもそも「内侍のかみ」巻は、源涼・藤原仲忠の結婚問題の内部矛盾を契機として論争となった成立過程説において、鍵となる巻である。また、この物語のもうひとつの主題である「あて宮求婚譚」を相対化させつつ、俊蔭物語を復活させる機能を果たしているとも言える物語なのである。言うまでもなく、この『うつほ物語』は、三つの冒頭を持ち、俊蔭の音楽伝承譚、源正頼家のあて宮をめぐる求婚譚と摂関家的な政治の物語、さらには、継子物語的な忠こその物語を抱え込んで、我が国初の長編化を成し遂げた物語である。とりわけ、あて宮求婚譚は、物語で設定した、時の有力な貴顕を総登場させ、絶世の美女の誉れ高き一世源氏の娘の結婚が、いかに平安前期社会の政界勢力地図を塗り替える破壊力を持つものであったのか、と言う当時の貴族社会の諸相を見事に描き出していた。しかしながら、この求婚譚も春宮入内と言う極めて常識的な決定を見、物語は新しい物語要素を必要とした。そこで再び脚光を浴びたのが、俊蔭一族の琴《きん》の物語と、俊蔭の残した一粒種、俊蔭の娘の物語なのであった。東宮学士を辞退して野に下った俊蔭であったが、時の春宮だった朱雀院は、その時聴くことすら出来なかった琴《きん》の音に惹かれて、藤原兼雅の許に藤原仲忠なる子までなしていた、この俊蔭娘への秘めた想いを想起させたのであった。相撲の節の後の賭碁で仲忠に勝った帝は、まず、負態として仲忠に琴《きん》の演奏を望むが、仲忠は、なんと自身の母を、帝に差し出そうとするという狂態を演じる。そこに朱雀帝の、俊蔭娘へのかねてからの色好みが浮上してきたのであった。

弾琴を拒否しきれないと悟った俊蔭娘は、意を決して、「胡笳の声」を奏でる。「胡笳の声」は、漢代の悲劇の女性「王昭君」の歌曲「昭君怨」の別称「胡笳明君」のことである。さて、「王昭君」は三千人の後宮にあって、自らの美貌を頼んで絵師に賄賂を贈らなかったため、胡の国との和睦の代償とされて、胡の国の王の妻として嫁がされた悲劇の女性なのであった。「胡笳」の曲は、古く俊蔭が天女から学んだ曲として記憶されるが、注釈レベルでは境遇のよく似た蔡文姫《さいもんき》の「胡笳十八拍」を典拠とするのが定説化しており、最近の、神作光一・上坂信男『講談社学術文庫　宇津保物語俊蔭　全訳注』や、中野幸一校注の『新編日本古典文学全集　うつほ物語①』でも「こか」を「胡笳十八拍」として施注し、これに話の類似する、王昭君物語の帝の「解き」が付加されたものと考証している。(11) しかし、この旧説は、郭沫若の調査によって、「胡笳十八拍」そのものが後世の偽作であるとする説まであるものの、さすがにこれは南宋・唐代にはその曲の存在が確認されるので、極論としなければならない。しかしながら、現在の研究成果によれば、当時は「王昭君」の琴曲がいくつもあることが判明しているのだから、注釈書が拠る旧説を採るべき理由がないことは確かである。なぜなら、以下に見えるように「胡笳の声」の物語内容が、「王昭君」の悲劇を奏でる物語であるという、朱雀帝の「琴の譜」の「解き」によって、前述の従来説は否定できるからである。また、冒頭に見たように、『碣石調幽蘭』譜には「胡笳調」と、組曲としての「胡笳明君」、「胡笳明君別」とが確認できるが、ここは物語内容との関係性からして、蔡文姫伝をも包含する調子としての「胡笳調」ではない後者、すなわち、「胡笳明君別」と言う事になるわけである。というのも「幽蘭」譜の末尾に見える「辭漢。跨鞍。望郷。奔雲。入林」＝「胡笳明君別」の物語内容と、『うつほ物語』中、最もペダンテックな文飾が多用されているこの「内侍のかみ」巻の当該場面の物語内容（＝物語要素）とが、大筋においてほぼ合致するからである。

かかるほどに、めでたく遊ばしかかりて、その声いとしめやかに弾き給ふ。上、手どもを取り出でて御覧じつつ、「この手には、など言ふありけり」、また、「など弾くべき手なり」などのたまふ。このたまふごと、北の方、譜のごと尽くして、めづらしき手をさへ尽くして遊ばす。一並は、胡笳の声、譜のごと遊ばして、しをすさの声に遊ばす様、同じ位返して掻き変へ給ふ様の琴の音、面白きことことわりなり。同じく掻い弾き給ふ様の手遣ひなむ、愛しくめでたかりける。「このめくたちを、昔、唐土の帝の戦に負け給ひぬべかりける時、胡の国の人ありて、その戦を静めたりける時、天皇、喜びの極まりなきによりて、『七の后の中に、願ひ申さむを』と仰せられて、七人の后を絵に描かせ給ひて、胡の国の人に選ばせ給ひける中に、すぐれたるかたちありける、その内に、天皇思すこと盛りなりければ、その身の愛を頼みて、『こくばくの国母・夫人の中に、我一人こそは、すぐれたる徳あれ。さりとも、我を武士に賜ばむやは』の頼みに、かたち描き並ぶる絵師に、六人の国母は千両の黄金を贈る、すぐれたる国母は、おのが徳のあるを頼みて贈らざりければ、劣れる六人は、いとよく描き落として、すぐれたる一人をば、いよいよ描きまして、かの胡の国の武士に見するに、『この一人の国母を』と申す時に、『天子は、言変へず』と言ふものなれば、え否びず、この一人の国母を賜ふ時に、国母、胡の国へ渡るとて嘆くこと、胡笳の音を聞き悲しびて、乗れる馬の嘆くなむ、胡の婦が出で立ちなりける。それを聞くに、獣の声にあらじかし。それを遊ばしつる御手、二つなし。あらはともおもほえたつれ」とのたまふほどに、八の拍に遊ばし至る。それ、かのなむやうのいへの族なりけり。それを帝聞こし召して、「この遊ばす手は、昔の故朝臣の仕うまつられし手と等しくなむありける。中将の朝臣のは、よろづのこと忘れて思はせて、せめて物の興なむ思ほえし。おもとに遊ばすは、よろづ物のあはれなむ思ひ出でられ、昔の人の声など思ほえ、古き心ざしの深かりしさへなむ思ひ出でられける。心細くあはれなることは、飽くまで、おもとになむ遊ばしける。『忘れてもあるべきものを芦原に』とこそ聞こえつべかりけれ。この昔の思ほゆる手を遊ばせよ」などて、搔き返し給ふ時、解あるをば、それをまし、解なき手をば、異ごとにつけて愛で給ひて、せめて、御心に、深くこの北の方を思し入りおはします。

（「内侍のかみ」巻　四二八⑤〜四二九⑫頁）

俊蔭の娘が「譜《ふ》」の如く弾き、さらにアレンジして即興を加え、かつ朱雀帝がその「譜《ふ》」を見ながら「解」くのは、「王昭君」の琴曲の物語である。しかもその物語内容は、そのまま、朱雀帝の俊蔭娘へのくどき文句になっていることは以前にも詳述したことがある。(12)

国母＝俊蔭娘、かの胡の国の武士＝朱雀帝、天皇＝藤原兼雅

朱雀帝は俊蔭娘を「私の后に思はんかし」とまで述べて、この夜の禄として「尚侍」に任ずるのである。これは、あて宮求婚譚において、主人公格だったものの、結局、政治的敗者となって脇役に回った、藤原兼雅・仲忠父子に替わって、物語の楽祖・清原俊蔭の血を直接継承するこの俊蔭娘こそが、この物語の真の女主人公であることを、以後の物語に刻印する作業に他ならないのである。

つまり、『うつほ物語』の「琴《きん》の譜《ふ》」は、この場合、帝が譜を「解く」ことによって、物語そのものの人脈を再編しようとし、それゆえ新たな物語への扉を開くシナリオともなっていると言うことが出来るだろう。

また、いささか喩的な論理になるが、「琴の系譜」と言うことについて言えば、高橋亨は、河合隼雄との対談にヒントを得て、日本では「男―女―男」と言う三幅対が重要な家を形象する要素であり、『うつほ物語』の場合には、

正頼―あて宮―皇子

と言う「俗世界の三幅対」と、

俊蔭―俊蔭の娘―仲忠〈―いぬ宮〉

と言う「精神世界の三幅対」が存在することを指摘している。さらに、「仲忠―いぬ宮」へと延伸される男系と女系とが複合した〈ひとり子〉の系譜は、「俗世界」と「精神世界」の矛盾相克を抱えるが故に、「琴の秘伝」と言う物語のクライマックスに向かうにつれて、女の系譜に重心が移行し、「超現実的な天上の音楽」として終わらねばならなかったと述べている。(13) であるからこそ、この物語固有の論理を収斂させるためには、天女の予言にあった俊蔭娘の「三代の孫」にあたるいぬ宮に、琴《きん》の伝授が完了した八月十五夜の秘琴の演奏は、「**山中に入りて多くの年を過ぐしけむ例**」のような神さびた空間で奏でる舞台を必要としたのである。かくして、『うつほ物語』の物語世界は一瞬のうちに瓦解し、空洞化して、玉手箱を開いた浦島太郎よろしく、名実ともに《うつほ》の世界となったのであった。

つまり、秘伝として継承された宝器としての「琴の系譜」の論理が首尾呼応する物語として枠取りされつつ、一方で語られた「琴の譜」の論理が物語の転換点の「内侍のかみ」巻では用いられて、新たなる物語を突き動かして行く、いわば『うつほ物語』の音楽継承譚を導くシナリオとなっている、と言うことが出来るのである。(14)

さらに、「内侍のかみ」巻でも「譜」としか記されてはいないが、「胡笳」という「俊蔭」巻以来の琴の秘曲から

して、朱雀帝が秘匿していたその「譜」もまた、おそらく帰国後の琴の師・俊蔭によって書かれたものを、東宮であった帝が筐底に秘匿していたものであろうとわたくしは想像するのである。

4　「琴の譜」の系譜――『源氏物語』の内なる物語史

では『源氏物語』における「琴の譜」はいかなる機能を有しているのか、「宿木」巻の藤壺の藤花の宴の場面にそれを見ておきたい。

《夏にならば、三条宮ふたがる方になりぬべし》と定めて、四月の朔日ごろ、節分とかいふことまだしき前に渡したてまつりたまふ。明日とての日、藤壺に上渡らせたまひて、藤の花の宴せさせたまふ。南の廂の御簾あげて、倚子立てたり。公事にて、主の宮の仕うまつりたまふにはあらず。上達部殿上人の饗など、内蔵寮より仕うまつれり。右大臣、按察大納言、藤中納言、左兵衛督、親王たちは三の宮、常陸の宮などさぶらひたまふ。南の庭の藤の花のもとに、殿上人の座はしたり。後涼殿の東に、楽所の人々召して、暮れゆくほどに、双調に吹きて。上の御遊びに、宮の御方より御琴ども、笛など出ださせたまへば、大臣をはじめたてまつりて、御前にとりつつまゐりたまふ。故六条院の御手づから書きたまひて、入道の宮に奉らせたまひし琴《きん》の譜二巻、五葉の枝につけたるを、大臣取りたまひて奏したまふ。次々に、箏の御琴、琵琶、和琴など、朱雀院の物どもなりけり。笛は、かの夢に伝へし、いにしへの形見のを、《またなきものの音なり》とめでさせたまひければ、《このをりのきよらより、または、いつかははえばえしきついでのあらむ》と思して、取う出たまへるなめり。

大臣和琴、三の宮琵琶など、とりどりに賜ふ。大将の御笛は、今日ぞ世になき音の限りは吹きたてたまひける。殿上人の中にも、唱歌につきなからぬどもは召し出でて、おもしろく遊ぶ。（「宿木」一七七六⑭～一七七八②）

問題は、「**故六条院の御手づから書きたまひて、入道の宮に奉らせたまひし琴《きん》の譜二巻、五葉の枝につけたるを、大臣取りたまひて奏したまふ**」とある本文なのだが、物語には語られなかった故六条院＝光源氏の「琴《きん》の譜《ふ》」の存在がここで始めて記される。光源氏が女三宮のために楽譜を書いていたものがあって、今は右大臣・夕霧が所持し、今上帝に捧呈したとする解釈（全集・新編全集）と、「右大臣がお取りになって主上に申し上げなさる」とする解釈（玉上・評釈、角川文庫）があり、後者であれば、『うつほ物語』同様、「琴《きん》の譜《ふ》」について、夕霧が帝に、琴《きん》の歌曲の物語を「解」いて聴かせたことになる。[15] 光源氏の所有する「譜《ふ》」と言うことで言えば、「若菜」下巻の琴論で光源氏が夕霧に語った「**ここに伝はりたる譜といふもののかぎりをあまねく見合はせ**」（一一五九④）た「譜」が知られる。しかし、これは「ここに伝は」る「譜《ふ》」であり、「御手づから書」いたものではない。もし、当該の「譜」が書かれたとすれば、光源氏が女三宮に琴《きん》を伝授し終えた際（朱雀院五十賀の試楽後）に、免許皆伝として贈られたものと言うことになろう。薫が「宿木」巻の時点で二十八歳、薫出生の前年の「女楽」を前に、光源氏から女三宮への伝授が行われたのだから、逆算すると、この「譜《ふ》」が書かれてから三十年弱の年月が流れていたことになる。さらに、言い換えれば、これこそ「胡笳調」「胡笳明君別」の伝授譜であったことになる。「胡笳調」は古楽の序曲（＝オーバーチュア）として、女楽の試宴にふさわしく、「琴《きん》は胡笳の調べ、あまたの手のなかに心とどめて弾きたまふべき五六の潑剌《はら》を、いとよく澄まして弾きたまふ」（一一六〇⑥～⑦）とある、演奏当初の緊張感を表象するテクストに合致していると言えよう。また、この調子の発展編とも言うべき「胡笳明君」は、悲劇の漢女の物語として、絃楽四重奏のクライマックスに欠くことの出来ぬ組曲であり、『碣石調幽蘭』譜末の名曲群に数えられることからもそれが証されるのである。

かくして、この「琴《きん》の譜」の存在は、女三宮から薫への伝授として、描かれない過去を物語の中に組み込みつつ、現在から過去を照らし返す機能を果たしているのである。つまり、

光源氏―女三宮―薫

と言う、「琴《きん》伝授の系譜」が存在したことを証し立てていると言うことが出来る。しかも、その「琴《きん》の譜」は、今上帝の御前でもたいへんな秘宝として珍重されている。したがって、この第三部の物語では、朱雀院遺愛の楽器や「かの夢に伝へし、いにしへの形見の」笛、さらに光源氏の秘琴伝授もまた、《過去の聖代の神話》となっているのである。と言うのも、この「琴《きん》の譜」の挿話には準拠というべきものがあって、

『花鳥余情』第二十七巻

故六条院の御てづからかき給〈ひ〉て、入道の宮にたてまつらせ給〈ひ〉し琴《きん》の譜《ふ》二巻五葉《やう》の枝につけたるを大臣《おとど》とり給ふ。つぎつぎの御こと・琵琶《びわ》・和琴《ごん》など朱雀院《すざくいん》の物どもなり。

天徳三年右大臣捧先皇賜勤子内親王筝譜三巻左衛門督執赤笛一管　元貞保親王賻左兵衛督　螺筝一面　元良親王物有歌音奏名而献之

今案、天暦三年の藤壺の女御安子は九条右丞相の御女也。延喜御門勤子内親王は、すなはち、九条殿の室になり給へり。これによりて、延喜御門の勤子内親王にたまはせ給へる筝譜をたてまつり給〈ひ〉し事をいまの物がたりに六条院の女三宮にたてまつり○給し琴の譜にかきなせるなり。『河海』等の諸抄にもみえざるなり。

（三一六頁）(16)

このように、延喜御門（＝醍醐天皇）の皇女・勤子内親王が九条殿の室（師輔北の方）となった時、醍醐天皇が勤子内親王に下賜した「箏譜三巻」が、やがて、天暦三年（九四九）に（村上帝の）藤壺の女御安子（九条右丞相・藤原師輔の娘）に献上されたものをモデルにしたという。宇治十帖の物語にふさわしく、この準拠も醍醐の御代から村上聖代にずらされているし、醍醐＝延喜の帝の秘宝が、極めて稀なる文化的な意匠となっていることも知られよう。

また、こうした規範性を文献的史実に求めると、東大史料編纂所の「平安時代フルテキストデータベース」によれば、「譜」は、「譜代」「譜第」を含めて四十一例が見え、内二例が、『後二条師通記』寛治六年（一〇九〇）の藤原師実所有の「琵琶譜」であることが知られる(17)。

◎寛治六年九月八日　已及未剋、参高陽院、頃之退出、琵琶譜十巻、系蒙二帖〈上下摺本〉暫之間所下給也。

◎寛治六年一二月二九日　系蒙二帖付時範《平》返上於内、昨日琵琶譜十巻返上已畢〈仏供養〉。

このように、父・師実の「譜」が、師通にとって重要な秘宝であったことを如実に示しているのである。

かくして、史実に見られるような「譜」の神話化は、『源氏物語』では光源氏の物語の「書物」による神話化として、「絵合」巻の「須磨の絵日記」から始まっていたといってよいだろう。

例えば、言うまでもなく、冷泉帝の御前で絵合が行われ、朱雀院の準備した「年中行事絵」に対してすら、光源氏の「須磨」の絵日記が他を圧倒することに、光源氏文化の権威化が図られていることが知られよう。

左はなほ数ひとつあるはてに、須磨の巻出で来たるに、中納言の御心騒ぎにけり。あなたにも心して、はての巻は心ことにすぐれたるを選りおきたまへるに、かかるいみじきものの上手の、心の限り思ひ澄まして静かに描きたまへるは、たとふべき方なし。親王よりはじめたてまつりて、涙とどめたまはず。その世に、心苦し悲しと思ほししほど　よりも、おはしけむありさま、御心に思ししことども、ただ今のやうに見え、所のさま、おぼつかなき浦々磯の隠れなく描きあらはしたまへり。草の手に仮名の所どころに書きまぜて、まほのくはしき日記にはあらず、あはれなる歌などもまじれる、たぐひゆかし。誰も他ごと思ほさず、さまざまの御絵の興、これにみな移りはてて、あはれにおもしろし。よろづみなおしゆづりて、左勝つになりぬ。

（「絵合」巻　五七〇⑥〜五七一①頁）

もちろん、光源氏の絵日記の存在は、先の「琴《きん》の譜《ふ》」と同様、「須磨」「明石」巻当時、書きすさびの「絵」程度で明確には記されず、「絵合」巻においてその物語内容が浮上してくるテクストなのである。このように『源氏物語』は、語られざる物語の過去を、「絵日記」や「琴《きん》の譜《ふ》」と言う他ジャンルのテクストを意識的に取り込みながら、聖なる物語の昔語りを付加して行くのである。(18)

＊

言い換えれば、『源氏物語』を《書物》というメディアの観点から眺め返すと、《書物》によって複奏的、重層的に過去を照らし出しながら、物語の構想を再編したり、組み替えたりしつつ物語を繋いでゆくという『うつほ物語』の方法を踏襲していることがわかる。つまり、『うつほ物語』の方法に学びつつ、「須磨の絵日記」や「琴《きん》の譜《ふ》」と言う、後から付置された、《書き遺されていたもうひとつの物語》を浮上させながら、過去を神話化し、長編化の結節点を繋ぎ留めつつ、意味づけようとしているのである。

ただし、ここで特筆すべき点は、「琴《きん》の譜《ふ》」と言う書かれた《音声》によって、物語の音楽的主題が喩的に表象されること、さらには、血脈によって、この音楽的主題を継承させてゆくという長編物語の方法を、さらに改良・革新しつつ定位させたという物語史上の画期を確認できることである。(19)

そもそも、『源氏物語』宇治十帖の物語は、薫が琴《きん》のことを奏でたりもするけれども、薫の笛の音の物語にその主題性は変奏されていた。なぜなら、薫の笛の音は、八の宮の耳を通して、柏木の笛の音と聴き紛うほど似ているという仕掛けを配して、柏木＝女三宮のコードを呼び覚ます機能から物語が発動するからである。これは、いまわしい過去を、笛の音によって呼び覚ますという方法に他ならない。すなわち、『源氏物語』の「琴《きん》の物語」が、宇治十帖では、すでに「かの夢に伝へし、いにしへの形見の」「笛の音の物語」に転換されていたのである。(20) そしてさらに物語の音の系譜は流転し、その終焉は、吾妻琴《あずまこと》（＝和琴）しか弾くことの出来ぬ、《語るべき過去のすべてを捨て去った》女・浮舟の物語へと漂着する結末を選んだのであった。

注

（1）国宝『碣石調幽蘭』本文は、東洋琴楽研究所の電子テキストを使用した。この「琴譜」の本邦伝来は桓武朝とも目される。その後、後水尾天皇から狛近元に下賜され、荻生徂来による詳細な考証が遺る。京都神光院の許にあったが、現在は東京国立博物館蔵。中国にも逆輸入され、東洋琴楽研究所・国際交流基金による「幽蘭研究国際シンポジュウム」（於・日本近代文学館、一九九九年）の開催等、総合的な研究が展開されている。

（2）上原作和『光源氏物語の思想史的変貌―《琴》のゆくへ』（有精堂、一九九四年）関係所論参照。

（3）伏見靖「『碣石調幽蘭』の《幽蘭》名義について」（幽琴窟琴学陋室、二〇〇一年）参照。
上原作和「心身の倶に静好を得むと欲せば―『聴幽蘭』　楽天の《琴《きん》》から夕霧の《蘭》へ、『源氏物語』的文

人精神の方法」『白居易研究年報　第四号』（勉誠出版、二〇〇三年）本書所収参照。

また、中純子「音の伝承　唐代における楽譜と楽人」「中国文学報」（六二、京都大学中国語中国文学研究室、二〇〇一年四月）は減字譜の成立を中唐と認めた上で、塡詞作家としての白楽天の音楽享受のありようを追求しつつ、「幽蘭」譜にも言及している。くわえて、呉文光『流水／中国古琴　悠久の調べ』（ビクター音楽産業株式会社、一九九三年）「解説――『碣石調幽蘭』」参照。

（4）本文は『大島本　源氏物語』（角川書店、一九九六年）による。頁行数は池田亀鑑編『源氏物語大成』（中央公論社・一九五三～一九五六年）に依拠する。

（5）上原作和「光源氏物語の思想史的変貌―《琴》のゆくへ」（有精堂、一九九四年）関係所論参照。また、三上満「『うつほ物語の思惟―音楽の力」『講座　平安文学論究　第十二輯』（風間書房、一九九七年九月）や河村幸枝「『源氏物語』における心理葛藤表現としての音楽―「若菜下」巻の女楽の場合（上下）」（「解釈」一九九七年六月、十月）が拙稿を出典に重きがあり、楽理に綿密ではないとして批判的にこの問題を論じている。しかし、許健『琴史初編』（人民音楽出版社、一九九〇年）や、増田清秀『東洋学叢書　楽府の歴史的研究』（創文社、一九七五年）によれば、南宋・唐代の「胡笳」なる楽曲は、「胡笳十八拍」と「胡笳明君別」とが併存していたことが分かる。要は「胡笳」そのものがエスニックなムードを醸し出す調子であり、その調子による楽曲として作られたものが「胡笳明君別」などであるから、卑説のように、「調子」でもあり「楽曲」でもあるという解釈を裏付けることにもなろう。なお、『楽府詩集』に見える「胡笳明君」は「胡笳明君三十六拍」とある。

（6）本文は室城秀之校注『うつほ物語　全』（おうふう、一九九五年）による。

（7）俊蔭漂流譚に関する考察は、三田村雅子「『宇津保物語』の琴の王権―繰り返しの方法をめぐって」（「東横国文学」十五号　一八八七年三月）に先駆的、古典的な業績がある。

（8）大井田晴彦「長編物語の誕生『俊蔭』の成立と構想」『うつほ物語の世界』（風間書房、二〇〇二年）参照。

（9）本文は王国維・編『水経注校』（新豊文出版公司、一九八七年）による。

(10) 上原作和「爛柯の物語史『斧の柄朽つ』る物語の主題生成」『講座　平安文学論究　第十二輯』（風間書房、一九九七年九月）本書所収参照。また、神田龍身「エクリチュールとしての《音楽》『宇津保物語』論序説」『源氏研究』（第八号、翰林書房）は、「楼の上」の弾琴を「この物語が出したぎりぎりの解答」であるとし、さらに「表現不能という限界を明確にしてしまったことの無念さはあるにしても、だからこそ逆に音楽にかける幻想は表現の彼方に相も変わらず求められていると考えることができる。しかし、限界が限界として確定されてしまった以上、これ以上書き進められることもまたないのである」と述べている。

(11) 上坂信男・神作光一『宇津保物語俊蔭全訳注』（講談社学術文庫、一九九九年）、中野幸一（新編日本古典文学全集『うつほ物語①』小学館、一九九九年）。

(12) 上原作和『光源氏物語の思想史的変貌―《琴》のゆくへ』（有精堂、一九九四年）第一章の関係所論参照。

(13) 高橋亨「うつほ物語の琴の追跡、音楽の物語」「国文学―特集『伊勢物語』と『うつほ物語』」（学燈社、一九九八年二月）参照。

(14) 上原作和『光源氏物語の思想史的変貌―《琴》のゆくへ』（有精堂、一九九四年）、大井田晴彦「『うつほ物語』の転換点『内侍督』の親和力」『うつほ物語の世界』（風間書房、二〇〇二年）所収参照。

(15) それぞれ、玉上琢弥『源氏物語評釈　第⑪巻』（角川書店、一九六八年）、阿部秋生・今井源衛・秋山虔編（日本古典文学全集『源氏物語⑤』小学館・一九七〇年）、阿部秋生・今井源衛・秋山虔・鈴木日出男編（新編日本古典文学全集『源氏物語⑤』小学館、一九九七年）などを参照した。

(16) 本文は伊井春樹編『花鳥余情』（桜楓社、一九七八年）による。なお、小町谷照彦編『源氏物語の鑑賞と基礎知識　宿木（後半）』（至文堂、二〇〇五年）に、この宴の准拠が倉田実・藤本勝義氏によって詳細に検討されている。

(17) 東京大学史料編纂所のデータベースによる。『後二条師通記』の本文は『大日本古記録』（岩波書店、一九五七年）による。

(18) 最新の須磨絵論として、小林正明「須磨絵と旅する男―絵合の理路」『ことばが拓く古代文学史』(笠間書院、一九九九年)を挙げるにとどめる。

(19) 「譜」の継承の問題については、猪股ときわ「天孫の譜・天女の琴　『うつほ物語』、あるいは《書くこと》をめぐって」『叢書想像する平安文学／第八巻／音声と書くこと』(勉誠出版、二〇〇一年)参照。

(20) 小嶋菜温子「光源氏と女楽」「柏木の笛」『源氏物語批評』(有精堂、一九九五年)、浅尾広良「柏木遺愛の笛とその相承」『源氏物語の准拠と系譜』(翰林書房、二〇〇四年)参照。

付記　本章は『古代文学会叢書』に収めた論文のため、隣接する研究運動体を構成する研究者諸氏に対するわたくしの《琴《きん》》に関する論文の概説を兼ねている側面があり、本書各章の論文と重なる記述があることをお断りする。

文と法の物語　浮舟物語の《ことば》と《思想》

1　序章　『源氏物語』の文と法

『源氏物語』は、史料に乏しい平安時代の女性の、その宗教的言説の空白を埋めるテクストが秘められていると言えよう。すなわち、作法書や漢文日記等の文献のみでは捉えきれない、憑依し、憑依されたものたちの生の言説の、その文と法（もちろん喩的に変換可能な言説として）が描かれている事に特徴があるからである。つまり、作法書などのマニュアルだけでは捉えられない宗教的空間の、その実態そのものに参入できるということなのである。わたくしは、『源氏物語』第二部、第三部以降に特に顕著な女人の出家への志向性と王法仏法相依の諸問題を考えて見ることとし、とりわけ、朱雀院と女三宮の出家にまつわる言説と浮舟の出家にまつわる言説とを取り上げて、その「文」と「法」の差異について、わたくしなりの出家の物語観を提示しておきたいと思うのである。

2　朱雀院と女三宮の文と法　定型の文法

朱雀院の出家は、「若菜・上」巻にある、

「子を思ふ道は限りありけり。かく思ひしみたまへる別れの堪へがたくもあるかな」とて、御心乱れぬべけれど、あながちに御脇息にかかりたまひて、山の座主よりはじめて、御忌むことの阿闍梨三人さぶらひて、法服などたてまつるほど、この世を別れたまふ御作法、いみじく悲し。（「若菜」巻上　一〇四五①〜一〇四五④頁）(1)

と見えている。この一文は、浅尾広良論文の考証にあるように、『河海抄』所引の「吏部王記」天暦六年三月十四日の、朱雀院剃髪の記事にある、天台の「延暦寺座主」や「法性寺座主」が、真言の仁和寺に訪れ、朱雀院の出家の作法を滞りなくすませたことを準拠としているものである。(2)この時代の出家作法に今日のような差異はなく、官僧たる真言を補佐する天台の僧侶という構図があったようだ。また、出家の際の描写は「この世を別れたまふ御作法、いみじく悲し」と書かれるのみで、極めて類型的な描写に終始している点に注目しておきたい。というのも、これと軌を一にするかのような叙述のなされるのが、「柏木」の巻の女三宮の出家の場面だからである。女三宮の固い決意を突きつけられた朱雀院は、源氏に対して、宮の扱いそのものに恨めしい思いをいだきながらも、宮の願いを容れて出家させる他なかったのである。

とかく聞こえかへさひおぼしやすらふほどに、夜明けがたになりぬ。かへり入らむに、道も昼ははしたなかるべしといそがせたまひて、御祈りにさぶらふなかに、やむごとなう尊き限り召し入れて、御髪おろさせたまふ。いと盛りにきよらなる御髪をそぎ捨てて、忌むこと受けたまふ作法、悲しう口惜しければ、大殿はえ忍びあへたまはず、いみじう泣いたまふ。院はた、もとより、《とりわきてやむごとなく、人よりもすぐれて見たてまつらむ》とおぼししを、この世にはかひなきやうにないたてまつるも飽かず悲しければ、うちしほたれたまふ。「かくても、たひらかにて、同じうは念誦をも勤めたまへ」と聞こえおきたまひて、明けはてぬるにいそぎていでさせたまひぬ。

（「柏木」巻　一二四〇⑩〜一二四一④頁）

注目すべきは、やはり朱雀院の出家の際の描写との表現の類同性であろう。「やむごとなう尊き」戒師を場に招き入れたものの、「忌むこと受けたまふ作法、悲しう口惜し」と語られたのである。朱雀院の場合も、女三宮の場合も、それぞれともに地の文で、語り手から「〜作法、悲し〜」と類型的に表現されていることに特徴があるということになろう。これらの作法は、朱雀院が、仁和寺と言う真言系の寺で、戒師達は天台系の僧侶により、その作法が執り行われたことと関連性があるのかも知れないが、いずれにせよ、その描写は平面的であり、のちに浮舟のそれとは比較にならない簡略な言説であるとは言えるであろう。また、そこには、むしろ引き留める側の論理によって物語が進行しているという、言説の論理も存在することに注意を払わなければならないのかもしれない。

3　憑依された言説——混濁する意識を表出する言語

次に浮舟の物語をテクストとして、覚醒状態の語り、出家場面の極限状態の語り、説得のための書簡体の語り、拒絶の語りを分析して、浮舟物語の文法（もちろん喩的に変換可能な言説として）を考えて見たい。薫と匂宮の求愛に心を引き裂かれた浮舟は以下のような歌を残して入水する。

「後にまたあひ見むことを思はなむこの世の夢に心惑はで」

誦経の鐘の風につけて聞こえ来るを、つくづくと聞き臥したまふ。

「鐘の音の絶ゆる響きに音を添へてわが世尽きぬと君に伝へよ」　（「浮舟」巻　一九二四⑭～一九二五③頁）

言うまでもなく、浮舟は横川の僧都一行に救出され、その庇護のもとで肉体と精神の快復を待つ身であった。かくして、浮舟は失われた記憶と自己の来し方をこのように回想する。

正身の心地はさはやかに、いささかものおぼえて見回したれば、一人見し人の顔はなくて、皆、老法師、ゆがみ衰へたる者のみ多かれば、知らぬ国に来にける心地して、いと悲し。ありし世のこと思ひ出づれど、住みけむ所、誰れと言ひし人とだに、たしかにはかばかしうもおぼえず。ただ、「我は、《限り》とて身を投げし人ぞかし。いづくに来にたるにか」とせめて思ひ出づれば、

「いといみじと、ものを思ひ嘆きて、皆人の寝たりしに、妻戸を放ちて出でたりしに、風は烈しう、川波も荒う聞こえしを、独りもの恐ろしかりしかば、来し方行く先もおぼえで、簀子の端に足をさし下ろしながら、行くべき方も惑はれて、帰り入らむも中空にて、心強く《この世に亡せなむ》と思ひ立ちしを、『をこがましうて人に見つけられむよりは、鬼も何も食ひ失へ』と言ひつつ、つくづくと居たりしを、いときよげなる男の寄り来て、『いざ、たまへ。おのがもとへ』と言ひて、抱く心地のせしを、《宮と聞こえし人のしたまふ》Aとおぼえしほどより、心地惑ひにけるなめり。『知らぬ所に据ゑ置きて、この男は消え失せぬ』と見しを、《つひにかく本意のこともせずなりぬる》、と思ひつつ、《いみじう泣く》、Bと思ひしほどに、その後のことは絶えて、いかにもいかにもおぼえず。

人の言ふを聞けば、C多くの日ごろも経にけり。《いかに憂きさまを、知らぬ人に扱はれ見えつらむ》と恥づかしう、つひにかくて生き返りぬるか」と思ふも口惜しければ、いみじうおぼえて、なかなか、沈みたひつる日ごろは、うつし心もなきさまにて、ものいささか参る事もありつるを、つゆばかりの湯をだに参らず。

（「手習」巻　二〇〇〇⑪〜二〇〇二①頁）

まわりを見渡しても誰一人知る人もなく、彼女は自分の住んでいたところも、さらには自身の名前すら思い出せない。ようやくのこと、記憶をたどり返して得た物語が、以上の言説である。

入水を決意して簀子の端に両足を投げ出していた浮舟は、《投身後の自身の亡骸を人に見つけられるよりは、鬼にでも食われてしまいたい》などと夢想しているうちに、幻覚症状を起こして、「いときよげなる男」に抱きすくめられる恍惚とした陶酔を味わう。[3] しかしそれはつかの間の夢に終り、男はすぐに失せてしまい、宇治川に身を投じることも出来なかったと泣いているうちに、意識と記憶は薄れて、今に至ったのだというのである。これは明らかに幻覚症状であり、この言説は『源氏物語』の物語という枠を越えた、もうひとつの物語（メタテクスト）であるとも言えよう。[4] つまり、浮舟の一人称の直接体験を語り手が補い、解説する形で書き記されているという意味でである。例えば、[B]「その後のことは絶えて、いかにもいかにもおぼえず。」は、三谷邦明流の分析に従えば、語り手と浮舟の話声が響き合う、自由間接言説である。[5] しかし、さらに注目すべきは、この場面の言説が、直接体験のテンス・「……き」と、間接体験のテンス・「……けり」を見事に使い分けて用いられ、安定している、という事実であろう。つまり、動作主である浮舟のテンスは「……き」が用いられ、宮とおぼしき人に誘われているという幻覚が起きて以後は、[A]「……とおぼえしほどより、心地惑ひにけるなめり」と「…にけるなるめり」という、確述の「にけり」に、自己の推量「なるめり」を伴う曖昧なテンス・ムードの言説を用いて、作為的に作られた語りを仮構しているという事実である。したがって、人から自身の発見以後の歳月を聞かされると、[C]「多くの日ごろも経にけり。」と、確述と詠嘆のムードを含んだテンスが用いられているということもこの解釈を補強する根拠となろう。

4　出家への意志——意志を語る言説

死に切れなかった浮舟は出家を懇願し、果たされないながらも、在俗のまま五戒を授けられる。彼女は、ひたすら魂の救済のみを願う日々を送るのであった。

「尼になしたまひてよ。さてのみなむ生くやうもあるべき」

とのたまへば、

「いとほしげなる御さまを。いかでか、さはなしたてまつらむ」

とて、ただ頂ばかりを削ぎ、五戒ばかりを授けさせたてまつる。

（「手習」巻　二〇〇〇⑪〜二〇〇二①頁）

しかし、浮舟は結局納得せず、今度は強引に僧都に出家を願い出て、ついに剃髪に及んだのであった。

鋏取りて、櫛の筥の蓋さし出でたれば、

「いづら、大徳たち。ここに」

と呼ぶ。初め見つけたてまつりし二人ながら供にありければ、呼び入れて、

「御髪下ろしたてまつれ」

と言ふ。げに、いみじかりし人の御ありさまなれば、「うつし人にては、世におはせむもうたてこそあらめ」と、この阿闍梨もことわりに思ふに、几帳の帷子のほころびより、御髪をかき出だしたまひつるが、いとあたらしくをかしげなるになむ、しばし、鋏をもてやすらひける。

かかるほど、少将の尼は、兄の阿闍梨の来たるに会ひて、下にゐたり。左衛門は、この私の知りたる人にあひしらふとて、かかる所につけては、皆とりどりに、心寄せの人びとめづらしうて出で来たるに、はかなきことしける、見入れなどしけるほどに、こもき一人して、「かかることなむ」と少将の尼に告げたりければ、惑ひて来て見るに、わが御上の衣、袈裟などを、「ことさらばかり」とて着せたてまつりて、

「親の御方拝みたてまつりたまへ」

と言ふに、Dいづ方とも知らぬほどなむ、え忍びあへたまはで、泣きたまひにける。

「あな、あさましや。など、かく奥なきわざはせさせたまふ。上、帰りおはしては、いかなることをのたまはせむ」

と言へど、かばかりにしそめつるを、言ひ乱るもものしと思ひて、僧都諫めたまへば、寄りてもえ妨げず。

「流転三界中」

など言ふにも、E《断ち果ててしものを》と思ひ出づるも、さすがなりけり。御髪も削ぎわづらひて、

「のどやかに、尼君たちして、直させたまへ」

と言ふ。額は僧都ぞ削ぎたまふ。

「かかる御容貌やつしたまひて、悔いたまふな」

など、尊きことども説き聞かせたまふ。F《とみにせさすべくもあらず、皆言ひ知らせたまへることを、うれしくもしつるかな》と、これのみぞ、《仏は生けるしるしありて》とおぼえたまひける。

（「手習」巻　二〇二九⑦～二〇三〇⑫頁）


場面は、平安時代の出家作法の実際を知ることが出来る史料的にも貴重な場面である。[6] 人間の精神の極限状況下でどのような描写がなされ、発話がなされているのか、注意深く眺めて欲しい。浮舟はことばでは決して語らず、ただ心内文《　》のみが記され、物語は、ただ息を呑むような緊迫感の中で儀礼の時間が進行して行くという描写である。現在のアスペクト論もまた、アスペクトそのものの機能に、「視点」の存在を指摘しているが、ここでは、出家を看取る、もうひとりの浮舟の視線が、出家する浮舟から遊離したり肉薄する語りを現出しているとも言うべ

きテクストが展開されている。(7)

たとえば、出家の儀礼史でも、もっともはやい記述となる、出家の最中に親への報恩を念ずるというくだりは、以下の様に語られている。「『親の御方拝みたてまつりたまへ』と言ふに、[D]いづ方とも知らぬほどなむ、え忍びあへたまはで、泣きたまひにける。」の言説は、『出家作法』に、戒師より戒を授けられた後、「次出家乍着俗服、拝内外氏神・国王・父母」とある、氏神、国王、父母の方を拝するという儀礼を命じられたものの、親がどの方向に居るのかも判らず浮舟は涙に咽んだ、という記述であるが、これも語り手は浮舟の心内そのものに自在に分け入ることが出来る、もうひとりの浮舟の分身の視点（ここでは敬語を用いていることに注意したい）が確認出来るだろう。また、松井健児が、浮舟は父たる宇治の八の宮からは生前、子としての認知をうけておらず、父の霊の眠る方位への参拝には深いこだわりがあったことを論じて、その墓参に対する作中人物の心性について示唆に富む論攷があることを忘れてはならない。(8)

さらに、『出家作法　曼殊院蔵本』によれば「拝内外ノ氏神、国王、父母等」とある、「内外」は異本の叡山文庫本の本文で、曼殊院本には見えていない。また、院政期の藤原氏の漢文日記に「南外」ともあり、これならば、藤原氏の氏神である、「春日の神」ということになる。すなわち、「内外」は「南外」の異文の可能性もあり、と考えておいてようである。(9)

ついで、次の場面も分析しておきたい。「『流転三界中』など言ふにも、[E]《断ち果ててしものを》と思ひ出づるも、さすがなりけり。」の言説についてである。この言説は、女性の出家作法に必須の経文「流転三界中　恩愛不能断　棄恩入無為　真実報恩者」の一節を戒師が唱唄《しょうばい》したのちの、父母の恩愛を絶ちきった浮舟の心内であり、「……と思ひ出づるも、さすがなりけり」では、語り手の浮舟の分身と出家する浮舟、さらには敬語も不在なことから読者との距離も零となっている。つまり、浮舟、語り手、読者、それぞれの心内がシンクロしている、自由直接言説と言ってよかろう。とすれば、出家の儀礼が済んだあと、僧都から戒を授かった後の心内「《仏は生けるしるしありて》とおぼえたまひける」[F]は敬語の存在から自由間接言説ということになる。こうした、浮舟をめぐる言説の不安定さは、場面の緊迫感がゆえのものと考えるほかはなさそうである。

くわえて特筆すべきことは、この「流転三界中」以下のコンテクストを文献史的に跡づけてみると、なんとこの作法の手順が、『長秋記』の大治四年（一一二七）の白河上皇の令子内親王の出家作法にも踏襲されていることが判明するのである。(10)

『長秋記』大治四年（一一二九）七月廿六日条
廿六日、壬寅、晴、皇后宮《令子内親王》有二遁世事一、（中略）次戒師《覚献》啓白、次依二戒師申一先拝二伊勢大神宮方一、次戒師可レ拝二給氏神一之由申、宮已為二内親王一、不レ可レ有二氏神一歟、但外祖藤氏也、可レ称二氏神一歟、故母中宮前関白師実養娘也、仍堀川先朝養方着二給錫紵一故成二此案一告二戒師一、次拝二国王及父母墓方一給、次戒師頌二流転三界中一三反、次宮乍レ居拝二戒師一給、脱二本御服一着二給法衣一、此間簾中女房等有二悲泣気一、（中略）事了礼拝、此後戒師取二髪剃一奉レ剃二御頂一（下略）

たとえば、「次拝国王及父母墓方給」とある言説は、「父母墓方」の記述からして、漢文文献としてはこれが初例であるといってよく、ついで「流転三界中」と戒師が三返唱唄した後、居を正して本服を着させると周囲は泣いたこと、さらに削ぎわずらった「御頂」を戒師が正すくだりまで、まさしく浮舟の出家の物語のコンテクストを和製漢文化したかのごとき叙述の流れを有しており、白河上皇の宗教文化圏における歴史的コンテクストと、浮舟物語の出家場面の展開とが、極めて深い関連性を有することだけは認めておいてよいだろう。

5　消息の言説／拒絶の言説

かくして、仏道に専心する浮舟の存在を知った薫は、横川の僧都に消息して、浮舟迎え取りの意向を伝えた。僧都の御文見れば、

「今朝、ここに大将殿のものしたまひて、御ありさま尋ね問ひたまふに、初めよりありしやう詳しく聞こえはべりぬ。[G] 御心ざし深かりける御仲を背きたまひて、あやしき山賤の中に出家したまへること、かへりては、仏の責め添ふべきことなるをなむ、承り驚きはべる。いかがはせむ。もとの御契り過ちたまはで、愛執の罪をはるかしきこえたまひて、一日の出家の功徳は、はかりなきものなれば、なほ頼ませたまへとなむ。[H] ことごとには、みづからさぶらひて申しはべらむ。[I] かつがつ、この小君聞こえたまひてむ」

と書いたり。

（「夢浮橋」巻　二〇六四⑭～二〇六五⑥頁）

世にいう、横川の僧都の浮舟還俗勧奨、非勧奨説の問題となるテクストは、「消息文」であった。過去のいきさつを語った僧都の言説は「詳しく聞こえはべりぬ」[G] とパーフェクトで綴られ、詳細は「ことごとには、みづからさぶらひて申しはべらむ」と未来時制である。物語内容については、二度の注釈作業を終えた鈴木日出男の最新の読

解に学ぶだけでつけ加えるべき読みをわたくしはもたない。[11] 曰わく、[H]「（薫の）愛執の罪をはるか」すためにも「一日の出家の功徳は、はかりなきものなれば、（今までどおり仏道を）なほ頼ませたまへ」と読み解いている。それ故、詳細は直に対面して、と先延ばしされたまま、物語では浮舟の実際の行方は語られずに終焉を迎えたのは周知の通りである。しかし、浮舟の選択は、記憶のないことを理由とした、薫への返事を拒むことで明らかなのである。

「心地のかき乱るやうにしはべるほど、ためらひて、今聞こえむ。昔のこと思ひ出づれど、さらにおぼゆることなく、あやしう、《いかなりける夢にか》とのみ、心も得ずなむ。すこし静まりてや、この御文なども、見知らるることもあらむ。今日は、なほ持て参りたまひね。所違へにもあらむに、いとかたはらいたかるべし」

（「夢浮橋」巻　二〇六九④〜⑦頁）

浮舟は薫の手紙に心当たりはなく、[J]「心も得ずなむ」と過去から現在までを辿り返す。さらに今の心の状態が「すこし静まりてや、この御文なども、見知らるることもあらむ」と未来時制で含みを持たせつつも、「所違へにもあらむに」と強烈な無視の言説を添えることで、明確な拒絶を示したということになる。沈黙を守り通した浮舟の最後の拒絶のことばは、確信犯的な偽りの騙り（＝語り）であったと言うことになるだろう。

6　魂の彷徨と逢着の物語

このように『源氏物語』は、第二部の朱雀院や女三宮の出家の際の類型的な平面描写を経て、浮舟物語に至って初めて、あらたな霊性（スピリチァアリティー）の語りを獲得したことが明らかになったと言えよう。藤井貞和は「憑入の文学」において、浮舟の物語を「本格的な宗教者誕生の物語」と規定している。[12] そこで、わたくしは、出自も人生の指針も定まらぬまま、薫、匂宮、ふたりの貴公子達に翻弄され続けた彼女の性の罪深さゆえにこそ、[13] 宗教による救済によって癒される術を発見するまでの「魂の彷徨と逢着の物語」として、この「文の法の物語」を捉え直しておきたいと思うのである。

注

（1）本文＝テクスト、「柏木」巻「原装影印覆製叢刊『青表紙原本源氏物語』」（雄松堂書店、一九七九年）、「若菜・上」「浮舟」巻『東海大学桃園文庫影印叢書源氏物語（明融本）II』（東海大学出版会、一九九〇年）、他の諸巻は『大島本源氏物語』（角川書店、一九九六年）の影印により、わたくしに校訂する。頁行数は、池田亀鑑『源氏物語大成』（中央公論社、一九五三〜一九五六年）に依拠する。

（2）浅尾広良「朱雀院の出家―『西山なる御寺』准拠の意味」『源氏物語の准拠と系譜』初出、一九九八年（翰林書房、二〇〇四年）参照。

（3）藤本勝義『源氏物語の物の怪―記録と史実の間』（笠間書院、一九九四年）はこれを「心理的幻覚」とするが、斉藤英喜「『平安文学』のスピリチァアリティー―孝標女・夕顔・浮舟の憑依体験をめぐって」『叢書想像する平安文学　第三巻／言説の制度』（勉誠出版、二〇〇一年）は、「『源氏物語』はここにおいて、あらたな霊性（スピリチァアリティー）の語りを獲得する」物語であると規定している。

（4）藤井貞和「憑入の文学」『源氏物語入門』（講談社学術文庫、一九九六年）は、浮舟物語を『源氏物語』のなかではじめて「本格的な宗教者」を誕生させた物語と規定している。また斉藤英喜、注（3）論文も参照のこと。

（5）三谷邦明『物語文学の言説』（有精堂、一九九二年）三谷邦明編『源氏物語の語りと言説』（有精堂、一九九四

年）に収められた諸編や「〇〇巻の言説分析」なる一連の論文（↓『源氏物語の言説』翰林書房、二〇〇二年）、さらに東原伸明『物語文学史の論理―語り・言説・引用』（新典社、二〇〇〇年）の研究史も、重要な指摘と問題点を網羅的に論じている。三谷氏の言う「自由間接言説」は、語り手と登場人物の二つの視点・話声が響き合い、時に心内文が地の文に融合する、移り詞をも伴う言説であり、「自由直接言説」＝「同化的言説」は、登場人物＝語り手＝読者の距離が零になる言説を言う。ただし、これらは三谷、東原両氏がおなじテクストを論じても微妙な見解の相違があり、読者による読みの相対化はやはり困難で、この言説分析とて、品詞毎ではなく、文体単位、言説単位での、あらたな品詞分解の読者共同体を再生産しているとも言えよう。

（6）　三角洋一『源氏物語と天台浄土教』（若草書房、一九九六年）に整理と展望がある。なお、出家作法の先駆的な研究としては、中哲裕「浮舟・横川の僧都と『出家受戒作法』」（『長岡技術大学言語・人文科学論集』第二号、一九八三年八月）があるが、三橋正『平安時代の信仰と宗教儀礼』（続群書類従刊行会、二〇〇〇年）によれば、『出家受戒作法』は源信のオリジナルとは言えないようである。

（7）　工藤真由美『テンス・アスペクト体系とテクスト―現代日本語動詞の時間の表現』（ひつじ書房、一九九五年）。また、三谷注（5）前掲書「『源氏物語』と語り手たち」には「浮舟」「手習」巻は「一人称の浮舟物語」であるという指摘がなされているが、吉井美弥子による批判もある。「薫をめぐる語りと言説」三谷前掲編著所収。

（8）　松井健児「光源氏の御陵参拝」『源氏物語の生活世界』（翰林書房、二〇〇二年）参照。

（9）　『出家作法　曼殊院蔵／京都大学国語国文資料叢書』（臨川書店、一九八〇年）。三橋正前掲書によれば、漢文日記等で氏神を拝する記事は十一世紀中葉以後に散見されると言う。また、本文の「流転三界中、…」の偈（＝経文）は、『法苑珠林』巻二二―三「剃髪部」が原拠であると指摘している。これは山田清市「浮舟と横川の僧都の主題性」、『王朝文学論叢』（翰林書房、二〇〇二年、初出一九九三年）にも言及がある。

（10）　三橋正前掲書参照。

（11）　鈴木日出男「愛執の罪―誰の救済か」『国文学テクストツアー源氏物語ファィル』（学燈社、二〇〇〇年七月）。

後に再録された『源氏物語虚構論』（東京大学出版会、二〇〇三年）ではこの問題の認定が回避されたかの観がある。

(12) 注（3）斉藤論文、藤井前掲書「『宇治十帖』論―王権・救済・沈黙」参照。

(13) 小林正明「流転三界の女、浮舟」（学燈社、一九九八年四月）に匂宮に翻弄される浮舟の詳細な分析がある。

第四部——物語作家誕生

ある紫式部伝
本名・藤原香子説再評価のために

1　序章

以下に記すのは、かつて昭和の国史学界・国文学界を席巻した、藤原香子＝紫式部伝にまつわる諸史料の集成・再構成を試みた、〃わたくしの〃紫式部伝というべきものである。紫式部の本名が藤原香子であるという説に関しては、最近では論ずる研究者もほとんどなく、研究史にその論争が記される程度となっている。(1)しかしながら、確実に時代を画した伝記研究であることには違いなく、となれば、斯界未発の記事の検討を踏まえたわたくしの検証も、あながち無意味ではないとも言えるであろう。(2)

そこで、わたくしは動かし難い決定的な史実が存在し、それと平行する実録的テクストをその検証の材として、まずは伝記研究から出発しながら、日記の〈読み〉に還るという、いかにも古めかしい作業を敢えて試みつつ、このテクストがいかに当時の時代状況に翻弄されてきたかという問題点を指摘することで、わたくしなりに戦後の国文学研究の学と方法そのものを問いたいのである。

2　藤原香子伝の再検討――付・紀時文伝の再検討

さて、紫式部伝の停滞は、煎じ詰めてみると、現在知られている文献の検討がほぼ完了したうえに、新史料も払底したことがその原因に挙げられよう。しかしながら、こうした現実は史料の読み直し・再検討が、場合によっては、わたくしたちの、いわゆる歴史的常識をもくつがえす可能性を秘めてもいる、ということができるのではなかろうか。

ここに一つの文献を提示しよう。

『権記』第一・長徳三年（九九七）八月一九日条[3]

今日、左大臣（道長）、於レ陣被レ定二雑事一、戌剋奏二定文一、摂津守理兼朝臣申二雑事十三箇条一、美濃守為憲（源）申二――請雑事三箇条一、伯耆守政職（源）申下被レ免二異損田一事、并故大膳大夫時文後家香子（×香）申事等上、子細見二奏文目録一。

いまさら言うまでもなく、藤原行成の手になるこの史料から明らかにされることは、紀時文と藤原香子の婚姻関係の事実である。しかしながら、従来の伝記研究がこの文献から学んだことは、紀時文が長徳三年（九九七）八月一九日以前に卒去した事実のみであった。ほかに『類聚符宣抄』第七の右大史物部邦忠が長徳二年（九九六）六月二五日に奉じた別当の宣旨の存在から、その年までの時文自身の生存と大膳大夫在任が確認されてもいるのだが[4]、その妻「後家香子（×香）」の存在は、この史料が存在するにも関わらず、一切無視されてきたといってよかろう。たしかに『大日本史料』の該当本文からこの「香」の字が異体字であることが確認できるので、その史料性には検討の余地が残るものの、『権記』に見える女性はやはり藤氏、すなわち、藤原香子であると考える他はないのである。

繰り返すが、この文献から明らかに藤原香子は紀時文の妻であったことが知られる。とすれば、この藤原香子なる女性の名前は、かつて角田文衛によって提唱され、国史学・国文学界をも巻き込んで、まさに一世を風靡した、『源氏物語』の作者・紫式部の本名に他ならない。ということは、もちろん、この本名藤原香子説を前提とはするが、従来、結婚は藤原宣孝との一度きりしか確認されていない彼女の伝記研究にとっては、再度検証の機会が与えられたことを意味していよう。(5)

もはや歴史的な論争となった感のあるこの本名香子説には、角田の史料の読み誤りや、さらには氏の「掌侍＝藤式部」の認定に関する絶対的保証性を付き崩した山中裕・今井源衛らの批判もあり、新たな新史料の発見のなかったこともあって、現在ではなし崩し的にほとんど省みられることのない異説の部類に属するものになっているのが現状であると言えよう。

しかしながら、看過されてはならないのは、山中裕・今井源衛らの批判は決定的な否定と言う訳では決してなく、『紫式部日記』『御堂関白記』『権記』等の記述の解釈についての「藤原香子＝掌侍＝紫式部」の認定に際して、氏が前提とした命婦＝掌侍＝香子の論拠に関する疑問符が付けられたにすぎないということなのである。(6)つまり、

『紫式部日記』四二「いらせ給は十七日なり（寛弘五（一〇〇八）年十一月十七日）」(7)

いらせ給は十七日なり。戌の時などききつれど、やうやう夜ふけぬ。………御輿には、宮の宣旨のる。糸毛の御車に、殿の上源伊陟女陟子・少輔の乳母大江清通女・橘為義妻、若宮いだきたてまつりてのる。大納言源廉子・宰相の君藤原豊子、黄金づくりに、次の車に、小少将源時通女・宮の内侍橘良藝子、次に馬の中将藤原相尹女と藤式部の

りたるを、〈いとわろき人とのりたり〉と思ひたりしこそ、「あなことごとし」といとどかかるありさまむつかしう思ひはべりしか。（七〇⑥〜七一①頁）

とある本文に関して、女房たちの乗車の序列からして、紫式部は七人いた掌侍のひとりであると認定した角田説に対して、

ア、掌侍が七人である確証は当時確認できない。
イ、藤原香子はその七人以外の可能性もある。
ウ、『御堂関白記』は伝聞形式（後掲）であり、彰子付女房についてのものである保証はない。
エ、紫式部が寛弘四年に掌侍になっていたことは、日記からは確定できない。
オ、命婦から掌侍になる期間が短すぎる。
カ、女房たちの乗車の序列は厳重に決まっていたわけではない。

といった、いわば循環論的な反論が寄せられているにすぎないのである。つまり、いずれの反論も、結局は消極的な否定にすぎないのであって、決定的な「藤原香子＝掌侍＝紫式部」の否定材料を提出したわけではないのである。

こうした膠着状態にあった研究史に一石を投じたのが、萩谷朴の「紫式部の初宮仕は寛弘三年十二月二九日なるべし」や『紫式部日記全注釈』であった(8)。氏はまず角田説の藤原香子説を「必ずしも捨てがたい」としたうえで、先の批判の例証となった、『御堂関白記』と『権記』の史実を読み直し、前年寛弘三年十二月二九日に初出仕してから、わずか一ケ月で藤原香子が掌侍に大抜擢された記事としてこれを捉え返すことによって、紫式部の後宮での破格の待遇を『源氏物語』作者としての名声に鑑みて、むしろ積極的に肯定する姿勢から、この紫式部＝本名香子

説を再生させたのであった。しかしながら、この萩谷説に関しては、先の諸説とその学統を継承するあまたの学究の声高な批判の前に埋没して、この〈史料読み〉に関しては、注目すべき反論もなく、黙殺の憂き目にあっていると言うのが現状であると言えよう。しかしながら、こうした研究主体の主観的な（この場合は積極的・生産的な）憶説こそ、テクストを再生する有効な方法であることは再評価されるべきであって、文献相互の有機的な連関を、テクスト＝紫式部の再構築に利したという点において、実証主義の名のもと消極的・非生産的反論に終わった前掲各論に比すれば、今日においても、はるかに魅力的な視座をもった作業仮説ではあったと言えるのである。

すなわち、

『紫式部日記』五二「しはすの廿九日まゐる（寛弘五（一〇〇八）年十二月二九日）」

しはすの廿九日まゐる。〈はじめてまゐりしも、今夜のことぞかし。いみじくも夢路にまどはれしかな〉と思ひいづれば、こよなくたちなれにけるも、〈うとましの身のほどや〉と覚ゆ。

とある〈はじめてまゐりし〉「夜」を、紫式部の初出仕の日、すなわち寛弘三年（一〇〇六）十二月二九日のことであると認定した上で、角田説の香子＝命婦・初出仕説に加えて、出仕後わずか一ヶ月での彼女の大抜擢の記事として『御堂関白記』『権記』の記述を紫式部像全体の枠組みの中で捉え返すことによって文献史料の読み直しをはかったのであった。そしてそれは「藤原香子＝掌侍＝紫式部」を重ねる〈読み〉を提示したのである。これらの作業は相互補完的であり、年次考証その他の各論の補強をも兼ねながら、以下の如く、文献に登場する藤原香子を紫式部と確認する営為とも言えよう。以下、

『御堂関白記』上・寛弘四年（一〇〇七）正月二九日条

廿九日、丁卯。源中納言《俊賢》来云、『按察可レ兼右大将《実資》、大間落、奏二―聞可レ被レ入者一也。有二掌侍召一、以二藤香子一可レ被レ任』者、参二東宮《居貞親王》一、啓二権大夫《頼通》慶由一、此日雨下。

『権記』第二・寛弘四年（一〇〇七）二月五日条

五日、壬申。参レ内、源中納言召二中務少輔孝明一、給二女官除目一去廿九日任二掌侍藤原香子一。

とある掌侍香子の、紫式部としての認定である。

しかもこの仮説は、式部の出仕による反対給付によって、寛弘三年以降には、弟の惟規や、亡夫の兄説孝の昇進にまで好結果をもたらしているという、積極的な傍証が存在することからして、むしろこの「香子＝掌侍＝紫式部」説を否定するには、新史料の発掘に拠る他、考えられるのは、メディアによる封殺以外にはありえないのではないかとわたくしは考えるのである。

以上の理由から、わたくしも積極的に「香子＝掌侍＝紫式部」説を肯定する立場から、いよいよ〝わたくしの〟紫式部伝を再構成してみようと思う。こうした迂遠な営為の意味は、久保朝孝の言う、「比較的等閑視されてきた時期」すなわち「父為時が散位を余儀なくされた、式部十歳からの十年間の動静」と「宣孝一人とされている結婚」についての新見を提示する前提を整備したことをも意味するのである。(9)

*

そこで再度『権記』の長徳三年八月一九日条を引用しよう。

今日左大臣(道長)於レ陣被レ定二雑事一、戌剋奏二定文一……(源)伯耆守政職申下被レ免二異損田一事、并故大膳大夫時文後家香子申事等上也、子細見二奏文目録一。

この史料は、時文の伝記史料との関係から類推するに、やはり亡夫紀時文の財産に関する申し立てと解してよいのではないかと思う。時文は『類聚符宣抄』から、前年六月二十八日までは確実に生存が確認されるが、紫式部の年譜に照らすと、父為時とともに越前にある時期と微妙に重なってくる。[10] また、この時期は宣孝との結婚を目前にしていた時期であったから(交際中でもあったか)、むしろ先の史料は、彼女が再婚を前にして前夫の残した遺産問題の解決を急いだ記事として解しておくのが妥当であろう。

*

さて、そこで、この紀時文と言う男について言及しておこう。時文はいうまでもなく、巨匠紀貫之の嫡男として、若くして梨壺の五人に抜擢されたほかは、『後拾遺集』以下の勅撰集に延べ五首入集のみで主だった業績はなく、歌壇の巨匠であった父とは比べるべくもなかろう。確かに昇進と財力に関しては父に勝っているものの、であるからと言って、文人としては、和歌の才も父に比してまこと劣ったものと言わねばならないのであった。しかし、村瀬敏夫のように、彼をして「円満な常識家」「常識的な人柄」と評する見解も一方にはあることを確認しておこう。

ところで、二人の結婚には、年齢差を除いては問題はないので、やはりけた外れの二人の年齢差について考えておかねばなるまい。またこの事実は一体何を物語るのだろうか。

そこで、年齢差を試算すれば、紀時文の生年を最も早く設定してみると、母を滋望女とすれば、迫徹朗に没年致仕七〇説によって延長六年（九二六）説があり【迫説】、村瀬敏夫には母・滋茂女とする考証から延長二年（九二四）説がある【村瀬説】(11)。これにくわえて、私は梨壺の五人抜擢時、定家本『後撰集』奥書を信ずれば、従七位上相当にあたる近江少掾であったから、大歌人・貫之の名声と蔭位の制にもあやかって、この時二十五歳とする、迫説の延長六年（九二八）を支持することとする。時に貫之・六一歳。彼の記した『土佐日記』にも土佐で生まれた女児の記事があることは良く知られており、この記述が虚構であったにしても、貫之は子を儲ける自身の若さを疑っていなかったわけで、少なくともこの推論は全く一笑に伏されるたぐいのものではないし、貫之自身の滋望女（滋茂女としても同じく）との年齢差（四〇±α）、さらには紫式部の宣孝との年齢差をしても、これはあながち否定できない仮説となろう(12)。

いずにせよ、藤原香子＝紫式部を前提とするが、このように二人が結婚した事実はあるわけで、だとすれば、式部の生年は、今井源衛・後藤祥子説が最もはやく天禄元年（九七〇）【A説】、岡一男の天延元年（九七三）【B説】、萩谷説が天延二年（九七四）【C説】南波浩説が天延三年（九七五）【D説】、与謝野晶子・島津久基説が天元元年（九七八）【E説】であるから(13)、それらを勘案して結婚年齢を試算すると、当時一般の平均値十一ないし十七歳で結婚したとして、寛和二年（九八六）（十三、四歳前後）を基準にすると、時文は五九歳【迫説】もしくは六十三歳【村瀬説】と言うことになる。その年齢差は実に、最大五十六（六十五―九）歳、最少四十二（六十三―十七）歳離れていたということになる。今日ではあまり考えられない年齢差である。

＊

しかしながら、その謎を解くべき史料がないわけではない。古代の婚姻に決定的な役割を果たしたはずの、時文・式部双方の曾祖父と父が旧知の間柄であったと言う事実が存在するからである。すなわち『後撰和歌集』夏部には、清原深養父、紫式部の曾祖父・藤原兼輔、さらに紀貫之の琴《きん》のことにまつわる「伯牙絶絃」の故事を介した三者の深い交友が知られる。(14)

夏の夜、深養父が琴《きん》ひくを聞きて　　藤原兼輔朝臣

一六七　短か夜の　ふけゆくままに　高砂の　峰の松風　吹くかとぞ聞く

同じ心を　　紀　貫之

一六八　あしひきの　山下水は　ゆきかよひ　琴の音にさへ　ながるべらなり

三者ともに『三十六歌仙』に数えられるそれぞれの年齢は、まず、清原深養父が『寛平御時中宮歌合』（八八九〜八三九の間）が公式な記録に登場する最初で、延長八年（九三〇）朱雀帝即位の叙位に際して、諸事二十年勤務の労で従五位下となり、さらに内蔵頭に至った（『拾芥抄』）と言うのみで未詳とするほかはないが、子の元輔（孫説は採らない）の生没年が延喜八年（九〇八）〜永祚二年（九九〇）であり、閲歴など諸条件の検討からして、およそ、貞観十三年（八七一）頃生と考えてよかろう（村瀬敏夫説）。また、紫式部の曾祖父・藤原兼輔の生没年は『尊卑分脈』に「承平三年二月十日卒（九三三）、五十五（一本「七」）」と見えており、元慶元年（八七七）生と確認される。貫之もまた確定はしがたいが、貞観十年（八六八）頃生れ、木工権頭となった天慶八年（九四五）九月下旬に七八歳で急死したとする萩谷説を支持しておく。したがって、深養父と貫之がほぼ同年代、兼輔は若干年少ではあったが、『土佐日記』一月十三日条に、既に土佐在任中に亡くなっていた兼輔の『古今集』巻十九の「誹諧歌」を引歌に、ユーモラスな情景を活写していることもあり、紀氏と勧修寺流藤原氏・堤中納言家の深い結びつきが理解されよう。

くわえて『後撰和歌集』夏部には、兼輔の子・雅正と貫之の贈答歌も見られる。

月ごろわづらふことありて、まかり歩きもせで、詣でこぬ由言ひて文の奥に　貫之

二一一　花も散り　時鳥さへ　いぬるまで　君にもゆかず　なりにけるかな

返し　藤原雅正

二一二　花鳥の　色をも音をも　いたずらに　ものうかる身は　すごすのみなり

言うまでもなく、雅正の歌、「花鳥の色をも音をも」の初句二句は『源氏物語』に何度も引歌として利用されている紫式部の愛唱歌であった。二人の和歌における交流は、『貫之集』を一覧するだけでも極めて親密であったことが知られよう。こうした、貫之と兼輔・雅正父子との深い交流が、嫡子・時文と藤原香子を結び付けたとしても不思議ではないからである。したがって、妻を失った時文が、父と深い交友のあった堤中納言の兼輔―雅正―為頼、為時兄弟・累代の縁故に頼って、若き香子を妻としたとするのはまったく荒唐無稽な話とは言えないのである。ちなみに、寛仁二年（九八六）は、為時が再び十年に及ぶ散位の時代に入った年でもある。愛娘の将来に不安を覚えた父が、貞元二年（九七七）頼忠歌合の歌縁に連なる兄・為頼に協力を頼み、時文との縁談を勧めたものと考えるのは穿ち過ぎであろうか。

考えてみれば次の夫となる宣孝とすら、その年齢差は二十歳以上、（最大限二十五歳）の開きがあり、むしろこの現象は当時の結婚通念が、今日のそれとは大きな懸隔があることはもちろんのこと、言うなればこの一族相承の伝統的な結婚形態の典型であったとしなければならないであろう。つまりは、年齢差だけでは二人の結婚を積極的に

否定する根拠とはなり得ないということなのである。

したがって、先の『後撰和歌集』の贈答を念頭に『紫式部集』実践女子大学本を読むと、諸説紛紛の当該和歌の贈り主の男性の存在も、点と点が一本の線となって繫がってくるのである。(15)

方違へにわたりたる人の、なまおぼおぼしきことありて、帰りにけるつとめて、朝顔の花をやるとて

四　おぼつかな　それかあらぬか　明け暮れの　そらおぼえする　朝顔の花

返し、手を見分かぬにやありけむ

五　いづれぞと　色分くほどに　朝顔の　あるかなきかに　なるぞわびしき

頃は姉在世中の正暦五年（九九四）以前、正暦三年（九九二）夏のエピソードであると今井源衛はいうが、この当意即妙な伊達男を時文とすれば、時代は寛和二年（九八六）くらいまで遡らせることも可能であろう。いずれにせよ、この男を宣孝とするよりは、かなり蓋然性は高くなるはずである。

なぜなら、南波浩の言うように、この男とは「物なれた年長者と見られる点」、「式部の家へ方違へにくる人だから、縁故のある人か、父為時の上司・同僚・友人などの関係にあると思われる点」「しかも歌もかなり詠みこなされる人物」であるというのだから、父貫之が尊敬してやまなかった、堤中納言兼輔ゆかりの邸に住む紫式部姉妹と、梨壺の五人のひとり時文の関係は、先の『後撰集』の贈答歌に見える交流からして、いよいよその蓋然性が高まってくるからである。ちなみに、この男を宣孝ではないとする論者に前掲の今井源衛・石川徹などもいることを紹介しておこう。

また『紫式部集』の十五番歌の詞書に見える「姉なる人の亡くなり、また、人のおとど失ひたるが、かたみに行きあひて、亡きが代りに思ひ交はさむといひけり」は従来、「姉」が式部の姉、「人のおとと＝弟」と解されて、文通相手の弟が亡くなったものとされてきた。しかしながら、わたくしの仮説を前提に読むと、「姉なる人」を失ったのが「姉君」なる女友達。「おとど失ひたる」「中の君」が式部（＝香子）で「おとど」は時文のこととなる。したがって、詞書に「おのがじし遠くへ行き別るるに、よそながら別れ」を惜しんだのは、夫の死を経て、越前で冬を過ごし春へと向かう、「雁」の北帰行の季節の歌と言うことになるわけである。

＊

さらに加えて、もう一つ、この仮説を補強する見解を提示しておこう。それは『権記』にある「後家香子」の読み直しである。そもそも「後家」とは、寡婦であると同時に、「後妻」の意味をも合わせ持つ可能性が高いことも推測されよう。つまりは、後妻に入れば夫に先だたれるのは世の常であり、語誌的にもこの推測は可能であるばかりでなく、事実、藤原香子本人がそれを体現する両義的な存在であることを示しているのである。(16)時文が若くして妻に先立だたれている歴史的事実は、以下の如く、清少納言の父・清原元輔（九〇八生～九九〇没）の家集から確認される。(17)

『元輔集』底本「三十六歌仙本」。書陵部本、桂宮本、西本願寺本により校訂した。

貫之が集を人のかりて、かへし侍りける時に、時文がもとにつかはしし

九三　かへしけむ　昔の人の　玉づさを　ききてぞそそぐ　老いの涙を

＊

時文が女のなくなり侍りて、またの年のおなじ比になりて侍りて、よみて侍りし　（時文）

一〇一　年を経て　なれこし人を　分れにし　去年は今年の　今日にぞありける

かへし

一〇二　別れけむ　心をくみて　涙川　おもひやるかな　去年の今日をも　（元輔）

梨壺の五人の中で、父の威光もあって、最も若くして和歌所寄人となった時文が、年長の友・元輔らと家族ぐるみのつきあいをしており、彼の妻の死に際して心暖まる挽歌を贈られていたことからも、年長者にも愛された彼の人柄の一端が知られよう。

ただし、この時文には『尊卑分脈』の前田家蔵脇坂氏本の「紀氏系図」によって、四人の子「輔時・時継・文正・時実」の名が記されているが、この子たちの母は特に決定的な日記や和歌の記述や歴史的文献も見いだせないし、先の『権記』長徳三年の条の内容からして、すべてこの四人は先妻の子と見ておく。[18] かくして、長徳二年の夏には紀時文を失い、喪に服した香子は、翌三年、時文相伝の土地などの問題を、権左中弁・藤原行成を介して、八月、左大臣道長に委ね、「陣定」による決済を経た後、父の赴任先、越前に旅立つ。通説とは一年ずれることになるけれども、この辺りの年代は、式部の生んだ大弐三位・賢子の生没年齢からの逆算（一〇〇〇?〜一〇八二?角田文衛説）によるものであって、確定する根拠そのものが希薄なので致し方あるまい。

3　紫式部と彼女をめぐる男たち

長徳四年（九九八）、推定二十五、六となった紫式部は、越前でひと冬越した後にひとり帰京したものと推定される。そしてその年の秋もしくは冬、権中納言藤原為輔・参議藤原守義女の三男・山城守宣孝（四九）と再婚した（娘の生年からすれば、翌年でも可能である）。この年には初婚の相手時文との仲を取り持ってくれた伯父・為頼を失っている。時文に比して、宣孝は、官位・文学的才能どれをとっても一歩も二歩も劣るつまらない男であった。その上、彼女の終生のライバル清少納言に、夫はかように滑稽な猟官運動をしたことを意図的に書き記されてしまっていた。

『枕草子』「あはれなるもの（長保三年〈一〇〇一〉四月二五日、宣孝卒去以後）[19]」

　衛門佐宣孝といひたる人は、……三月晦日に、紫のいと濃き指貫・白き襖・山吹のいみじうおどろしきなど着て、……還る人も、いま詣づるも、めづらしうあやしきことに、「すべて昔よりこの山に、かかる人の見えざりつ」とあさましがりしを、四月朔に帰りて、六月十日のほどに、筑前守知章の辞せしに、なりたりしこそ、「げに、いひけるにたがはずも」ときこえしか。

　これは、あはれなることにはあらねど、御嶽のついでなり。

これはやはりなんとも情けない話である。夙に萩谷説は、この言説が著名な『紫式部日記』の清少納言評に繋がったと言い、「呪詛」とも評される、かの「清少納言こそ、したり顔にいみじう侍りける人。さばかりさかしら立ち、真名書き散らして侍るほども、よく見ればまだ、いと足らぬこと多かり」とあるテクストを解釈する。[20]また三田村雅子は、この挿話を「大変な分量の『脱線』であり、その位置も段の冒頭に近く、全体の均衡を甚だしく失している」と論断する。そしてその原因として、執筆時点から約十年以上を経過している噂話を敢えて記したのは「六月十日のほどに」と日付が明かされていることから知られるように、彼女の実人生において、最も深い悲しみのひとつである父・元輔の任国肥前での客死が重なっていることを指摘する。[21]父元輔は『枕草子』の「すさまじきもの」やその家集『元輔集』からも知られるように、除目における悲哀を終生味わった典型的な受領階級の人であり、その父の死とほぼ同時に、隣国筑前守知章の後任として、なんと後にライバル紫式部の夫となった宣孝が決したとなれば、その胸中は察するにあまりあるものがあろう。しかしながら、宣孝の御嶽詣でに際しての珍妙な服装は、それが事実であれ虚構であれ、特定個人を〈供犠〉として書き記すという、逸脱の言説であったと言う他はない。

＊

こうした清紫二女の緊張関係は、やがて時の最高権力者藤原道長の存在を介して明暗をくっきり分けることとなる。

とりわけ言及しておかなければならない事柄として、『尊卑分脈』等の中世の系譜類に「御堂関白道長妾」とある伝承の解釈の諸問題があろう。そもそもこの問題こそ、『紫式部日記』というテクストを通して、日本的イデオロギーに汚染され続けてきた、いわゆる国文学という制度の軽薄さ・単純さを露呈させている典型であるからである。

『紫式部日記』七五「源氏の物語……（寛弘五〈一〇〇八〉年六月十四日以前）」

『源氏の物語』、御前にあるを、殿の御覧じて例のすずろ言ども出できたるついでに、梅の下にしかれたる紙に書かせたまへる、

「すき物と　名にしたてれば　みる人の　をらですぐるは　あらじとぞおもふ」

たまはせたれば、

「人にまだ　をられぬものを　たれかこの　すきものぞとは　口ならしけむ

めざましう」と聞こゆ。

このように朧化されているものの、贈答の相手は道長であり、その軽妙な応酬は、かつての時文との間で交わされたと思しき贈答と比してどのような発展があったというのだろうか。梅の季節に「好き者」「酸き物」とを懸ける他愛のないこのやりとりを、自分の日記にあえてしるした意図は何か。これはやはり清少納言に向けた紫式部のメッセージであったのかもしれない。わたくしはこの和歌の応酬に韜晦や朧化をよむよりは、むしろ『紫式部集』の朝顔にまつわる若き日の恋愛告白と同質の明け透けな彼女の実人生の二つのエポックとして、これを彼女の自己顕示欲によって記された言説であると考えている。(22)

さらに、晩年の行方はいっこうにわからない清少納言に対して、紫式部は少なくとも長和二年（一〇一三）五月までは存命していたことが明らかであり、この時にいたるまで、道長と小野宮実資双方から厚遇を得ていたことが次の一節からも知られている。(23)

『小右記』長和二年（一〇一三）五月廿五日条

廿五日、乙卯。資平去夜密〃令レ参二皇太后宮（彰子）一令レ啓二東宮御悩之間依仮不レ参之由一、今朝帰来云『去夕相二逢女房一越後守為時女。以二此女一前々令レ啓二雑事一而已。彼女云『東宮御悩雖レ非レ重、猶未二御尋常一之内、熱気未レ不レ散、亦左府卿有二患気一』者』。

この文献で注目すべきは、紫式部と実資との関係である。小野宮家にとって道長の専横は、まさに『小右記』に「王法滅尽」と書き記すほどのゆゆしき出来事であり、その最高権力者と内通しているという疑念のある紫式部と、その実資が、嗣子・資平を介して「内密に」東宮・敦成親王の病気の話題で情報交換することすらあったと言う事実である。実際、実資は皇大后宮（彰子）に篤く信任されていたようで、紫式部は複雑な宮廷内部の権力関係の中で、巧みにネットワークを構築していた事が分かるのである。しかし、これはあくまでもわたくしの憶測でしかないのだが、ありうる可能性としては、時の最高実力者道長のバックボーンを背景とした自負と、いささか勝ち気に過ぎる才気と、緻密雄大な構想を持つ『源氏物語』作者としての資質とその名声によって、一門の最高機密に属する交渉をも担いうる女性スポークスウーマンとして、以前の上東門院掌侍としてのキャリアを完全に越えた公人・藤式部が、後宮内に確固とした地位を占めていたことの証左であるとは言えないだろうか。

4　紫式部像の変貌

ところが、公人としての式部と私人としての式部は全く別の人格であるかのような落差を彼女の『日記』は抱え込んでいる。

『紫式部日記』四〇「こころみに物語をとりてみれど……（寛弘五〈一〇〇八〉年）」

こころみに物語をとりてみれど、見しやうにもみおぼえずあさましく。あはれなる人のかたらひしあたりも、〈我をいかに面なく心あさきものに思ひおとすらむ〉とおしはかるに、それさへいとはづかしくて、えおとずれやらず、心にくからむと思ひたる人は、〈おほぞうにては〉〈文や散らすらむ〉など疑はるべければ、〈いかでかは我が心のうち・あるさまを深うおしはかるらむ〉と……。

紫式部は『源氏物語』を手にして、以上のような感慨をもらしている。しかも〈我をいかに面なく心あさきものに思ひおとすらむ〉と、文を書き散らした自らを後う言する人々の声におびえるかのような言説である。あれほど赤裸々に自己の恋愛体験を『日記』や『歌集』に書き記している彼女の内面独白の問題は、輻輳する『紫式部日記』の表現機構の問題とも通底する複雑な屈折を見せている。つまり、その自閉的な感慨とは『源氏物語』の読者に、自らの実人生と、物語とのあまりの懸隔とを重ね合わされた時の、彼女のどうにもならない人生の不条理にもがき苦しむ抵抗の独白であったのかもしれない(24)。

つまりは、上来見てきたような〝わたくしの〟紫式部伝からすれば、一見放恣で無軌道な彼女の恋愛もまた、こうした孤独な心のよりどころを求めた彼女の心の軌跡に過ぎないのかもしれないのである。

とどのつまりこうした紫式部像の偏差の問題は、研究史を辿ってきて明かなように、この女性の人物像が中世以降、淑女の鑑であったり、姦淫の書『源氏物語』の作者として地獄に堕とされたりという、両極端な彼女の評価同様、ほぼ例外なく時の《源氏＝紫式部》像を反映し、またそこにすべて帰結するものでもあることが判ぜられるのである。かくいうわたくしも自らの学統に立脚して、その部分的修正を謀ったにすぎないのかも知れないが、としても、わたくしなりに研究状況と対峙し、久しく膠着状態にあった紫式部の伝記研究に一石を投じたことは、確かなことであろうと考えるのである。

注

（1）角田文衛「紫式部の本名」初出（「古代文化」一九六三年七月）『紫式部とその時代』（角川書店、一九六六年）・『日本文学研究史料叢書　源氏物語Ⅱ』（有精堂、一九七〇年所収）に始まる一連の論争。それらは島田良二「紫式部諸説一覧」（「国文学」学燈社、一九八二年一〇月）に賛否両論が纏められている。諸説の代表的なものに、萩谷朴『紫式部日記全注釈／下巻』「解説・紫式部の生涯」（角川書店、一九七三年）、今井源衛「紫式部本名藤原香子説を疑う」初出、一九六五年一月、『今井源衛著作集　第三巻／紫式部の生涯』（笠間書院、二〇〇三年所収）、山中裕「紫式部伝記考」初出、一九六五年二月『平安朝文学の史的研究』（吉川弘文館、一九六九年所収）・『日本文学研究資料叢書源氏物語Ⅱ』再録、岡一男「紫式部本名香子説への再吟味」初出、一九六六年三月『源氏物語の基礎的研究　増訂版』（東京堂、一九六六年）等があげられよう。しかし、比較的最近発表された久保朝孝「紫式部の伝記」（「国文学」一九九五年二月）では「現在この説がとりあげられることはほとんどない」ともあり、加納重文『源氏物語の研究』（望稜舎、一九八六年）に詳細な論証がなされたものの、その後、管見の及ぶ限り追認は見られないのが現状である。

（2）前掲（1）、久保朝孝「紫式部の伝記」には、今後の課題として、「これまでの伝記研究の中で比較的等閑視されてきた時期についての検討がある。たとえば父為時が散位を余儀なくされた、式部十四歳から十年間の動静。――中略――式部の夫は宣孝一人とされているが、式部の結婚年齢と二人の年齢差を勘案すれば、これが初婚とはとうてい考えられない。道長との関係についても「御堂関白道長妾」という尊卑分脈の記述はほぼ無視されて、貞淑な婦人像が形成されてしまっている。果たしてそれでよいのか」とある。

（3）『権記』本文は「史料大成」（臨川書店）、『御堂関白記』・『小右記』本文は「大日本古記録」（岩波書店）によっている。以下倣之。また本論の考証の前提となる「藤原香子」なる人物については東京大学史料編纂所の「フルテキストデータベース」によって、「香子」に関する新出文献を検索した上で考証を加える事が出来るようになった。まず、『大日本史料』巻二―一四冊に所載の見える『光厳帝宸記之写』では、寛仁三年（一〇一九）八月二十八日条に敦良親王乳母としての藤原香子が確認されるが、これは橋本義彦「外記日記と殿上日記」（『書陵部紀要』十七号　一九六五年）において、原本の広橋本『東宮御元服部類記』を根拠に「源香子」と推定した人物であり注意を要する。また『平安遺文』の『吉田文書』巻一・攝津「天延二年（九七四）七月三日／売人法隆寺僧玄燿／（立券）正歴二年（九九一）十月二三日保証刀禰（平群隆仁）」と署名のある「中売買家地立券文事」に「四至〈限東源香子地并中垣　限南鵤寺東院西香木堂地　限西内蔵滋正子地　限北道〉とある地番を示す東の一角に割注で「源香子地并中垣」が見えるが、かりに「源香子」を女性と認定しても『東宮御元服部類記』の「源香子」との時代的懸隔が二八年もあって同一人物とは見做しがたい。また、「中売買家地立券文事」に見える、攝津に亡夫（父の可能性の有り）の地を相続した人物の存在も、時文はこの時健在であるから、『権記』の該当人物とは別人である。

（4）『類聚符宣抄』本文は「国史大系」本による。時文晩年の記事は以下の通りである。

右大弁平朝臣惟仲伝宣。権中納言源朝臣伊陟宣。奉レ勅依二大膳大属川原兼之去年十二月廿八日奏状一、准レ有二時例一。以二件兼之一。宜下為二諸国進納彼職調庸交易雑物年粁勾当一。大夫紀朝臣時文相中―加検臨一。令レ弁二―行其合期日見上之事上者。／正暦三年（九九二）二月三日／左大史多米朝臣国平　奉

右大弁源朝臣扶義伝宣。右大臣（道長）宣。奉レ勅大膳少属大友忠節宜下永為二職納諸国調庸交易雑物之勾当一、大夫朝臣時文共令レ弁中―行之上者。／長徳二年（九九六）六月廿五日／右大史物部邦忠　奉

（5）前掲注（1）、山中・今井論文参照。

（6）本文は『史料大成／権記二』（臨川書店、一九八一年）の「図書寮所蔵旧鷹司本」による「長徳三年補遺本文」による。ただし、『大日本史料』（東京大学史料編纂所、一九六八年）の『権記』所引本文には「羂子」とある。

（7）『紫式部日記』本文は、萩谷朴『校注紫式部日記』（新典社、一九八五年）による。

（8）萩谷朴「紫式部の初宮仕は寛弘三年十二月二九日なるべし」初出、一九六八年・三月『紫式部日記全注釈／下巻』参照。これら萩谷説は、近著『紫式部の蛇足　貫之の勇み足』（新潮選書、二〇〇〇年）に再検証がなされ、論理の徹底がなされている。

（9）前掲注（1）久保論文参照。

（10）ここで時文＝紫式部後家説を立論する際に問題となる『紫式部集』歌の詠作年次と式部越前下向の年次推定論を確認しておく。父為時が越前守に任じられたのは長徳二年正月廿八日『日本紀略』であったが、当該十三番歌詞書によって「賀茂に詣でたるに、ほととぎす鳴かなむといふあけぼのに、片岡のこずゑをかしく見えたり」とあって、初夏までは都にいたとされている。しかし、二〇番詞書に「近江のみずうみにて」とあり、二一番詞書も「磯の浜」と旅は続き、さらに二二番詞書に「夕立しぬべしとて、空の曇りてひらめくに」とあることから、久保田孝夫「紫式部　越前への旅―紫式部集をめぐって」（『同志社国文学』十八　一九八六年三月）、藤本勝義「紫式部下向の日―長徳二年六月五日」初出一九九四、一九九七年『源氏物語の人ことば文化』（新典社、一九九九年所収）などの論考に代表される長徳二年夏説が優勢である（伊藤『新大系』も同じ、中野『新編全集』は同年秋説。後掲注（13）参照）。ただし、藤本氏の長徳二年六月五日出立説とすれば、私説では、少なくともこの年長徳二年六月末までは夫である。時文の生存が確認されており（『類聚符宣抄』）、許容できない。ところが、今井源衛がこれらの歌を帰京の際のそれと解して退け、夏頃、紫式部にとっては伯父にあたる為頼（為時兄）が餞別の小袿を贈った記事として、

越前へ下るに橋のたもとに

三七　夏衣　薄き袂を　たのむかな　いのるこころの　かくれなければ

人の遠きところへ行く、母にかはりて

三八　人となる　ほどは命ぞ　惜しかりし　今日はわかれぞ　かなしかりける

『為頼集全釈』（風間書房、一九九四年）の歌群を指摘し、為時が嘆く母を残して出立の準備をしていたこと、また、『紫式部集』八番歌詞書の「〈はるかなる所へゆきやせん、ゆかずや〉と思ふわづらふ人の、山里よりもみぢをりておこせたる」とある解釈などから、式部も為時に帯同して「秋の末」に離京したと推定している『紫式部』（吉川弘文館、一九八五年改版）のちに『今井源衛著作集／第三巻／紫式部の生涯』（笠間書院、二〇〇三年所収）。そこでわたくしは、「秋、越前下向」説については、部分的に支持して、翌年長徳三年出立説を仮定したい。なぜなら、従来、四・五番歌に登場した「姉」の死と読まれてきた詞書の解釈も、夫時文の死の事実を介在させると、変更を余儀なくされるからである。

姉なる人《(西の海の人の)》の亡くなり、また、人《(式部＝香子)》のおとと《(時文)》失ひたるが、かたみに行きあひて、亡きが代りに思ひ交はさむといひけり。文の上に姉君と書きき、中の君と書き通しけるが、をのがじし遠き所へ行き別るるに、よそながら別れおしみて

十五　北へ行く　雁のつばさに　ことづてよ　雲の上がき　書き絶えずして

返しは西の海の人なり。

十六　行きめぐり　誰も都に　かへる山　いつはたと聞く　ほどのはるけさ

この和歌の贈答から、清水好子『紫式部』（岩波新書、一九七八年）は、十六の歌に見える地名「鹿蒜山＝かへる山」「五幡＝いつはた」が越前南条郡、敦賀郡にあることから、式部の越前下向を知らされていた時期の和歌であると言う。加えて、外在要素からして、夫の死後の再婚は一定期間、喪に服せば再婚への支障はなく、頻繁に行われていたことが、栗原弘『平安時代離婚の研究―古代から中世へ』（弘文堂、一九九九年）第七章「離婚と再婚」に詳しく論証されている。これらを勘案して、翌・長徳三年、時文の財産問題を処理した後の「秋の末」、夫の喪が明けてから父の許に出立し、翌年長徳四年の「夏もしくは秋までに」帰京して、冬頃、宣孝と結婚したと想定す

る。そもそも、宣孝と結婚した年の論拠は、二人の間に生まれた娘の生没年推定の上に逆算されたもので、極めて状況証拠の乏しい仮説にすぎないのである。

(11)　迫徹朗『王朝物語の考証的研究』「大鏡の創作方法管見」(風間書房、一九七六年)、村瀬敏夫『平安朝歌人の研究』「紀時文の役割」(新典社、一九九四年)参照。くわえて、前掲注(3)で利用した、東京大学史料編纂所の「平安時代フルテキストデータベース」によって、あらたに『本朝世紀』寛和二年(九八六)五月十八日条、紫宸殿の請僧供養の行事に「堂童子四人用之〈左、散位上毛野公之・中務少輔源能遠、右、大膳大夫紀時文・掃部頭藤原為忠〉」が見出される。

(12)　萩谷朴『土佐日記全注釈』(角川書店、一九六九年)参照。なお、この亡児の記事を虚構とみなして立論した長谷川政春『紀貫之論』(有精堂、一九八四年)がある。

(13)　【A説】―今井源衛「晩年の紫式部」初出一九六五年一月、『今井源衛著作集　第三巻／紫式部の生涯』(笠間書店・二〇〇三年所収)、後藤祥子「紫式部事典」秋山虔編『源氏物語事典』(学燈社、一九八九年)参照。【B説】―前掲(1)所収の岡一男論文。伊藤博『新日本古典文学大系／紫式部日記』(岩波書店、一九八九年)、秋山虔『新編日本古典文学全集　源氏物語(1)』(小学館、一九九四年)、中野幸一『新編日本古典文学全集／紫式部日記』(小学館、一九九四年)各「解説」による。【C説】―前掲萩谷注(12)論文、【D説】―後掲南波浩注(15)論文、【E説】―安藤為章『紫女七論』、与謝野晶子「紫式部新考」(「太陽」一九二八年前掲(1)所収)、島津久基『紫式部の藝術を憶ふ』(要書房、一九四九年)参照。

(14)　上原作和「懐風の琴―『知音』の故事と歌語『松風』の生成」(『懐風藻研究』7　日中比較文学研究会。二〇〇一年一月)に歌語「松風」の生成に当該の歌群が重要な位置にあることを述べた。また、北家藤原氏の家系については、今井源衛「紫式部の父系」初出一九七一年、『今井源衛著作集　第三巻／紫式部の生涯』(笠間書院、二〇〇三年所収)、さらに久保田孝夫「越前守藤原為時の補任」(「同志社国文学」十六、一九八〇年三月)「藤原為時をめぐる人々」(「古代文学研究」五、一九八〇年九月)参照。

(15) 本文は南波浩『紫式部集全評釈』(笠間書院、一九八三年) による。以下南波説倣之。久保朝孝「紫式部の初恋―明け暗れのそらおぼえ・虚構の獲得」『新講源氏物語を学ぶ人のために』(世界思想社、一九九五年) が近年の解釈に綿密な考察を加えている。また、この「姉」については、岡一男の式部の従姉・肥前守橘為義妻説に従う。前掲注 (1) 参照。但し、坂本共展『源氏物語構成論』(笠間書院、一九九五年) に批判もある。

(16) 栗原弘氏の教示によれば、当該『権記』に見える「後家」の用例は我が国で最も早い用例のようである。氏の編になる比較家族史学会『事典家族』(弘文堂、一九九六年) によると、亡くなった夫の財産権が「後家」のもとで家を代表し、公的な負担者となる慣例的制度が確立したのは十一世紀から院政期にかけてのことであったとする (「後家」=野村育世・執筆)。とすれば、『権記』の当該記事は、重要な史実と言うことになる。先行研究に、服藤早苗「平安時代の相続について―特に女子相続権を中心として」『家族史研究』第二集 (大月書店、一九八〇年一〇月) があるものの、十一世紀の畿内近国の私地所有権についての言及に留まっている。ちなみに『うつほ物語』「蔵開」下巻には、藤原兼雅がじしんの三条院を愛妾・中の君に譲渡する「券」を書く条があり、引越しの作法も記される貴重な場面がある。

(17) 後藤祥子『元輔集注釈』(貴重本刊行会、一九九四年) 参照。

(18) 村瀬注 (10) 迫注 (11) 前掲書参照。わたくしは「後家香子申事」とは先妻の子供との財産問題の調停であると考える。

(19) 本文は萩谷朴校注「新潮日本古典集成『枕草子』」(新潮社、一九七七年) による。

(20) 萩谷朴「清少納言を意識する『紫式部日記』—反駁による近似、比較文学の一命題」(「二松学舎大学論集」一九六八年三月)、「清紫二女のあいだ」(「東洋研究」一九七三年九月)、および『枕草子解環　三』(同朋社、一九八二年)『枕草子解釈の諸問題』(新典社、一九九一) 参照。

(21) 三田村雅子「『枕草子』に支えたもの—書かれなかった「あはれ」をめぐって　上下」初出、一九七四年一一月、

一九七五年八月、『枕草子　表現の論理』（有精堂、一九九五年改題所収）参照。

(22) 萩谷（1）前掲書、「紫式部と道長の交情―『前紫式部日記』の存在を仮説して」（「中古文学」一九七〇年九月）、および萩谷注（1）前掲書参照。

(23) 今井源衛注（13）、萩谷朴注（8）前掲書参照。

(24) 『紫式部日記』の主題論については、室伏信助「紫式部日記の表現機構―『十一日の暁』をめぐって」（「国語と国文学」一九八七年十一月）、「紫式部日記における源氏物語―『こころみに物語をとりて見れど見しやうもおぼえずあさましく』をめぐって」『論集　日記文学』（笠間書院、一九九一年）を日記文学研究の到達点を究めた代表的論考として挙げておく。最近の『紫式部日記』研究の動向については、石原昭平「紫式部日記」『平安日記文学の研究』一九九五年初出、（勉誠社、一九九七年）安藤徹「読みの歴史と物語作者の自己成型―『紫式部日記』の位置」『源氏物語と物語社会』（森話社、二〇〇六年、初出一九九九年）、陣野英則「紫式部という物語作家　物語文学と署名」『源氏物語の話声と表現世界』（勉誠出版、二〇〇四年、初出二〇〇一年）等参照。

付記　本稿なるに際して、久保田孝夫・栗原弘・関根賢司・高橋亨・浜口俊裕・三橋正の各氏より貴重な御教示を賜りました。記して御礼申し上げます。

紫式部時系列年表（婚姻前後）

九八六（寛和二）　為時、再びの散位に。時文、大膳大夫。（65 or 59）
藤原香子（17 or 14 or 13 or 12 or 9）を紫式部と仮説して、時文とこの頃結婚か。

九九六（長徳二）　一月二五日　為時、任淡路守。道長に愁訴して、二八日、任越前守。（『日本紀略』）
六月二五日　大膳大夫・紀時文（75 or 69）の生存が確認される最終記事（『類聚符宣抄』）直後、

九九七（長徳三）

八月中旬までに没したか。
八月一九日　左大臣・道長、「故大膳大夫紀時文後家香子申事等」を処理する。（『権記』）

九九八（長徳四）

晩秋初冬頃、紫式部、父を追って越前へ下向。

秋、痘瘡が大流行。藤原為頼、実方ともに卒。（『為頼集』奥書、『公任卿集』）

秋、宣孝（49）任右衛門権左兼山城守。

「夏もしくは秋までに」、紫式部、一人で帰洛。

冬頃、紫式部（29 or 26 or 25 or 24 or 21）宣孝と結婚か。賢子生没年からの推定による。

＊上原作和編『人物で読む源氏物語』（勉誠出版、二〇〇五～六年　全二十巻）に連載の「紫式部伝」（全二十回）は、本章を敷衍したものである。併せて参照願いたい。

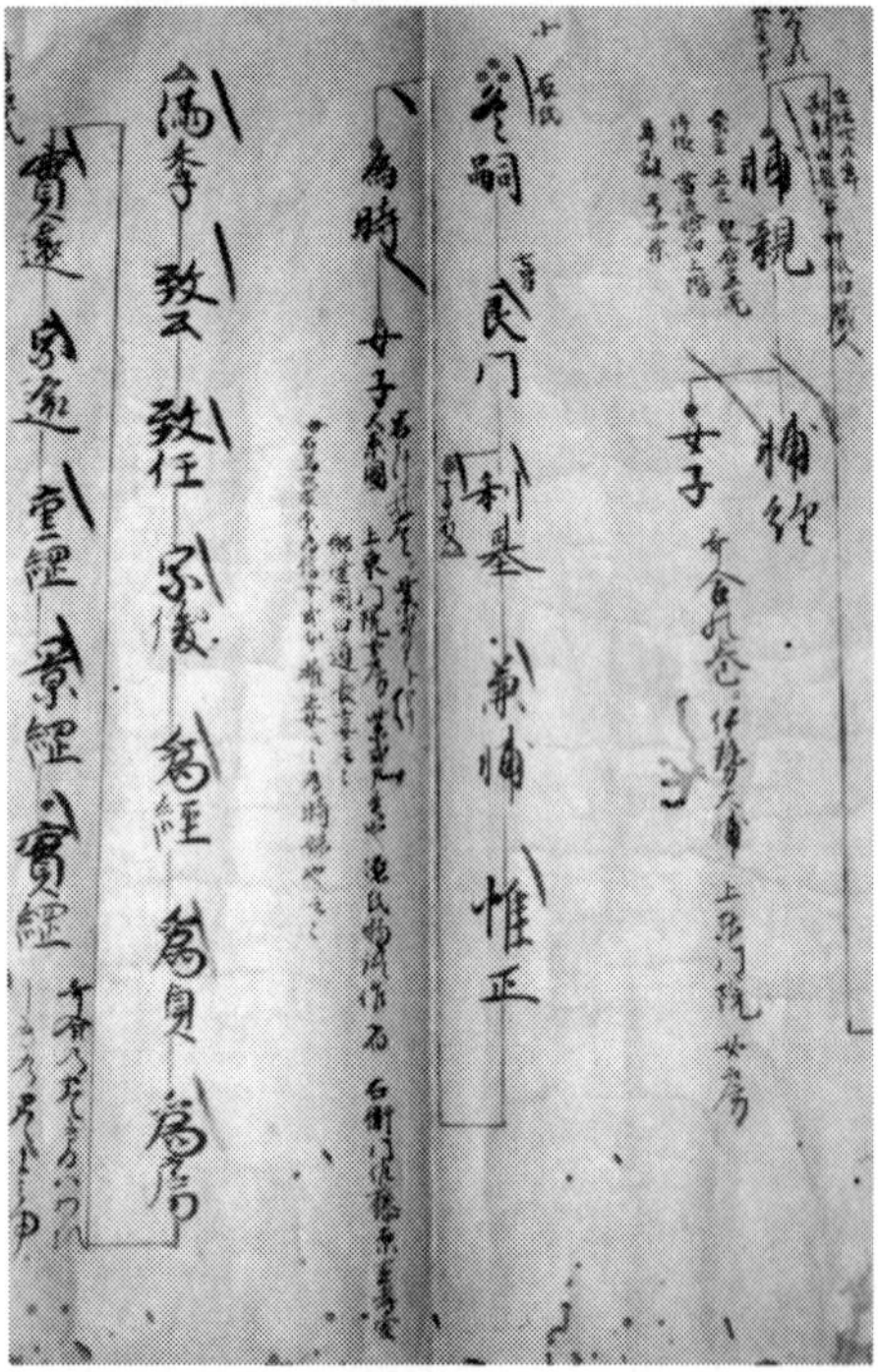

栄華物語系図　原豊二氏蔵

結語

本書は、「右書」と「左琴」の礼楽思想を継承する大河小説『うつほ物語』の構想に学び、わたくしなりの編成意識をもって構想した『源氏物語』とその文学史的周縁を論じた論叢の集成である。題して『光源氏物語學藝史　右書左琴の思想』。この営為は、わたくしの、この十年の學藝、すなわち、源氏物語研究の軌跡でもある。それは前著『光源氏物語の思想史的変貌』をどのように継承し、あらたなる変貌をとげようかという模索の時期であった。これらの論叢は、その苦闘の歴史の総決算であるとも言えよう。

方法論的に一貫する本書の課題は、《脱テクスト》、この一点から始まると言ってよい。というのも、ここ十数年、テクスト論とつきあってみて、どうもこのポストモダンの産物なる方法論は、貧しい読みから生成された誤読の隠蔽装置のような気がし始めてならなかったからである。しかしながら、本書は《反・テクスト》で一貫する書物ではない。すなわち、《琴》と《書》とを、キーワードとして、『源氏物語』のテクストそのものをたぐりよせる方法として、テクスト論の方法に学んだところも多々ある。そこで、本書は、テクスト論の最大の弱点である、弁証法的批判に耐えられない、という問題系の克服を試みた点に、わたくしの方法的な姿勢があると言うことになるだろう。

冒頭の序章に記したように、文学研究に於いて、理論は欠くべからざるものである。しかしながら、こと方法論に傾注しすぎると、テクストそのものに関する内実はきわめて予定調和的な理解で終わっていることもある。しかしながら、本来、物語への深い愛着とともに、自身の読みを語るという姿勢が根底に無ければならない、とわたくしは考える。本書はこの一点を拠り所に、「右書左琴」の『源氏の物語』を論じてみたのである。

さて、本書の構想がかたちをなしてきたのは、兵藤裕己氏の『物語・オーラリティー・共同体』の書評に際して、兵藤氏が、《書かれた後の物語》を追求するのに対し、わたくしはその逆で、《書かれるまでの物語》を追求して来ていたのだと気づいて以後のことである。以下、わたくしの《學藝史》の始発となつた一文を引用して、本書の結びとしたい。

そこで芳一は声を張りあげて苦海の合戦の語りを語った。――弾ずる琵琶の音はさながら櫓櫂の軋るがごとく、舟と舟の突進もさながらに、また矢が唸りを立てて飛び交うごとく、武士の雄叫びや船板を踏みならす音、兜が鋼鉄の刃に砕ける音、さらには斬り殺された者があえなく波の間に落ちるがごとくであった。　小泉八雲『耳なし芳一の話』より

わたくしの兵藤《語り物》体験は、十一年ほど前の夏の出来事に遡源する。浅草木馬亭で行われた、最後の座頭琵琶・山鹿良之師（当時九〇歳）の東京公演を実現させ、超満員鈴なりの聴衆を前にして、すこし照れつつも、誇らしげに山鹿師を紹介する彼の姿が今も脳裏に焼き付いているのがそれである。

かつて、ある編集者から「兵藤裕己の著作を短期日に学ぶとするなら、何を読めばよいか」と尋ねられ、即座に『語り物序説』（有精堂、一九八五年）を挙げたことがあった。本書は、その兵藤《語り物》学の真骨頂である前著の「根底増補版」であると言う。

本書は四章から成る。「I　物語テクストの政治学　II　物語の定型、共同体の生成　III　「歴史」語りの構造　IV　語り手はどこにいるのか」

さて、兵藤氏が『語り物序説』と「根底増補版」との両書に収められた論文のひとつで、永積安明の「国民文学論」を論じた一編に、書評の流儀を以下のように述べている。

…そもそも発想の起点が違うのだから、私がいま、いちいちその論点をあげつらって批判してみてもしょうがない。まして自分の位置《ポジション》を不問に付したままで、いわゆる実証的に、先学の論をなしくづし的に批判するやり方を私はとらないのである。けっきょく永積に対置させて私の現在を語るしかないのだ…

（一四六頁）

兵藤氏流に《わたくし》を措定するなら、自身の「位置《ポジション》」は、文献実証派ということになるようだ。《書かれた本文＝物語》のみを研究対象とする文献学を主な対象としてきたからである。研究のスタンスもまた、最も対極に位置してきたと言ってよい。したがって、兵藤氏が忌避する文献実証的「書評」に陥る危険性のあること、予め諒とされたい。

さて、兵藤氏は『太平記《よみ》の可能性』（講談社選書メチエ、一九九五年）、『平家物語―《語り》のテクスト』（ちくま新書、一九九八年）、『平家物語の歴史と芸能』（吉川弘文館、二〇〇〇年）、『《声》の国民国家・日本』（NHK出版、二〇〇〇年）など一連の著述からも知られるように、《語られた本文＝語り物》の歴史的変遷の分析を通して、日本人の精神形成史を描き出そうと試みる類い稀な《日本》研究者である。すなわち、《よむ》こと、《語られる》ことから、生成と享受とを繰り返す《語り物》を、《オーラリティ》として普遍化させ、方法的武器としつつ、物語の生成に関わる作家圏の基層と、享受しつつ生成する相犯関係を《共同体》と呼び慣わしたものである。したがって、戦後のある時期、日本文学協会を席巻し、永積安明を思想的旗艦とした歴史社会学派が、『平家物語』の生成と享受の相をして「国民文学論」と言挙げした、その《語り物》の実態を兵藤氏流に批判的に継承し、《語り物》の本質を剔り出すために選び取られたのが、本書のタイトルとなった《物語・オーラリティ・共同体》という三幅対の術語《ターム》と言うわけである。

本書は、氏の代表的著作たる『平家物語の歴史と芸能』の姉妹編であり、『平家』の歴史的基層にある王朝『源氏』文化の再発見と、《語り物》の担い手である賤民達の存在とを丹念に彫琢した点に、多くの共通項を見出すことが出来る。例えば、『源氏』と『平家』とを足利源氏政権が「正典《カノン》」として享受したことの意味について、『明月記』、『河海抄』、『西海余滴集』、『看聞御記』などの文献資料を援用しつつ、その歴史的経過と「正典《カノン》」誕生の機微とを鮮やかに再現させるその方法や、広汎な文献批判を経て形成された歴史観に基づき、九州の座頭琵琶による口承文芸に『平家』《語り》の発生をイメージする核心にまで及び、その論述がバージョンを変奏しつつ執拗に反復される機構を備えている。

本書読後のわたくしが抱いた「ゆかしき」思念を二点のみ記しておこう。

まず、ひとつには、本書の白眉とも言うべき（Ⅰ「物語・語り物としてのテクスト」）の所論、すなわち、『源氏物語』本文生成過程の仮説についての疑義である。例えば、飛鳥井雅有の『嵯峨の通ひ路』に、「悪き所どもを聞きて直さむとて、次第に点・声写しつつ、難義を尋ね極めむ。」とある。まず、阿仏尼が本文を音読し、雅有が本文の不審を直しつつ、「点・声」を写し、さらに「難義」を為家に尋ねると言う方法であった（上原「青表紙本『源氏物語』原論」『論叢源氏物語4』新典社、二〇〇二年、本書所収）。この記事は、文永六年（一二六九）当時の、御子左家流『源氏』本文の享受の実態であり、質素な枡形本の現存阿仏尼本の書写様態と照応する。したがって、《書かれた》物語本文の音読享受の実態は、兵藤氏の仮説を裏付ける面もあるものの、『源氏』の青表紙証本生成に関しては、『平家』の正本たる覚一本や、古態を保存すると言う延慶本の様に、多種多様な異本生成の《過程《プロセス》》と同列に論じることが出来ない、と言う「論より証拠《テクスト》」が存在すること。

もう一点は、兵藤氏が前提とする、座頭（盲僧）琵琶の、その始原論への懐疑である。琵琶の我が国への伝来には二系統あって、ひとつは、シルクロードを経由しつつ遣唐使等によって渡来し、畿内中央へと伝えられた楽琵琶であり、もうひとつは、大陸・韓半島を経由して九州地方に渡来したとみられる琵琶法師の琵琶、すなわち座頭琵琶である。もちろん、兵藤氏は周到に、『源氏物語』の明石入道にまつわる逸話として、盲僧琵琶の始原的言説があることを指摘しているが（Ⅲ「平家琵琶遡源」二六二頁）、平安中期の楽琵琶と盲僧琵琶の実態は、明石一族の音楽相承の物語に照らすと、この時期に両者の接触があったと考える他はないようだ（森野正弘「明石入道と琵琶法師」『源氏物語の表現構造の研究』國學院大學大学院研究叢書2、一九九九年）。琵琶法師のそれが、携帯に便利な楽琵琶より小振りの作りで、これによって『平家』などの様々な物語が語られ、かつ、祝言や竃祓いなどの宗教儀礼が行われたことは紛れもない事実である。しかし、その座頭琵琶の系譜の末裔として、山鹿良之師の《語り物》の演唱実態がイメージされるとする、兵藤氏の研究の最も重要な作業仮説は、その前提である楽琵琶と盲僧琵琶とが、どこで接触して生成され、九州へ伝播したものであるのかと言う、その《過程《プロセス》》が不分明である以上、あくまでこれは有力かつ実証不可能な《仮説》に留まるものと位置づけなければなるまい。

しかしながら本書は、王朝物語の研究者に固定観念化しつつある、《書かれた》『源氏』と、《語られた》『平家』と言う、静態的《スタティック》で二項対立的な思考を粉砕し、『源氏』と『平家』の双頭の物語が《語り物》の系譜に位置づけられることを、玉上物語音読論や前田愛の読書論を援用しつつ、節を変え、調子を変えて語りかけてくる書物である。すなわち、耳なし芳一の掻き鳴らす琵琶の音と響きあい、亡霊たちに語りかけるが如き、迫真の《語り物》の物語世界を、現代を生きる我々の前に前景化させている、学術的なる《語り物》世界の顕現なのであった。

（日本文学協会「日本文学」二〇〇二年九月）

かねてから、論述なるものは「これでもか、これでもか」と自説が展開される愚直さが必要だとわたくしは思っている。本書が、もし、学説史に関して、寄与するところがあるとすれば、それは「右書左琴の思想」への〈執着度〉である、とわたくしは答えたい。そして、これがわたくしの〝學藝史〟なのだと。

二〇〇五年霜月　文化の日に

上原　作和

初出一覧

光源氏物語〈學藝史〉の構想　「右書左琴」の『源氏の物語』

「研究ファィル・夢と人生—物語学の森の谺《こだま》から」「国文学　解釈と教材の研究」（学燈社・二〇〇〇年一二月）、「書評・東原伸明著『源氏物語の語り・言説・テクスト』」「日本文学」（日本文学協会・二〇〇五年三月）の一部を転用した。

第一部—序論

「琴は胡笳のしらべ」　光源氏の秘琴伝授・承前

「光源氏の秘琴伝授—「若菜」巻の女楽をめぐって」「日本文学」（日本文学協会・一九九一年四月）、『光源氏物語の思想史的変貌』（有精堂・一九九四年）、植田恭代編『日本文学研究論文集成　源氏物語2』（若草書房・一九九九年）所収を改稿した。

身心の倶に静好なるを得むと欲せば—『聴幽蘭』楽天の《琴》から夕霧の《蘭》へ、『源氏物語』的文人精神の方法

『白居易研究年報　第四号』（勉誠出版・二〇〇三年）。

第二部—『源氏の物語』原姿

ありきそめにし『源氏の物語』　紫式部の机辺

『源氏研究　7』（翰林書房・二〇〇二年）に補筆した。

「水茎に流れ添」ひたる《涙》の物語　本文書記表現史の中の『源氏物語』

『古代中世文学論考　16』（新典社・二〇〇五年）に補筆した。

《青表紙本『源氏物語』》原論　青表紙本系伝本の本文批判とその方法論的課題
「《青表紙本『源氏物語』》伝本の本文批判とその方法論的課題　「帚木」巻の現行校訂本文の処置若干を例として」「中古文学」一九九五年五月、「幻の伝本を求めて　阿仏尼本『源氏物語』の周辺」「物語研究会会報」一九九七年八月、を統合しつつ『論叢　源氏物語4』（新典社・二〇〇二年）に書き下ろした。

※

権威としての《本文》　物語本文史の中の『伊勢物語』
『叢書　想像する平安文学　1／平安文学のイデオロギー』（勉誠出版・一九九九年）。
『うつほ物語』の本文批判　日本古代語研究の精度を問う
『二一世紀言語学研究　鈴木康之教授古希記念論集』（白帝社・二〇〇四年）に補訂した。
『源氏物語』の本文《ほんもん》批判　河内本本文の音楽描写をめぐって
『解釈と鑑賞／特集・文と文章の諸相』（至文堂・二〇〇六年一月）に補筆した。

第三部―記憶の中の光源氏

甘美なる悔悟　追憶の女《ひと》としての夕顔
『人物で読む源氏物語／夕顔』（勉誠出版・二〇〇五年）。
《琴》を爪弾く光源氏　琴曲「広陵散」の《話型》あるいは叛逆の徒・光源氏の思想史的位相
「日本文学研究　三二」（大東文化大学日本文学会・一九九三年二月）。
《爛柯》の物語史　「斧の柄朽つ」る物語の主題生成
『講座平安文学論究　第十二輯』（風間書房・一九九七年）。
恍惚の光源氏　「胡蝶の舞」の陶酔と覚醒
『叢書　想像する平安文学　7／系図を読む／地図を読む』（勉誠出版・二〇〇一年）。

涙の記憶　紫の《衣》の物語（原題　衣装源氏物語十二面の十）
『アエラムック　源氏物語がわかる』（朝日新聞社・一九九七年）。
《琴の譜》の系と回路　物語言説を浮遊する音
『古代文学会叢書　《源氏物語》の生成　古代から読む』（武蔵野書院・二〇〇四年）。
文と法の物語　浮舟物語の《ことば》と《思想》
「解釈と鑑賞　特集・二一世紀の日本語研究」（至文堂・二〇〇〇年一月）を改稿した。

第四部―物語作家誕生

ある紫式部伝　本名・藤原香子説再評価のために
『紫式部の方法　源氏物語・紫式部集・紫式部日記』（笠間書院・二〇〇二年）。
結語
「書評・兵藤裕己著『物語・オーラリティー・共同体』」「日本文学」（日本文学協会・二〇〇二年九月）。

索　引

凡例

一、本索引は、「人名」「書名・琴曲名」「事項」からなる。
二、配列は、現代日本語表記の五十音順である。
三、項目は、厳密な表記によらず、同一項目はその代表的表記によって一つとしてある。

人名

ア行

カ行

マ行

ヤ行

書名・琴曲名

カ行

タ行

ナ行

ハ行

マ行

ヤ行

ラ行

ワ行

事　項

ア行

カ行

＊本書なるに際して、阿部好臣氏、原稿整理、校正に、三村友希、八島由香、伊藤禎子、本田恵美各氏の手を煩わせました。記して御礼申し上げます。

【著者略歴】
上原作和（うえはら　さくかず）
1962（昭和37）年11月　長野県佐久市生
現在　青山学院女子短期大学講師
主な著述
『光源氏物語の思想史的変貌―〈琴〉のゆくへ』有精堂、1994年
『うつほ物語引用漢籍注琉 洞中最秘鈔』（共著）新典社、2005年
『人物で読む源氏物語 全20巻』（編著）勉誠出版、2005～2006年

光源氏物語 學藝史
右書左琴の思想

発行日	2006年 5 月 20 日　初版第一刷
著　者	上原作和
発行人	今井 肇
発行所	翰林書房
	〒101-0051 東京都千代田区神田神保町1-14
	電 話 (03)3294-0588
	FAX (03)3294-0278
	http://www.kanrin.co.jp
	Eメール● Kanrin@mb.infoweb.ne.jp
印刷・製本	シ ナ ノ

落丁・乱丁本はお取替えいたします

ISBN4-87737-229-6